1001

Hrsg.: Elke Bockamp
„Tausendundeine Geschichte“

Über dieses Buch

Als ich damals in einer großen Bläserkapelle mitspielte und unser Kapellmeister nach jeder Probe sagte: „Joah, da ist schon viel Schönes dabei“, klang das in meinen Ohren immer ein bisschen abfällig. So, als wollte er sagen: „Leute, übt fleißig weiter und ihr steigt irgendwann in die große Meisterklasse auf.“

Während ich die Geschichten für diesen Band durchlektorierte, war ich weit entfernt von einem Da-ist-schon-viel-Schönes-dabei. Im Gegenteil. Ich war vollends erfreut, wie viel kreatives Potential und wie viele gute Storys sich hier angehäuft haben.

Ich las alle mehrmals und wurde umso begeisterter: Ja, hier haben achtundsiebzig Autorinnen und Autoren das Beste, was sie über zehn Jahre geschrieben haben, für die Sammlung „Ich schenk dir ein Buch“ beigetragen.

Natürlich verdient das, gelesen zu werden! Es verdient mehr als das. Es verdient, weiter verschenkt zu werden. Zu Weihnachten, zu einem Geburtstag oder als abwechslungsreiche Leselektüre für den Urlaub.

Hier tummeln sich gebratene Enten und die Farbe Blau. Es tauchen Dingelchen auf und streunende Katzen. Drama, Krimi, Kindergeschichten, Murmeltiere und verlorene Sterne; wahrhaft Skurriles, Abenteuer durch Rafting-Gewässer, tiefe Einblicke in die dunkelsten Seelenlandschaften – und Mörderisches!

Jetzt habe ich all diese bezaubernden Kurzgeschichten in eine ansehnliche Ordnung gebracht, welche viel Abwechslung beim Lesen bietet. Doch die Geschichten selbst werden den Leserinnen und Lesern ein Staunen ins Gesicht zaubern. Mir persönlich fällt nicht ein, was sich verbessern ließe. Oh doch, dieses eine doch: „Da ist viel Schönes dabei!“

Zum ersten Mal verstehe ich, wie man diesen Satz als Kapellmeisterin einer Schriftstellergruppe aussprechen und gleichzeitig ein ungeheuer starkes Gefühl von Stolz empfinden kann.

Ich danke allen, die hier aktiv mitgewirkt haben und ich danke allen, die dieses Buch verschenken und denen, die es geschenkt bekommen haben, auch. Mögen wir viel Freude an diesem Band haben, denn es ist nicht nur viel Schönes dabei, sondern auch viel Schönes darin. In diesem Sinne – viel Spaß beim Lesen!

Elke Bockamp, geboren am 12. März 1963 in Duisburg, betreibt seit 2005 als Lektorin die Schreibwerkstatt: „Von der Buchstabensuppe zum Prosawerk.“
http://www.vhs-schreibschule.de

In regelmäßig unregelmäßigen Abständen werden literarische Sahnestückchen abgeschöpft und zwecks Veröffentlichung zwischen zwei Buchdeckeln unter dem Label „Tausendundeine Geschichte“ zusammengepresst. So auch dieser Band, der im Oktober 2015 zum 10-jährigen Jubiläum der Schreibschule das Licht der Welt erblickt hat.

Elke Bockamp

Herausgeberin

Ich schenk dir ein Buch

Erlesene Prosa

(Kurzgeschichten)

1. Auflage Oktober 2015

„Tausendundeine Geschichte“

ISBN: 1517245117
ISBN–13: 978-1517245115

Inhalt

Kati

Schlurfende Schritte näherten sich der eingezäunten Wiese. Kati seufzte erleichtert auf. Ihr Kopf zuckte zum hölzernen Törchen des Hühnergeheges und wieder zurück.

Seltsam kraftlose Geräusche, dachte Kati und trippelte mit schnellen Schritten an den Maschendraht heran, um einen Blick auf die Bäuerin zu werfen.

Marianne schloss mit müden Bewegungen das Gatter hinter sich und legte den Riegel vor.

„Da stimmt doch was nicht“, überlegte Kati laut. „Mal kommt sie, dann bleibt sie tagelang weg. Die Eier kullern schon aus den Nestern heraus und Futter bekommen wir höchstens einmal die Woche.“

Sie zog ihren Hals in die Länge, um dieses wichtige Problem mit Kitty und Konni zu diskutieren, aber ihre Freundinnen waren mit Monsieur, dem neuen Chef der Hühnergemeinschaft, im hinteren Bereich des Außengeheges unterwegs. Kati stellte verärgert den roten Kamm auf.

Mit dem streitbaren Gockel war viel Unruhe in den Hühnerhof eingezogen. Sogar aus der allerletzten Ecke des Hofes war die zänkische Stimme des Hahnes zu vernehmen.

Das Bild von Marianne blitzte wieder in Katis Gedanken auf. Sie wandte sich der Bäuerin zu, die neben dem Hühnerhaus stand und ratlos um sich blickte. Schließlich entdeckte sie den Kübel in ihren Händen. Langsam tauchte die Bäuerin eine Hand in das Gefäß und teilte fahrig das Futter in die bereitstehenden Bottiche aus.

Von Mal zu Mal bekommt sie mehr Ähnlichkeit mit Kora, befand Kati und drehte mit kleinen Bewegungen ihren Hals, um Mariannes Gesicht mit dem ihrer Freundin abzugleichen. Tatsächlich. Der gleiche starre Blick, die unbewegliche Mimik und auch um die Nase herum setzte sich bei Marianne ein spitzer Zug durch. Sie hat abgenommen, durchzuckte es Kati. Dann nahm ein neuer Gedanke in ihr Gestalt an. Dieser Kummer musste mit Albert zu tun haben.

In diesem Moment entbrannte in der Nähe der Johannisbeerbüsche ein heftiger Streit. Kati hörte, wie Monsieurs kratzig-laute Stimme schlimme Vorwürfe in die Gegend krakeelte. Mit ein paar eiligen Tippelschritten war sie schon am Tatort.

„Geht mir aus den Augen, gieriges Pack!“, krächzte Monsieur. „Ja, Kitty und Konni, euch meine ich. Da könnt ihr noch so bescheiden tun, das nehme ich euch nicht ab. Diese zusammengerollte Assel ist mein Fund. Ihr kommt mal wieder zu spät.“ Vor Empörung ritzten seine scharfen Krallen ein Muster in die staubige Erde. „Glaubt bloß nicht, dass ich euch den Vortritt lasse.“ Wie zur Bekräftigung seiner Worte trat er einen Schritt nach vorne, gierig hackte der hungrige Schnabel Löcher in die Luft. Doch das kleine Insekt hatte sich während des Geschreis längst aus dem Staub gemacht.

„Alles eure Schuld“, flüsterte Monsieur heiser im Umdrehen, „alles ist eure Schuld.“

Aufgebracht hefteten sich Kitty und Konni an seine Schwanzfedern, um das fatale Missverständnis wieder gerade zu biegen.

Kati jedoch besann sich auf Marianne, die noch am gleichen Fleck stand und in Erinnerungen abgetaucht war. Nervös scharrte Kati im Sand. Sie war doch vorhin auf eine Idee gestoßen? Dreckklumpen spritzten und flogen zusammen mit kleinen Steinchen im hohen Bogen nach hinten.

Ja, Albert. Mit ihrem Mann musste Mariannes Zustand zusammen hängen. Wo war Albert eigentlich?

Ganz plötzlich kam es ihr in den Sinn, dass sie den wohlbeleibten Glatzkopf schon mehrere Wochen nicht mehr zu Gesicht bekommen hatte. Wieso war ihr das nicht längst aufgefallen? Kati schüttelte entsetzt den Kopf, so dass sämtliche Halsfalten in Bewegung gerieten.

Meine Güte! Albert war verschwunden.

Mit dem Verschwinden kannte Kati sich aus. Schon mehrmals waren liebe Artgenossinnen, wie Cara zum Beispiel, von einem Tag auf den anderen nicht mehr da gewesen. Kati vermisste die Freundin, deren Weg wohl nun in eine andere Richtung führte. Weg vom Hühnerhof und weg von der grünen Wiese.

Nickend pickte sie ein paar Grassamen auf. Eine Reise geht zu Ende und eine andere fängt an. Cara würde schon zurechtkommen. Aber um die übriggebliebene Marianne machte sie sich Sorgen.

Da wurden ihre Überlegungen erneut unterbrochen.

Von der Seite schoss eine befiederte, braune Kugel aus dem Unterholz des Ginsterbusches. Kuki. Mit aufgeregtem Flügelschlag sauste Kuki quer durch das Hühnergehege und nahm frontalen Kurs auf die Bäuerin. Katis Augen folgten ihr. Eindeutig war Mariannes Schuhwerk das Ziel der Attacke. Zwischen den nackten Zehen in den Sandalen hatten sich einige Körner und Futterkrümel verfangen. Keine Sekunde zögerte Kati und warf sich mutig vor Mariannes ungeschützte Füße.

Verdutzt blitzte Kuki sie an, legte den Kopf zur Seite, plusterte ihre Federn auf und stolzierte majestätischen Schrittes davon.

Kati ließ sich erschöpft auf Mariannes Zehen nieder. Eisig, wie dicke Hagelkörner, kamen die ihr vor. Doch schon bald fühlte Kati, dass die kalten Glieder sich unter ihren Federn erwärmten.

Marianne geriet ins Schwanken. Sie sank auf einen weißfleckigen Baumstumpf. Die kleine Henne wurde mit hoch genommen und in einer Armbeuge platziert.

Katis Kopf lag auf dem Busen, der sich gleich schwerer Ähren im Sommerwind, sacht hin und her bewegte. Das war angenehm. Kati gab sich ganz dem wiegenden Gefühl hin. Beinahe wäre sie eingeschlafen. Doch dann wäre ihr sicherlich dieses andere Gefühl in Marianne entgangen. Weiter hinten oder besser noch unten in Mariannes Körper nahm Kati wahr, dass es sich dort schrecklich öde anfühlte. Wie aufgeplatzte, vertrocknete Erde im Hochsommer. Sie konnte beinahe spüren, wie Marianne all ihre Traurigkeit in diesen Lehm gestampft hatte. Kati hob den Kopf und blickte in die großen Augen der Bäuerin. Sie spürte, wie der Druck auf ihre Brust zunahm, als die Frau sie mit einem tiefen Seufzer noch näher an sich zog. Im gleichen Moment geriet Mariannes ausgedörrte Gefühlslandschaft in Bewegung. Erste Risse zeigten sich. Verkrustungen brachen auf und gaben den aufsteigenden Tränen nach.

Es dauerte lange.

Zweimal vernahm Kati in dieser Zeit Monsieurs wütendes Gezeter, doch sie blieb ruhig auf Mariannes Schoß sitzen. Vorsichtig presste sie ihren kleinen

Kopf noch näher an die Haut, um nur ja keines der Wunder zu verpassen, die sich da unter ihr abspielten. Schließlich jedoch flachten die Wellen ab und das beständige Weinen und Schluchzen ging in tiefes Seufzen über.

Und sogar dies hörte irgendwann auf.

Kati spürte, wie sich zwei weiche Lippen in ihren Nacken drückten, dann wurde sie sanft auf den Boden gesetzt.

Auch Marianne kam auf die Füße und Kati hörte sie mehrmals tief durchatmen.

„So, meine Liebe“, meinte sie schließlich, „jetzt wird es Zeit, dass ich mal nach euren Eiern sehe.“ Sie hielt inne und schaute sich suchend um. „Und der neue Hahn, dieser nervtötende Schreihals, muss schleunigst verschwinden. Ich dachte daran, ihn unserem Nachbarn wieder zurückzugeben.“

Rue de Paradis

Trostlos baumelt die Ente am Haken. Sie ist gerupft, gebraten und tot.

Der Himmel über Paris ist blau. Keine Wolke zu sehen. Die weißen Häuserreihen reflektieren das Licht der gleißenden Frühlingssonne. Meine Augen tränen. Unbarmherzig leuchten die Sonnenstrahlen die Ecken aus. Risse werden deutlich. Die Fassaden blättern. Menschen und Gebäude tragen tiefe Linien, Gebrauchsspuren. Furchen. Rillen. Die Oberfläche ist porös geworden. Trocken. Ausgedörrt.

Die Ente hängt braun gebraten im Schaufenster. Faltig die Haut. Das Fett ist ausgekocht. Das Tier ist gegart. Im Ganzen. Ich ekle mich. Der Anblick der Ente, der verbrannte Kopf, ihr Schnabel noch deutlich erkennbar, lässt sie lebendig erscheinen. Doch vergangen ist ihr das Schnattern.

Am Abend zuvor trank ich blutroten Wein von der Rhône. Er schmeckte nach Beeren und roch nach Vanille und Kirschen. Schwer lag er auf meiner Zunge, die langsam leicht wurde. Mein Geliebter summte. Ich hing an den roten, schnatternden Lippen. Er spreizte gespannt das schillernde Gefieder. Seine perlrunden Augen versanken in meinem wasserblauen Blick. Ich strich mir die Federn glatt, bis sie glänzten. Mein Herz flatterte und ich gackerte mal laut und mal leise. Legte den kleinen Kopf am langen Hals schief und schloss die Lider. Er reckte seinen Schädel elegant in die Höhe und riss den Schnabel weit auf. Er blähte die Brust und schlug mit den Flügeln. Ich machte mich klein und zog die Schwimmhäute ein. Wir gurrten, rupften einander die Federn und pickten gierig die Krumen von unseren Tellern. Es gab *Confit de Canard*. Das Bistro in der *Rue de Paradis* servierte feine Entengerichte. Den Nachtisch versüßte Orangenlikör. Madame Bruni hauchte kleine französische Lieder. Der Kellner hieß Nicolas und liebte die Köchin.

Auf dem Rückweg zur Herberge der Nacht schlenderten wir Arm in Arm über die großen Boulevards. Ich träumte von der Liebe. Wie ganz Paris. So hieß es doch. Der Eiffelturm glitzerte golden. Mein Geliebter sang: „I love Paris in the Springtime“ und ich stimmte selig mit ein. Später liebte er mich im flackernden Licht der grünen Neon-Reklame der Apotheke von gegenüber. Ab und zu heulte eine Sirene durch die Nacht und laut in meinem Kopf.

In der Nacht konnte ich nicht schlafen. Mein Geliebter hatte den Kopf tief in den Federn vergraben. Ich spreizte die Flügel, als wollte ich fliegen. Das breite französische Bett bot nicht genügend Platz für uns beide. Der nahegelegene Teich im *Jardin du Luxembourg* lockte mich in Gedanken mit Wasser und Luft. Leise öffnete ich das Fenster und ließ den Wind hinein. Die kalte Frühlingsluft ließ mich frösteln. Zitternd kletterte ich zurück in die Daunen. Sie waren weich und mein Geliebter warm. Die Nacht war so süß!

Herbe genug die Stadt und der Tag.

Die tote Ente im Fenster zieht meinen Blick erneut an. Ich kann ihn nicht abwenden. Die Erinnerung an die vergangenen Stunden ist so präsent, dass ich mir nicht sicher bin, ob ich vielleicht noch immer träume. Das Geschehen um mich herum ist lebendig. Kunden betreten den Laden und gehen mit orangefarbenen Plastiktüten wieder hinaus. Die Verkäufer laufen geschäftig hin und her. Drinnen ist es dunkel. Braun und blutrot. Es riecht nach gebratenem Fett und scharfen Gewürzen. Ich stehe draußen im Hellen, in der von Autoabgasen verpesteten Luft und spiegele mich in der Scheibe. Dort sehe ich uns: die Ente und mich. Beide so braun und so lang. Ich weiß, wir hängen am gleichen Haken und wecken Appetit und die Lust. Ich fühle mich tot, gerupft und gebraten wie sie. Mein Schnabel verschlossen, die Flügel gestutzt. Kraftlos baumele ich im hellen Tageslicht und warte auf Kunden.

Langsam drehe ich mich zur Straße, öffne den Mantel und schiebe meine Brüste ein Stück weiter nach oben. Ich verschränke die langen Beine in den hohen Lacklederstiefeln, deren Schnürung mich so viele Minuten kostet. Sie locken geduldige Freier.

Gestern den englischen Geliebten, der fragte: „Was kostet die Nacht?" Schon hatte er mich am Haken. Am Morgen hängte er mich in das Fenster der *Rue Saint-Denis* zurück. Er putzte seine Federn, spreizte die Flügel und flog mit lautem Schnattern davon. Verloren war der Glanz meines bunten Gefieders. Grau die Tristesse der Wirklichkeit.

Ich bin wie die Ente, am Ende ein Witz. Ein Glucksen steigt langsam meine Kehle hinauf, ich lache laut auf und recke den Kopf in das wärmende Sonnenlicht.

Ein Akt der Schöpfung

„Jetzt seht euch nur mal die Neue an!" Venus rümpfte empört ihre Nase und warf einen weiteren kritischen Blick in den Spiegel. „Von welchem Ende der Galaxie die wohl stammt?"

„Und dieses Outfit erst!", pflichtete Mars ihr bei, während er damit fortfuhr, seine Muskeln zu stählen. „Blau ist doch vollkommen aus der Mode."

„Gegen mich hat sie sowieso keine Chance." Jupiter blähte stolz seine Brust. „Armes Ding."

Die anderen Planeten murmelten zustimmend.

Terra saß in einer Ecke der Garderobe und schaute betreten zu Boden. Sie hatte Lampenfieber. Es war das erste Mal, dass sie am *Großen Planetarischen Talentwettbewerb* teilnahm und sie wusste nicht, ob sie der Herausforderung gewachsen war. In Gegenwart der anderen Planeten fühlte sie sich klein und unbedeutend und ... nun ... blau!

Anlässlich des äonischen Spektakels hatte der berühmte *Club Milky Way* am Rande des Universums seine Pforten geöffnet. Und alle waren gekommen: Sterne drängelten sich in den vordersten Reihen, einer heller funkelnd als der andere. Kometen konkurrierten untereinander um den längsten Schweif. Selbst ein paar schwarze Löcher hatten sich die Gelegenheit nicht entgehen lassen, obwohl sie – wie immer – zu viel tranken. Sol, der Inhaber des Clubs, stand persönlich hinter der Theke und schenkte jedem seiner Gäste ein strahlendes Lächeln. Die Stimmung war ausgelassen. Man wartete gespannt auf den Beginn des Wettbewerbs. Nur Pluto saß beleidigt am hintersten Ende der Bar und schaute finster drein. Er hatte es noch immer nicht überwunden, dass das Komitee ihn von der Teilnahme ausgeschlossen hatte.

Endlich war es so weit. Die Lichter gingen aus, Musik setzte ein. Dann ein gleißender Spot und Sols Gattin Luna erschien auf der Bühne. Das schwarze Abendkleid brachte ihre Rundungen perfekt zur Geltung. Ihre Stimme erfüllte den Raum bis in den letzten Winkel.

„Mein sehr verehrtes Publikum, liebe Stars und Sternchen. Willkommen zu unserem Wettbewerb. Es wird wie immer spannend werden. Aber ihr alle wisst ja, was euch erwartet" – begeisterter Jubel aus dem Zuschauerraum – „daher will ich keine langen Reden halten. Freut euch also gemeinsam mit mir auf unsere Teilnehmer!"

Begleitet von weiterem Jubel nahm das Programm seinen Lauf.

Venus brachte mit ihrer leidenschaftlichen Version von *I Will Always Love You* so manchen Stern zum Verglühen. Mars' raumgreifende Interpretation eines Kriegstanzes gipfelte darin, dass mehrere Stühle zu Bruch gingen. Allenfalls verhaltenen Beifall erntete Jupiters wortreiche Lobeshymne auf seine eigene Größe. Dafür versetzte Saturns beeindruckende Hula-Hoop-Darbietung mit über hunderttausend Ringen die Menge in Erstaunen.

Von ihrem Platz hinter der Bühne aus beobachtete Terra ehrfürchtig die Darbietungen der anderen Planeten. Ihr Mut sank weiter und weiter.

Neptun und Uranus hatten sich für eine gemeinsame Nummer entschieden. Bei ihrer Mond-Jonglage schwebten streckenweise bis zu zwanzig Trabanten gleichzeitig in der Luft. Merkur, der stets auf seine Schnelligkeit vertraute, verblüffte einmal mehr ein paar leichtgläubige Sternschnuppen mit seinen Taschenspielertricks.

Die Gläser waren bereits geleert, der Abend näherte sich seinem Ende, als Luna erneut die Bühne betrat. „Sehr verehrtes Publikum, liebe Stars und Sternchen, bevor ihr mit eurem Applaus darüber entscheidet, wer dieses Mal die Siegestrophäe mit nach Hause nehmen darf, möchte ich die letzte Kandidatin unseres heutigen Wettbewerbs ankündigen. Sie ist neu dabei und möchte uns mit einem ganz besonderen Talent erfreuen."

Sie machte eine kurze, kunstvolle Pause. „Vorhang auf für Terra!"

Im Saal wurde es schlagartig still. Alle Aufmerksamkeit richtete sich auf die blaue Gestalt, die dort im Scheinwerferlicht ganz verloren wirkte, mutterseelenallein auf der großen Bühne.

Terra zögerte. Sie wusste nicht, ob sie es konnte. Vielleicht hätte sie sich mehr Zeit zum Üben nehmen sollen ... aber nun gab es kein Zurück mehr!

Der Moment wurde zur Ewigkeit.

Aus dem Zuschauerraum erklangen erste ungeduldige Rufe.

Schließlich nahm Terra all ihren Mut zusammen und begann sich zu konzentrieren.

Etwas geschah.

Erst war es nur ein leises Summen, eine kaum hörbare Melodie – die Ahnung einer beginnenden Evolution. Dann schwoll es an, wurde lauter und lauter. Verdichtete sich zu einem polyphonen Klangteppich.

Zischte.

Und brodelte.

Und quoll hervor in einem heißen, pulsierenden Strahl, bis Terra über und über mit der wimmelnden Ursuppe bedeckt war.

Ein tosender Applaus brach aus dem Publikum hervor.

Der blaue Planet wurde gefeiert und umjubelt. Niemals zuvor hatte man im *Club Milky Way* etwas Derartiges gesehen.

„Was ist das nur?", donnerte Jupiters Stimme durch die Weiten des Alls.

Terra lächelte ein kleines, leises Lächeln. „Ich nenne es Leben."

Frank

Frank blieb stehen, starrte auf den Lichtfleck auf einer fensterlosen Wand. Im grauen Putz schwebte eine leuchtende Raute. Die Ränder verloren sich diffus in dem rauen Untergrund. Er suchte nach dem Grund, betrachtete die Fassaden der Häuser, sah eine Hand durch einen Vorhang greifen. Sie tappte nach einem Fenstergriff, packte zu, drehte und zog. Das Fenster kippte, der Lichtfleck an der gegenüberliegenden Wand bewegte sich nach oben, kam zitternd zum Stillstand. Frank schaute in den Himmel. Eine Taube durchflog in einem Bogen die blaue Fläche zwischen den Wänden. Er strich sich mit der Hand durch die Haare, setzte sich in Bewegung, lief die Straße hinauf, blieb stehen, sah sich um. Er war allein. Kein Autoverkehr, keine Fußgänger. Er blickte zu den Fenstern in den Fassaden. Nichts rührte sich mehr. Sie mussten dort sein, hinter den Mauern, den Fenstern, den Gardinen. Hockten dort und stierten raus. Er ging weiter, beschleunigte den Schritt.

„Zur Einkehr." Golden schimmerten die Buchstaben auf dem grünen Schild. Er hielt inne. Unschlüssig stand er vor der schweren Holztür. Eine gewölbte Rauchglasscheibe auf Kopfhöhe warf seine Silhouette zurück. Sein Atem kondensierte an der glatten Fläche. Frank trat ein. Als er den Filzvorhang zur Seite schob, schlug ihm muffige, warme Luft entgegen.

Es waren drei Männer, die jeweils alleine an Tischen saßen und Bier tranken. Er setzte sich an den Tresen, sah unauffällig zu ihnen hinüber.

„Was kann ich bringen?"

Die Stimme war zu weich für den schweren Mann mit der Glatze. Ausdruckslos sah er Frank an. Er meinte, ein schwaches Zittern in der Stimme zu hören, suchte nach einer Regung in der hellgrauen Iris, einem Zucken, einem Schatten. Er kam ihm bekannt vor. Woher, wusste er nicht.

Er bestellte ein Bier und verfolgte die Bewegungen der massigen Arme und Hände beim Zapfen. Der Speck an den Gliedmaßen wirkte, als sei er aufgespritzt, als verbargen sich dahinter die sehnigen Muskeln eines Athleten. Die Verrichtungen des Mannes hatten etwas Gekünsteltes. Er passte nicht hierher, hinter diesen Tresen. Er war falsch. Frank schaute wieder zu den Männern hinüber. Zwei von ihnen tranken Weißbier, einer Pils, taten so, als würden sie sich nicht kennen. Er tastete nach seiner Brieftasche. Die Finger glitten über das glatte Leder, ruckartig stieß er sie ins Dokumentenfach, ließ sie über seinen Ausweis fahren. Die Arme sanken ihm hinab. Frank schluckte, griff mit zittriger Hand zum Glas und stürzte sich den Inhalt in den Rachen. Das Bier rann ihm aus den Mundwinkeln, tropfte am Kinn hinunter auf sein Jackett. Einer der Männer sah zu ihm herüber, glotzte ihn an. War er aufgefallen oder hatten sie auf ihn gewartet? Der Mann drehte sich weg.

„Willste noch ein Bier?"

„Bier?"

„Gibt auch Tee."

„Seh ich aus, als wär ich schwul?", entfuhr es Frank viel zu laut.

„Schon gut, also Bier."

Die fleischige Hand griff nach dem leeren Glas. Er starrte sie an. Sie würde ihn packen, in den Fasskeller zerren, foltern, würgen, wenn nötig, kalt machen würde sie ihn.

Franks Zeigefinger fuhr ruckartig über die Fuge der gekachelten Theke. Er beugte sich zur Seite, folgte dem Finger, ließ sich von dem Barhocker gleiten und ging in schnellen kurzen Schritten die Theke entlang, seinem Arm, seiner Hand, seinem Finger hinterher. Der Atem stoßweise, der Schweiß auf der Stirn. Pochte mit der Fingerkuppe gegen einen großen Steingutaschenbecher, der den Weg versperrte. Er stieß ihn fort. Ein leises Summen erfüllte den Raum, wurde lauter und schriller. Den Mund weit aufgesperrt, stand Frank am Ende der Theke. Die Fingerkuppe am Ende der Fuge, der Theke, am Abgrund. Der Ton zog sich in seinen Kopf zurück, machte schließlich einem Brabbeln Platz. Dann kamen die Worte abgehackt aus ihm herausgesprochen: „Lage vor Ort spitzt sich zu. Spitzt sich zu. Wir brauchen Traumateams. Traumateams zum Einsatzort. Guckt der so, guckt der. Wichser, kleiner Wicht. Kenn euch alle. Alle, steht euch in der Fresse. Nullnummern. Brennpunkt, Brennpunkt. Wie ist die Lage? Die Lage vor Ort? Einschätzung. Einschätzung der Situation. Hier brennt die Luft. Erhöhte Aufmerksamkeit. Restrisiken, der Schlächter, der Schinder. Bericht aus der Hauptstadt. Drei Gäste, gehören alle zum internen Kreis. Das Tier ist auch vor Ort. Vor Ort, sag ich. Zuspitzung sag ich. Sonderbericht. Sonderbericht. Spiegel, einseitig über Theke, dahinter vermutete Zentrale. Es werden keine Gefangenen, Gefangenen gemacht, du Arsch du alte perverse Sau."

Laut lachte er auf, verstummte und sah sich um. Die Männer saßen über ihren Bieren, zwei schauten zum Fenster hinaus, der dritte las in einer Zeitung. Der Ober stellte ihm das Bier so auf die Theke, dass das Glas seine Hand berührte. Der Finger verließ die Fuge, tastete sich zum Rand empor und fuhr in den Schaum und dann zum Mund. Frank schloss die Augen, saugte.

„Hast die Tabletten wieder nicht genommen, was?", fragte ihn der Ober.

Er biss sich auf den Finger und begann zu kichern.

Primzahlenketten

„Und? Marvin. Wie lautet die Antwort?"

In der Klasse war es so still, dass man den Regen draußen in die Gullis rauschen hörte.

Herr Wegner fixierte ihn mit dem kalten Blick einer Giftnatter und schien alle Zeit der Welt zu haben. Marvin hing provokant lässig auf seinem Stuhl, die langen Beine gespreizt und seine Strickmütze tief ins Gesicht gezogen. Er dachte nicht daran, eine Antwort zu geben, wich aber dem stechenden Blick seines Mathelehrers nicht aus.

„Marvin", Wegner legte den Kopf schräg und ein süffisantes Lächeln zuckte kurz über seine Lippen. „Deine intellektuelle Durchdringungstiefe liegt im Nanobereich", konstatierte er kühl und wandte sich ab.

„Leck mich!", zischte Marvin und senkte den Blick, als die Schulglocke schrill die gespannte Atmosphäre durchbrach.

„Coole Sau!" Ben schlug ihm von hinten mit der flachen Hand auf den Rücken.

„Das war krass, der Penner hat ja geschäumt vor Wut!"

Marvin eilte durch das Treppenhaus, schob sich an seinen Mitschülern vorbei und hatte bereits ganz andere Dinge im Kopf. Die wirklich wichtigen Sachen, die brachte einem hier nämlich keiner bei. Stattdessen Primzahlenketten. Er spuckte auf den Boden, drehte den Kopf zur Seite und sah Ben, der hektisch hinter ihm herhüpfte, um Schritt zu halten.

„Ey, was geht, Alter? Abhängen oder was?"

„Keine Zeit."

„Was'n? Bleib mal schön cremig, babysitten kannste später!"

„Geht nicht", Marvin drückte sich nach draußen, ließ den verblüfften Ben stehen und drehte sich um. „Mann, ich muss nach Hause. Kapierste das nicht?" Er stand im strömenden Regen und sah seinen Freund an, dann machte er kehrt und zog sich die Kapuze seines Sweatshirts über den Kopf.

Zu Hause schob er den Schlüssel ins Schloss und öffnete leise die Tür. Für ein paar Sekunden verharrte er mit klopfendem Herzen im Flur und sah zu, wie sich um seine Chucks herum kleine Pfützen bildeten. Es roch nach kaltem Rauch, wie immer. Die Luft war schwer gesättigt von Alkohol, auch wie immer. Aber da war noch etwas. Säuerlich, bitter und er spürte, wie sein Magen sich verkrampfte. Irgendjemand hatte gekotzt. Scheiße, dachte er, straffte die Schultern und spähte ins Wohnzimmer. Seine Mutter lag auf der Couch und schnarchte. Das schmuddelige T-Shirt war hoch gerutscht, entblößte ihren Bauch und die fettigen Haare verklebten das Gesicht. Auf dem Tisch standen leere Bierflaschen, Aschenbecher mit alten Kippen, Pennerfusel und eine angebrochene Flasche Smirnoff. Der Fernseher lief lautstark und unbeachtet. Alles wie immer. Mit einer Mischung aus Furcht und Erwartung musterte der Junge seine Mutter, als sich ihre rotgeränderten Augen träge öffneten. „Glotz nicht so dämlich", lallte sie rau. „Hast du Bier mitgebracht?"

„Ja", antwortet er.

„Zigaretten?"

„Vergessen."

„Warum stehst du Idiot dann noch hier?“, fauchte sie. „Du bist genauso ein wertloses Stück Dreck wie das Schwein, das dich gezeugt hat! Los, mach hin und kümmere dich gefälligst erst um deine Schwester!“

Damit wälzte sie sich schwerfällig auf dem Sofa herum und begann augenblicklich wieder zu schnarchen. Marvin verharrte noch für eine Sekunde, bis er sicher war, dass sie weiter ihren Rausch ausschlief und grinste dann. Alles lief perfekt.

Er schlich hinaus und betrat einen mit Müll, Unrat und schmutziger Wäsche vollgestopften Raum, der mal ein Schlafzimmer gewesen war. In der Mitte stand, wie eine kleine einsame Insel, die Wiege.

Marvin beugte sich hinüber und sein Blick wurde weich. Da lag Samantha. Seine kleine Schwester. Gerade fünf Monate alt und für seine Begriffe zu dünn, zu klein und zu blass – und so allein. „Hej *little sister*“, hauchte er und strich ihr ganz sanft über das winzige Gesicht. „Na, schon viel Spaß gehabt heute?“

Sam sah ihn mit riesigen Augen forschend an.

„Ich habe eine Idee!“ Das Baby gluckste und Marvin zog sich lautlos und rasch sein Sweatshirt über den Kopf. Er hatte alles in den letzten Tagen vorbereitet und wusste genau, wie er vorzugehen hatte. Schnell kramte er seine Sporttasche hervor. Darin lagen gefaltete Frauenkleider, in die er jetzt schlüpfte. Ein Rock, Strümpfe und ein Jackett. Mit Jennys Paris-Hilton-Brille, die er sich geliehen hatte, würde ihn keiner erkennen. Vorsichtig hob er nun Sam aus der Wiege, wickelte eine Decke um ihren Körper und legte beschwörend einen Finger auf seinen Mund. „Bitte sei still!“, flehte er und schob das Bündel in die Sporttasche.

Mit zusammen gebissenen Zähnen zog er den Reißverschluss zu, packte sich die Tasche unter den Arm und richtete sich entschlossen auf.

„Ojojoj!“ – Sybilla Henkel hastete mit wehendem Kittel den Gang hinunter. Die junge Stationsärztin verfluchte die Kanne Hagebuttentee, die sie zum Frühstück getrunken hatte. Es gab so viel zu tun, dass selbst ein Gang zum Klo reinste Verschwendung war und wertvolle Zeit kostete, in der sie sich lieber um ihre Patienten kümmerte.

Sie riss die Tür auf, nestelte schon an ihrem Hosenknopf herum, als sie ein leises Wimmern erstarren und aufhorchen ließ.

Da war es wieder.

Ein Brabbeln.

Vorsichtig ging sie in die Knie, spähte unter den Kabinen hindurch und erblickte eine Tasche, die in einer Nebentoilette abgestellt war.

Eine kleine Faust griff hinaus, öffnete sich und verschwand wieder.

„Oh – mein – Gott!“

Völlig vergessend, warum sie hier war, öffnete sie behutsam die Tür und sank fassungslos auf die Fliesen.

Da lag ein kleiner Mensch in der Tasche und warf ihr ein zartes, zahnloses Lächeln zu.

Sybillas Herz zog sich zusammen. „Hallo, du kleine Maus“, flüsterte sie sanft und schob vorsichtig mit einer Hand die Tasche auseinander. „Ich glaube, du brauchst dringend eine neue Pampers.“ Sie schnupperte lächelnd. Auf der Decke, in der das Baby zappelte, lag ein kleines Blatt Papier. Sie erstarrte und spürte, wie sie völlig ungeschützt von einer Woge widerstreitender Gefühle überwältigt wurde. Mitleid, Zorn und Sorge ließen wie eine heiße Welle ihre Augen fluten. Ein einziger Satz war auf das Blatt Papier geschrieben:

Bitte helft meiner Schwester!

Asche im Wind

Er spürte die Wärme des Windes auf der Haut und die Kälte der Angst in seiner Brust.

Mit den Füßen scharrte er über den rotbraunen Sandstein, der in nicht einmal zehn Metern Entfernung jäh in die Tiefe abfiel, als wäre die Welt dort zu Ende. Mehrere Etagen unter ihm erstreckte sich das endlose Mittelmeer in einem tiefen Blau. Farben! Das hatte er gesucht: intensive, lebendige Farben, die keinen Verdacht auf Tod äußerten.

„Dieser Ort ist nicht nur geeignet, er ist perfekt“, schwärmte er.

Still nahm er einen tiefen Atemzug, während seine Finger den Griff des Koffers umfassten, als könne er sich daran festhalten. Gefühle von Zufriedenheit und Anspannung eiferten in ihm um die Wette.

Francesca wunderte sich. Sie war regelmäßig hier, hatte aber noch nie einen solch komischen Vogel gesehen. Der Mann mochte in den späten Vierzigern sein, einer von der sportlichen Sorte: schlanke Figur, schnittige Kurzhaarfrisur. Er trug einen dunkelblauen Anzug, dazu schwarze Schuhe, die im Licht der Sonne blitzten. Damit passte er in etwa so gut in die Landschaft wie ein Elefant auf eine freischwingende Hängebrücke.

Neugierig beobachtete sie sein seltsames Gebaren.

So weit so gut – der Entschluss war das Eine, die Tat etwas völlig anderes. Was ihn am meisten störte, war der steife Wind, der stetig aus dem Süden wehte: Scirocco – er hatte davon gehört. Nicht, dass es ihn gestört hätte. Als gebürtiger Hamburger war er eine Brise gewöhnt, es würde das Vorhaben nur erheblich erschweren. Seine Unsicherheit war ohnehin groß genug – jetzt, da er wusste, wie tief es hinab ging.

Wenn er doch nur etwas hätte, an dem er sich festhalten konnte: ein Geländer, eine Bank, eine Felsformation, egal was. Der Griff um den Koffer war nichts weiter als eine Ersatzreaktion. Zögernd ging er einige Schritte auf den Abgrund zu, stampfte dann mit dem rechten Bein, um die Festigkeit des Felsens zu testen. Der Fels hielt, er tat dies seit Tausenden von Jahren – wie konnte er zweifeln? Fuß um Fuß schob er sich vor, wie ein Tastender in der Dunkelheit. Je weiter er kam, desto tiefer erschien ihm der Abgrund, der keine Mannslänge vor ihm wie zur Begrüßung gähnte. Oder ihn auslachte.

Der Plan hatte so einfach geklungen, wie das bei Plänen häufig der Fall war. Er wagte einen weiteren Schritt, größer als alle zuvor, nicht ohne das andere Bein hinten zu behalten, als letzten Sicherungsanker.

Vorsichtig schob er den Kopf über die Kante. Steine bröckelten, sein Herz hämmerte – Beklemmung, Schwindel, Schweißausbruch. Er musste verrückt sein!

„He! Was tun Sie da?“

Manfred schrak zusammen. Er war sich sicher gewesen, allein zu sein. Bevor er sich umdrehte, trat er von der Kante zurück.

„Sie haben mir einen fürchterlichen Schrecken eingejagt!“, rief er lauter als gewollt. „Wollen Sie mich umbringen?“

In einiger Entfernung stand eine junge Frau, knapp bekleidet mit einem Unterhemd und abgeschnittenen Jeans. Ihre schwarzen Haare wehten nach hinten. Die feinen Gesichtszüge musterten ihn mit Interesse. Sie sprach ohne Akzent.

„Sie werden sich selbst umbringen, wenn sie nicht Acht geben“, sagte sie und kam auf ihn zu. Ihre Bewegungen hatten etwas Elegantes.

„Vielleicht will ich das ja“, erwiderte er. Es klang wie die Antwort eines trotzigen Bengels; die Bitterkeit war zu ihm zurückgekehrt. Kann sie mich nicht einfach in Ruhe lassen, fragte er sich. Sie wird noch alles vermasseln.

Ihre Mokassins wirbelten rotbraunen Staub auf, der sogleich vom Wind verdriftet wurde.

„Sie wollen sich umbringen? Da kenne ich eine bessere Stelle.“ Sie sagte dies, als spräche sie über das Wetter. Ihr Lächeln war echt.

„Wie meinen Sie das? Weshalb sollte diese Stelle nicht gut genug sein?“

„Der Wind wird Sie gegen die Felsen werfen. Schmerzhafte Sache. Es dauert lange, bis Sie unten sind, und bevor Sie aufklatschen, wird's höllisch wehtun.“

Erneut tastete ihr Blick ihn ab, skeptisch, und von oben bis unten.

Er kam sich vor wie ein Tier im Zoo.

„Woher wollen Sie das wissen?“ Manfred fühlte sich zunehmend unwohl. Er wollte allein sein in den letzten Minuten – Zuschauer konnte er nicht gebrauchen.

„Mein Vater liegt dort unten.“

Erneut diese Nüchternheit in einer weiß Gott nicht belanglosen Sache.

Die Frau trat bis dicht an die Kante, so dass der Wind sie voll erfassen konnte. Die Böen blähten ihr Top wie ein Segel.

„Er war Klippenspringer, wollte seinen Mut beweisen. Mutig war er zweifellos. Er hat mir alles beigebracht.“

„Sie springen selbst?“

Sie nickte mit einem stolzen Lachen und deutete nach hinten, über das Plateau hinweg.

„Auf der anderen Seite sind die Felsen steiler, zudem weniger Wind. Sie werden fallen wie ein Stein“, sagte sie und strich sich einige der tanzenden Strähnen aus dem Gesicht.

Als er nicht reagierte, fuhr sie fort: „Weshalb wollen Sie springen?“

Verflucht noch mal! Sie quatschte ihm die ganze Trauer aus dem Verstand. Er seufzte: Also gut! Vielleicht ließ sie ihn danach in Ruhe.

„Es passierte vor einer Woche ... ein Bahnübergang ... der Motor stotterte. Ich kam noch raus ... nur ich... Ich hätte sitzen bleiben sollen... Mir zuliebe war sie nach Hamburg gezogen, obwohl sie das Wetter hasste. Sie war ein Kind der Sonne.“ Er redete wie ein Automat, als bespräche er ein Tonband.

„Und nun wollen Sie ihr folgen? Weshalb stehen Sie dann hier? Gibt es bei Ihnen keine Brücken?“

Er antwortete nicht gleich.

„Ich wollte sie nicht dort beerdigt wissen. Sie sollte nicht frieren, nie wieder. Ich schlug einen Atlas auf, fuhr mit dem Daumen nach Süden und landete hier.“

Francesca runzelte die Stirn: „SIE sollte nicht frieren?“

Manfred klopfte auf den Koffer. „Es war ihr Wunsch, über das Meer zu fliegen. Hier wird sie sich wohl fühlen.“

Francesca verstand.

Rosa Salon

Es gibt Geschichten, in denen die Prinzessin ihren Königssohn bekommt.

So eine Geschichte ist diese hier nicht.

Und es gibt Geschichten, in denen das Ungemütliche verschwiegen wird.

So eine Geschichte ist diese hier auch nicht.

Entrüstet schwimme ich hin und her.

Soweit scheint dieser Erdenbürger da draußen ja ganz akzeptabel. Doch dieses Mal hat er übertrieben.

Ein Schwarm Weibchen, bunt wie Zirkuspferde.

Oh – mein – Gott, blubbere ich und nehme Kurs auf die steinerne Ruine links hinten im Aquarium. Zwischen all den erbsengrünen Algen meine Oase.

Aus wunderhübsch nachtblauen Glubschaugen beobachte ich diese dummen Hühner. Wie albern sie dahinziehen. Schön nahe am Glas vorbei, damit man auch ja hinsieht. *Tss.*

Das mit der Frauenquote finde ich solchermaßen übertrieben. Wie das in den Medien aufgebauscht wird. Schräg. Gut, dass mein Aquarium mitten im Wohnraum steht, so kann ich, bequem aus meiner echten Koralle, die Nachrichten mit verfolgen. Doch gleich sieben dieser Gattung bei mir abzuladen ist doch wohl der Gipfel!

Während ich die Stellung halte – explizit säubere ich meine glänzend schwarzen Schuppen – lasse ich die Eindringlinge nicht aus den Augen.

Ach, was sehe ich heute wieder gut aus. Ich beschaue meine Widerspiegelung an der Scheibe des Aquariums und stelle fest, mit was für Traummaßen ich ausgestattet bin: Vier-fünf-vier. Ideal. Ein wahrer Prachtbursche von Goldfisch.

Ein waschechter *Blackmoore.* Ich bin *Marshall Blackmoore.* Und ich bin schwul. Suche einen Partner und bekomme Jahr ein, Jahr aus, Mädels vor die Kiemen gesetzt. Ein Desaster!

Und jetzt sagen Sie, aha, deshalb der Hype um die Weibchen.

Genau. Deshalb!

Aber ich habe ja Möglichkeiten, kenne ich doch diesen, und auch den Ort außerhalb des Beckens, wie meine Schuppentasche. *Blubb.* Ein wenig Yoga noch, dann habe ich meine Fassung zurück erlangt.

Mit anmutig schwingenden Bewegungen gleite ich lautlos durch mein Reich, hinüber zu den Wasserbläschen. Mein hauseigener Whirlpool. Das neugierige Frauenpack schwirrt davor herum und versteht, natürlich, dessen Zweck nicht. Galant drücke ich mich durch die Störenfriede und schiebe genüsslich mein Hinterteil unter das sprudelnde Nass.

Himmlisches Prickeln durchströmt mich bis in die Flossenspitzen. Die Damen verziehen angewidert ihren fischigen Mund und schwanken davon. *Bingo.*

Schon in dieser Nacht wird der Rosa Salon wieder mein Reich sein. Es wäre doch gelacht!

Doch vorerst entschuldigen Sie mich! Ich muss meinen Astralkörper entspannen und ein wenig wässern. *Mon dieu.*

In selbiger Nacht.

23 Uhr, eine Hand tief im azurnen Gewässer.

Die Rotalge eignet sich hervorragend als Knebel. Vorausgesetzt, man lutscht lange genug auf ihr herum. Die Bindung von Grünzeugs und Speichel kann wahre Wunder vollbringen. Damen Nummer eins bis sieben geben jedenfalls keinen Mucks mehr von sich – seichte wabern sie hinter mir her – eingewickelt wie Rouladen.

Detektivisch quere ich Geheimwege, die Fischfrauen im Schlepptau, bis wir die Öffnung am oberen Deckel erreichen. Vom dekorativen Schiffswrack in meinem Zuhause, habe ich Räuberleiter und Enterhaken zu meinen Ersthelfern auserkoren. Ein Wurf, gezielt und getroffen. Eingehakt am Mahagoniholz.

Nachdem ich die sieben abgeseilt habe, mache ich mich an den beschwerlichen Abstieg – immer wieder nervöse Blicke umher werfend – ob mein Plan auch ja nicht auffliegt.

Der Gartenteich rückt in überschaubare Nähe. *Hach.*

Die Leichtigkeit der Gefangenen macht es mir einfach. Ist ja auch nicht das erste Mal.

Wenn Sie verstehen, was ich meine.

Durch kratzigen Teppichboden, in hässlicher, menschenblasser Farbe, schaffe ich mir den Weg zu meinem Glück. Wie Schneisen im Dschungel schlagend, wühle ich uns hindurch. Drei der Weibchen geben erste Kiemengeräusche von sich.

Widerlich.

Ein leichtes Spiel haben wir mit der Katzenklappe. Dort hindurch, kindlich einfach. Fast schon beleidigend einfach. Ich, als *Marshall*, bin andere Gewalten gewohnt. Und wo dieses Katzenuntier abgeblieben ist, berichte ich Ihnen ein anderes Mal (ein Zwinkern meines linken Perlmuttauges werfe ich nun in Ihre Richtung, unterstrichen durch ein süffisantes Lächeln), wenn dieses Thema hier erledigt ist. *HmHm.*

Die blauviolette Wasseroberfläche schimmert verführerisch. Spiegelungen reinster goldgelber Sterne sind zugegen. Der Wind huscht unter unsere Schuppen, ich schüttel mich sachte. Im altertümlich düsteren Haus hinter uns ist es gespenstisch still. Vorsichtig, *Blackmoore*!

Seerosenblüten, hübsch wie Himbeerkissen, holen mich aus meiner Unsicherheit. Gemächlich schwimmen sie im Teich dahin. Wie gerne würde ich darauf zur Ruhe kommen. Keine ermüdenden Weibchen mehr, die mich inkommodieren oder meine barsche Art an den Pranger stellen.

Ein bissiger Beobachter wie ich, – hierbei wedel ich galant mit der mokkaschwarzen Flosse – bemerkt in Sekundenschnelle die rot glühenden Lichter, die mich aus dem Teich heraus anstarren. *Sexy.* Ich wage mich an den Abschuss der Umrandung und tauche meine Maulspitze hinein. Da sehe ich ihn. Ein zauberhaftes Prickeln schließt mich fast umgehend ein und ich fühle mich meilenweit vom Aquarium entfernt. In wogende, fließend samtene Farbe gehüllt, treibt er vor meinem nachtschwarzen Antlitz dahin. Ein Gefäß voll bunter Perlen, das ist mein erster Gedanke, bevor ich in die Tiefe gleite.

Die Weiber am Rande des Teiches sind mir in diesem Augenblick gänzlich einerlei, wie Sie sicherlich verstehen können. Sollen sie sich davonmachen. Meinetwegen zurück in den Rosa Salon.

Ich schwimme in prächtig anmutenden Zügen hinter dem Jüngling her. Er riecht nach Seegras und Schlamm. *Ich werde noch ohnmächtig*. Wo ist er hin? Er ist fort ...

Wehrlos treibe ich weiter, nur durch die Kraft der Liebe. Im Olivgrün des Beckens finde ich meinen König verborgen in einer versunkenen Karaffe. Er sieht mir genau in die Augen. *Atme, Blackmoore*!

„Wer bist du?" Seine Stimme eine wahre Emulsion.

Der Versuch zu salutieren scheitert, ich plumpse vor ihm in den Morast. „Ich bin *Marshall Blackmoor*e, Verehrtester. Und wie ist Ihr werter Name?"

„Aber bitte, nein, nein, nein, nein, nein" – und dabei rüttelt er mächtig den hübschen Schopf, „sage doch Du zu mir. Ich bin *Hippocampus Longtail*."

Seine zarte Flosse verschmilzt in meiner.

Nun fragen Sie sich sicher, wie die Geschichte weitergeht?

Es trägt sich folgendermaßen zu:

Die Damen haben etwas zu lange gewartet, um sich zu befreien. Tja. So kann das gehen. Eine Bestie, welcher Art ist mir bis heute schleierhaft, hat sich an ihnen gütlich getan. Das Grätenskelett ist mir in schrecklicher Erinnerung. *Hippocampus* hilft mir beim Auszug aus dem Rosa Salon. In einer Nacht- und Nebelaktion lösen wir den Salon auf und machen uns auf den Weg in den Süden. *Mauritius*.

Und dort leben wir hoffentlich glücklich und zufrieden bis ans Ende unserer Tage.

Unerwartet Marseille

Ich bin nicht darauf vorbereitet. Marseille. Ich soll etwas schreiben, für meine Zeitung.

Ich war zwar schon einmal da, aber das ist ewig lange her, Marseille vor über dreißig Jahren. Wie's heute aussieht, keine Ahnung Die Redaktion meinte, der Kollege vom Reisejournal sei ausgefallen, ich spräche Französisch, und ich würde das schon hinkriegen.

2013. Marseille ist Kulturhauptstadt Europas. Erste Annäherung über die offizielle Website von Marseille: Hafenstadt „zwischen Hügeln und Meer, von Jahreszeiten und Leidenschaften geprägt ... einzigartiges historisches Erbe ... mal lieblich, mal rebellisch."

Okay, das reicht fürs Erste.

Ich reise hin. Den Flug zahlt die Redaktion. Hinflug: 4. 9. 2013, Rückflug: 6. 9. 2013.

Am 5. 9. ist der deutsche Bundespräsident in Marseille.

Im Flieger lese ich weiter über außergewöhnliche Sehenswürdigkeiten, den Charme der einhundertelf Stadtviertel und das milde Klima. Einwanderungsstadt. Gekocht wird armenisch, griechisch, italienisch, jüdisch-sephardisch, korsisch, levantinisch, maghrebinisch, spanisch.

Ich kenne einen Journalisten bei *La Provence*. Den habe ich angerufen. Er holt mich am Flughafen ab, bringt mich in mein Hotel am Alten Hafen und dann bin ich allein.

Es ist Vormittag. Meine ersten Schritte führen mich zum Quai des Hafens *Vieux Port*. Der Blick schweift über das ruhige Wasser und die Segelboote bis zur Kirche *Notre-Dame de la Garde*, die, auf einem Hügel gelegen, das Stadtbild prägt. Touristenboote fahren zum *Chateau d'If*, der alten Kerkerinsel in der Bucht vor der Stadt. Am Ende des Hafens der kleine Fischmarkt; Seewasser-, Tang- und Fischgeruch steigen mir in die Nase. Im *Quartier du Panier* bestelle ich mir in einem der alten Bistros an der *Rue Saint-Pons* einen *Café-au-lait*. Ich lasse mir Zeit. Ich spüre der Atmosphäre nach, der Stimmung in einer uralten, mediterranen Stadt. Die Kultur kann warten und der Präsident kommt erst morgen. Mir fallen Asterix und Obelix ein, die waren auch schon hier: Auf ihrer *Tour de France* verlangen sie in einer Schiffertaverne nach einer *Bouillabaisse*.

5. September. Der Präsident hält eine Ansprache in der *Villa Méditerranée* vor Schülern und Studenten. Die Visionen der Jugend, ihre Sehnsucht und ihr Engagement die Welt zu verändern, seien der Reichtum eines Landes, lese ich später, die Jungen müsse man begeistern für den Bau von Europa. Ich bin nicht hingegangen, obwohl ich eingeladen war.

Ich bin heute im Norden der Stadt. Autobahnen und Schnellstraßen zerschneiden die Wohnviertel aus heruntergekommenen Sozialbauten. Hier ist kein Ort zu leben, kein Ort für schöne Worte. Hier hausen die Armen. Die

Jungen hier wollen auch die Welt verändern. Zum Besseren, zu ihrem eigenen Besseren. Francois ist einer von ihnen.

Wir stehen in einem engen, schmutzigen Bistro an der Bar. In der Luft hängt noch der abgestandene Geruch des gestrigen Abends. Zum Frühstück hat Francois Kaffee und ein Croissant, von gestern, bestellt, es kostet nur die Hälfte. Er zeigt auf seine abgerissenen Jeans. „Nicht so gekauft, *used look* – ich trag sie nur schon ewig lange", sagt er, „und auf meinem T-Shirt steht ‚*yes we can*', aber auf dem Rücken. Du kannst es nur lesen, wenn ich weggehe, und es dann eigentlich zu spät ist."

Wir verstehen uns.

Ich betrachte sein Gesicht: Braune Augen unter dichtem, dunklem Haar, über einer leicht gebogenen Nase, schmalen Lippen und einem energisch vorgereckten Kinn. Sieht so ein Dealer aus? Er wirkt offen, freundlich, sympathisch. Er sagt so einfache Sätze, wie: „Kann man ein Haus bauen, wenn die Steine nicht zueinander passen?"

Er meint seine Stadt, sein Land, und er hat des Präsidenten Rede nicht gehört. „Hier ist jeder sich selbst der Nächste, es geht immer ums eigene Überleben."

Ich bestelle einen zweiten Kaffee und noch einmal Hörnchen, frische jetzt, von heute. Den Kontakt zu Francois hatte mir der Journalist von *La Provence* vermittelt. Aus der Presse wusste ich, Marseille ist nicht nur Kunst, Kultur und Romantik, Marseille ist auch Frust, Armut und Gewalt. Ich habe über Drogenhandel und Bandenkriege in den *Banlieues* von Marseille und über brutale Morde gelesen.

Francois erzählt von seinem Freund, ganz leise: „Achtzehn war er. Ich hatte mich verabredet mit ihm, hier im Bistro, vor genau siebzehn Tagen. Er kam nicht." Er fährt sich mit den Fingern durchs dichte Haar, atmet schwer, hebt die Schultern, stößt zischend die Luft aus und lässt die Schultern wieder sinken. „Er hat es nicht geschafft bis hierhin, hundert Meter weg von hier war es, er wurde niedergestochen, hundert Meter nur, aber er hat es nicht mehr geschafft. In der Notaufnahme war es zu Ende mit ihm. Mit ihm, meinem besten Kumpel." Er sagt es sehr ruhig, wie man jemandem mitteilt, wann der letzte Zug nach Hause geht. „Hier im Milieu geht es jeden Tag ums Überleben." Ein wenig bitter klingt seine Stimme, als er sagt: „und vielleicht habe ich heute schon mein Croissant von morgen gegessen."

„Und?", frage ich, „wie geht's weiter? Kommst du da irgendwie raus?"

„Wie naiv bist du? Wo soll ich raus, wo soll ich hin, wo soll ich leben und wovon?"

Einfache Fragen, aber schöne Worte helfen hier nicht. Ich zucke mit den Schultern und gebe ihm meine Visitenkarte. „Wenn du was brauchst, ruf mich an!", sage ich hilflos und wende mich der Bedienung zu, um die Rechnung zu begleichen.

„Ja, ja", sagt er, sonst nichts.

Wir verlassen das Lokal durch die schmale, gläserne Eingangstür und wechseln aus dem Schatten der Häuserfront in die Sonne auf der anderen Straßenseite. Francois geht seitlich einige Schritte hinter mir. Ich höre das Aufheulen eines Motorrads, das laute Fahrgeräusch, das Quietschen der Bremsen und dann den Schuss. Ich wirble herum, zurück zu Francois, zerre ihn von der Straße. Ich kann ihn nicht halten, er sinkt auf das Pflaster.

„Ja, ja“, stöhnt er, meine Visitenkarte hält er zwischen den Fingern.

Er braucht sie nicht mehr.

Grüne Welt

Brady seufzte. Es ist wieder Zeit, dachte er. Er musste seine Reise jetzt beginnen. Lässig baumelte sein linker Arm, während seine Augen das Grün durchforsteten. Lichtsprenkel auf dem Bauch, vom Wind bewegt, ließen die grünen Haare leuchten. Winzige Motten versorgten die Algen in seinem Fell mit Dünger. Die drei Finger der rechten Hand umklammerten mit ihren langen Krallen den Ast, der nach einer unhörbaren Melodie tanzte. Summen und Schaben, Rascheln und Zischen erfüllte die Luft. Feuchtigkeit legte sich in Perlen auf alles, was kühler als die Umgebung war. Da seine Körpertemperatur niedrig war, übersäten grünschimmernde Kostbarkeiten sein Fell.

Hektisches Treiben umgab Brady. Manche der Wesen flogen so geschwind, dass seine Augen nur ein grünes Blitzen erhaschten. Andere hasteten auf geheimnisvollen Wegen über Stämme, Äste, Blätter. Alle waren winzig. Fast alle. Alle waren schnell. Sie eilen und hetzen herum, als wäre ihr Leben zu kurz, um alles zu erledigen, dachte Brady.

Sein Blick fiel auf einen Flieger, so nannte er sie, der hervorstach. Dieser war rot, blau, gelb und doch auch grün. Und groß, zumindest im Vergleich zu den meisten anderen, die hier herumflogen. Der Flieger taumelte und krächzte unverständliches Zeug. Doch er taumelte schnell. Schon war er im Dickicht verschwunden. Einzig seine Rufe ertönten noch eine Weile.

Brady schauderte. Herauszögern war nicht möglich.

Wie ich es hasse, nein – fürchte! Bradys Gedanken wanderten zu Dypus, seinem geliebten Freund, der von seiner letzten Reise nicht zurückgekehrt war. Das Herz in Bradys Brust gefror zu einem Klumpen, der sich die Kehle hoch schob. Er schluckte. Schluckte und schluckte. Das Herz plumpste zurück und schlug wieder.

Es ist Zeit! Seine linke Hand erntete ein letztes Mal Nahrung. Die konzentrierte Energie der Algen würde ihm helfen, seinen Weg zu machen. Seine Finger pflückten Grün. Die Haare, grau, wippten zurück, farblos. Dann ging es abwärts. Je tiefer Brady kletterte, desto weniger Leben gab es.

Er tauchte in eine farblose Welt ein. Dunkel und kühl war es hier. Vielfarbiges Grün wurde durch Braun und Schwarz ersetzt. Zögernd löste Brady seinen Fuß vom Stamm des Baumes. Feste Borke wich schwammigem Braun. Er schluckte erneut. So nah am Ziel, so nah die Gefahr. Beherzt sprang er. Sofort begann er, ein Loch zu graben.

Auch hier gab es Leben, Flieger und Krabbler, nicht grün, sondern schwarz und klein. Doch es gab auch Zahnträger, groß, erdgebunden mit ausgezeichnetem Gehör und Geruchssinn. Und schnell.

Bradys Klauen bewegten sich, als führten sie ein Eigenleben. Bald war eine Grube geschaffen. Fast fertig. Er krabbelte über die Grube. Gerade jetzt war er am verletzlichsten. Seine Augen scannten die Umgebung, die Ohren meldeten: Alles ruhig.

Er entspannte seine Darmmuskulatur. Gleichzeitig mit seinem Darminhalt verließen zahlreiche Untermieter Bradys Körper, die flatternd darauf warteten, dass der Weg zum Kothaufen frei wurde. Die Mottenweibchen suchten einen Platz darin zum Eierlegen. Aus einem ähnlichen Haufen in der Nähe erhoben sich neu geschlüpfte Motten und fanden ihren Weg in Bradys Fell.

Der Darm war fast leer, da hörte er ein bedrohliches Knurren. Jetzt kam es auf Geschwindigkeit an. Der Baum war nur einen Meter entfernt. Das Knurren kam näher. Endlich war der Darm entleert. Brady rannte zum Baum. Nur Höhe konnte ihn retten.

Der knurrende Feind besaß scharfe Krallen und war extrem schnell. Als Brady den Baum erreichte, war sein Verfolger dicht hinter ihm. Brady umklammerte den Baumstamm und zog sich hoch. Geschwind weiter. Seine Augen sahen Grün, sein Ziel. Unter ihm schlugen scharfe Krallen tiefe Kratzer in die Baumrinde. Das Knurren schwoll an. Eindrückliche Ermahnung, wie knapp es gewesen war. Geschafft. Dieses Mal war er schnell genug gewesen.

Er erreichte seinen Lieblingsast. Lässig baumelte der linke Arm, während seine Augen das Grün durchforsteten. Um ihn herum herrschte eifriges Leben, als gäbe es kein Morgen. Brady hatte Zeit. Sieben lange Tage, bis er sich wieder der Gefahr stellen und seine Reise aus dem Grün ins Schwarz antreten musste.

Weihnachten 1966

Ich erkannte ihn schon von Weitem. Den wiegenden Gang hatte er ebenso wenig abgelegt wie die leicht schräge Haltung seines Kopfes, die ihm schon in unserer Kindheit das unvorteilhafte Aussehen eines angeschlagenen Boxers verliehen hatte. Nur die Nase hatte er wohl zwischenzeitlich richten lassen.

„Vetter Alfons!", begrüßte ich ihn mit ausgebreiteten Armen, überrascht von der Fülle seines Haares und dem Fehlen jeglichen Graus darin. „Schön, dich zu sehen, nach all der Zeit."

Neununddreißig Jahre waren vergangen seit dem denkwürdigen ersten Weihnachtstag des Jahres 1966. An jenem Tag hatten sich unsere Familien restlos zerstritten ... und Vetter Alfons und ich, wir hatten dabei eine nicht unwesentliche Rolle gespielt.

Der älteste Sohn meines Onkels mütterlicherseits versuchte gleich einen Tiefschlag zu landen: „Einmal ein Heuchler, immer ein Heuchler, nicht wahr, Wernerle?"

Er gab mir förmlich die Hand und schlug vor: „Werfen wir doch zuerst einen Blick in das Objekt."

Aus einer ledernen Umhängetasche, die mir viel zu groß vorkam für diesen Anlass, zog er zwei Schlüssel hervor, von denen er mir einen aushändigte, den zweiten behielt er für sich.

„Unser Champion kommt wie immer gleich zur Sache, was?", zog ich ihn auf.

Besagtes „Objekt" war das ehemalige Haus von Oma Else, die in ihrem Testament verfügt hatte, dass Alfons und ich dieses Haus zu gleichen Teilen erhalten sollten. Und was mich betraf, stand bereits fest: Verkaufen? – Nur über meine Leiche!

Wir marschierten durch den schmalen Flur des kleinen Hauses, jeder Schritt ein Schritt zurück in die Vergangenheit. Vor der Tür zu Omas guter Stube blieben wir stehen. Ich klopfte und wartete auf ein Zeichen, genau so, wie Oma es gewünscht hätte.

Meine Augen füllten sich mit Tränen, mit ihnen wurden Erinnerungen an die Oberfläche gespült, die mir im Beisein von Vetter Alfons peinlich waren.

„Herein, wenn's kein Schneider ist!", hatte es von innen getönt. Ich hatte die warme, einladende Stimme meiner Großmutter sofort erkannt und öffnete die Tür mit der unverdorbenen Ehrfurcht eines Kindes. Als wir eintraten, ich voran, dahinter meine kleine Schwester Doris und schließlich meine Mutter, schlug uns das Stimmengewirr der versammelten Verwandtschaft entgegen. Mein Vater war noch einmal zurückgeeilt, weil er etwas in unserem Wagen vergessen hatte, einem VW Käfer, seinem ganzen Stolz. Erst später erfuhr ich, dass er auf diese Weise die Zutaten für seinen Gin Fizz ins Haus schmuggelte.

In der Stube duftete es nach weihnachtlichen Gewürzen und frisch geschlagener Fichte. Dazwischen mischte sich stickiger Zigarettenqualm: Ernte 23, Opas Lieblingsmarke.

„Ach, Wernerle, du bist aber groß geworden", begrüßte mich Oma Else.

„Ich bin schon elf!“, gab ich ihr umgehend zu verstehen, in der Hoffnung, das reichte aus, ihren obligatorischen Begrüßungskuss zu verhindern und das „Wernerle“ auf den Schuttabladeplatz großmütterlicher Geschmacklosigkeiten zu verbannen.

Aber weit gefehlt!

Nach dem mannhaft durchgestandenen Begrüßungsritual sprang mir Omas prachtvoller Weihnachtsbaum, geschmückt mit silbernen Kugeln und viel Lametta sowie einer polierten Spitze, ins Auge. Bei genauerem Hinsehen kamen verschiedene Knickebein-Variationen zum Vorschein, mal war es ein Fass, mal ein Stiefel und mal eine Flasche. All diese in Stanniolpapier eingeschlagenen gefüllten Schokoladenteilchen hatte Oma Else in mühsamer Kleinarbeit an den Zweigen befestigt.

Als meine kleine Schwester Doris versuchte, einige der Süßigkeiten vor der Zeit vom Baum zu reißen, schlug ich ihr beherzt auf die Finger, ganz so wie es mir als älterem Bruder zustand, und die kleine Nervensäge flüchtete sich heulend in die Arme unserer Mutter.

Die Vorfreude auf Omas süße Teller, bestückt mit Schokolade und Lebkuchen, dazu Spekulatius, Zimtsterne, Marzipankartoffeln und Walnüsse, war für uns der Gipfel kindlichen Glücks. Niemand erwartete eine X-Box, eine Play-Station oder ein Handy als Geschenk. Zur damaligen Zeit hätten meine Eltern auch gar nicht das Geld dafür gehabt.

Ich spürte den Ellbogen meines Vetters an meiner empfindlichen linken Seite und schnellte abwehrbereit herum.

Alfons deutete auf die Längswand des kahlen Raums, in dem die Entrümpler längst jeden Hinweis auf Oma Elses früheres Leben ausradiert hatten. „Erinnerst du dich an Omas Musikbox, Wernerle?“

Ich war überrascht über diesen Anflug von Sentimentalität bei Vetter Alfons und erwiderte: „Und wie ich mich daran erinnere!“

„Mit dem alten Ding lässt sich heutzutage ein recht annehmbarer Liebhaberpreis erzielen“, raubte mir Alfons jegliche Illusion, seine Person betreffend. „Ich hoffe, es ist nicht schon beim Sperrmüll gelandet.“

Weihnachten 1966 hatte Omas Musiktruhe von Loewe-Opta, ein wuchtiger Schrank aus hochglanzlackiertem Nussbaumfurnier, die ansonsten karge Einrichtung, bestehend aus einem Sideboard, einem ausziehbaren Esstisch, einem Nähmaschinenschränkchen und einem einfachen Vitrinenschrank, deutlich dominiert. Nachdem der riesige Kasten erst einmal mein Interesse geweckt hatte, öffnete ich in einem unbeobachteten Moment vorsichtig seine Schiebetür und drückte den Einschaltknopf mit all meiner Kraft nach unten, bis die Mechanik einrastete und die eingebauten Lautsprecherboxen ein Rauschen freigaben. Fasziniert beobachtete ich, wie das „Magische Auge“ des Röhrenradios die Feineinstellung des Senders begleitete. Doch meine Freude währte nicht lange.

„Lass den Quatsch, Junge!“, forderte Opa Gustav, keinen Widerspruch duldend.

Vetter Alfons, damals zwölf Jahre alt, bleckte seine schiefe Zahnreihe und grunzte: „Ist doch Kinderkram! Willste nicht lieber mal was Richtiges spielen?“ Dabei wedelte er herausfordernd mit seinen Boxhandschuhen, die er von seinen Eltern, Onkel Rudi und Tante Gertrud, zu Weihnachten bekommen hatte.

„Nach dem Essen vielleicht", zischte ich, um Zeit zu gewinnen. Ich wollte auf keinen Fall als Feigling dastehen, nicht vor Vetter Alfons!

Die Wartezeit bis zum Essen verging wie im Flug. Oma Else servierte Kartoffelsalat und Brühwürstchen, garniert mit Essiggurkenscheiben und Petersilie, dazu reichlich Senf und eine Scheibe kräftiges Graubrot. Schnell füllte sich der Tisch mit Bierflaschen und der Lautstärkepegel stieg kräftig, sehr zum Leidwesen von Opa Gustav, dessen Hörgerät für eine solche Geräuschkulisse nicht ausgelegt war. Er blickte zunehmend orientierungsloser in die Runde und schaltete das Gerät zeitweise ganz ab, um das Gespräch auf seine Weise an sich zu ziehen: indem er alle anderen übertönte.

Nach dem Essen trennten sich die Gruppen. Während die Frauen, Tante Gertrud, Großtante Luzie, meine Mutter und Oma Else, sich formierten, um den Baum zu besingen und sich nebenbei mit einem Likörchen bei Laune zu halten, blieben die Männer am Esstisch sitzen, um zu diskutieren und Skat zu spielen. Opa Gustav brachte eine Flasche Korn auf den Tisch und gab das Motto vor: „Prost, Männer!"

Mein Vater und Onkel Rudi hielten sich an Gin Fizz. Ansonsten folgten sie Opa Gustav und seinem Bruder Ernst bedingungslos: „Prost Gustav! Prost Ernst!"

Ihr Gespräch drehte sich um Willy Brandt, seit kurzem Vorsitzender der SPD, und nach dem Rücktritt Ludwig Erhards Vizekanzler einer Großen Koalition. Es folgte der Sport, die Fußballweltmeisterschaft in England, das Wembley-Tor, Rudi Altigs Erfolg auf der Straße, und nicht zuletzt die knappe Punktniederlage Karl Mildenbergers aus der Pfalz gegen Cassius Clay vor rund 35.000 Zuschauern in Frankfurt am Main.

„Der Schwatte hat nur mit Glück gewonnen", fand Großonkel Ernst. „Der Karl hat sich tapfer gehalten."

„Ach was!", hielt Opa Gustav dagegen.

„Der Käsches Klee, den schafft keiner!", trompetete Onkel Rudi im Brustton der Überzeugung.

„Ach was!"

Aus dem Hintergrund erhob sich fast bedrohlich: „Oh, du fröhliche ..."

Meine Schwester Doris spielte mit Klein-Agnes, Alfons' Schwester, auf der Eckbank in Omas Küche mit ihren Puppen, für die sie neue Kleider bekommen hatte.

Ich folgte Vetter Alfons widerwillig in Omas Wäschekammer. Es roch nach frisch gestärkter Wäsche. Alles erstrahlte in dem reinsten Weiß, das die Industrie zur damaligen Zeit zu bieten hatte, die Hemden, die Bettwäsche, die Unterwäsche und die Taschentücher, die Hälfte der Wäsche gebügelt, die andere Hälfte in ungebügeltem Zustand.

„Also, ich bin Cassius Clay", stellte Alfons von Beginn an klar, „und du der flache Karl." Womit eindeutig Karl Mildenberger gemeint war, der vermeintliche Verlierer.

Alfons zog sich aus bis auf die Unterhose und streifte sich anschließend die Boxhandschuhe über.

Ich spürte einen dicken Kloß im Hals, angesichts der körperlichen Überlegenheit meines Vetters. Mehr noch beunruhigte mich jedoch die Ernsthaftigkeit, mit der er die Sache betrieb.

„Aber ich habe doch gar keine Boxhandschuhe“, gab ich zu bedenken.

Vetter Alfons wischte meinen Einwand beiseite und deutete auf die Sockenkiste: „Du nimmst ein Paar von Opas Wollsocken und stopfst sie voll mit allem, was du findest. Das ist besser als jeder Boxhandschuh, glaub mir!“

Ich tat, wie mir geheißen, unfähig, mich zu widersetzen, und spürte, wie das Zittern in meinen Knien allmählich zunahm.

Opas Wollsocken boten genug Platz für eine Handvoll weiterer Socken und einem von Omas Stopfpilzen, der mir, als ich meinen so präparierten Boxhandschuh überstreifte, etwas Sicherheit in der Linken verlieh.

Alfons tänzelte siegesgewiss wie der Champion in seiner Ringecke auf und ab und brachte sich mit Schattenboxen in die richtige Wettkampfstimmung, während ich angstvoll die Arme hängen ließ und betete, es möge bald vorbei sein.

Mein Vetter schlug mit seiner Gürtelschnalle gegen eine Plastikwanne. „Ring frei zur ersten Runde!“

Ich bekam gerade noch die Arme hoch, als er eine Rechts-Links-Kombination in meine Deckung setzte. Durch die Wucht der Schläge taumelte ich gegen Omas Bügelbrett und Opa Gustavs frisch gebügelte lange Unterhosen landeten auf dem Fußboden. Schon traf mich eine gestreckte Rechte unterhalb des Brustkorbes und ich knickte ein.

„Der Solar plexus!“, jubelte Alfons, während ich nach Luft rang. Er feuerte eine weitere Gerade gegen meinen Oberarm, so dass ich vor Schmerz aufschrie. Als ich mich wieder gefasst hatte, sprang ich instinktiv beiseite und entging so um Haaresbreite einem rechten Haken, der mich wohl auf die Bretter geschickt hätte.

Vetter Alfons fluchte: „Warte ab, Bürschchen, gleich hab ich dich!“

Ich löste mich aus der Ecke und erkannte, dass Alfons seine Deckung vernachlässigte. Angriff ist die beste Verteidigung, machte ich mir Mut. Ich ignorierte die Überlegenheit meines Gegners und landete eine halbherzige Rechte an seinem Kinn, die meinen Vetter so sehr reizte, dass er wie besessen auf mich einhieb, wild und konzeptionslos.

Ich spürte einen stechenden Schmerz zwischen den Rippen und versuchte die Tränen zu unterdrücken. Gleichzeitig umklammerte meine Linke den Stopfpilz meiner Oma. Die Härte des Materials gab mir neue Hoffnung. In den nachfolgenden Schlag legte ich den Mut der Verzweiflung. Ich schloss die Augen und sammelte meine Kraft. Meine Linke schoss explosionsartig hervor und prallte gegen etwas Hartes.

Ein Knirschen, ein Schrei. Ich öffnete die Augen und sah Rot: Rot auf der Bettwäsche, Rot auf den Hemden, Rot auf dem Boden, sogar Rot an der Wand.

Vetter Alfons war auf die Knie gesunken und wimmerte. Er blutete wie ein angestochenes Schwein aus der Nase, die auffällig schief stand.

Damit war klar: Der Sieger hieß Karl Mildenberger und nicht Cassius Clay.

Wenige Augenblicke später stürzten aufgeregte Erwachsene mit schreckgeweiteten Augen in die enge Kammer. Was dann folgte, war ein unappetitlicher Streit unter engen Verwandten um Schuld und Sühne, den niemand so schnell vergessen würde.

Der damalige Lucky Punch gegen Vetter Alfons Nase hatte letztendlich die Legende von meiner eisenharten Linken begründet und unsere Familie entzweit – bis heute.

Ich vernahm ein Räuspern zu meiner Linken. Vetter Alfons rieb seine gerichtete Nase, als überlegte er noch, was er sagen sollte. Dann öffnete er seine Umhängetasche und brachte zwei Paar nagelneuer Boxhandschuhe zum Vorschein.

„Ich fordere Revanche!“, gab er mir zu verstehen.

„Wie du meinst“, erwiderte ich kühl und ballte die Faust um den abgewetzten hölzernen Stopfpilz in meiner Tasche, der mir seit dem ersten Weihnachtstag des Jahres 1966 als Maskottchen diente.

Quitt

„Himmel, war das eine Tagung!“ Günter trat aus der Dusche und strich sich das feuchte Haar aus dem Gesicht. „Ich schätze, du hattest wie üblich, einen angenehmeren Tag.“ Er warf sich den Bademantel über.

Schweigend reichte Iris ihm die Post.

Er streifte den Brief mit einem flüchtigen Blick. „Was Wichtiges?“

„Der Arztbericht, den Dr. Kühn dir zuschicken sollte.“

„Und was hat der alte Quacksalber geschrieben? Dass du es mit mir nicht hättest besser treffen können?“

„Lies selbst!“, antwortete Iris.

„Na, dann gib das Glückwunschschreiben mal her!“

Minuten später stand Günter, den Brief immer noch in der Hand, völlig entgeistert da. „Ich ... ich versteh nicht.“ Er fühlte sich, als ob ihm gerade jemand mit einem Pumpfix das Gehirn aus dem Kopf gesaugt hatte.

Bis gestern war er der Meinung gewesen, es gäbe nichts Schlimmeres als einen verpassten Flirt. Jetzt wusste er, es *gab* Schlimmeres: einen Arztbericht, der ihm einen dopingverdächtigen Testosteronspiegel hätte bestätigten sollen, der es aber nicht tat.

Fassungslos sah er seine Frau an.

„Ich weiß nicht, was es daran nicht zu verstehen gibt“, sagte Iris, ohne ihn aus den Augen zu lassen. Das maliziöse Lächeln, das kurz um ihre Lippen zuckte, erinnerte irgendwie an eine Katze, die eine Maus gefangen hatte und sich auf ein kleines Spielchen mit ihr freute. „Ein Teil von dir ist weiblich.“

„Niemals!“ Günter schüttelte den Kopf so heftig, dass Iris befürchtete, er würde gleich ein Schleudertrauma davontragen.

„Na, aber wenn’s doch da steht?“

„Eine Verwechslung. Das muss eine Verwechslung sein.“

„Klar, gibt ja auch so viele Günter Pryzynskys in der Stadt“, sagte Iris und verließ das Schlafzimmer.

„Ich finde das nicht witzig!“, rief Günter ihr hinterher.

Er stellte sich vor den Schlafzimmerspiegel und ließ den Bademantel zu Boden fallen. Was dachte sich dieser Quacksalber eigentlich? Er sollte ein Hermaphrodit sein, ein Zwitter? Unmöglich. Nicht umsonst nannten ihn seine Kumpels Mr.-Potenz-himself.

Er hob die Arme und ließ sein Becken mit allem, was dazugehörte, kreisen. Nee, was einem da ins Auge stach, war alles andere als weiblich, dachte er zufrieden. Im Gegenteil. Würde sogar einen Büffel neidisch machen. Und von der Seite? Günter drehte sich ins Profil. Auch nicht übel. Gut, sein Waschbrettbauch war längst einer kleinen Waschtrommel gewichen, doch ein Mann ohne Bauch war ein Krüppel – hatte zumindest sein Vater immer behauptet. Günter zwinkerte seinem Spiegelbild verschwörerisch zu, während er gleichzeitig den Bauchnabel tief in Richtung Wirbelsäule zog. Na also. Sah gleich viel besser aus. Blöd nur, dass er so kaum Luft bekam. Er ließ locker; der Bauch schnellte in seine ursprüngliche Form zurück. Okay, das war vielleicht doch nicht gerade seine Schokoladenseite.

Er probierte etwas anders. Mit leicht angewinkelten Armen stellte er sich wieder frontal vor den Spiegel, beugte sich wie ein Gorilla beim Laufen vor und – erstarrte.

Sein Blick war auf seine Brust gefallen. Sollte ihre weiche, leicht gerundete Form etwa ... und was war das? Seinem kritischen Blick war die Delle an seinem Oberschenkel nicht entgangen. Er stöhnte gequält auf. Männer hatten keine Cellulitis, da war er sich sicher.

Ach was, er straffte seine Schultern wieder. Das sind unausgebildete Muskeln, nichts weiter. Dennoch – der Gedanke, dies könnten Zeichen beginnender Weiblichkeit sein, war mehr als er ertragen konnte. Hätte er seine Frau bloß nicht gebeten, während seiner Abwesenheit die Post für ihn durchzusehen, dann wäre die Sache sein Geheimnis geblieben, so aber ...

Deprimiert zog er den Bademantel wieder an und setzte sich zu Iris an den Küchentisch. Wie ein kleiner Junge, dem man sein Lieblingsspielzeug weggenommen hatte, sah er sie an. „Und nun?"

„Hörst du endlich mit deinem Machogehabe auf. Ich habe es nämlich satt, dass du dich ständig vor deinen Freunden damit brüstest, was für ein toller Hecht du bist oder mich vor ihnen lächerlich machst."

Sie lehnte sich zurück und nippte an ihrem Glas. „Im Gegenzug werde ich niemandem etwas von deinem Problem erzählen."

Günter dachte an seine Kumpels. Wenn die davon erfuhren, dann Nacht Mattes. Die würden ihn beim nächsten Kegeln anstatt zum König glatt zur Königin küren. Er betrachtete eingehend seine Finger und murmelte etwas Unverständliches.

„Was?"

„Versprochen!", wiederholte er.

Iris warf ihm einen langen Blick zu. Er sah so geknickt aus, dass er ihr fast schon ein wenig leidtat. Einen Moment lang überlegte sie ernsthaft, ob sie ihm jetzt schon reinen Wein einschenken sollte. Darüber, dass seit Neuestem ihre beste Freundin die Schreibarbeiten für seinen Arzt erledigte und den Bericht ein wenig am Computer bearbeitet hatte. Sie entschied sich dann aber dagegen. Nein. Ihr Mann sollte ruhig ein wenig dafür schmoren, dass er auf der letzten Party für alle hörbar zu ihr gesagt hatte: „Weißt du was, du tanzt wie ein Walfisch an Land."

Urwaldfahrt

Von einem Tag wie diesem hatte Rudi jahrelang geträumt. Mühelos glitt sein Klepper-Faltboot in der trägen Strömung des Urubamba stromabwärts. Mit wenigen leichten Paddelschlägen konnte er das Boot auf Kurs halten. Er war frühmorgens von seinem Lagerplatz auf einer Sandbank aufgebrochen, um vor der Mittagshitze einige Kilometer zurückzulegen. Jetzt war die klare Morgensonne noch angenehm warm. An Steuerbord und Backbord glitt die undurchdringliche Blätterwand des Urwalds an ihm vorbei. Kreischend erhob sich eine Schar Papageien von ihrem Schlafbaum und schwirrte eine Weile vor ihm über das Wasser. Ein paar farbenprächtige Schmetterlinge tanzten um die exotische Blüte einer Schlingpflanze. Einmal kreuzte eine Wasserschlange seinen Kurs, ohne ihn zu beachten. Er liebte diese friedliche Morgenstimmung über dem Wasser und dem Urwald. Schon deshalb hatten sich das lange Sparen und die vielen Vorbereitungen für diese aufwendige Paddeltour auf dem Urubamba, einem Nebenfluss des großen Amazonas, gelohnt.

An der nächsten Biegung des Flusses kam ein Stück flaches, sandiges Ufer in Sicht. Mehrere Einbaumkanus, einige mit Außenbordmotor, lagen am Strand. Am oberen Rand der Uferböschung waren die Hütten eines Dorfes zu erkennen. Jetzt bemerkte Rudi auch einige Indianer, die zu ihm hinüber winkten und ihm etwas zuriefen. Ach, bloß wieder Indianer, dachte er geringschätzig. Ihm lag nicht viel an einer Begegnung. Er verstand ihre Sprache nicht und seine paar Brocken Spanisch halfen auch nicht viel. Außerdem, die wollten doch immer nur ihre Artefakte verkaufen oder sonst irgendwie Geld haben. Also machte er einen Bogen um den Strand, obwohl die Leute immer noch winkten und laut zu ihm hinüber riefen.

Bald waren die Indianer außer Sicht und Rudi konzentrierte sich wieder auf den Fluss. Er bemerkte, dass er enger und die Strömung schneller geworden war. In einiger Entfernung tauchte ein Nebelschleier über dem Fluss auf, das war wohl noch Morgennebel. Morgennebel? Der war doch längst von der Sonne aufgelöst. Außerdem, was war das für ein dumpfes Rauschen voraus? Ein Blick auf die Landkarte ließ ihm einen kräftigen Schrecken in die Glieder fahren. Er steuerte direkt auf einen Wasserfall zu. Auf der Karte war nicht ersichtlich, wie tief hinunter es ging. Sein Faltboot war zwar für Expeditionen wie diese, aber nicht für Stürze über einen Wasserfall, gebaut. Hastig wendete er das Boot und paddelte mit aller Kraft in die Gegenrichtung. Aber die Strömung war schon so stark, dass er das Boot kaum vom Fleck bewegte. Mit aller Kraft versuchte er, auf das Ufer zuzuhalten, in der Hoffnung, dass dort die Strömung schwächer wäre. Aber langsam und unerbittlich zog ihn der Fluss auf die jetzt deutlich sichtbare Kante zu, an der das Wasser in der Tiefe verschwand. Was jetzt? Sollte er aus dem Boot springen und versuchen, schwimmend das Ufer zu erreichen? Keine Chance! Außerdem wusste er nur zu gut: Selbst wenn er den Fall überlebte, so bildet das herabstürzende Wasser unten eine sich drehende Wasserwalze, und wenn man in die hinein gerät, gibt es kein Entkommen. Also weiter mit aller Kraft gegen die Strömung gepaddelt! Schon begannen die Schultern zu schmerzen, der Schweiß rann den Nacken hinunter. Wird er, kann er es schaffen?

Da hörte er Motorengeräusch. Hinter der letzten Biegung des Flusses tauchte ein Einbaumkanu auf, eines von denen mit Außenbordmotor, die er am Ufer gesehen hatte. Der Indianer am Steuer hielt genau auf ihn zu und kam in einem großen Bogen längsseits. Ein Seilende flog auf Rudi zu, er bekam es zu fassen und klammerte sich daran fest. Der Indianer gab Gas und mit einem kräftigen Ruck begann das Schleppmanöver.

In wenigen Minuten erreichten sie das Ufer bei dem Dorf. Rudi stieg aus dem Boot und zog es mit letzter Kraft auf den Strand. Dann sackte er schwer atmend zusammen. Gerettet! Und auch noch samt Boot und Ausrüstung. Und ausgerechnet von den Indianern, um die er vor wenigen Minuten noch einen Bogen gemacht hatte. Dankbar drückte er seinem Retter, der in abgetragenen Shorts und einem verblichenen T-Shirt vor ihm stand, die Hand. Prachtvolle Kerle, diese Indianer!

Farbspiel

Schon als Kind hatte ich ein besonderes Verhältnis zu Farben. Während meine Schulkameraden bei Rot an Feuerwehr, bei Gelb an Zitronen und bei Grün an Gras dachten, bedeuteten Farben für mich viel mehr.

Gelb: Das wilde Gefühl von Freiheit, wenn ich nach dem letzten Schultag auf meinem Fahrrad den Sommerferien entgegenbrauste.

Grün: Die kühle Erfrischung des ersten Bades, wenn es eigentlich noch zu früh war, in den See zu springen – und ich es trotzdem tat.

Und Rosa: Die Farbe der ersten Verliebtheit, natürlich. Er hieß Mark, war ein Jahr älter als ich, und besaß die tiefsten himmelblauen Augen, die ich je gesehen hatte. Mark roch nach Schmetterlingen und frisch gefallenem Schnee. Und das Gefühl, das mir seine Liebe gab, war strahlendes Weiß.

Die Jahre vergingen. Aus Rosa wurde Rot, aus Verliebtheit Liebe. Das Leben war schön und trug nur die hellsten Farben zur Schau.

Orange: Das warme Gefühl der kleinen Wohnküche, in der wir spätabends über Gott und die Welt diskutierten, erhitzt von Ingwertee und Lust am Streit.

Violett: Das Schlafzimmer, wenn es nach unser beider Liebe roch. Silbern funkelnd das Gefühl der Seelenverbundenheit, wenn ein Blick eine lange Unterhaltung überflüssig machte.

Doch nun werde ich ihn nie wieder sehen. Ihn nicht und auch nicht die Farben, die er mir geschenkt hat. Und nie, nie wieder Weiß.

Die Krankheit hatte sich unbemerkt an Mark herangeschlichen, während wir Pläne für unsere Zukunft schmiedeten, Geschirr aussuchten und über Kindernamen nachdachten. Um uns herum wurde es dunkel.

Schließlich musste ich ihn gehen lassen. Und mit ihm verschwand auch der letzte Zauber von Schmetterlingen und Schneefall.

Was ich nun fühle, ist Blau. Dunkelblau, Mitternachtsblau, nah, so nah an Schwarz. Schwarz wie die Vergänglichkeit, Schwarz wie der Tod. Schwarz wie das allumfassende, bodenlose Nichts, das noch von mir übrig ist.

Ich atme tief ein. Endlich hört meine Hand auf zu zittern und die Tabletten halten ein, in ihrem wilden, klappernden Tanz. Kühl betrachte ich die Pillen. Ein bitteres Lachen steigt in mir auf: Da liegt es in meiner Hand, ein buntes Abbild meines Lebens – meines Verlustes. Die Tabletten sind weiß, orange und blau. Dunkelblau. Es fällt mir gar nicht schwer, die Hand zum Mund zu führen und sie mit ein paar Schlucken aus der Flasche herunterzuspülen. Noch leichter ist es, sich auf das Bett sinken zu lassen. Und, oh, wie leicht es doch ist, wie erleichternd, sich endlich dem Blau zu ergeben.

Nun kriecht es in mir hoch, langsam und stetig. Kalt, dunkel. Ein Nachthimmel ohne Sterne, ohne Mond. Unendliches, tiefschwarzes Blau.

Kalt. Mir ist fürchterlich kalt. Ich hülle mich fester in meine Decke aus dem großen Blau und lasse die schönen Momente noch einmal Revue passieren: Mark in der Küche, sich kringelnd vor Lachen wegen eines an der Decke klebenden Pfannkuchens. Mark mit einem Karton voller Bücher, als er bei mir einzog. Mark, schrecklich schief singend unter der Dusche. Freudige Ruhe wallt in mir auf, ich will ihn berühren, mich zu ihm unter das heiße Wasser stellen – Aber dann: Mark im Krankenhaus. Und schließlich: Mark aufgebahrt zur Beerdigung.

Ein letztes Mal hatte ich seine Lippen geküsst. Kalt waren sie gewesen. Und außerdem: Blau.

Nun hält dieses Blau mich fest umschlungen in eisiger, tödlicher Umarmung. Ich kann fühlen, dass es mich mit sich fortreißen will, doch zu meiner eigenen Überraschung kämpfe ich dagegen an.

Zaghaft erst, dann mit aller Kraft, die ich noch aufbringen kann. Habe ich dort am Horizont nicht etwas aufblitzen sehen? Etwas Weißes? „Nein! Tu das nicht!“, will ich rufen. Verzweifelt versuche ich, das leuchtende Weiß zu verscheuchen, bevor das große Blau auch dieses noch verschlingt. Aber es ist zu spät. Meine Stimme gehorcht mir nicht mehr.

Doch da! Staunend sehe ich zu, wie das Weiß sich mit dem Blau vermischt und es aufhellt. Langsam, aber stetig, wird aus dem Mitternachtsblau ein helles Himmelblau. Himmelblau, wie Marks Augen. Himmelblau, wie das tröstliche Gefühl seines Atems neben mir in der Nacht. Das Unmögliche ist geschehen: Das Weiß hat das große Blau in die Knie gezwungen.

Mit tauben Fingern wähle ich den Notruf. Doch bevor ich ein Wort herausbringe, übermannt mich die Müdigkeit.

Als ich erwache, ist alles um mich herum weiß. Krankenhausweiß. Irgendjemand hat einen Blumenstrauß auf meinem Nachttisch hinterlassen. Auf der Karte, die im Strauß befestigt ist, steht in großen Lettern: „Gute Besserung“. Daneben ist ein Schmetterling abgebildet.

Ich sehe an den Blumen vorbei aus dem Fenster. Es ist Nacht. Der Himmel ist dunkelblau und übersät von Sternen. Der Mond steht am Himmel in all seiner silbrigen Pracht. Eigentlich, denke ich, ist es bald Zeit für den ersten Schnee.

Murmel

Hoch oben in den Bergen, eingebettet in grüne, huckelige Wiesen, lag ein kleiner, tiefblauer See. Auf einem Felsbrocken am Ufer hockte Murmel, das kleine Murmeltier. Murmel betrachtete sein Spiegelbild. Er sah ein braunes, pelziges Tier, so groß wie eine Katze, mit einem dunklen Köpfchen und kleinen Ohren. Seinen kurzen, buschigen Schwanz konnte Murmel nicht sehen, auf dem saß er.

„Murmel, komm, wir spielen Fangen!“, rief Zottel, Murmels Bruder.

Murmel hopste von seinem Felsen herunter und hoppelte zu den anderen Murmeltierkindern, die auf dem weichen Moos unter den knorrigen Bergkiefern herumtollten. Er stupste seine kleine Schwester Fini mit seiner Schnauze, da wusste sie, dass sie Murmel fangen sollte.

Als die Sonne hinter den Berggipfeln verschwand und es kalt wurde, sprang Murmel mit Zottel und Fini zu ihrem Bau, einer Erdhöhle, die Mama und Papa vor Jahren gegraben hatten. Mama und Papa trugen gerade mit ihren Mäulern getrocknetes Gras hinein.

„Haben wir immer noch nicht genug Heu?“, fragte Murmel.

„Doch, jetzt reicht es. Schaut nur, wie unsere Schlafkammern nun ausgepolstert sind!“, antwortete Mama.

Murmel schlüpfte in den Bau, ließ sich in das weiche Heu fallen und robbte wieder nach draußen.

„Wann kommt der Winter? Wann dürfen wir schlafen?“, fragte Fini.

Mama hob witternd ihre Schnauze. „Ab morgen, ich rieche Schnee“, antwortete sie.

„So riecht Schnee?“, fragte Murmel und schnupperte. Die Luft duftete nicht mehr nach Blumen und Kräutern, sondern nach etwas, was Murmel noch nicht kannte.

„Ja, das ist Schneeluft. Schaut, die Berggipfel sind schon verschneit!“, sagte Mama, „nun wollen wir schlafen gehen.“

Im Bau roch es nach Erde, Heu und so richtig gut nach Mama und Papa Murmeltier. Murmel kuschelte sich zwischen Zottel und Fini.

„Kommende Nacht wir es schneien“, erklärte Papa. „Wir halten von nun an Winterschlaf, bis es wieder warm wird, bis zum Frühling.“

„Nein!“, rief Murmel, „ich möchte nicht so lange schlafen, ich bin nicht müde.“

Mama leckte Murmel das Köpfchen. „Du wirst bald so müde sein, dass auch du nur noch schlafen möchtest, nicht spielen, nicht fressen, nur schlafen. Und jetzt, gute Nacht!“

Nein, dachte Murmel, ich bleibe wach. Er machte die Augen nicht zu, auch nicht, als er doch schläfrig wurde. Er gähnte und starrte in die Dunkelheit. Er hörte, wie Papa schnarchte und Mama atmete. Aber so sehr sich Murmel auch gegen den Schlaf wehrte, bald schlummerte er ebenso tief und fest wie Zottel und Fini.

Als es draußen schon dämmerte, träumte Murmel, wie er mit Zottel und Fini den Hang hinunterrollte. Doch was war das? Im Traum schwebten viele, weiße Flocken vom Himmel. Mit einem Mal war Murmel hellwach.

„Schnee, Mama hat doch von Schnee erzählt!“, rief er.

Keiner antwortete, alle schliefen.

„Ich möchte Schnee sehen!“, sagte Murmel. Er tapste über Zottel und Fini hinweg zum Ausgang.

Murmel blinzelte. Die Wiese, auf der er gestern noch gespielt hatte, hatte über Nacht eine dicke, weiße Decke bekommen. Der Felsbrocken unten am See war verschneit. Die knorrigen Bergkiefern trugen eine dicke, weiße Haube.

Murmel drückte vorsichtig seine Pfote in den Schnee. Puh, wie kalt, dachte er. Ob ich zurück in den Bau soll? Gleich – ein einziges Mal möchte ich über Schnee laufen!

Murmel hoppelte los. Aber nur ein kleines Stückchen, dann rutschte er aus und schlitterte den Hang hinunter bis zum See.

Oh, das ist toll, das mach ich noch einmal, dachte Murmel. Er robbte durch den Schnee hinauf zum Bau. Oben angekommen, stemmte er seine Pfoten nach vorne und rutschte wieder hinunter. Er schüttelte sich den Schnee aus dem Fell und tappte zum See.

„Der See sieht ganz anders aus“, murmelte Murmel. Eine silbergraue Eisschicht lag auf dem Wasser. Murmel patschte mit seiner Pfote auf das Eis. Es ist hart, stellte er fest.

Ob ich über den See gehen kann? Murmel glitt vorsichtig auf das Eis. Sein Bauch wurde kalt. Mama würde schimpfen, dachte er, aber er schob sich weiter auf das Eis hinaus.

Plötzlich krachte es. Vor ihm tat sich ein Spalt im Eis auf. Kaltes Wasser schwappte über das Eis unter seinen Bauch. Es gluckerte. Murmel wollte umkehren, aber da krachte es noch einmal hinter ihm und noch mehr Wasser floss über das Eis. Vor lauter Angst schloss Murmel die Augen.

Ein schriller Pfiff erklang.

„Mama!“, fiepte Murmel und wandte sich um. Mama stand hoch aufgerichtet vor dem Bau und pfiff noch einmal.

Mama pfeift nur, wenn ich in großer Gefahr bin, wusste Murmel. Aber er wusste nicht, was er tun sollte.

Da spürte er Mama schon hinter sich. Sie packte Murmel mit ihren Zähnen am Nackenfell und schleppte ihn ans Ufer zurück. Sie knuffte ihn mit ihrer Schnauze.

Murmel verstand. Mama war wütend auf ihn.

Bald aber fing Mama an, Murmel von Kopf bis Pfote liebevoll trocken zu lecken.

Als die beiden endlich wieder im Murmelbau lagen, merkte Murmel, wie müde, wie unglaublich müde, er war. Er drückte sich fest an seine Mama und seinen Papa und schlief auf der Stelle ein.

Entenbraten einmal anders

1 – IMBISS

Als Ethan von dem schmierigen Typen die Teller gereicht bekommt, hat er seine kurz zuvor begangenen Fehlentscheidungen fast verdaut – aber jetzt kommen sie ihm wieder hoch, vor allem beim Anblick der Teller und den nahrungsmittelähnlichen Gegenständen darauf. Er nimmt, wie in Trance einen der Teller, hat Sekunden später vergessen welchen, schlurft zu einem der Tische und lässt sich auf den Stuhl fallen. Der Teller folgt ihm kurz darauf, zum Glück auf den Tisch und nicht mit auf den Stuhl.

Wie konnte er nur ... wie konnte er nur an der letzten Kreuzung nach rechts abbiegen. Sein Bauchgefühl hatte ihn davor gewarnt, aber wie so oft hat sein Verstand die Oberhand gewonnen – zu oft, wie sich sein Bauch soeben beschwert. Dieser Gedanke bringt ihn kurz in den Imbiss, an den Tisch zurück, sein Blick streift den Teller, um sich sogleich wieder nach innen zu kehren. Wie spät ist es eigentlich? Uninteressant, sagt sein Verstand, ohne den knurrenden Magen zu beachten. Er kehrt also notgedrungen nach außen zurück, ekelt sich kurz noch einmal pro forma und beginnt zu essen – nein – zu schlingen.

Seine Gedanken machen sich jetzt wieder selbstständig, verlassen diese ungastliche Stätte, kehren zurück in der Zeit, zum heutigen Morgen, an dem es begonnen hat ... schreckt auf, was ist das für ein Geräusch? Er starrt verzweifelt auf seinen leeren Teller, auf dem die Gabel soeben dieses hässliche, quietschende Geräusch hervorruft, als die Zinken auf der verzweifelten Suche nach weiteren Brocken des undefinierbaren Gemisches ins Leere stoßen. Habe ich doch tatsächlich diesen Teller völlig leer geräumt, denkt er. Nun, eine weitere Fehlentscheidung, welche sich nahtlos in die Fehlentscheidungskette dieses Tages reiht. Er gleitet schon wieder hinüber, in den Tag zurück, der ihn immer noch über Gebühr beschäftigt, aus gutem Grund.

Dabei hat er gut angefangen, dieser Tag, mit Ei und Bacon, so wie er es liebt, Nachrichten aus dem Radio dazu, das Neueste aus der Politik, ihn wie immer zum Lachen reizend, dem aktuellen Wetter, bei dem ihm das Lachen sofort wieder vergangen ist, um dann mit emsiger Geschäftigkeit zu beginnen. *Tablet* an, Termine checken, wie immer zu spät dran, aber noch rechtzeitig genug, um nicht zu viel Stress aufzubauen. Bis dahin ein relativ normaler Beginn eines relativ normalen Tages. Das kleine Adjektiv „relativ“ hätte ihn aber schon warnen müssen ... eine glockenhelle Stimme reißt ihn zurück in den Imbiss, er schaut etwas verständnislos in ein freundliches Gesicht, nein, als sich sein Blick weiter klärt, werden es zwei, eindeutig weiblich, welche ihn fragen, ob denn die restlichen Plätze am Tisch noch frei wären. Er bejahte und hoffte nur, dass nicht noch eine Frage nach der Qualität des Essens folgt, der leere Teller schien aber Auskunft genug zu sein und hält die Beiden von weiteren Fragen ab. Ja, wie der Schein trügen kann, dieser Gedanke bringt ihn sofort wieder zurück, in den späten Vormittag dieses Tages hinein ... ich befinde mich auf dem Weg zum Labor, noch „relativ“ gut in der Zeit liegend, Parkplatz ist auch noch frei, ran an das Zeiterfassungsterminal – mir stockt der Atem – der Chip samt anhängende Schlüssel findet sich nicht am Platz in meiner Jackentasche und ich weiß es schon genau, er wird sich auch nicht in einer anderen Tasche finden, er wird sich eine halbe Stunde Weg zurück finden und nach einer weiteren halben Stunde wieder genau hier, vor dem Terminal. Das Adjektiv „relativ" hat sich soeben das erste Mal zu Wort gemeldet. Es kann einfach nicht wahr sein, doch nicht nach der Information am späten gestrigen Abend! *First Contact* hämmert es in seinem Kopf, immer wieder und du bist gerade dabei, diese einmalige Chance zu versauen, durch Dusseligkeit!

Wie durch aufgeschwemmtes Schwerspat, dickflüssiger als Sirup, waten seine Gedanken zurück und finden sich in diesem Imbiss wieder. Sein Bauchgefühl sagt ihm, dass der Zweck des Besuchs erfüllt ist, auch über die Qualität ist er sofort aus seinem Inneren informiert: „Wie konntest du nur ...!"

Dabei hatte ich die Lösung schon, entschlüsselt und im Klartext lag die Botschaft vor, welche durch das 50m-Radioteleskop aufgefangen wurde, ich war sicher, heute Morgen auch die letzten Zeichenketten im Klartext vorliegen zu haben und jetzt komme ich in dieses blöde Labor einfach nicht hinein! Kurze Mathematik im Kopf, reicht die Zeit, um rechtzeitig zurück zu sein, um das Teleskop neu auszurichten, nach den Koordinaten, die ich in der Botschaft schon gesehen hatte – „relativ" erlangt in Überlichtgeschwindigkeit eine neue Bedeutung für mich – er taucht auf, diesmal hat ihn ein Geruchsreiz in den Imbiss zurück geholt, sein Tisch ist plötzlich voll besetzt, fröhliches Geschnatter um ihn herum. Das macht den Geruch leider auch nicht besser und erinnert ihn schon vor Anblick seines leeren Tellers, ja, an was? Zunehmend vermischen sich Erinnerungen, Erlebtes, aktuelles Geschehen. „Bin ich doch noch rechtzeitig in das Labor gekommen? Habe ich die gesamte Nachricht gelesen? Was habe ich danach getan? Wie komme ich überhaupt hier her?"

Ein spitzer Schrei vom Nachbartisch lässt seinen Kopf langsam nach rechts drehen, die Dame hebt soeben ihre Gabel vom Boden auf, er muss dabei in ihr Blickfeld geraten sein, besser gesagt, der Teil von ihm, welcher sich für alle anderen unter dem Tisch befindet. Verschreckte Augen wandern an ihm entlang, von unten noch oben, bleiben an seinem Gesicht kurz hängen, wandern wieder zurück, von einem kurzen Zucken begleitet. Noch nicht beunruhigt schaut er auch nach unten, warum sind Frauen eigentlich so schreckhaft, mehr als Beine gibt es – in diesem toten Winkel unter dem Tisch – nicht zu sehen und so hässlich hat er die nun auch wieder nicht in Erinnerung. Seine Augen durchforsten diesen toten Winkel, schnellen hin und her und sehen doch nichts, außer ein leichtes Flimmern, ein Stück unterhalb seines Nabels, darunter ist nichts mehr, oberhalb ist er noch zu sehen, noch, das Flimmern bewegt sich, langsam aber stetig nach oben und lässt ihn verschwinden.

Plötzlich ist alles völlig klar, der Tag liegt wie ein offenes Buch vor ihm: Ich habe es geschafft, war rechtzeitig im Labor, *First Contact*, und das Wörtchen „relativ" erhält soeben eine völlig neue Bedeutung für mich.

Mit einem leichten Grinsen wird ihm noch bewusst, dass er den „Anderen" bei der Analyse seines Mageninhalts doch erhebliche Kopfschmerzen bereiten wird – falls diese einen Kopf haben!

Mein Blick bekommt mikroskopische Schärfe. Ich zoome scheinbar an die Ente heran, welche keck, langsam im Wind drehend, unter dem Vordach sichtbar wird. Interessantes Windspiel, denke ich, die verbrannte Haut der Ente betrachtend. Jede Pore, in der einmal eine Feder gesteckt hat, scheint eine eigene Geschichte erzählen zu wollen.

„Hallo Herr Nachbar“, sagt eine Stimme neben mir.

„Immer noch auf Arbeit? Wenn du diesen Blick drauf hast, höre ich deine Gedanken in deinem Kopf kreisen“, schob die Stimme leise und sonor nach.

Ich drehe den Kopf leicht nach rechts, ohne die im Wind schaukelnde Ente aus den Augen zu lassen, zu Steven, meinem Nachbarn.

„Erwarte bitte nicht, an meinen Gedanken teilhaben zu können“, antworte ich ihm. „Ich weiß, du bist als Kriminalhauptkommissar ein abgebrühter Typ. Allerdings ist auch der größte Topf irgendwann voll. Ich möchte nicht unbedingt derjenige sein, welcher ihn zum Überlaufen bringt.“

Steven sieht mich an. „Du wirst mit mir sowieso darüber reden müssen. Ich habe den Fall vor einer Stunde auf den Schreibtisch bekommen“, murmelt er mir zu.

Aha. Die im vollen Sonnenlicht schaukelnde Ente hat bei ihm ähnliche, wenn nicht sogar die gleichen Assoziationen hervorgerufen. Dem Gesichtsausdruck nach nicht unbedingt Gedanken an einen Sonntagsbraten.

„Dann lass uns in das Institut gehen“, sage ich zu ihm. „Du bekommst die nötigen Informationen vor Ort.“

Ob voller oder leerer Magen spielt nach Jahren in der Pathologie keine Rolle mehr, auch bei Steven nicht. Er ist von Berufs wegen ein regelmäßiger Besucher.

Die Schwingtür am Eingang zum Seziersaal hat nicht geknarrt, als sie hinter uns langsam, wie das letzte Pendeln einer Uhr, deren Gewicht den Tiefpunkt erreicht, auspendelt.

„Diese Schwingtür hat noch nie geknarrt“, sagt Steven mit plötzlich viel zu lauter Stimme zu mir.

„Wir haben auch seit Jahren den gleichen pedantischen Hausmeister“, antworte ich ihm. Du kannst abgebrüht sein wie du willst, denke ich, die besondere Atmosphäre dieses Ortes fängt dich immer wieder ein.

Wir gehen langsam an den Tischreihen entlang. Auf Hochglanz polierter Edelstahl reflektiert den kalten Schein der Leuchtstofflampen an der Decke. Nur ab und zu unterbricht ein mattroter Reflex diese Einförmigkeit.

Wir nähern uns meinem Arbeitsplatz.

Die Assoziation mit der sich im Wind drehenden Ente wird stärker.

Diesmal unterbricht kein noch so winziger Reflex den düsteren, tiefbraunen bis schwarzen Widerschein vom Tisch Nr. 5.

Unser Schritt verlangsamt sich nicht. Ich schätze an Steven diese Professionalität. Allerdings registriere ich ein kurzes Zucken in den Augenwinkeln. Sicher bin ich nicht, es kann durchaus ein Lichtreflex gewesen sein.

Ich werde ihm meine erste Reaktion auf die „Anlieferung“ heute Morgen nicht verraten. Er soll sich, unbeeinflusst von mir, seine eigene Meinung bilden dürfen.

„Steven“, sagt er zu mir. „Steven, was ist das?“

Zufällig haben wir den gleichen Vornamen.

Ich stelle fest, dass der Bericht auf seinem Schreibtisch nicht sehr aussagekräftig gewesen sein konnte. Und wenn er nicht „Nachbar“ zu mir sagt, sieht es in ihm nicht gut aus.

„Ich weiß es auch noch nicht“, antworte ich, betone dabei leicht das *noch*.

Ich schaue, ebenso wie er, auf den Tisch Nr. 5.

Darauf liegt eine Ente, scheinbar eine Ente.

Steven wendet mir sein Gesicht zu. Ich registriere eine leichte Blässe, Schuld kann aber auch das kalte, rein funktionelle Licht sein.

„Steven, dieses Jahr zu Weihnachten gibt es bei mir keinen Entenbraten.“ Seine Stimme ist jetzt leiser, aber immer noch fest.

Ich wende mich von ihm ab, wieder dem Tisch zu.

Der Gegenstand auf dem Tisch ähnelt einer „geschmorten Ente“, allerdings von der Größe eines Affen. An den Spitzen der federlosen Flügel sind Greiforgane, menschlichen Händen ähnlich, zu sehen. Der untere Teil des Wesens steckt in den Fetzen eines silbrig glänzenden Stoffes. Der kleine entenähnliche Kopf sitzt auf einem Torso, dessen Poren, in denen vielleicht einmal Federn gesteckt haben, jede für sich, eine eigene Geschichte erzählen wollen.

In meinem Büro reiche ich Steven den Obduktionsbericht.

„Whisky?“, frage ich ihn.

„Ja. Bitte.“, antwortet er.

„Weißt du, wo *das* gefunden wurde?“, fragt Steven mich und antwortet gleich sich selbst: „Neben der Imbissbude, oben am Aussichtspunkt.“

Ich denke an eine Reportage, die von einem langsam unsichtbar werdenden Menschen in dieser Imbissbude handelt. Sonst verbindet mich nur die Erinnerung an grottenschlechtes Essen mit diesem Laden. Ich begreife, dass unsere Arbeit soeben erst beginnt und sehe den gleichen Gedanken in Stevens Gesicht.

Sein Telefon summt.

„Ich muss dringend zurück rufen. Danke für deinen Bericht. Gute Arbeit.“

Ich nicke ihm leicht zu.

Er dreht sich um, geht aus dem Büro.

Der Whisky steht unberührt auf dem Tisch.

Die Schwingtür pendelt ohne Knarren aus.

3 - STÖRTON

Rückblick:

Im Imbiss verschwand ein Wissenschaftler spurlos. In der Nähe des Imbisses wurde ein totes, entfernt einer irdischen Ente ähnelndes, außerirdisches Wesen gefunden und in die Pathologie gebracht. Kriminalpolizei und diverse Regierungsstellen ermitteln.

Es ist der erste wolkenlose Tag im Jahr, mit angenehmen Temperaturen. Jim geht in Richtung Supermarkt. Heute soll es kein Fastfood, wie an den letzten Tagen, sein.

Jims Gedanken schweifen zurück. Natürlich in den Imbiss, der seit vorgestern Abend geschlossen ist und von Männern in dunklen Anzügen, umgeben von schwer bewaffnetem Sicherheitspersonal, gründlich unter die Lupe genommen wird.

Jim war Augenzeuge des unglaublichen Vorfalls, bei dem sich ein Gast am Tisch innerhalb weniger Minuten in Luft aufgelöst hatte. Seitdem schwirren die unglaublichsten Gerüchte durch die Stadt, Verschwörungstheorien haben Hochkonjunktur. Von medizinischen und militärischen Versuchen ist die Rede, von terroristischen Bedrohungen, neuartigen, außer Kontrolle geratenen Waffen – das volle einschlägige Programm. Und natürlich von einer außerirdischen Invasion. Ja klar, denkt Jim, das durfte nicht fehlen und kehrt gedanklich in die Gegenwart zurück. Das leichte Ziehen vom Hinterkopf in den Nacken ignorierend, rückt er seine Kopfhörer zurecht und dreht den Lautstärkeregler noch ein wenig weiter auf.

Hon'gra versucht verzweifelt, die soeben lauter gewordenen Störgeräusche zu unterdrücken, um die Kontrolle über das *Dorgu* nicht zu verlieren. Ein weiterer Fehlschlag, etwa drei Standardzeiteinheiten zurück, wird nicht akzeptiert werden. Die Konsequenzen, im Falle des Scheiterns seiner Mission, werden *Hon'gra* soeben mittels *Datashare* visuell verdeutlicht.

Jim lässt sich zu den Klängen aus seinem Kopfhörer den Bürgersteig entlang treiben. Das Ziehen in seinem Hinterkopf schwillt an, wird allerdings von den dröhnenden Bässen überlagert. Ihm ist völlig entfallen, dass er bei den surrealen Vorgängen im Imbiss leicht verletzt worden war.

Bilder strömen in *Hon'gras* visuelles Zentrum. Bilder, die er akzeptieren muss, eine Abweisung ist nicht möglich. *Hon'gra* schafft blitzschnell mittels Klonung eine neue Instanz des Kontrollbewusstseins und prüft den Sitz des *Dorgu* im Zielobjekt. Der *Dorgu* sitzt perfekt, in unmittelbarer Nähe der zentralen Informationsverarbeitungsinstanz des Wesens und sollte die Steuerung der Informationsströme übernehmen können. *Hon'gra* versucht nochmals die Störquelle zu identifizieren. Hat das Wesen den *Dorgu* bemerkt und versucht sich ihm zu entledigen? Die Analysedaten des Wesens haben einen Entwicklungsstand unterhalb der *Mooth*-Schwelle ergeben, welche besagt, dass diese Wesen nicht in der Lage sind, die Technologie der *Hongors* zu identifizieren.
Was geht hier vor?

Leicht fahrig geht Jim mit der Hand über seinen Hinterkopf. Das Gefühl, als ob sich an eben dieser Stelle etwas bewegt hat und zunehmender Druck im Kopf, bei geringerer Lautstärke, wie er feststellt. Jims Finger finden wie von allein den Lautstärkeregler.

Hon'gras Realtaster fliegen durch die Kommunikationsinstanz seiner *Sphere*. Die Kommunikation mit dem *Dorgu* bricht immer wieder ab. Dabei ist es immens wichtig, den verräterischen Rest der Hülle von *Ghaar't* zurück in die *Sphere* zu bringen. Wenn Signale ankommen, sind diese von chaotischer Struktur und beeinflussen, bisher von *Hon'gra* unbemerkt, alle Systeme der *Sphere*.

Auf dem Weg zum Supermarkt kommt Jim soeben am Institut für Pathologie vorbei, dessen Eingang dem Eingang des Imbisses ähnelt. Jim sieht nur noch Schwarz. Schwarz gekleidetes Sicherheitspersonal, welches außerdem auf ihn aufmerksam wird.

Weshalb tragen ihn seine Beine zum Eingang, obwohl er zum Supermarkt will? Dumpfer Druck, ausgehend vom Hinterkopf, breitet sich in seinem Kopf aus. Die ohnehin laute Musik aus den Kopfhörern dringt ihm kaum in das Bewusstsein. Mit verwirrtem Gesichtsausdruck wendet er sich vom Eingang ab, registriert die ungeheure Willensanstrengung, die dafür nötig ist und dreht weiter am Lautstärkeregler. Bis zum Anschlag!

Hon'gras Sphere beginnt zu schwingen, Töne mit unglaublich tiefer Frequenz und extremer Lautstärke beginnen nach der Resonanzfrequenz der *Sphere* und die darauf abgestimmte Meta-Instanz von *Hon'gra* zu greifen. Auch die Bildung weiterer Kommunikationsinstanzen kann nicht verhindern, dass der *Dorgu* in den Zwischenraum entgleitet ...

Die Rammstein-Bässe hämmern Jim in die Ohren und fegen das letzte Unwohlsein aus seinem Kopf. Geil, denkt Jim, ein debiles Grinsen wächst ihm in das Gesicht. Ich habe ein neues Anti-Kopfschmerz-Mittel gefunden.

Die Resonanzfrequenz ist erreicht, alle Kommunikationsinstanzen fließen in *Hon'gra* zurück. Wie kann dieses Wesen diese infernalen Druckwellen aushalten? Diese letzte Frage entsteht in *Hon'gra*, währenddessen sich die *Sphere* auflöst. *Hon'gra* sendet den *Jo'ra*-Ruf, mit dem er sich in die Weiten des Universums verflüchtigt.

Jim stellt verwundert plötzliche Stille fest. Na klar, die Batterien seines MP3-Players wieder mal. Nicht mal eine einfache Langspeichertechnik für Energie bekommen die Eierköppe hin, denkt er, aber Menschen in Imbissen auflösen können!

4 – BLAUES LICHT

Die Grashalme der Wiese wogten im blassen Licht eines Mondes hin und her. Laute, nicht direkt einer Quelle zuzuordnen, doch irgendwie vertraut, schwebten über dem meeresähnlichen Rauschen und Wispern der Halme. Der Blick kann ein Stück entkommen, bis er die Grenze des Lichts erreicht, welche durch eine schwarze Wand, ähnlich einem dunklen Wald, gebildet wird.

Ethan öffnete die Augen. Ohne den Kopf zu bewegen versuchte er, soviel als möglich von seiner Umgebung zu erfassen. Auch seine anderen Sinne nahmen nun zügig wieder ihre Arbeit auf. Ein Hauch eines Duftes, zerstreut und überlagert vom Eigengeruch der Wiese auf der er lag, rief eine Erinnerung in ihm hervor.

Hunger? Nahrung? Imbiss? Knusprige Ente?

Nein.

Hunger verspürte er nicht. Der verwehte Duft rief allerdings eine Assoziation in ihm hervor, welche wichtig zu sein schien. Ein Erinnerungsblitz an grottenschlechtes Essen ließ ihn zusammenzucken. Als brächen alle Dämme, kamen die Erinnerungen wieder. Hastig fasste er nach seinen Beinen, die er, seiner Erinnerung nach, langsam unsichtbar werden sah.

Vertraut blinkten ihm seine neonfarbenen Schnürsenkel zu.

Diese Marotte hatte er auch als angesehener Wissenschaftler nicht abgelegt. Auch nicht bei der Verleihung des Nobelpreises für Astrophysik. Leicht erschaudernd kostete er nochmals das unvergleichliche Glücksgefühl dieses Moments aus. Hatte er doch auf Grund seiner brillanten Algorithmen das Signal der Radioteleskope entschlüsseln können und den ersten Kontakt hergestellt!

Aber dann musste etwas schief gelaufen sein. Bruchstückhaft tauchen Erinnerungen an einen Imbiss, schreiende Menschen und ein erschreckendes Durcheinander auf.

Was war hier los?

Ein kurzer Schwenk seines Kopfes zur linken Horizontlinie ließ ihn auf einen aufgehenden blutroten Mond blicken, zusätzlich schon zu dem am Nachthimmel stehenden bläulich leuchtenden Mond.

Ihm stellten sich die Nackenhaare auf. Begleitet von einem leichten Ziehen im Nacken tauchte ein Raunen und Wispern, zunächst unverständlich in seinem Kopf, auf. Langsam formten sich die Laute zu verständlichen Wörtern, welche zunehmend verständliche Sätze bildeten.

Willkommen auf unserer Welt, raunte es in Ethans Kopf. Du hast uns gefunden, wir haben dich zu uns geholt – sei willkommen!

Ein leichtes Flirren zu seiner Rechten lenkte seine Aufmerksam auf ein kugelförmiges, halbtransparentes Objekt. Im Innern konnte Ethan schemenhaft eine Gestalt erkennen, ähnlich einer irdischen Ente, mit Greiforganen an den Flügelspitzen, bekleidet mit einer silbrig-glänzenden Kombination.

Ethans Nackenhaare wollten sich einfach nicht legen. Den Erstkontakt hatte er sich anders vorgestellt, viel offizieller und erhabener.

Er aber saß auf einer nicht-irdischen Wiese, allein, ohne seine vertrauten technischen Hilfsmittel, und starrte mit offenem Mund eine Ente in einer Milchglaskugel an!

Aar'Dru bereitete mit Hilfe seiner *Sphere* den nächsten Schritt des Übergangs vor. Das Wesen vom dritten Planeten des zuletzt kontaktierten Sonnensystems saß, mit einer klaffenden Öffnung im kugelförmigen oberen Ende seines Körpers und für *Aar'Dru* in einer anatomisch völlig unmöglichen Körperhaltung, vor ihm.

Aar'Dru musste sich beeilen. Er muss schneller sein als die aggressiven Mikroorganismen dieses Planeten, der sich auf Grund seiner energetischen Zusammensetzung ideal als Zwischenstation eignet.

Ethan bemerkte an dem kugelförmigen Objekt kleine Öffnungen, welche von flirrender Luft umgeben waren. Was soll das jetzt, dachte er. Sind das Abgasöffnungen, Kommunikationsgeräte oder gar Waffen? Und das nach der bereits erfolgten Begrüßung? In seinem Kopf fing sich alles an zu drehen. Bevor er auch nur eine Antwort formulieren konnte, verging sein Körper in einem grünen Flirren, welches seinen Ausgangspunkt in den Öffnungen der fremdartigen Kugel hatte.

Aar'Dru hatte es geschafft. Das Primärbewusstsein des Wesens, mit all seinem Wissen und seinen Erfahrungen, war sicher in einem kristallinen Datenspeicher verwahrt. Die materielle Hülle spielt sowieso nur eine Nebenrolle und ist vergänglich.

Er hatte allerdings bei der Kopie des Bewusstseins festgestellt, dass dies dem Wesen selbst nicht bekannt war.

Aar'Dru gab spontan einige kurze schnatternde Laute von sich und konnte die Pein, die dieses Wesen bei der Trennung von körperlicher und geistiger Existenz empfunden haben musste, in sich aufnehmen. Ups, dachte er, da wird eine Entschuldigung bei Mr. X im Kristallspeicher nötig sein, aber auch ich habe mal Zeitdruck. Mit einem Äquivalent zum irdischen schelmischen Grinsen zog *Aar'Dru* seine *Sphere* mit seiner kostbaren Fracht dem Himmel dieser fremdartigen Welt entgegen.

Freundschaft

Die Schulglocke schrillte. Endlich Pause, dachte ich und freute mich auf frische Luft, eine Gurkenstulle und das Quatschen mit meiner besten Freundin Suse. Doch meine gute Laune verging, als ich Suses Ärgerfalte auf ihrer Stirn sah und mitten im Schüler-Gewimmel die eine Stimme vernahm, die ich jederzeit überall heraushören würde, weil sie nicht zu überhören war: „Wer hat beim letzten Basar den meisten Kuchen der 5. Klassen verkooft?“, posaunte Anne, unsere Schulfeindin Nr. 1. Sie versperrte uns auf der Treppe nach draußen den Weg und grinste.

„Ach, Anne. Ich kann's nicht mehr hören“, stöhnte Suse. „Heute Nachmittag werden wir ja sehen, wer die Bessere ist.“

Anne öffnete den Mund, weil sie bestimmt wieder einen ihrer Sprüche loswerden wollte, aber Suse ging einfach um sie herum und ich folgte ihr.

Nach der Schule standen sich Suse und Anne auf dem Gelände der SERO-Annahmestelle gegenüber, wie am Vormittag auf der Treppe. Ich war schon an der Eingangstür zur Lagerhalle und beobachtete sie. Die Nachmittagssonne ließ in ihren Gesichtern kleine Diamanten glitzern. Auch mir war heiß. Jetzt ein Erdbeereis, das wäre himmlisch!

Anne trug einen NVA-Rucksack auf dem Rücken, den ich noch nie bei ihr gesehen hatte.

„Hat se dir jeholfen?“ Ein grimmiger Anne-Blick traf mich.

„Nein. Ich habe allein gesammelt, wie abgemacht. Du auch?“, konterte Suse.

„Na klar! Ick brauch keene Hilfe.“

Suse kam mit ihrem kleinen Bollerwagen zu mir. Anne zottelte mit ihrem Handwagen hinterher. Die Wagen rumpelten über den Schotterweg, die alten Gläser und Flaschen klirrten munter vor sich hin.

„Watt wollt ihr denn hier?“, begrüßte uns Herr Meier im Vorraum zur Halle.

„Wir ham wieder Altstoffe jesammelt“, flötete Anne.

Suse und ich sahen uns an und verdrehten die Augen.

„Ihr seid aber fleißich. Janz im Sinne des Vaterlandes.“ Herr Meier griff sich Suses Wagen, sortierte und rechnete den Aufkaufpreis zusammen.

„Det macht zusammen 5 Mark und 85 Pfennich.“ Er öffnete die Kasse und gab Suse ihr Geld.

„Gut vorgelegt!“, flüsterte ich Suse zu.

„Ja, mit Omas gestern vergessenen Batzen Zeitungen kriege ich sie“, kam es leise zurück.

Anne stampfte an uns vorbei zu Herrn Meier und verzog keine Miene. Ich sah, dass sie zwar etwas weniger Altpapier und Gläser hatte, dafür aber vier Flaschen mehr. Herr Meier sortierte und rechnete.

„Und det macht zusammen 5 Mark und 80 Pfennich.“

Anne drehte sich zu uns um. Ihre dunklen Augen funkelten. „Dit hätt ick beinah verjessen.“

Was kommt jetzt noch? Suse und ich sahen uns fragend an.

Anne nahm ihren Rucksack ab, kramte ein paar zerschlissene Schürzen, Blusen und Hosen hervor und gab sie Herrn Meier.

„Jut, zusammen mit den Klamotten macht det jetzt 6 Mark und 30 Pfennich."

„Haa! Ick hab jewonnen", jubelte Anne und schwang sich ihren Rucksack über die Schulter.

Ich war platt. Wir werden sie nie los, dachte ich.

Suse schüttelte den Kopf. Wortlos verließen wir die Halle und den Hof. Der kleine Bollerwagen holperte fröhlich hinter uns her.

„So ein Mist", schimpfte Suse und trat gegen einen Kieselstein, der im hohen Bogen davon flog. „Jetzt wird sie immer weitermachen."

„Beachte sie einfach nicht", sagte ich. Mehr fiel mir nicht ein. „Kommst du noch mit? Ich muss Milch besorgen."

Suse nickte.

Vor der Kaufhalle hörte ich Annes Posaunenstimme: „Wartet!"

„Was will die denn noch?", stöhnte Suse. Trotzdem blieben wir vor dem Eingang der Kaufhalle stehen. Mit verschränkten Armen und an den Bollerwagen gelehnt, warteten wir auf Anne, die mit roten Wangen auf uns zukam.

„Puh! Ick muss erstmal Luft holen. Mein Dauerlauf mit Handwagen hat mich janz schön ins Schwitzen jebracht. Da könnt ick glatt 'n Eis vertragen. Wollt ihr ooch eens? Ick lad euch ein. Hab ja jetz 'n bissel mehr Jeld", quasselte Anne und wedelte mit ihrer braunen Geldbörse, auf der das Zeichen der Thälmann-Pioniere aufgenäht war.

„Was gibt es denn?", fragte ich genervt.

„Ihr ward vorhin so schnell weg. Ick wollt doch noch wat fragen", druckste Anne herum. „Wollen wir uns nicht mal treffen? Heute hat's mir richtig Spaß jemacht."

Ich starrte sie mit großen Augen. Hatte ich mich verhört?

„Ja, weil du gewonnen hast", warf Suse ihr an den Kopf.

„Nee, nich deswegen, sondern weil nur wir drei was zusammen jemacht haben. In der Schule trau ick mich nich, was zu sagen. Da red ick nur irgendwelches Zeug, wat ick hinterher bereu."

Was sagte sie? Hatte ich mich wieder verhört? Hätte ich nicht am Bollerwagen gelehnt gestanden, wäre ich umgefallen. Auch Suse zog erstaunt ihre Augenbrauen hoch.

„Und warum machst du das? So wie mit dem Kuchen. Das nervt." Ich musste es ihr einfach sagen.

„Weeß nich. Ick kann mich manchmal nich bremsen. Damit is jetzt Schluss. Versprochen!" Mit ihrem rechten Fuß zog sie kleine Kreise auf dem Asphalt. „Ick will doch nur, dass ihr mich mögt. Eigentlich hab ick euch janz jern."

Auf einmal tat mir Anne leid, wie sie so abgehetzt vor uns stand und verlegen zu Boden schaute. Sie hatte wohl keine Freunde. Suse sah mich an und ich nickte ihr zu.

„Also gut. Du sagtest was von einem Eis. Das wär doch schon mal was", sagte Suse versöhnlich.

„Dufte! Lasst uns rinjehn." Anne strahlte und ging zur Eingangstür der Kaufhalle.

Ich hakte mich bei Suse ein und sagte zu ihr: „Ein Erdbeereis kann ja nicht schaden."

Suse verdrehte ihre Augen und wir fingen an zu lachen. Mit der Aussicht auf ein leckeres Erdbeereis folgten wir Anne.

Der Kürbis

Manchmal verändern kleine Dinge den Lauf der Welt, manchmal auch unbedeutende. Und seltener gibt es Leute, die mit ihrer Ignoranz Welten zum Einsturz bringen. Heinz war so ein Mann und heute war so ein Tag.

Da stand er in voller Pracht. Die Sonne, die im Begriff war unterzugehen, tauchte ihn in ein goldenes Licht. Orange und weiß glänzte er. Liebevoll fuhr Heinz mit seinen Fingern über die Unebenheiten und Rillen.

Würde er schwerer sein als „Der riesige Geist“, der bis dato größte Kürbis der Welt?

933 Kilo galt es zu schlagen. Heinz war lange nicht mehr so aufgeregt gewesen. Vielleicht damals, als ihm sein Vater das Gärtnern beibrachte und ihm dann diese Parzelle vermacht hatte. Vielleicht auch noch bei seiner Hochzeit. Heinz überlegte kurz. Nein. Nichts war so aufregend wie das hier. Er liebte seinen Garten. Jede Pflanze, jede Blume und jeder Halm bekam mehr Zuwendung als seine Frau. Doch „Der große Georg“, wie er den Kürbis in Gedenken an seinen Vater nannte, erfüllte ihn mit der größten Liebe, die er je empfunden hatte. Den ganzen Tag waren Leute gekommen, um dieses Prachtexemplar zu bewundern. Die Nachbarn, die lokale Presse, ja sogar eine Schulklasse waren hier in den Kleingartenverein gepilgert, nur um seinen Kürbis zu sehen. Für morgen hatte sich sogar der Bürgermeister angekündigt.

Heinz hatte den Tag und die Aufmerksamkeit genossen, besonders, als er in das Gesicht von dem alten Schmitz geblickt hatte. Es verlieh dem Ausdruck „Grün vor Neid“ eine ganz neue Bedeutung.

Tief seufzend nahm er ein Putztuch aus feinstem Stoff und polierte „Den großen Georg“ zum wiederholten Male. Er wollte gerade die Folie über ihn stülpen, als er sie bemerkte: Drei merkwürdige Gestalten standen am Eingang seines Gartens. Er konnte sie nicht richtig erkennen. Sie schienen Hüte und irgendeine Art Mäntel zu tragen. Die Dämmerung erschwerte die Sicht.

„Ich empfange heute keinen Besuch mehr. Kommen Sie morgen wieder“, sagte er weniger freundlich als er eigentlich wollte.

Die Drei rührten sich nicht.

Heinz machte einen Schritt auf sie zu. „Gehen Sie bitte!“

Er wurde etwas ungehalten. Er hatte den ganzen Tag in seinem Garten verbracht und wollte nur nach Hause. Dort wartete bereits die Kohlsuppe auf ihn, die er so gerne mochte. Heinz‘ Schritte wurden schneller. Wenn er eines nicht leiden konnte, dann waren das unhöfliche Leute. Am Tor waren zwei Halogenstrahler angebracht, die eigentlich über einen Bewegungsmelder gesteuert wurden. Warum das Licht nicht angegangen war, konnte er sich nicht erklären.

Plötzlich flammten die Lichter auf. Heinz blieb wie angewurzelt stehen. Sein rechtes Auge begann zu zucken, was es immer tat, wenn er nervös wurde oder es mit der Angst zu tun bekam. Die drei Gestalten am Zaun waren genau das: Gestalten. Alle drei hatten die gleiche Größe, waren dürr und besaßen keine Arme oder Beine. Stattdessen hingen wurzelartige Tentakel an ihren dünnen grünen Körpern. Das, was Heinz fälschlicherweise als Mantel gedeutet hatte, waren Blätter, die sie aber nicht als Kleidungsstück trugen. Sie wuchsen an ihnen. Ihre Köpfe sahen aus wie Kohl. Jeder hatte kleine schwarze Augen ohne Lider. Ihre Lippen bestanden aus Blättern und als Hut trugen sie ebenfalls welche. Heinz musste unweigerlich an seine Suppe denken. Er schüttelte sich. Es hatte heute diverse Gelegenheiten gegeben, auf sein Wohl einen Pfefferminzschnaps zu trinken und er hatte keine ausgelassen. Spielte der Alkohol ihm einen Streich? Diese Dinger standen an seinem Tor.

Jetzt bewegte sich einer.

Heinz haderte. Die Tentakel dieses seltsamen Geschöpfes hoben sich, wickelten sich um den Knauf des Tores, drehten ihn und öffneten. Dann kamen alle drei auf ihn zu.

Heinz hatte zwei Möglichkeiten: Entweder konnte er schreiend weglaufen und auf der Stelle verrückt werden, oder er konnte fragen, was sie von ihm wollten und dann verrückt werden. Heinz wählte die zweite Option. Er ging, die Hand zum Gruß, auf eines zu, wollte gerade zu einem freundlichem Hallo ansetzten, doch sie ignorierten ihn scheinbar und hatten nur ein Ziel: „Georg!"

Leicht verärgert ob dieser Unhöflichkeit, beobachtete Heinz die Drei, wie sie sich um den Kürbis versammelten. Er meinte so etwas wie Ehrfurcht in ihren Gesichtern zu erkennen. Die Tentakel der drei verschlangen sich ineinander und sie stimmten einen seltsamen Singsang an.

Heinz fand, es klang ein wenig wie eine Salatschleuder. Dann knieten sie sich hin, was in Anbetracht der Tatsache, dass sie gar keine Knie hatten, seltsam anmutete. Sie wiegten sich hin und her, summten, stöhnten und jauchzten sogar zwischendurch.

Heinz wurde mulmig zu mute. Was, zum Teufel, ging hier vor? Was taten sie da – und was viel wichtiger war: konnten sie seinen Georg dabei beschädigen oder gar verletzten?

Was Heinz nicht wissen konnte, war bis dato niemandem auf der Erde bekannt. Niemand ahnte, dass die interplanetare Raumfahrt den blauen Planeten wohl erst in etwa zweihundert Jahren erreichen würde. Die Gestalten, die aussahen wie lebendes Gemüse, waren eben das: lebendes Gemüse. Die im Allgemeinen als Alergiraner bekannte Spezies stammte vom Planten Vega 4, ungefähr fünf Galaxien von der Milchstraße entfernt. Sie waren ein stolzes, friedfertiges Volk und lebten im Einklang mit allem. Nie war von ihnen als Krieger gesprochen worden und nie hatten sie sich mit anderen Völkern gestritten. Heinz war unwissentlich im Begriff, dies zu ändern.

Alergiraner sind Weltenbummler und Forscher und sie glauben, wie die meisten Lebewesen im All, an eine göttliche Macht. Der Gott, den sie anbeten, kommt in der Gestalt eines großen Kürbisses daher. Diese drei Alergiraner waren, als sie zufällig beim Studieren der lokalen Presse auf einen Bericht über Heinz' Kürbis stießen, auf Forschungsmission. Sie verstanden die Worte nicht, doch sie sahen das Bild und wussten, was zu tun war.

„Hey!" Heinz versuchte dieses ganze Tohuwabohu zu unterbrechen. Er sprang auf einem Bein auf und ab, winkte und ähnelte eher einer bekannten Märchenfigur als einem 53-jährigen Mann.

Plötzlich drehte sich einer der Alergiraner zu ihm.

Das Zucken in Heinz' Auge nahm ungeahnte Ausmaße an. Wie in Zeitlupe sah er, wie sich eine der Tentakeln auf ihn zu bewegte und sich auf seine Stirn legte. Es kribbelte in seinem Hirn. Da passierte es. Heinz verstand sie. Er wusste, wer sie waren, warum sie hier waren. Er verstand das Universum in all seiner Pracht und seinem Ausmaß. Er hörte ihre Bitte, dass sie den Kürbis mitnehmen wollten. Er sah, was sie ihm dafür anboten: Wissen, Technik, Macht.

Heinz überlegte kurz.

„Nein“, antwortete er knapp. „Ich möchte, dass Sie jetzt gehen.“ Mit diesen Worten zog er die Plane über den Kürbis und schickte die Fremden mit einer Handbewegung fort.

Die Alergiraner zogen trotzig ab. Sie konnten nicht streiten. Ihnen fehlte dazu die Fähigkeit. Bis zu diesem Tag. Denn bei der Gedankenübertragung hatte der Alergiraner sich mit schlechten menschlichen Eigenschaften infiziert. So nahmen die Dinge ihren Lauf.

Heinz sah ihnen nach. Niemand würde ihm seinen morgigen Triumph nehmen. Auch nicht laufendes Gemüse. Er begann zu pfeifen und dachte an seine Kohlsuppe.

Die feminine Seite des Todes

(Auszug)

„Na wunderbar. Da bin ich einmal pünktlich, und wer nicht kommt, ist der Tod!“

Es ist Donnerstagabend und in ganz Eden herrscht Stille.

In ganz Eden?

Unter einem mächtigen Apfelbaum, östlich vom Himmelpfad, wibbeln zwei grüne High-Heels ungeduldig gegen einen Umzugskartons aus Holzstoff, auf deren Kante Lizzy sich gerade zum zehnten Mal niedergelassen hat.

„Er hat mir das Paradies versprochen“, bestätigt sie sich zum zwanzigsten Mal. „Wird er sein Versprechen halten?“

Als kleines Mädchen ist sie glücklich gewesen, wenn sie den Tod zum Lachen hat bringen können. Nachdem sich ihre unbekannte Mutter vom Gottesacker gemacht hat, ist sein Gesicht im bitterernsten Ausdruck einer Krähe erstarrt, welche Anderen beide Augen aushacken will. Ab und zu ein knochentrocknes Späßchen, ansonsten tendiert sein Unterhaltungswert gegen Null. Umso besser versteht er sich auf Furchteinflößen. Wenn er jemanden über die Schwelle des Todeshauses trägt, muss man die künstliche Sonne einschalten, da seine Gestalt den kompletten Raum verdunkelt. Durch das Gewichtestemmen mit all den Verstorbenen, gleichen seine Beine, Arme und sogar seine Finger, den Ästen einer wuchtigen Eiche.

Lizzy schiebt sich auf die fünfundzwanzig Zentimeter hohen Absätze und blickt in die Ferne. Der Wind hat Regen im Schlepptau und weht mit kleinen Böen verdorrte Blätter von den Apfelbäumen. Der Stoff ihrer braunen Seidenbluse ist durchlässig, harmonisiert wunderbar mit ihrem kastanienbraun gefärbtem Haar.

Endlich erblickt sie die düstere Wolke, die sein Kommen ankündigt.

Er hält seinen Rücken mühsam aufrecht. Sein eleganter Zweireiher schlottert um schmale Schultern, vergeblich versucht er, seinen Kopf in die Höhe zu recken. Seine Hände, nun schmal wie Birkenzweiglein, ruhen – auf den Lehnen eines elektrischen Rollstuhles!

So richtig erholt hat er sich von seinem Skelett-Infarkt nicht, denkt sie, und auch die Kreuzfahrt mit Jesus hat nicht zur vollständigen Genesung geführt.

Sechs Monate zuvor im Himmel

KAPITEL 1

„Du bist perfekt.“ Speichel flutete ihren Mund. „Deine glänzende Haut weckt Gelüste.“ Sie betastete seine Rundung. „Fruchtfleischliche Gelüste.“ Dann schüttelte sie ihren Kopf.

„Jesus! Jetzt rede ich schon mit einem Apfel.“ Lizzy schnitt Paradiesfrüchte für die vegetarische Mahlzeit des Todes. Sie legte den Apfel auf das Holzbrett, nahm das Obstmesser, setzte an, stach in die Frucht und –

„Aua! Spinnst du?“

Lizzy sah sich in der Küche um.

„Das tut weh!“

Niemand da. Oder? Leise hauchte sie: „*Hallo*?" Richtung Eingangstür.
„Was – hallo?"
Lizzy ließ das Messer zu Boden fallen. „Wer spricht da?"
„Na, ich. Wer denn sonst?"
„Wer ist *ich*, bitte?"
„Na – ich halt. Der Wurm in deinem Apfel. Wobei – eigentlich ist es *mein* Apfel."
„Du kannst nicht reden!"
„Wieso nicht? Du hast doch mit mir geredet. Also antworte ich dir. Dialog nennt man das."
„Das geht nicht."
„Hörst du doch!"
Lizzy trumpfte vorsichtig auf: „Aber – Paradiesäpfel sind nicht wurmstichig."
„Dann solltet ihr euch um bessere Gärtner in Eden bemühen. Nun geh und hol ein Pflaster!"
„Ein Pflaster?" Lizzy lehnte sich an die Arbeitsfläche. „Wofür ein Pflaster?"
„Du hast mich angestochen. Das tut weh. Und schau, ich safte. Also geh und hol ein Pflaster!" Der Wurm wand sich auf der glatten Oberfläche. „Oder soll ich mich verletzt auf die Reise machen?" Er kringelte sich. „Gar sterben? Was eindeutig deine Schuld wäre."
Lizzy blickte sich noch mal um.
„Sicher. Ich muss zurück zu meiner Familie. Meine Frau ist zurzeit als Holzwurm unterwegs. Sie wird schon mit dem Essen warten."
Lizzy wurde langsam wütend: „Holzwürmer im Paradies?"
„Sicher. Schreiner sind auch gerade aus. Also mach, hol ein Pflaster!"
Vielleicht tat sie es einfach, es sah ja niemand zu? Sie machte zwei Schritte zur Seite.
Dann, plötzlich, ein überraschender Sinneswandel: „– na, lass gut sein!", und schwupps, schlängelte sich der Apfelwurm davon.
Lizzy hob das Schälmesser auf, drehte sich um und erblickte Gevatter Tod, der in die Holzhütte aus Azobé-Holz gefegt kam.

... und auf Erden

KAPITEL 2

Da lag er. In Windeln gewickelt, wenn auch nicht in Heu und Stroh, so doch in Decken gehüllt. Die müden Hornschuppen seiner Gesichtshaut reflektierten das grünliche Licht der Deckenlampen und Wandfarbe.
Dem Tod gefiel diese bleiche Tönung: „Das passt doch schon mal ganz gut."
Um den Lebenden und den Tod herum piepste es, Kabel führten wie außerkörperliche Adern zu Überwachungsmonitoren.
Der Zehnkämpfer Harald lag nun im Dreikampf. Wer würde gewinnen?
Gevatter Hein nahm dem Sportler persönlich übel, wie der ihm mitgespielt hatte: Zuerst war er ihm auf der Autobahn entwischt, obwohl der Tod rasend schnell mit seiner gedengelten Schippe bereit gestanden hatte. Von selbiger war das Unfallopfer in letzter Sekunde gesprungen. „Hochsprung war wohl auch eine deiner Disziplinen, Bürschchen!", hatte er geschimpft. Im Krankenwagen hatte der Tod den mit der Sense gebracht, doch das Sportlerherz

hatte nur müde dagegen geklopft, sie beiseitegeschoben, und anschließend im stillen Rhythmus weiter geschlagen.

Hier auf der Intensivstation beäugte der Tod Harald nun in Ruhe. Der hatte ein Einzelzimmer, gut. Der Tod trat näher. Harald atmetet unruhig, oder? Auf dem Flur der Station hörte er Stimmen, das Klappern von Instrumenten, Rufen. Leise schob er die Schiebetür zu. Trat näher an das Bett. Die straffen Augenlider des Patienten zuckten. Der Tod trat an das Edelstahlgehäuse des Spiegels. So glatte Haut hatte ich auch einmal, Bürschchen. Aber ich kann dafür sorgen, dass es bei dir so bleibt, kein Fältchen wird sich den Weg um deine Augen herum graben. Das willst du doch sicher. Alle Menschen wollen das. Und wenn ich mir deine Kleidung so anschaue, hast du es sicher auch mit Mode. Wieder drehte er sich zum Bett, trat näher. „Also freu dich drauf!", kicherte er. Dann streckte er seine Finger nach Harald aus, der in diesem Augenblick die Augen aufschlug. Grün, auch das noch, dachte er.

Dann machte er seinen langen Arm, streckte die Finger.

„Sind Sie der behandelnde Arzt?"

Im Himmel

Kapitel 3

„Elisabeth, ich bin zurück von meiner Einholtour."

Die Tochter des Todes wandte sich den Früchten zu, schob sie von links nach rechts und zeigte ihrem Vater den Rücken. Der Tod riss seinen Umhang vom Hals, warf ihn schwungvoll auf einen Wandhaken:

„Geschafft!"

„Den Wandhaken?", fragte Lizzy.

„Den auch. Aber auch unten den." Er schritt zu seiner Tochter, blickte sie an. „Ist was? Du bist so blaß."

„Das macht nur diese neue schwarze Haarfarbe. Also, was hast du geschafft? Oder sollte ich fragen, *wen*?"

Der Tod warf sich in seine mächtige Brust. „Na?"

„Doch nicht etwa den ehemaligen Zehnkämpfer?"

Der Tod schmetterte: *„Yes, Sir!"*

Seine Tochter schmiss das Messer auf den Tisch. „Das ist nicht dein Ernst. Warum hast du ihn nicht leben lassen?"

„So geht niemand mit mir um. Vorgestern springt er mir auf der Autobahn mitten in dieser Massenkarambolage von der Schippe. Gestern bringe ich den mit der Sense und er sprintet davon. Nach achtstündiger Notoperation, das muss man sich mal vorstellen!"

„Sein Körper und Geist hatten eben Widerstandskraft. Er hat auf sich geachtet, das hast du selber erzählt. Und das alles trotz seines ganzen Kummers."

Der Tod schritt durch die Küche, nahm das Messer und die Arbeit seiner Tochter auf. „Interessiere dich lieber für meinen Kummer. Als der wäre: Ich brauchte drei Anläufe für ihn. Weiß du, wie viel Zeit das gekostet hat?"

Lizzy würgte ihren Ärger hinunter.

Der Tod hackte eine dicke Möhre in Stücke. „Er stand auf der Todesliste. Sogar als Tod des Monats. Somit war sein Sterben nicht verhandelbar. Nach dem Aufwachraum betteten sie ihn in ein normales Krankenzimmer. Und zack, hier knipste ich sein Lebenslicht aus. Kurz und scherzlos. Das war's."

„Er war keine vierzig!“ Lizzy spürte Wut aus dem Herzen, Richtung linker Schulter, wabern.

Der Tod hackte kräftiger auf die Möhren ein. „Was soll das, Elisabeth? Du musst dich daran gewöhnen. Irgendwann wirst du meinen Job übernehmen und –“

„Nein! Du weißt, dass ich das nicht werde. Dafür habe ich nicht studiert.“

„Himmlische Psychologie und Medizin. Sehr nützlich, wow!“

Der Tod nahm eine Handvoll Gemüse, ballte kurz die Faust, schmiss es dann ins kochende Wasser.

Lizzys Ärger zwängte sich am Kehlkopf vorbei.

Der Tod griff zu einem größeren Küchenmesser, schlug mit dem Griff einen Tofu-Quader platt. „Wozu gibt es den Fortschritt? Früher mussten die Leute zu Hause dahinvegetieren.“

„Im Kreise ihrer Familie. Das war gut.“

„Heute gibt es Computerüberwachung für Klinikbetten.“

„Kein Mensch hält dir die Hand.“

„Meinst du, ich fahre umsonst auf all diese Fortbildungen? Ich hab an die Quote zu denken. Du weißt, im Paradies herrscht Personalmangel. Das wird nicht besser, wenn ich mir für jeden Auftrag mehr Zeit lasse.“

„Seit dem Auszug der Adams Family hat es eine Flut an Bewerbern für Eden gegeben. Aber kaum jemand ist mit genügend Todesfreude gesegnet, um die Wolken- und Luftschlösser, die Gärten und Obstbäume zu erhalten. Die Menschen haben Paradiesisch nie gelernt. Wenn die Menschen glücklich leben, zufrieden sterben, reisen sie freudig hier an, sind sofort verwertbar für das paradiesische Leben. Ihre Einarbeitungsphase würde nicht so viel Zeit in Anspruch nehmen.“

„Die Menschen werden nie glücklich sein. Weder im Himmel, noch auf Erden. Weder im Leben, noch im Tod. Sie lieben das Unglück und Herumnölen.“

„Ich will Institutionen erschaffen, wo sie Paradiesisch lernen. Im Leben und im Tod. Es gibt ein kleines Land in Europa, wo das praktiziert wird: in Holland. Dort kann man ein wunderschönes Sterben organisieren. Da ist zum Beispiel die Sache mit dem heilsamen Leuchten am Ende des Tunnels. Das ist doch eine Angelegenheit mit Potential.“

„Das kenn ich von früher. Der Tunnel ist zu lang. Was meinst du, wie viele Seelen wir im Laufe der Jahrhunderte an ihn verloren haben?“ Der Tofu war inzwischen platt wie eine Flunder und zerbröselte.

Die junge Todin nahm das Brett an sich und schmiss es mitsamt ermordetem Bohnenkäse in den Müllschlucker. „Ich gehe auf die Erde und versuche – “ sie unterdrückte einen Tsunami an Emotionen. Sie sah, wie ihr Vater sich am Rande der Arbeitsfläche festkrallte, dann plötzlich ins Trudeln geriet und schwankte. Seine Haut nahm die Farbe alten Hüttenkäses an. Dann verfärbte sich der Hüttenkäse grünlich. Noch einmal stand sie dem Tod Aug in Aug gegenüber. Dann brach er mit einer eleganten Drehung vor ihr zusammen.

In diesem Augenblick wusste sie, dass ihre Zeit gekommen war.

Niemals

Die Matratze auf meinem spartanischen Bett ist schon lange durchgelegen, ich fühle ihre Federn in mein rechtes Schulterblatt stechen, als ich langsam in die Realität zurückkehre. Ich liege auf dem Rücken, die Augen geschlossen. Das grelle Mittagslicht dringt durch die zerfaserten Vorhänge, bahnt sich seinen Weg durch meine Lieder, rot, als es auf die Netzhäute trifft. Ein Schleier, der sich auf meine Welt legt, desinteressiert, ruhig, gleichmütig. So wie ich. Allmählich nehme ich die Geräusche und Gerüche meiner Umgebung wahr.

Da ist der tropfenden Wasserhahn im Badezimmer, den ich eigentlich schon vor Monaten reparieren wollte. Aber sein gleichmäßiges Bluten ist mittlerweile unverzichtbar geworden. Ich brauche es, um Schlaf zu finden, wenn ich im Morgengrauen von meinen Streifzügen nach Hause komme. Da ist die ausgelaufene Flasche Wodka, ich rieche ihren Inhalt in meiner Nähe. Sie ist sicher zu den anderen unter das Bett gerollt, als meine verkrampften Finger sie im Schlaf endlich losließen.

Mein Mund ist pappig, ich schmecke Zigarettenrauch, Alkohol und ... irgendetwas anderes, etwas neues, das ich nicht zuordnen kann. Was? Jetzt merke ich, dass überhaupt etwas anders ist. Aber was? Ich wage nicht, die Augen zu öffnen. Aber das muss ich auch nicht, ich weiß, dass die Veränderung nicht von außerhalb kommt. Ich bin mir sicher, dass sich in meinem kleinen, schäbigen Appartement nichts verändert hat, nicht die Möbel, nicht die Wände, ja nicht einmal der Haufen Pizzaschachteln auf der staubigen Fensterbank. Schließlich verändert sich in meinem Leben nie etwas. Niemals.

Also, was ist es dann? Etwas ist da, in meinem Hinterkopf, ein Summen, ein Kratzen und Rascheln, etwas arbeitet. So, als wenn man weiß, dass man etwas vor hatte, aber man kann sich nicht mehr erinnern, was es war, bis die Erkenntnis einen dann ganz plötzlich halb erschlägt. An diesem seltsamen Morgen ließ sie sich nicht aus ihrem Loch herauslocken. Ich weiß, was anders ist, aber ich weiß es wiederum nicht. Die Wahrheit macht Klingelstreiche, wenn ich versuche sie zu fassen, ist sie schon längst wieder um die Ecke.

Kann es sein, dass ich einfach alles vergessen habe? Aber es verändert sich niemals etwas und ich vergesse niemals etwas. Niemals. Ich bin so vorhersagbar wie ein Schweizer Uhrwerk. Ich kann nicht von meinem Verhalten abrücken, nicht von mir selbst weg. Niemals.

Jetzt kommt ein Sausen und Brausen dazu, ein Piepen und Ziepen. Das Wissen ist ein Wurm, er frisst sich durch mein Hirn, ich will ihn fassen, aber er ist zu schnell und ich fühle, wie meine Fingerspitzen zucken. Heftig springe ich aus dem Bett, die Augen immer noch geschlossen. Ein stechender Schmerz fährt durch mein Hirn und ich schlage die Handballen gegen die Schläfen, gegen den Schmerz, gegen das Vergessen. Komm schon, KOMMSCHON!!! Etwas IST anders, etwas ist DA. Etwas HAT sich verändert. Das Niemals ist ausgeschaltet, aber ...!

Halt! Reiß dich zusammen, verdammt! Ein Keuchen entfährt mir, ich fahre mit der Zunge über die Lippen, stolpere gegen den Haufen Pizzakartons, der auf den Boden fällt und höre, wie etwas krabbelnd unter dem Sofa verschwindet. Widerliches Ungeziefer! Ah, Insekten! Noch immer sind meine Augen geschlossen, das hilft. Da war diese blonde Tussi an der Bar, ihr Körper war gut, aber riesige Augen, winzige Nase, kleiner Mund, wie eine riesige Fliege. Aber man darf ja nicht wählerisch sein. Niemals.

Das Sausen wird ein bisschen weniger, ich komme der Sache näher, ich wusste doch, dass es keine Veränderung gibt und kein Vergessen! Ich tänzle mit geschlossenen Augen durch die Wohnung, weiche den Tischkanten aus, den Türrahmen, dem Kleinzeug auf dem Boden. Ich weiß, wo ich bin, alles ist gleich. Immer noch sind meine Handballen an die Schläfen gepresst, als wollte ich das Wissen aus meinem Schädel herauspressen, wie aus einer hässlichen Orange.

Wenn sie mit mir nach Hause gegangen wäre, dann wäre das eine Veränderung gewesen und sie hätte Dinge VERÄNDERT, in MEINER Wohnung. Aber sie war nie hier gewesen.

Ich gehe ins Bad, die Augen geschlossen, die Hände auf das Waschbecken gestützt. Was war anders bei diesem Mädchen? Das Surren hat mit ihr zu tun. Ich höre ein Scharren auf dem Boden und öffne die Augen. Da sitzt eine Kakerlake. Jetzt wird es mir klar.

Ich war einst die Fliege, die immer und immer wieder gegen die Scheibe flog. Nichts änderte sich. Aber jetzt bin ich anders. Jetzt ... Ich blicke in den Spiegel, mein Konterfei grinst mich an, die Zähne entblößt. Das Gesicht voll von getrocknetem Blut, der Mund voll davon. Jetzt verstehe ich den Geschmack. Ich lecke mir über die Lippen. SIE war die Fliege, jetzt ist sie tot, das dumme Ding. ALLES hat sich verändert, denn ich bin jetzt die Spinne. So, wie eine Spinne werde ich jagen, geduldig wartend meine Opfer umspinnen und dann sauge ich sie aus, die dummen Dinger.

Ein Summen kommt aus meiner Kehle, es steigert sich zu einem Lachen. Mein Spiegelbild flackert kurz auf und ich grinse das Gesicht einer riesigen Spinne an. Es hat angefangen. Ich habe die ersten Fäden gezogen, ich werde mein Netz spinnen. Sie werden mich nicht stoppen. Sie werden mich nicht kriegen. Niemals.

Verschachtelt

„Machen wir den Test, ob Sie das Zeug zu einem wirklich guten Schriftsteller haben!“

Cremer-Martin steht am Rednerpult und hebt die rechte Hand, aus deren Feder schon so manch ein Bestseller geflossen ist. Er zieht einen Vorhang zur Seite und auf sein Kommando springt eine Kohorte quietschgrüner Marsmännchen auf die Bühne.

Ich schrecke hoch, denn ich muss wohl eingeschlafen sein. Und ich muss gestehen, ich habe mir mehr von diesem Mann versprochen.

Die Marsmännchen fangen an, Fratzen zu schneiden und mir wird das unangenehm. Was, bitte, haben Marsmännchen auf einem Schreibseminar verloren?

Cremer-Martin zieht aus seiner Jackentasche eine Streichholzschachtel. Er führt uns, seinen Schreibschülern, die Streichholzschachtel wie ein Zauberer vor, und lässt sie vor unseren Augen verschwinden.

Die Marsmännchen umlagern ihn.

Ich muss gähnen.

Der Vorhang fällt, die grünen Männchen sind verschwunden und Cremer-Martin steht wieder am Rednerpult. „Gut“, sagt er, „jetzt nehmen Sie Stift und Papier zur Hand. Ihre Aufgabe ist es, binnen zehn Minuten eine Gebrauchsanweisung für Marsmännchen zu schreiben, damit sie lernen, wie hier auf Erden Streichhölzer funktionieren.“

Das soll wohl ein Witz sein! Ungehalten kritzle ich aufs Papier: „Man nehme ein Streichholz und mache damit Feuer. Peng.“

Fertig.

Ich räuspere mich, aber Cremer-Martin zischt: „Psst“, und deutet auf die anderen, die voller Hingabe schreiben.

Ich stehe trotzdem auf. Allein, um mir die Füße zu vertreten und auch, um mir eine Zigarette anzustecken. Draußen krame ich nach dem Feuerzeug. Natürlich, war doch logisch! War logisch, dass ich jetzt ausgerechnet keines zur Hand habe und Cremer-Martin nach seinen Streichhölzern fragen muss!

„Gute Idee“, sagt Cremer-Martin und reicht mir die Streichholzschachtel. „Sie sollten sich wirklich mit dem Thema auseinander setzen!“

Was soll ich? Ich stecke mir die Lucky's in den Mund und stelle mir vor, ich wäre jetzt ein Außerirdischer, der zum ersten Mal eine Streichholzschachtel bedient.

Liebes grüne Männchen, sage ich zu mir, mach jetzt bitte einmal die Schachtel auf!

Mein giftgrünes Marsmännchen schaut fragend, denn es sucht einen Deckel.

Idiot, schelte ich ihn, da ist kein Deckel. Das Ganze funktioniert wie eine Schublade.

Das grüne Männchen hebt die Augenbraue. Schublade?

Herrje, offensichtlich kennen die auf dem Mars nicht einmal Schubladen. Ich will's ihm zeigen, aber der Außerirdische fleht: Schreiben, nicht zeigen!

Also gut. Ich setze mich zurück an den Tisch. „Wenn du das, was wir hier auf Erden *Schublade* nennen, öffnest", schreibe ich und frage mich, warum die Sätze ausgerechnet bei mir immer so geschwurbelt klingen. Egal. „Wenn das Ding also offen ist, kannst du eines der Hölzchen herausnehmen."

Hölzchen, muss man das erklären? Ich kratze mich am Kopf. Nein, entscheide ich. „Du nimmst also das Hölzchen in die Hand", schreibe ich. – Ja, aber wie? Ich schaue das grüne Männchen an. Du nimmst es zwischen die Finger. Oh mein Gott, haben Marsmännchen Finger?

Okay, das soll nicht mein Problem sein, entscheide ich und streiche das Wort Finger. „Du nimmst also eines der Hölzchen hervor und reibst es mit dem Kopf gegen die Reibefläche. Bitte sehr!" Ich bin zufrieden mit mir.

Doch anstatt mich zu loben, legt das Marsmännchen seinen Kopf auf die Schachtel.

Nein, nicht *deinen* Kopf, du marsgrüner Blödmann! Ich kreische: *Den Streichholzkopf!*

So, ja. Und fester! Viel fester. Nicht da oben, nein, mehr an der Seite. Mit der grünen Hand zeige ich auf die Reibefläche. Genau dort!

Da fällt mir siedend heiß ein: Was, wenn das Streichholz plötzlich Feuer fängt und sich das Marsmännchen zu Tode erschrickt? – Ja, womöglich das Zündholz fallen lässt und die ganze Bude hier in Brand steckt? Ich schnappe nach Luft und schaue hilfesuchend zu Cremer-Martin.

Doch der grinst mich nur an und sagt: „Aus Ihnen wird sicher einmal ein guter Schriftsteller!"

Anna und Josi

2008 waren die beiden sich in einer Gemäldegalerie zum ersten Mal begegnet. Sehr schnell waren sie miteinander ins Gespräch gekommen und fanden sich auf Anhieb sympathisch. Übrigens: Nur wenige Wochen danach wurde sie 39, doch er war bereits 78 Jahre alt; und man braucht nicht Mathematik studiert haben, um erkennen zu können, dass er bereits doppelt so alt war wie sie! Und deswegen hatte sie wohl in Josi peu à peu so etwas wie einen Vater gesehen, denn den hatte sie schon viel zu lange entbehren müssen. Doch nicht im Entferntesten hatten die beiden damals ahnen können, wie sehr diese Begegnung mit der Zeit ihr Leben bestimmen, und dass sich daraus sogar eine sehr tiefe Freundschaft entwickeln werden würde. Und ihr jugendliches und so erfrischend unkompliziertes Wesen hatte dann auch sehr bald dafür gesorgt, dass er seit jenem Tag beinah vergessen hatte, älter zu werden.

Mehr oder weniger regelmäßig besuchen die beiden sich auch gern, und nun war Anna wieder einmal zu ihm gefahren – übrigens mit einem Regionalzug der Deutschen Bahn. Von Werl nach Duisburg ist das etwas umständlich, denn dazu muss man in Dortmund umsteigen – und das ist sogar die günstigste Verbindung! Und mit dem Auto? Klar, zu Hause gehörte das Autofahren zu ihrem Alltag, aber über die Autobahn nach Duisburg? Nein, doch lieber nicht, denn darin war sie zu wenig geübt, und sich dann auch noch in einer so großen Stadt zurechtzufinden – mit dem für sie ungewohnten Großstadtverkehr – nein, dafür fühlte sie sich nicht sicher genug.

Und ihm war das nur recht, denn er hätte sich sonst zu sehr um sie sorgen müssen.

Auch dieses Mal hatte er für sie wieder ein Hotelzimmer in der Nähe seiner Wohnung gebucht, aber nun war sie endlich da, und wie immer waren sie vom Bahnhof direkt in ihr Stammcafé an der Königstraße gegangen, hatten sich dort bei Kaffee und Cola erst einmal die wichtigsten Neuigkeiten erzählt, und dann ging es auch schon heim zu Josi.

Drei Tage hatten sie nun für sich: Anna liebte es sehr, mit Josi durch die City zu bummeln und in den Geschäften Ausschau zu halten. Wonach genau, das schien sie mitunter selbst nicht zu wissen, aber es gab ja auch überall so viel anzusehen; viel mehr als in Werl und mindestens eine Kleinigkeit fand sie jedes Mal beim Stöbern doch.

Für den nächsten Nachmittag stand der Besuch in einem Saunapark auf ihrem Programm, denn besonders in der kalten Jahreszeit liebten beide es, in der Wärme zu liegen und auch, in ihre Bademäntel kuschelig eingepackt, zwischen den Saunagängen, die Ruhe zu genießen.

Anna hatte übrigens keine Scheu, Josi ihren schönen Körper unbekleidet zu zeigen, und es hatte bereits andere Situationen gegeben, in denen er ihr Vertrauen nicht missbraucht hatte. Denn schließlich sah er in Anna doch nur so etwas wie eine Tochter. Dass sie gewisse Stellen ihres Körpers naturbelassen hatte, das, fand er, passte haargenau zu ihrem natürlichen und so herrlich unkomplizierten Wesen. Sie, knabenhaft schlank, und er mit einem Altherrenbäuchlein, so bewegten sie sich ungeniert zwischen den Saunagästen, aber sie gönnten sich im Bistro auch alles, worauf sie gerade Appetit hatten.

Am letzten Nachmittag war ein Ausflug nach Venlo geplant, denn was es dort in einigen Geschäften zu sehen gibt, interessierte sie sehr, aber auch das holländische Flair mochte sie. Und am Abend, als Anna sich in eine warme Decke gekuschelt hatte und gemütlich auf seiner Couch lag, sagte sie ganz unvermittelt: „Weißt du was, Josi? Es ist so gemütlich bei dir, und ich fühle mich hier wieder so wohl. Würdest du mir heute vielleicht etwas vorlesen? Du hast doch so viele Bücher und da ist bestimmt etwas Schönes für mich dabei."

Da brauchte er nicht lange überlegen. Die lustige Geschichte „Der Große und der Kleine Klaus" hatte er selbst erst kürzlich gelesen, die würde ihr bestimmt gefallen, und sie hatte ihm dann auch völlig entspannt und mit geschlossenen Augen zugehört. Natürlich hatte er sich dabei bemüht, so gut wie möglich Bruno Ganz, dem berühmten Schauspieler, nachzueifern, denn ihn hatte er einmal bei einer Lesung mit jener Erzählung von Hans Christian Andersen erlebt. Aber dann, als am Ende der Kleine Klaus seinen großen Namensvetter endgültig überlistet, und er das Buch zugeklappt hatte, da sah sie ihn zuerst lange und wortlos an, dann gestand sie ihm, dass sie am liebsten nie mehr fort von ihm möchte: „Ich könnte dich immer um mich haben, Josi, immer!"

Davon tief bewegt, hatte er ihr ganz spontan angeboten, dass sie doch auch gern bei ihm übernachten könne, und dafür nicht ins Hotel zu gehen brauche: Ihm würde nämlich die Couch im Wohnzimmer vollauf genügen und für sie wolle er sein Bett frisch beziehen. Und er würde sie auch nicht stören und sie schlafen lassen, so lange sie es wollte. Und er würde sich auch ganz nach ihr richten und sie umsorgen und so richtig verwöhnen.

Ja, darin hatte er Übung, denn vor vielen Jahren, als seine Frau schwer erkrankt war, da hatte er fünf lange Jahre sie betreut und gepflegt, und es ihr so angenehm gemacht, wie es den Umständen entsprechend noch möglich war. Klar, und dann hätte er sofort alle Register seiner Erfahrungen gezogen, und Anna jeden Wunsch von den Augen abgelesen. Und mitunter konnte er sogar auch ihre Gedanken erraten, aber sie zog es am Ende doch vor, im Hotel zu übernachten.

Einzig und allein deswegen, sagte sie, weil es ihr sonst zu schwer fallen würde, anschließend wieder nach Hause in ihre Wohnung fahren zu müssen, in der dann das Alleinsein und die Einsamkeit umso heftiger über sie hereinbrechen würden. Und nur das allein war der Grund gewesen, und sonst rein gar nichts!

Und Josi? – „Mir geht es doch ähnlich, Anna, denn ich möchte dich auch möglichst oft bei mir haben. Ich fände es schön, wenn ich für dich so etwas wie dein ‚Hotel Papa' sein könnte. Aber du hast ja recht. Lass uns bitte lieber nicht weiter davon träumen und uns auf die Realität besinnen. Ich befürchte nämlich, dass es auf Dauer nicht gut wäre, ständig so nah beieinander zu sein. Du bist es überhaupt nicht gewohnt, und ich möchte nicht noch einmal erleben, einen lieben Menschen wieder gehen lassen zu müssen."

Und danach waren sie ernüchtert auf den Boden der Tatsachen zurückgekehrt. Endgültig.

„Es ist, wie es ist, und so ist es gut!“, philosophierte er in Gedanken versunken. „Die Liebe eines alten Mannes ist sowieso nur noch wie ein in der Nacht heruntergebranntes Lagerfeuer: Unter der Asche glühen zwar noch ein paar Holzreste, es knistert manchmal auch noch, aber für etwas anderes als sich ein wenig daran zu wärmen, taugt es nicht! Und die Zeit bleibt ja nicht stehen. Die Asche wird kalt, und dann wärmt sie nicht einmal mehr!“

Sternenmond

Der Mond hing stumpf am Himmel, er wollte nicht mehr leuchten.

Schon seit Tagen hatte er keine Lust mehr für die Kinder, die Tiere oder die Blumen zu leuchten, denn ihm fehlten seine Freunde so sehr.

Der Mond war traurig.

Wenn die lustigen Sterne um ihn herumtollten, ihre Lieder sängen oder ihre Späße trieben, dann würde er leuchten. Er würde so hell strahlen, dass alle Kinder in ihren Träumen fliegen könnten. Zu ihm hinauf in den Himmel.

Der Mond aber war traurig. Die Sterne waren nicht mehr da.

Einen nach dem anderen hatte die dicke, graue Wolke *Sturmauge* verschluckt und hielt jede Fröhlichkeit der Sterne in ihrem Bauch gefangen. Sie lockte die Sterne zu sich, bot ihnen Süßes und Schmackhaftes, und so fielen ihr die Sterne zu.

All das hatte der Mond mit angesehen und konnte nichts tun, denn er konnte nur scheinen. Und weil er so traurig und so hilflos war, hatte er keine Lust mehr zu scheinen.

Ein einziger Stern funkelte noch am Himmel, zischte mal von links und mal von rechts am Mond vorbei. Doch der Stern hatte den Mond selbst in Verdacht, schließlich waren seine Freunde verschwunden und der Mond hatte sein Leuchten verloren. Mirko, der Stern, hatte Angst vor dem stummen Mond.

„Bestimmt hat er ihnen ihr Leuchten gestohlen", dachte Mirko. Er wohnte weit weg, schon fast bei Mutter Sonne. „Und ohne ihr Leuchten, kann man sie nicht sehen. Vielleicht sind sie blind und taumeln durch die Nacht. Und vielleicht können sie nichts mehr sagen, nicht mehr singen!" Mirko machte sich Sorgen, wirkliche Sorgen. Und weil Mirko sich noch nie Sorgen gemacht hatte, wunderte er sich über dieses komische Gefühl in seinem Bauch. Er fragte sich, ob er wohl Steine gegessen hatte, die ihm nun schwer im Magen herumrollten.

Da kam die graue Wolke *Sturmauge* zu dem kleinen Stern geflogen. Der Mond glimmte schwach, denn er hatte den kleinen Stern gesehen.

„Na, du kleiner Stern, wie heißt du denn?"

„Mirko", antwortete der Stern, unwillkürlich wich er zurück.

„Mirko. Du brauchst keine Angst vor mir zu haben. Ich bin harmlos." Langsam bewegte sich die Wolke auf den Stern zu und lächelte ein wenig. „Willst du ein Bonbon?"

Vermutlich hätte Mirko der Stern, wie all seine Freunde zuvor, von dem Naschwerk genommen, doch seine Sorgen hatte einen dicken Klumpen aus seinem Bauch gemacht und er mochte gar nichts lutschen, schlecken oder kauen – auch nicht die leckersten Bonbons der Welt. Der kleine Stern schüttelte seine Zacken.

„Du willst meine Bonbons nicht? Möchtest du lieber Schokolade?" Schon klang die Wolke nicht mehr so freundlich.

Mirko flog ein Stück zurück und murmelte: „Nein, danke!"

„Was? Du kleiner, undankbarer Stern. Deine Freunde haben all meine Bonbons gelutscht. Und du willst kein einziges nehmen?“ Zornig türmte sich die Wolke vor Mirko auf.

Auch der Mond traute seinen Augen und Ohren kaum. Dass der kleine Stern die Süßigkeiten abgelehnte, freute ihn so sehr, dass er klar und hell zu leuchten begann.

Mirko flüchtete zum Mond. In seiner Angst hatte er vergessen, dass er doch ihn für das Verschwinden der Sterne verantwortlich gemacht hatte!

Die Wolke raste vor Wut hinter ihm her und wollte den kleinen Stern einholen, doch Mirko war zu schnell.

So geschah es, dass die Wolke unvorsichtig gegen den Mond knallte und plötzlich alle Sterne freikamen. Die Wolke verschwand ganz schnell, aus Angst vor dem Mond.

Um den Mond herum aber schwirrten und flitzten die freien Sterne hin und her, zirpten und quasselten, quatschten und flüsterten miteinander. Mirko stammelte eine Entschuldigung, weil es ihm leid tat, dass er den Mond verdächtigt hatte.

Mirkos Bauchschmerzen waren schnell verschwunden.

Bis zum nächsten Morgengrauen sangen die Sterne dem Mond ihr Lied zur Ehre. Und der Mond strahlte und leuchtete so hell er konnte, so froh war er, dass seine funkelnden Sternenfreunde wieder bei ihm waren.

Gabriel

Es war heiß. Er saß im Schneidersitz, vornübergebeugt, blutend. Sein Lebenssaft floss dahin – in den heißen Sand. Er stöhnte. Er hob die Arme gen Himmel. Heulte: „Was soll ich hier an diesem Ort? Hier ist nichts!“

Ein Geier umkreiste ihn. Sein Aas.

Nicht mehr lange – nicht mehr lange ...

Sein Schädel brummte. Die Sonne brannte auf seiner Haut. Er fasste zwischen seine Schulterblätter. Er fühlte verkrustetes Blut. Er suchte die Wunde, rubbelte daran. Bröckchen für Bröckchen landete im Sand.

Der Geier landete in sicherer Entfernung.

Nicht mehr lange – nicht mehr lange ...

Er suchte und suchte. Er fand nicht, was er suchte. Er weinte. Seine Tränen verdampften. Im heißen Sand.

Der Geier legte den Kopf schief. Er fixierte sein Opfer.

Nicht mehr lange – nicht mehr lange...

Gabriel stellte seine Arme rückwärts und stützte sich auf seine Hände. Schmerz durchzuckte ihn. Er stöhnte. Die Sonne brannte auf seinen Wunden. Er schloss die Augen.

„Aas!“ Der Geier schüttelte seinen Kopf hin und her.

Nicht mehr lange – nicht mehr lange ...

Er suchte Halt im Sand. Er tastete und fand ihn. Er lag neben ihm. Gabriel schluckte. Er öffnete die Augen. Sand – soweit er sah. Höhen und Tiefen – nur Sand. Trostlos.

Der Geier beäugte ihn. „Ungewöhnliches Exemplar.“

Nicht mehr lange – nicht mehr lange ...

„Was soll ich hier? Was willst du von mir? Was soll ich bloß tun? Du hast mir alles genommen“, schluchzte Gabriel. Hoffnungslos.

Ruckartig schoss der Kopf des Geiers in die Höhe. Er beobachtete sein Opfer.

Nicht mehr lange – nicht mehr lange...

Gabriel hatte keine Tränen mehr. Resignation machte sich breit. Nichts als Sand. Und Hitze. Hier. An. Diesem. Ort. Geht. Alles. Zu Ende. Warten. Tod. Er hob den Kopf gen Sonne.

Der Geier flog ein Stück näher heran. Er wartete.

Nicht mehr lange – nicht mehr lange ...

„Mach schnell – hol mich. Ich. Will. Hier. Nicht. Sein. Nicht an diesem Ort“, flüsterte Gabriel. Sein Wille gebrochen – vom Kampf – vom Leid – den Verwundungen – der Hitze – dem Sand.

Siegessicher stolzierte der Geier noch ein Stück näher. Er wartete.

Nicht mehr lange – nicht mehr lange ...

Gabriel atmete. Ein. Aus. Ein. Aus. Ein. Aus. Halluzinierte. Sein Blut rauschte. Gabriel löste seine Arme. Fiel erschöpft nach vorn. Federn flogen auf.

Die Augen des Geiers verengten sich zu Schlitzen.

Nicht mehr lange – nicht mehr lange ...

Gabriel konzentrierte sich. Projektion: Pflanzen, Blumen, Kühle, ein Wasserfall. Er lächelte. Er stellte sich in den Wasserfall. Gabriel schüttelte sich. Er zitterte. Kälte. Mühsam richtete Gabriel sich auf.

Der Geier hüpfte umher. Er wagte sich weiter.

Nicht mehr lange – nicht mehr lange ...

Sein Geist suchte. Die Wunden. Er keuchte. Schmerzvoll – sein Gesicht. Blut. Er murmelte. Gabriel sang. Leise – dann immer lauter.

Der Geier erhob sich in die Lüfte. Er betrachtete Gabriel aus der Luft.

Nicht mehr lange – nicht mehr lange ...

Es wurde dunkel. Er sang immer noch. Befreite die Seele. Straffte den Körper, saß nun kerzengerade. Plötzlich – ein Lichtstrahl. Weiß und ruhig – hüllte ihn ein. Gabriel leuchtete.

Der Geier erschrak. Im Sturzflug landete er im Sand. Ganz in der Nähe. Abwartend.

Nicht mehr lange – nicht mehr lange...

Wind kam auf. Sand wirbelte. Stärker. Kreiste Gabriel ein. Etwas wurde angehoben. Fand sein Ziel. Gabriel schleuderte herum. Streckte seine Arme weit auseinander. Schrie: „Jetzt!“

Der Geier kam näher. Langsam. Beobachtend.

Nicht mehr lange – nicht mehr lange ...

Der Wind hob Gabriel auf die Füße. Seltsam. Er trug ihn. Er stand. Schrie. Breitete die Arme aus – unter Schmerzen. Er probierte. Flügelschlagen. Hob ab. Richtung Sonne.

Der Wind drückte den Geier rückwärts. „Nag, nag, nag“, krächzte er.

Celebrazione

Alle waren sie gekommen: Gianfranco, Gianpierro, ihre Frauen Claudia und Francesca, Andrea, Davide, Nicola.

„Ciao", „ciao!"– Marta hatte den ganzen Vormittag und den Tag zuvor damit zugebracht, dieses Fest, ihre *celebrazione*, vorzubereiten. Ihre weltberühmten Antipasti hatte sie schon aufgetischt, der mediterrane Duft strömte durchs ganze Haus und gab ihr und ihrer geliebten Familie nun ein Gefühl von Heimat.

Wieder klingelte es an der Tür. Es war Elisabetta und ihr schöner Mann Claudio mit ihrem und Martas ganzem Stolz, dem süßen kleinen Luca. Sie begrüßte ihre Tochter und ihren Sohn mit überschwänglichen Küssen und nahm sich dann sofort Luca aus dem Tragekörbchen, um ihn fest an sich zu drücken. „Bello mio, du wirst ja immer schwerer!"

Luca lachte vergnügt, als hätte er seine *nonna* verstanden.

„Los, los, bedient euch, ich habe mehr als genug!", forderte sie ihre palavernde Verwandtschaft auf, sich der Köstlichkeiten zu bedienen.

„Wie geht's Dir?"– „Was macht dieser und jener?" – „Hast du schon davon gehört?" Es war ein wildes Geschnatter, Umarmungen wurden ausgetauscht und es wurde lauter, je mehr Gäste eintrafen.

Luca fing an zu weinen.

„Ihm ist es hier zu laut, zu viele Leute auf einem Haufen", sagte Elisabetta lachend und nahm Marta ihren Sohn ab.

Marta störte weder das Weinen ihres Enkelsohns noch das viele Durcheinanderreden. Seit die Kinder aus dem Haus waren und dann auch noch ihr über alles geliebter Alberto zum Herrgott in den Himmel gegangen war, war es ihr die meiste Zeit viel zu still in dem großen Haus. Daher konnte es für sie jetzt nicht laut genug sein.

Und das war es! Alle aus Martas Familie waren sehr kommunikativ und teilten sich gerne mit.

Danke, *Geso Cristo*, danke für diese *famiglia*, dachte sie in solchen Momenten und ihre Augen wurden feucht.

Wieder läutete die Türglocke.

Marta öffnete und Angelo trat ein. Alt zwar, aber immer noch die stolze Haltung wie früher, und das gewinnende Lächeln, mit dem er am Strand von Rimini jeder *turista* den Kopf verdreht hatte. Er trug sein Hemd fast bis zum Bauchnabel aufgeknöpft. Um seinen Hals glänzte eine goldene Kette, an deren Ende der Erlöser am Kreuz hing, weich gebettet in Angelos dichtes, graues Brusthaar.

„Marta, meine Schöne, du siehst wieder einmal bezaubernd aus!" Der alternde Gigolo küsste Marta mehrfach auf beide Wangen und sie wurde verlegen, wie früher. Sie erinnerte sich, dass Alberto damals immer eifersüchtig auf seinen Bruder gewesen war.

„Onkel Angelo!" – Die Kinder stürmten auf Angelo zu und auch die Erwachsenen richteten ihre Aufmerksamkeit auf ihn. Angelo war seit jeher von einer Aura umgeben, die, egal wohin er ging, alle faszinierte.

„Seht mal, was ich hier habe." Angelo zog etwas aus seiner Brusttasche, das aussah wie ein Handy. Es war weiß und schick, auf der Rückseite glitzerte ein Apfel oder eine Kirsche, Martas Augen waren nicht mehr die besten.

„Cool, ein Iphone!“ Die Kinder wussten offenbar mehr damit anzufangen. Den Erwachsenen half Angelo: „Das ist ein Smartphone. Damit kann man nicht nur telefonieren und Fotos machen, sondern auch ins Internet gehen. Immer und überall. Ich bin jetzt gerade bei Facebook angemeldet und kann mit den Verwandten in der alten Heimat schreiben.“

Facebook war gut. Gianfranco hatte Marta kurz nach Albertos Tod einen Computer gebracht und ihr gezeigt, wie man sich bei Facebook anmeldet. Sie konnte nun jeden Tag mit ihrer Schwester Gianna in Catania schreiben. Sie konnte Menschen, die sie kannte, in ihre Freundesliste aufnehmen und war überrascht, wie viele sie doch hatte: mehrere hundert auf der ganzen Welt verteilt! Aber sie kam mit dem Computer nicht zurecht. Drückte sie einen falschen Knopf, funktionierte er nicht mehr und eines ihrer Kinder musste kommen und ihn in Ordnung bringen.

„Das Iphone funktioniert ganz einfach. Es ist immer an, du tippst einfach auf den Bildschirm und hast den Wetterbericht, das TV-Programm, alles.“

Die erste Aufregung hatte sich gelegt und die Gäste standen oder saßen wieder in Grüppchen zusammen und erzählten von Gott und der Welt. Angelo trat an einen nach dem anderen heran und führte seine Errungenschaft vor. Auch an Marta.

So ein Iphone war wirklich praktisch.

Am Montag nach der Feier machten die Inhaber der Handyläden im Ort ein gutes Geschäft, denn fast jedes Mitglied der italienischen Gemeinde legte sich ein Iphone zu. Die Kinder hatten sowieso schon lange davon geträumt und die Alten kamen schneller damit zurecht als gedacht.

Es war wirklich ganz leicht. Sie musste nur mit dem Finger auf den Bildschirm tippen. Marta war jetzt so häufig mit ihrer Schwester in Kontakt, wie seit ihrer Kindheit nicht. Sonst hatte sie tagsüber Erledigungen gemacht, Einkäufe, den Haushalt, auch die Arztbesuche wurden leider immer häufiger. Abends setzte sie sich dann vor den Computer und las ihre Nachrichten. Das Iphone aber klingelte sofort, wenn ihr jemand schrieb – ihre Schwester oder ein Cousin oder eine Cousine aus Übersee. Sie hatte all ihren Freunden das Iphone empfohlen und je mehr es sich zulegten, desto mehr Nachrichten bekam sie. Sie fühlte sich jetzt kaum noch allein.

Irgendwann kam eine Nachricht von Angelo: „Du musst Twitter haben. Da teilst du ganz kurz mit, was du gerade machst. Außerdem nutzen Twitter die Stars. Gibt es Neuigkeiten von Eros, bekommst du sie sofort auf dein Handy!“

Das war noch besser. Wenn Marta ungeduldig im Supermarkt an der Kasse wartete, schrieb sie dies auf Twitter. War sie genervt, weil der Bus Verspätung hatte, schrieb sie es auf Twitter.

Sie konnte jetzt immer und überall ihre Gefühle mit ihren Lieben teilen, wie wunderbar! Zwar dauerte es einige Zeit, bis all ihre Kontakte von Facebook – inzwischen waren es ungefähr tausend – in Twitter übertragen waren, aber es hatte sich gelohnt. Der dunkelhäutige Stürmer mit dem Babygesicht hatte eine neue Freundin, ein Model. Eros hatte ein neues Lied geschrieben, mit einem Daumenwisch konnte Marta es sofort hören.

Sie bekam jetzt Nachrichten auf Facebook, und auf Twitter, und verbrachte viel Zeit damit. Es kam sogar immer öfter vor, dass sie ihre Serien im Fernsehen verpasste.

Twitternachricht von Angelo: „Lade dir Instagram runter, das ist wie Twitter, nur teilst du dich durch Fotos mit!"

Also versuchte Marta ab jetzt, ihre Gefühle durch Fotos, die sie mit ihrer Handycam schoss, mitzuteilen. Sah sie, wie die Sonne aufging und die noch feuchte Straße in ein rot-goldenes Lichtermeer verwandelte, fotografierte sie dies und postete es auf Instagram.

Früher dachte sie in solchen Situationen oft an Alberto im Himmel und wurde melancholisch. Jetzt bekam sie schon Sekunden, nachdem sie solch ein Bild hochgeladen hatte, Glückwünsche ihrer Kontakte und freute sich.

Natürlich nahm die Pflege der sozialen Netzwerke jetzt mehr Zeit in Anspruch. Ständig piepste und vibrierte das Iphone. Die Nachrichten an ihre Schwester wurden seltener und kürzer, sie hatte so vielen zu schreiben und Gianna in Catania ging es wahrscheinlich ähnlich. Außerdem stand schon die nächste Familienfeier an, zu der Marta geladen hatte. Eigentlich hatte sie viel vorzubereiten, aber sie musste die vielen Nachrichten beantworten und Fotos und Videos kommentieren. Sie nutzte die Zeit, in der das Smartphone auflud, um schnell ihre Erledigungen zu machen.

Am Tag der *celebrazione* war Marta erschöpft. Die Antipasti hatte sie nachts zubereitet. Tagsüber war keine Zeit gewesen. Ihr Iphone war langsam geworden, es hatte einfach zu wenig Speicherplatz. Die vielen Mitteilungen zu bearbeiten, dauerte immer länger. Aber alle waren sie wieder gekommen. Gianfranco, Gianpierro, ihre Frauen Claudia und Francesca, Andrea, Davide, Nicola. Auch Elisabetta und Claudio kamen mit dem kleinen Luca. Marta streichelte ihm müde über die Stirn. Das Geschnatter war nicht so groß wie sonst, alle kannten die neuesten Neuigkeiten schon durch die sozialen Netzwerke. Die Kinder spielten Spiele auf ihren Iphones.

Marta störte das nicht, sie hatte wenig und schlecht geschlafen. Überhaupt schlief sie in letzter Zeit nicht gut – als müsste ihr Kopf nachts die vielen Informationen des Tages verarbeiten.

Angelo kam herein. „Ich habe das neue Iphone! Sonderpreis! Ihr müsst mir alle eure schönsten Selfies für meine Kontaktliste schicken."

Jetzt wurden die Gäste munterer. „Au ja, schick mir auch bitte den Namen des Ladens, wo du es gekauft hast." – „Mir auch!" – „Ja, mir auch."

Auch Marta nahm ihr Iphone aus der edlen Schutzhülle und schickte Angelo ein Foto von sich. Sie sah, dass Gianna ihr ein süßes Katzenvideo gesendet hatte und leitete es an die Anwesenden weiter.

Andrea hatte seinem Onkel Toni in New York versprochen, ihn via Whatsapp über diese *celebrazione* auf dem Laufenden zu halten. Onkel Toni schickte fleißig seine Kommentare an alle. Es entstand so ein lebhafter Datenaustausch, Massen an Bits und Bytes wurden in Form von Bildern und Videos aus Martas Wohnzimmer zu Satelliten ins Weltall, von dort zu den Mobilfunkanbietern, wieder ins Weltall und von da zurück in Martas volles Wohnzimmer auf das Telefon der Empfänger geschickt. In Sekundenschnelle.

Dass alle die Blicke auf ihre Smartphones gesenkt hatten, fiel keinem auf, denn selbst in dieser kommunikativen Familie wurde bei einer *celebrazione* noch nie so viel kommuniziert wie auf dieser. Selbst die Verwandten in der alten Heimat und in Übersee waren virtuell anwesend. Luca schlief ruhig in seinem Tragebettchen. Auf keiner *celebrazione* zuvor war es so still wie bei dieser gewesen.

Am Tropf

Vor sechs Wochen war Susi von ihrem Vorsorgetermin nicht zurück gekommen. Stattdessen erhielt ich einen Anruf von der Polizei. Sie sagten, der Stadtbus sei verunglückt. Es gebe Schwerverletzte und meine Frau sei im Städtischen Krankenhaus. Ich versuchte meine Gedanken zu ordnen. Wie ferngesteuert leerte ich ihre Sporttasche und stopfte etwas Wäsche, ihren Bademantel und ein Paar Hausschuhe hinein. Als ich die Haustür schließen wollte, fiel mir ein, dass sie ja auch noch Waschzeug und ihre Medikamente brauchte. Ich weiß nicht, wie ich zum Krankenhaus gekommen bin. Die Schwester sagte mir, man operiere sie gerade. Es könne noch dauern. Ich müsse warten.

„Achim, sei froh, dass du mich hast", sagte Susi immer. Und sie hatte Recht. Sie ist mein Dreh- und Angelpunkt, mein Leben. Wir sind seit fünfunddreißig Jahren verheiratet. Susi hatte das Ruder wie selbstverständlich in die Hand genommen. Ich war als Geschäftsführer eines Möbelhauses voll eingespannt. In meiner Tretmühle blieb keine Zeit für Hobbys oder für normalen Feierabend. Susi hatte das klaglos hingenommen. Sie hatte mein Leben organisiert. Auch, als ich vor ein paar Monaten in Rente ging. Diese viele Zeit plötzlich! Ich hatte so viele Pläne, dass sie mich erdrückten und ich rein gar nichts auf die Reihe bekam.

„Du musst Alltag erst wieder lernen", meinte Susi, „ich helfe dir dabei."

Ich war ihr dankbar.

Warten wurde mein neuer Lebensinhalt. Susi wachte nach der OP nicht wieder auf. Sie lag jetzt im Koma. Am ersten Tag war ich rund um die Uhr bei ihr. Sie hatte einen doppelten Schädelbruch und eine gebrochene Nase. Immer wieder betrachtete ich sie. Da lag ein verpackter Körper. Der Kopfverband verbarg ihr Gesicht fast vollständig. Es tat mir körperlich weh, Susis zuversichtliches Lächeln, ihre temperamentvollen Blicke und ihre Stärke vergeblich darin zu suchen. Da lag eine Fremde. Ich bekam Angst, fühlte mich wie ein hilfloses Kind. Allein gelassen.

Ich hasste sie. Warum tat sie mir das an? Ich verachtete mich für diese Gedanken. Aber ich konnte es nicht ertragen, Susi in diesem Zustand zu sehen. Der typische Krankenhausgeruch und die kalten, nüchternen Zimmerwände jagten mir Schauer über den Rücken. Die Längsstreifen der halbtransparenten Gardine kamen mir wie Gitterstäbe vor. Ich fühlte mich in der Falle. Mich selbst konnte ich auch nicht ertragen. Ich war auf der Flucht. Vor Susi, vor mir selbst, vor dem Leben und besuchte sie fortan weniger.

Am Tag nach dem Unfall stellte ich mich unbekleidet vor unseren großen Spiegel im Flur und schaute mich an, das ganze nackte Elend. Die faltiger werdende Haut, das schüttere, graue Haar, die ersten typischen Haltungsänderungen, die das Alter verraten. Und ich sah in meine leeren Augen. Ratlos, verwirrt, ohne Perspektive. Lange stand ich so da, bis ich mir zu kalt wurde.

Ich setzte mich an den PC und wollte alles über Koma-Patienten erfahren. Ich begann bei Wikipedia mit der einfachen Begriffsklärung. „Koma bedeutet

Bewusstlosigkeit“, stand da. Es schwarz auf weiß zu lesen und machte mir schlagartig klar, was Susi verloren hatte: ihr ganzes bisheriges Leben. Körper ohne Geist, schoss es mir durch den Kopf und ich realisierte, wie wenig solch ein Leben noch zu geben vermochte. Mein Herz verkrampfte sich. Was geht in Koma-Patienten vor? Das Internet wies eine Flut von Artikeln auf, die einen Tsunami weiterer Fragen auslösten.

Ich saß Tag und Nacht vor dem PC, stieß auf Fragen wie: „Wieso fällt man ins Koma?“, „Können Komapatienten weinen?“ oder: „Spürt ein Patient im Koma, dass man ihn massiert?“ Das Frage-und Antwort-Spiel wurde zur Sucht. Ich wurde vom Koma-Kosmos geschluckt und ließ mich überfluten von Informationswellen, die an meine Seele schwappten und sie empfänglich machten für die Sorgen und Probleme rund um das Koma, das auch mein Leben auf den Kopf gestellt hatte. Ich vergaß zu essen. Hin und wieder übermannte mich der Schlaf für ein paar Stunden, um mich fit zu machen für neue Expeditionen. Ich recherchierte tagelang Fachartikel und Literaturquellen. Ich hing genauso am Tropf wie meine Frau.

Nach drei Wochen wurde es schwierig, neue Quellen zu finden. Ich wusste eine Menge über Koma-Zustand und Wiedergeburt des Geistes, Reha-Maßnahmen und die Theorie des Lebens danach. Es war Zeit für den nächsten Schritt. Jetzt wollte ich mit ehemaligen Koma-Patienten Kontakt aufnehmen. Ich brannte darauf zu erfahren, wie sie das Koma erlebt und wie sie zurückgefunden hatten.

Wie ignorant ich durch mein Leben spaziert bin! Bei all dem Elend um mich herum! Ich chattete mit *Norbert G.*, der nach einem Zahnarztbesuch zwei Monate im Koma gelegen hatte. *Gina19* musste vier Monate um das Wiedererwachen kämpfen und *moonrider41* war nach einem Herzinfarkt fünf Wochen im Koma. Am meisten aber berührte mich das Schicksal von *Susi34*. Nicht nur, weil sie den gleichen Namen hatte wie meine Frau, sondern auch, weil sie es verstand, mir ihre Erlebnisse nahe zu bringen. Im Koma hatte sie in einer Art Albtraum erlebt, wie achtlos und würdelos einige Pfleger und Schwestern sie behandelten und wie rücksichtslos ihre eigenen Geschwister an ihrem Bett über ihre spätere Abschiebung in ein Heim stritten. Aber auch, wie ihre Mutter für ihre Rückkehr kämpfte und sie immer wieder unter Tränen streichelte. Sie las ihr Bücher vor, erzählte Geschichten von früher. Hier wurde *Susi34* besonders emotional. Was sie im Koma mitbekommen konnte, war mehr als in ihrem früheren Alltag. Denn *Susi34* war taubstumm.

Als mir klar wurde, wie sehr ich meine Frau im Stich gelassen hatte, zog es mir das Herz zusammen. Mittlerweile ist ihr Kopfverband verschwunden und das kastanienbraune Haar, auf das sie so stolz ist, umrahmt ihr blasses Gesicht. Wenn man wirklich im Koma manche Dinge mitbekommt, dann ist es noch nicht zu spät. Jetzt sitze ich den ganzen Tag bei ihr, mache es der Mutter von *Susi34* nach und erzähle ihr, was wir alles tun werden, wenn sie aus dem Koma erwacht.

Ich bin wieder da.

Hast du Töne

Müde schlurfte Max durch das Duisburger Hafenviertel Ruhrort. Er wollte zu seinem Wagen, nach Hause fahren, und sich endlich einmal ausschlafen. Ich habe Durst, dachte er und beging den Fehler, die Kneipe zu betreten, an der er gerade vorbei kam. Damit verschob er seine Nachtruhe auf den nächsten Morgen, was ihm aber später erst bewusst wurde. Durstig durchschritt er auf dem Weg zur Theke das Gemenge aus Lärm, Rauch und Alkoholgeruch.

„Ein Pils!", orderte er bei dem fassförmigen Wirt.

„Groß oder klein?", kam es brummend zurück.

„Klein, ich brauche meinen Lappen noch." Max lächelte müde.

Aus alter Gewohnheit lehnte er sich mit dem Rücken an den Tresen, um den Raum zu mustern. Dabei interessierten ihn weder die von der Decke hängenden Netze mit ihren Muscheln und Seesternen, noch das Ruder oder die uralten Fotografien von Ruhrort. Das Piano in der linken Ecke reizte ihn mehr als der Dreck auf dem Fußboden oder die schäbigen alten Holztische. Aufmerksam musterte er die Gäste. An einem Tisch saßen drei Rocker, die ihr Bier stiefelweise tranken, und unterhielten sich leise mit einem bulligen Mann, Marke Zuhälter. Daneben kreischten einige Damen gehobenen Alters über die Witze eines Adonis. Dieser hatte seine Glatze unauffällig getarnt, indem er seine schwarzgefärbten Haare von hinten nach vorne gekämmt hielt. An der Theke standen die üblichen Meister im einarmigen Reißen der Einliterklasse.

Max nahm sein Bier und schlenderte zum Piano. Vielleicht verstimmt, aber bestimmt bespielbar, dachte er, das mieseste Klavier klingt immer noch besser als die meisten Sprüche der Gäste. Also setzte er sich auf den Klavierhocker, klappte den Deckel hoch und betrachtete die von Alter und Nikotin gelb gefärbten weißen Tasten. Er wollte gerade probeweise einen Akkord spielen, als einer der Rocker grölte: „Mach mal Hillbilly. Ich steh auf alten Country."

„Und was von AC/DC", fiel sein Kollege ein.

„John Elton ist immer gut", vollendete der Dritte das rockige Wunschkonzert.

Idioten, dachte er und ließ einige Tonleitern und Quartkadenzen perlen, bevor er loslegte. Beethovens „Wut über den verlorenen Groschen" durchschnitt die Gespräche, selbst die Rocker konnten sich nicht über einen Mangel an akustischer *Action* beklagen. Da das Piano einigermaßen gestimmt war und Max Lust hatte, spielte er anschließend ein Stück von Brahms. Danach nahm er sich Liszt vor.

Eine gefühlte Hundertschaft der Bereitschaftspolizei, mit Helm, Schutzkleidung und gezogener Waffe, stürmte herein und beendete die kulturelle Seite des Abends jäh.

„Polizei! Bleiben Sie, wo Sie sind!"

„Na, dann bin ich aber beruhigt", knurrte Max, während er sich zu den neuen Gästen umdrehte. „Ich dachte schon, es sei die Mafia."

„Sie sollen bleiben, wo Sie sind", schnauzte ihn ein Beamter an.

„Immer mit der Ruhe, Melowski", sagte einer der beiden Zivilbeamten, die nach den uniformierten Polizisten herein geschlendert kamen. „Er hat sich doch nur umgedreht."

Unbewegt besah Max sich den Zivilen. Rübezahl, schoss es ihm nicht zum ersten Mal durch den Kopf: Schwarzes, unbändiges Haar, schwarzer Bart, Riesenfigur.

„Hallo Rübe", begrüßte Max ihn, „wieder mal Platz im Kittchen?"

„Ich hätte dir einen besseren Geschmack zugetraut", knurrte dieser.

„Ich hatte Durst", erwiderte Max trocken.

„Spitzel!", zischte einer der Rocker Max zu.

„Nö, mein Vermieter", entgegnete dieser.

„Wir würden gerne Ihre Ausweise sehen", rief der andere Zivilbeamte.

Max nahm aus den Augenwinkeln, während er Rübe seinen Ausweis reichte, eine schnelle, unauffällige Bewegung wahr.

„Du bist bescheuert", dröhnte Rübe.

„Gleiches Recht für alle." Max steckte seine Legitimation wieder weg.

„Ich sollte dir die Miete erhöhen."

„Aber da ist Helma, deine Frau, vor!" Max strahlte ihn an.

„Idiot", brummte der Hüne im Wegdrehen, aber es klang nicht böse, und er visierte die Rocker mitsamt ihrer Begleitung.

„So, Jungs, Leibesvisitation. Ihr Vier mit dem Gesicht und den Handflächen an die Wand dort!"

„Eh, Macker, das kann doch nicht dein Ernst sein?", pampte einer der Rocker.

„Aber klar doch", grinste der Beamte, „wir wollen uns davon überzeugen, dass ihr sauber seid. Oder sollen wir euch direkt mitnehmen?"

Leise fluchend nahmen die Männer an der Wand Aufstellung.

Interessant dachte Max, ein Krimi im richtigen Leben.

„Rübe", rief er in Richtung Wand, „mit Musik geht die Arbeit doch gleich schneller von der Hand."

Er drehte sich zum Klavier und hieb in die Tasten. Doch was war das?

„Max, du spielst schräg", rief Rübes Kollege.

„Nee, da ist ein Fis verklemmt", schrie Max, „das war gerade noch in Ordnung."

Er öffnete den Deckel des Musikinstrumentes. Und was sah er da? Eine Packung, gefüllt mit weißem Pulver. Aha, dachte Max und dachte auch an seine Beobachtung – der unauffälligen, schnellen Bewegung. Da hat einer seinen Schnee versteckt.

„Jungs, ich hab den Sechser im Lotto", rief er den Polizisten zu, „kommt und seht!"

Die vier Männer, die sich immer noch die Wand stützten, stießen sich ab und stürmten zum Ausgang. Sie kamen nicht weit, da waren noch die uniformierten Polizisten. Eben Idioten, dachte Max.

Rübezahl schaute in das Klavier und staunte: „Hast du Töne!"

Das magische Hotel

Sie stieg aus dem Taxi, blickte erfreut und etwas nervös nach oben. Sie sah das große Schild am Dach des Hotels Handelshof am Essener Hauptbahnhof und schmunzelte. Schon seit vierzig Jahren war es dort oben befestigt. Obwohl es nur ein Schild war mit der Aufschrift „Essen – Die Einkaufsstadt“, hatte sie das Gefühl, heimzukommen. Sie nahm ihren Koffer und gab dem Taxifahrer ein dickes Trinkgeld. „Oh mein Gott, was mache ich hier bloß?“, fragte sich Anastasia. Sie war 59 Jahre alt, sah aber jünger aus. Etwas Elfenhaftes ging von ihr aus. Sie war früher Ballerina gewesen, war mit ihrem Ensemble in Essen aufgetreten. Sie gehörte zu den besten Tänzerinnen, trotz ihres stattlichen Maßes von 1,75 Meter, das ihr meistens Steine in den Weg legte. Denn Ballerinas sollten zu jener Zeit möglichst klein und zierlich sein.

Sie drehte sich langsam im Kreis, saugte die Umgebung in sich auf. Ihre helle Haut schimmerte in der Mittagssonne und die Sommersprossen schienen auf ihren Wangen zu tanzen. Ihre Haare waren hellblond mit einem leichten Rotstich. Sie trug ihr Haar offen und eine Sonnenbrille half ihr, sie im Zaum zu halten und den Pony nach hinten zu stecken.

Sie stand vor dem Hoteleingang und stellte fest, dass sich seit 1973 in Essen einiges getan hatte. Von außen sah das Hotel genauso aus, der Blick ins Innere verriet ihr, dass einiges modernisiert worden war. Ein kurzer Blick zum Hauptbahnhof gegenüber, alles sah anders aus. Die Straßenbahn war durch Busse abgelöst worden. Der Eingang hatte nichts mehr von der alten Architektur.

Doch sie war nicht nach Essen gekommen, um sich an den Veränderungen der Stadt sattzusehen. Sie hatte die lange Fahrt von Leipzig auf sich genommen, um das Gefühl von damals wieder zu spüren und sich an die schönste Zeit ihres Lebens zu erinnern. Eine Zeit, die sie lange verdrängt hatte, weil es zu sehr schmerzte. Sie hatte ein anderes Leben begonnen und verbot sich, an die Zeit in Essen zurückzudenken. Als ihr Mann vor einem Jahr an Krebs gestorben war, erlaubte sie sich wieder, die Gedanken zuzulassen und die Gefühle hervorzuholen.

Ihr Mann war jahrelang ihr Manager und Berater gewesen und hatte sie, als sie heirateten, vor dem Gefängnis bewahrt. Auf ihre Art liebte sie ihn zwar, aber eher freundschaftlich. Er hingegen vergötterte sie. Nach der abrupten Beendigung ihrer Karriere aufgrund eines komplexen Beinbruches, war sie schwanger geworden – für sie das Beste, was sie je vollbracht hatte: ihre Tochter Julia, die mittlerweile selber erwachsen und Mutter war.

Anastasia erinnerte sich: Sie lebte im Wohlstand, hatte viele Freunde und ihr Mann war immer sehr aufmerksam gewesen, aber etwas fehlte. In ihrem Inneren herrschte eine Leere, die sie nicht überwinden konnte. Sie war zufrieden, glücklich aber war sie nicht.

Dieser Ausflug in die Vergangenheit sollte ihr helfen, die Leere zu füllen und das Gefühl von Glück zu spüren. Ein Versuch war es wert. Hier an dem Ort, wo sie drei Monate lang die schönste Zeit ihres ganzen Lebens verbracht hatte. Eine Zeit des Erfülltseins.

In Gedanken versunken, sprach Anastasia zu sich selber: „Okay, ich gehe jetzt rein und werde zwei schöne Wochen haben." Sie ging zur Anmeldung. Alles war modern und kunstvoll gestaltet. Ein Lounge und Bar waren im Foyer und es herrschte mehr Trubel als einst.

„Hallo, mein Name ist Anastasia Becker. Ich hatte eine Suite reserviert!"

„Guten Tag, Frau Becker. Herzlich Willkommen im Handelshof. Der Page wird Ihren Koffer gleich in ihre Suite bringen, darf ich Sie vorweg in die Lounge zu einem Getränk einladen, die Suite wird noch gesäubert."

Dreißig Minuten später durfte Anastasia in ihre Zimmer. Ein duftender Blumenstrauß stand auf dem Tisch im Wohnzimmer. Im Bad roch es nach einer frischen Meeresbrise. Das Schlafzimmer war hell eingerichtet und die Sonne strahlte durch die leicht geöffneten Vorhänge. Sie fühlte sich direkt wohl und heimisch.

„Ana, ich liebe dich. Niemand wird das jemals ändern können. Egal, wo du sein wirst, ich werde dich finden und dich zu mir holen." Diese Worte klangen ihr noch im Gedächtnis: seine Worte vor vierzig Jahren.

Anastasia stand in dem Hotelzimmer und erinnerte sich wieder an alles. Sie stellte sich die Frage, ob dieses Hotel etwas Magisches hatte: Sie betrat nur die Suite und die Erinnerungen begannen zu sprudeln. Längst Vergessenes kroch aus ihrem Innersten hoch. Überwältigt von ihren Gefühlen, die sie jahrzehntelang vermisst und unterdrückt hatte, weinte sie. Ja, dieses Hotel ist magisch und gibt mir mein Leben zurück, dachte Anastasia. Ihr Körper kribbelte vor Anspannung.

Sie setzte sich in den Sessel und gab sich Zeit zum Ankommen. Sie schloss die Augen und ein Tagtraum zog in ihrem Kopf vorüber.

Ein junger Mann, Anfang zwanzig, Student an der Essener Uni, der mit seinem Roller jeden Tag zum Hotel kam und Geld fürs Studium verdiente. Er war der Mann für alles. Er trug die Koffer oder arbeitete an der Bar oder Rezeption. Er hieß Wolfgang. Er erblickte sie zum ersten Mal im Foyer des Hotels und konnte seinen Blick gar nicht mehr abwenden. Anastasia unterhielt sich mit den anderen Mädels aus dem Ensemble, während er sie beobachtete. Alexandra, ein Mädchen aus dem Ensemble, sah ihn zuerst und kicherte vor sich hin. Nun wurden die anderen Mädels aufmerksam, Anastasia drehte sich um und sah ihn. Ihre Blicke trafen sich. Es war wie ein Blitzeinschlag. Sie bekam ein Stechen im Bauch und wurde rot vor Nervosität.

Zum Glück sah es niemand, weil ihre Sommersprossen die Röte verbargen. Liebe auf den ersten Blick! Nein, bei ihr doch nicht.

Doch Anastasia täuschte sich, beim Training konnte sie nur noch an den attraktiven Unbekannten denken. Sie vermasselte die komplette Choreografie. Der Regisseur hörte nicht mehr auf, sie zu ermahnen. Es war ihr egal. Immer wieder sah sie die blauen Augen, die dunklen Haare und das faszinierendste Lächeln, das sie je gesehen hatte.

Nach dem Training ging sie allein zurück zum Hotel. Mittlerweile war es dunkel und eine Person, die kaum sichtbar war, sprach sie am Eingang an.

„Hallo."

Anastasia erschrak. Als sie sich umdrehte, sah sie in diese stahlblauen Augen, die sie heute Morgen geblendet hatten. Sie stotterte:

„Ha ha hall ooo"

„'tschuldigung, wenn ich dich erschreckt haben sollte. Ich habe dich heute Morgen gesehen und musste die ganze Zeit an dich denken. Ich hatte um 19 Uhr Feierabend und du warst noch nicht zurück. Da dachte ich mir, dass ich auf dich warte. Die Chefs sehen es nämlich nicht gerne, wenn die Angestellten sich mit den Gästen privat einlassen. Deswegen stehe ich in der dunklen Ecke, wo man mich von drinnen nicht sieht!"

Und da war es, das schönste Lächeln, was Anastasia jemals gesehen hatte. Sie versuchte sich zu beruhigen und ein klares und verständliches Wort herauszubringen.

Sie reichte ihm die Hand. „Ich heiße Anastasia."

„Wolfgang. Hast du Lust, mit mir kurz spazieren zu gehen?"

Er lachte so herzlich dabei, dass sie sofort Vertrauen fasste.

Für sie war das Treffen eines der schönsten Erlebnisse ihres Lebens gewesen.

Sie wiederholten dieses Ritual Spazieren-zu-gehen jeden Abend nach dem Training. An ihrem ersten, freien Tag entführte er sie in den Grugapark. Sie tollten herum wie zwei junge Hundewelpen. Sie kebbelten sich und schmusten miteinander. Er erzählte ihr von seinem Traum, eine eigene Firma zu gründen und Maschinen herzustellen. Sie erzählte ihm, einmal eine Primaballerina zu werden. Sie schwelgten gemeinsam in ihren Träumen.

Anastasia erzählte ihm auch, dass sie zum ersten Mal das Gefühl von Freiheit in sich trüge. Sie kam aus der DDR und sie stand ständig unter Beobachtung. Es wunderte sie, dass noch niemand den Versuch machte, sie zurück ins Hotel zu bringen. Wolfgang blickte sie an, küsste sie und wischte ihre und seine Tränen weg. Er wusste um die Problematik und verstand nur zu gut, was sie bewegte. Er nahm sie in den Arm und flüsterte in ihr Ohr: „Wir genießen unsere Zeit, Ana. Wir werden es irgendwie schaffen, einen Weg für uns zu finden, um immer beieinander zu sein. Versprochen."

Anastasia wachte auf, draußen fuhr ein Krankenwagen vorbei und machte Lärm, dass sie erschrak.

„Oh, Wolfgang, wir waren jung. Wir wussten es einfach nicht besser. Aber ich bin so froh, diese Zeit mit dir gehabt zu haben", erzählte sie sich selber. Sie zog sich um und ging zur Kettwiger Straße. Sie wollte schauen, ob es das süße kleine Café noch gab – dort, wo sie ihre erste Schwarzwälder Kirschtorte mit Wolfgang gegessen hatte. Sie lief die Einkaufstraße entlang und sah die vielen neuen Geschäfte. Ja, Essen ist wirklich eine Einkaufsstadt, dachte sie. Links auf der Seite sah sie es endlich. Das war das Café. Das Café Overbeck. Dieses Mal kam es ihr viel kleiner vor. Sie setzte sich nach draußen und genoss die Sonne. Genau auf den Tag vor vierzig Jahren hatte sie Wolfgang kennen und lieben gelernt. Sie bestellte sich eine Schwarzwälder Kirschtorte und einen Latte Macchiato. Während sie aß, beobachtete sie die Menschenmassen, die wie Ameisen die Kettwiger rauf und runter rannten.

Anastasia schwelgte weiter in ihrer Phantasiewelt, erlebte die schönen Dinge mit Wolfgang in Gedanken. Die Zeit mit ihm war einfach viel zu schnell vorbei gegangen und noch schlimmer, viel zu abrupt. Es fiel ihr wieder ein. Zwei Wochen bevor das Ensemble weiter reisen sollte, standen Männer vor ihrem Zimmer und nahmen sie mit. Sie sprachen kein Wort. Anastasia wurde in einer Nacht- und Nebelaktion zurück in die DDR gebracht, direkt ins Gefängnis. Sie musste wochenlang Verhöre über sich ergehen lassen: wer der Mann sei, ob sie noch weitere westliche Freunde hätte, ob sie eine Flucht geplant habe. Viele Fragen, an die sie sich im Detail nicht mehr erinnerte. Ihre Eltern versuchten sie aus den Stasi-Fängen zu befreien. Erfolglos.

Anastasia hatte das Gefühl, sie wäre Staatsfeind Nummer eins. Ihr damaliger Manager Karl, den sie später heirateten musste, gehörte zur Stasi und hatte einen guten Leumund. Er versprach den Behörden, sich um sie zu kümmern, und dass alles nur ein Missverständnis gewesen sei.

Erst weigerte sie sich, Karl zu heiraten, sah dann ein, dass es die einzige Möglichkeit war, aus dem Gefängnis zu entkommen.

Darauf stimmte sie der Heirat mit Karl, der zwanzig Jahre älter war als sie, zu. Ihr Nachname änderte sich von Anastasia Wichek in Anastasia Becker. Sie wusste, selbst wenn Wolfgang sie suchen würde, konnte er sie nicht finden. Mit der Zeit verbot sie sich die Gedanken an Wolfgang und lernte Karl auf ihre Art lieben.

Er half ihr bei ihrer Karriere. Sie war ein Star auf den Bühnen in Russland und in der DDR. In den Westen durfte sie jedoch nicht einreisen. Als die Mauer fiel, waren die Erinnerungen an früher verblasst. Das Verlangen zu reisen führte sie nur in warme und südliche Länder.

Das Glockenspiel am Deiterhaus auf der gegenüberliegenden Straßenseite begann, mittlerweile wurde es dunkel. Sie ging langsam Richtung Hotel zurück.

Die Sonne war untergegangen und als sie am Eingang des Hotels stand, war es stockdunkel. Zwar war der Eingang beleuchtet, aber links und rechts sah man die Hand nicht vor Augen.

Sie hörte plötzlich eine Stimme hinter sich: „Ana? Bist du es wirklich? Ana?“

Anastasia drehte sich langsam um, sie kannte die Stimme, aber sie wusste nicht, ob ihre Gefühle ihr einen Streich spielten oder diese Stimme real war. Sie schüttelte den Kopf, wie ein Versuch, diese Stimme aus dem Kopf zu bekommen. Er kam näher ins Licht.

Dann sah sie ihn, sein Lächeln und diese blauen Augen. Er war es, es war kein Traum. Tränen flossen ihr übers Gesicht und eine beruhigende Stimme sprach leise auf sie ein: „Schiii, schii kleine Ana, nicht weinen. Ich bin da.“ Seine Hand streichelte sanft ihre Wange.

Sie konnte es nicht glauben.

Wolfgang sprach weiter: „Oh, Ana, wie lange habe ich nach dir gesucht, ich konnte dich nicht finden. Niemand hat mir eine Auskunft geben können. Die ersten Jahre war ich immer an unserem Kennenlerntag hier, in der Hoffnung dich zu treffen. Jede Ballettaufführung im Umkreis habe ich mir angesehen, aber du warst nicht dabei. Ich habe geheiratet, aber nie aufgehört, an dich zu denken. Nach zwanzig Jahren Ehe wurden wir geschieden. Sie war nicht du. Seit zehn Jahren komme ich an unserem Jahrestag hierher, stehe an derselben Stelle und denke an dich. Ich habe dich so vermisst, meine schöne Ballerina.“

Anastasia konnte kaum sprechen. Sie umarmte und küsste ihn voller Liebe. Sie hatte das Gefühl zu fliegen, er liebte sie, wie sie ihn all die Jahre geliebt hatte.

Jetzt wusste sie es hundertprozentig. Dieses Hotel war magisch und hatte ihr die Leere genommen und ihren Liebsten gebracht.

Der schöne Hans

Es war noch kühl für Ende März, aber der klare Himmel und die morgendlichen Sonnenstrahlen weckten die Erwartung auf den lang ersehnten Frühling an diesem Karsamstag. Hans fettete sein Gefieder mit dem wasserabweisenden Sekret aus seiner Bürzeldrüse ein. Keiner hier am Parkteich hat ein bunteres Gefieder als ich, dachte er. Nicht umsonst stehen die Damen seit elf Jahren Schlange bei mir. Apropos Damen, wo sind meine Seeröschen eigentlich? Hans watschelte ins Wasser und ließ sich gleiten. Als er auf die Insel in der Teichmitte zu paddelte, hörte er aufgeregtes Schnattern. Er schwamm um die Insel und streckte seinen Hals aus. Erschrocken zog er ihn wieder zurück. Er schluckte. „Das kann nicht wahr sein!"

Etwa zur gleichen Zeit saß Manuel mit seiner Familie am Küchentisch. Aus den Tassen waberte der Dampf des heißen Kaffees und erfüllte den Raum mit seinem wohligen Geruch.

So lässt es sich leben. Noch eine Woche Urlaub und das Beste: Ich habe schon alle Ostereinkäufe erledigt. Kein Stress, einfach nur pure Entspannung.

Der dunkelblonde Mittvierziger lächelte seine Frau an und nahm einen Schluck aus dem Kaffeepott. „Ich wollte nachher mit den Kindern zum Spielplatz."

„Das ist gut, dann kann ich die Ente ja schon vorbereiten."

„Ente, wann hast du den Vogel denn geholt?", fragte Manuel.

Seine Frau zog die Augenbrauen hoch. „Wieso ich? Du solltest ihn doch mitbringen."

„Stand nicht auf der Einkaufsliste."

Manuels Frau holte den Zettel, hielt ihn Manuel vors Gesicht und drehte ihn um.

„Mist, dann muss ich wohl noch mal los."

Ein fremder Erpel in meinem Teich. Jung und gutaussehend, umringt von meinen Frauen. Ich muss etwas unternehmen, dachte Hans.

Er flatterte laut schnatternd in die von sexuellem Verlangen eingenommene Entenschaar. Aber seine Entenfrauen meckerten ihn dermaßen an, dass er sich zurückziehen musste.

Dann gründele ich eben ein bisschen am Boden, wenn hier keiner mehr was mit mir zu tun haben möchte.

Gertrud, seine Hauptfrau, kam zu ihm. „Sieh mal, Hans, du bist ein sehr attraktiver Erpel, aber in letzter Zeit sind die Nester ja immer leer geblieben."

Das saß! Darum ging es also. Nur weil ich mir nach der letzten Balz den Bürzel verkühlt habe und dadurch, ja, sagen wir ein paar Ladehemmungen aufgetreten sind?

Nach anfänglicher Wut erfasste ihn Melancholie. Ich will nicht mehr leben. Wer braucht schon einen Erpel, der nur mit Placebos schießt?

Manuel brauchte ungefähr fünfundzwanzig Minuten, um einen Parkplatz am Supermarkt zu bekommen, der einen gefühlten Kilometer vom Eingang entfernt war.

Im Verkaufsparadies angekommen, schlängelte er sich wie ein Slalomfahrer an den Menschenmassen vorbei zur Fleischtheke. Nach fünfzehn Minuten Wartezeit stellte sich heraus, dass die Enten aus waren. Verdammt, und was jetzt? Ich nehm einfach ein Hühnchen mit, dachte Manuel. Doch dann erinnerte er sich an den Blick und die Sprüche seiner Frau, als er neulich Schweineschnitzel statt Rindsrouladen gekauft hatte.

Manuel zahlte unverrichteter Dinge die paar Sachen, die sich trotzdem in seinen Korb verirrt hatten. Als er vom Parkplatz fahren wollte, verursachte ein betagter SUV-Fahrer bei seinem ungefähr zehnten Einparkversuch einen Stau, der Manuel endgültig den Draht aus der Mütze fliegen ließ. „Kauf dir doch noch ein größeres Auto! Du Arschloch!“, rief er hinter der runtergelassenen Scheibe. Kapitän Silberbart quittierte den Kommentar mit einem Scheibenwischer vor seinem Gesicht.

Manuel brauchte dringend Ruhe und da fiel ihm der idyllische Teich im Park ein. Er steuerte ihn an und suchte sich, dort angekommen, eine Bank, um die Enten zu beobachten.

Hans, der Erpel, war total zutraulich und lief schnatternd einem Jungen mit Spielzeuggewehr nach. „Los, Mann, schieß! Mach schon!“, schrie er.

Doch der Junge ging von seiner Mutter bedrängt weiter.

„Du Pussy!“, warf ihm Hans hinterher. Der Typ dahinten auf der Bank könnte es tun, dachte er und ging zu Manuel, doch viel frische Luft und die Sonnenstrahlen, hatten Manuels Gemüt besänftigt. Er beschloss, nach Hause zu fahren. Aber Hans folgte ihm und stellte sich vor sein Auto. In Manuel kam ein dunkler Gedanke auf und er startete den Motor: Er will es doch anscheinend auch. Es ist sozusagen eine Win-Win-Situation.

Er schaute kurz nach rechts, dann nach links und ließ den Motor aufheulen, um dann doch auszusteigen. „Ach, ich kann das nicht!“

Plötzlich kam ein Auto angerast. Manuel machte winkende Bewegungen, um es zu stoppen, doch es war zu spät: Hans wurde von einem der Reifen erfasst. Der Fahrer stieg aus. „Ist bei Ihnen alles in Ordnung?“

„Ja, ja, aber das arme Tier! Können Sie nicht aufpassen?“

Der gut gekleidete Mann holte sein Portemonnaie aus der Tasche und hielt Manuel einen Fünfzig-Euro-Schein hin. „Hören Sie! Ich wäre Ihnen sehr verbunden, wenn das hier unter uns bleibt. Ich habe schon einiges an Punkten.“

Ein paar Tage später beim Essen des Osterbratens:

„Papa, warum ist die Ente eigentlich so platt?“

„Iss jetzt, Eva, das ist die Einzige, die ich noch kriegen konnte.“

Der Wechsel

Er hatte einen Ölwechsel machen lassen, in der Werkstatt auf der Müllkippe, wo sein Vater arbeitete. Nun saß er im Verdichter, den sein Vater seit mehr als dreißig Jahren lenkte, hoch über den Resten konsumierten Lebens. Die eisernen Stacheln der gigantischen Räder durchpflügten Sofas und Schränke auf dem Weg zurück. Der Sohn saß auf einer vibrierenden Metallplatte hinter dem Führersitz, seine Arme weit ausgestreckt, um sich an der Kabinenwand abzustützen.

„Rüttelt ganz schön durch, was?", schrie sein Vater durch den Lärm nach hinten, den Blick nach vorn, ein zufriedenes Lächeln auf den Lippen, die glimmende Eckstein im Mundwinkel. Eckstein, Deutschlands älteste Marke, wie der Sohn oft zu hören bekam. *Grüne Packung, dein Gewinn: Fünf steht drauf, 12 sind drin.* Ein sinnloser Spruch, wie es ihm schien.

„Was Anderes als bei euch in der Schule, nech?"

Ja, was Anderes. Hier war der Vater ein richtiger Mann, der klassische Arbeiterheld. Diese Arbeit hat ihm den Rücken- und Gehörschaden beschert, dachte der Sohn. Der Lärm und das Gerüttle waren kaum die kurze Strecke auszuhalten, geschweige denn ein ganzen Leben.

Das Licht des Tages verschwand und mit der einsetzenden Dunkelheit dämmerte dem Sohn auch ein Verständnis für die vielen zurückliegenden Jahre.

Er verstand die genervte Abgeschlagenheit, wenn sein Vater stets spätabends nach einem Zwölf-Stunden-Tag heimkehrte. Jeden Wochentag und auch jeden zweiten Samstag, so lange er denken konnte, denn *samstags gehörte Papi noch nicht ihm.* Nur ein kurzes Essen, meist Aufgewärmtes vom Mittag, was die Kinder nach der Schule halt übrig gelassen hatten, sonst Bratkartoffeln mit Spiegelei, allein in der Stube. „Damit er seine Ruhe hat", wie seine Mutter zu erklären pflegte.

Die Kinder saßen in der Küche, schauten „Enterprise" auf dem Schwarz-Weiß-Fernseher, dem alten orangen aus den 60ern, auch ein Mitbringsel vom Müll – wie auch die meisten Fahrräder. Sein Vater aß schweigend und einsam sein Mahl und schaute dabei „Heute", nichts vom Alltag seiner Familie wissend, von der Mutter abgeschirmt: *Stören* durften ihn die Kinder natürlich nicht. Nach dem Essen eine Tasse Tee und Sportschau, abschließend die Tagesschau und ab in die Falle: Um Fünfe fing der Tag wieder an.

Von seinem Vater bekam der Sohn nur das kurze „Hallo" am Abend mit und den Geruch nach Müllkippe, der seiner Aktentasche entströmte, wenn er die Suppenterrine und die Thermosflasche auspackte. Doch er liebte diesen Geruch, auch jetzt noch, hier im Verdichter. Es war der Geruch von Familie und Zuhause, von Kindheit. Auch von respektvoller Scheu vorm Vater: Wie war seine Laune diesmal? Nicht immer gut. So empfand der Sohn es durchaus als angenehm, diesem doch fremden Mann seine Ruhe in der Stube zu gönnen, während das Leben in der Küche brodelte. Manches Lachen der Geschwister muss hinüber zum großen Farbfernseher gedrungen sein, manches Lachen in die Abgeschiedenheit dort, zum schweigsam essenden Vater.

Im Rücken seines Vaters sitzend, roch der Sohn den Abfall, roch den Schweiß eines Arbeitstages und wusste, dass dieser Mann ihn niemals sehen, dass er diesem Mann niemals näher kommen konnte. Das Leben hat seinen Vater gezwungen, den Abfall der Gesellschaft zu *entsorgen*, Tag für Tag, Stunde für Stunde, sein ganzes langes Arbeiterleben lang, und so der Familie fern gehalten. Der Krieg und seine Folgen haben dem Vater diese mühselige Sisyphusarbeit beschert. Sein einziger, älterer Bruder galt als gefallen, die Familie verlor ihr kleines Vermögen durch die Währungsumstellung. Zu viel für seine Mutter – sie schied aus dem Leben. Nach drei Jahren auf der höheren Schule fehlte das Geld. Als Zwölfjähriger musste er nun mit anpacken. Es begann die harte Schule der unteren Schicht: das Arbeiterleben eines letztlich Ungelernten.

Die Kinder hatten zu essen, konnten spielen und lernen, keiner auf der schiefen Bahn, alle auf dem Weg zu ihrem eigenen Leben, ein *besseres*, wie man so sagt. Er sprach nie davon, er sorgte nur für den Rahmen, die Mutter für die Richtung.

Genau das trennte nun beide voneinander, dieses b*essere*, aber auf jeden Fall andere Leben.

Der Sohn wollte in diesem Moment, im Krach des Verdichters, hinterm Rücken seines schweigenden, angespannten Vaters, sich ändern und sein Verständnis diesem verhärteten Mann zeigen, selbst wenn dieser das als Schwäche auffasse. Er würde dafür über viele Dinge hinwegsehen. Ich bin ein Teil der Familie, dachte er, ein Teil von dem einzigen, wofür dieser Mensch rackerte, was ihn in dieser Tortur, in diesem Schmerz aufrecht hielt. Nicht zu vergessen die Mutter, die ihrem Mann auch nur im Jahresurlaub und an manchen Wochenenden wirklich nahe sein konnte.

Der Sohn war der einzig Übriggebliebene, Daheimgebliebene, an ihm lag es, etwas zu ändern. Seine Geschwister waren längst tief im Süden, in Bayern, der Arbeit wegen. Die Leiden, die sein abweisendes, selbstgerechtes Verhalten erzeugte; der Schmerz, den er denjenigen zufügte, die er liebte, denen er einfach alles verdankte, auch seine negativen Seiten. Es soll ein Ende haben.

Sie liebten ihn doch, oder? Na klar, auf eine schweigende, verhärmte Weise: die der Tat und nicht der Worte und körperlichen Gesten, wie so oft im alten Arbeitermilieu. Sie hielten es für ihre Pflicht, den Sohn stark zu machen, selbst stark zu sein, seine Undankbarkeit zu ertragen, nach alter, eiserner Tradition Eltern zu sein. Regeln, Ordnung, Grenzen.

Taten sie es für ihn? – Die Frage brannte.

Und was ist mit meinem Leben? Mein eigenes, mein *besseres*, jenseits der Familie, jenseits meiner Wurzeln? Hoch hinaus wachsend. *Brüder, zur Sonne, zur ...*

Ein kurzer Moment des Einhalts im Lärm und Geschüttle des Verdichters, ein Blick auf die gemütlich, doch deplatziert wirkende Couchlandschaft – dann zermalmten die Stampffüße die vor ihnen liegende ehemalige Ruheoase einer Familie wie die Rückenwirbel und das Trommelfell seines Vaters. Das Sofa schwamm hinweg wie die verträumten Sandburgen seines Vaters im Bombenhagel eines Krieges.

Der Sohn stieg aus. Ein kurzer, schon sich verhüllender Blick nach oben zum Führerhaus. Ein nicht erkennender von dort zurück.

„Danke, Vater."

Die linke Socke

Das Quietschen der Schranktür und ein greller Sonnenstrahl rissen die linke blaue Socke unsanft aus dem Schlaf.

„Hoffentlich wählt mein Herr mich aus!“ Besorgt betrachtete sie das verblasste eingestickte ‚L‘. „Ich bin schließlich etwas Besonderes!“

„Wenn schon, dann WIR!“, erwiderte ihr Partner, bei dem ein ‚R‘ eingestickt war. „Er wird uns nur zusammen anziehen!“

„Frieden auf Erden!“, riefen die schwarzen Socken.

Die weißen Tennissocken pflegten wie üblich ihr arrogantes Schweigen.

Ihr Herr und Gebieter warf ein einzelnes rosa Söckchen in den Schrank, die Tür quietschte und sie lagen wieder im Dunkeln.

„Wo ist denn dein Gegenstück?“, fragten die Schwarzen.

„Wenn ich das nur wüsste!“, schniefte das rosa Söckchen.

„Ach, du armes Geschöpf!“, flöteten die Schwarzen. „Aber wie heißt es so schön: Selig sind die Einsamen, denn sie werden vereint werden. Wir beten für dich!“

„Religion ist doch nur Opium fürs Volk!“, regte die Linke sich auf. „Wir sind Opfer der kapitalistischen Ausbeutung. Unser Arbeitgeber ist zu geizig, um Sicherheitsmaßnahmen gegen das Waschmaschinenmonster einzusetzen! Längst gibt es hübsche Klammern, die uns während der Wäsche zusammenhalten.“

Das rosa Söckchen weinte noch lauter.

„Du erschreckst sie mit deinen Revoluzzerreden nur noch mehr!“, zischte der rechte blaue Socken. In tröstlichem Tonfall wandte er sich an das Söckchen: „Wenn er dich in den Schrank legt, besteht noch Hoffnung.“

Endlich hörte das Schniefen auf. „Meinst du wirklich?“

„Klar doch, er hofft, das andere rosa Söckchen noch zu finden, sonst hätte er dich –“

„Oh nein, ich mag nicht daran denken!“, kreischte das Söckchen.

Die linke Socke lachte dreckig. „Das war ja ein schöner Trost! Du Chauvi versuchst nur, ein weibliches Geschöpf rumzukriegen!“

„Welcher Gott hat mein Schicksal ausgerechnet an deins gekettet?“, stöhnte der Rechte und schielte zu den Schwarzen hinüber. Von dort war nur ein monotones Gemurmel zu hören, ab und zu konnte man ein „Amen“ erahnen.

„Hört endlich mit dem Geschwafel über Gott auf!“, schimpfte die Linke. „Hat euer Beten uns etwa das gebracht, was wir am dringendsten brauchen: Sonne und Freiheit?“

„Vielleicht wird dein Wunsch schneller in Erfüllung gehen als du glaubst! Wer weiß, ob es dir dann gefällt!“, prophezeiten die Schwarzen.

„Oh ja, wir möchten auch einmal an die Sonne!“, ließen die dicken, braunen Wollsocken von sich hören. „In den hohen Stiefeln sehen wir sie nie!“

„So geht es uns allen!“ Die Stimme der Linken vibrierte vor Freude, endlich hörte ihr jemand zu, auch wenn es die Braunen waren. „Entweder sind wir in diesem Kerker hier, werden in engen, stinkenden Schuhen wundgerieben oder in der Waschmaschine gefoltert. Unser Leben ist unerträglich. Ich fordere die internationale Sockensolidarität! Kommt, lasst uns ein Lied anstimmen: Brüder zur Sonne zur –“

„Aufhören!“, schrie der Rechte. „Du bist unerträglich!“

Plötzlich wurde es wieder hell. Alle hielten die Luft an. Wen würde ihr Herr diesmal auswählen? Seine Hand näherte sich – und schnappte sich die blauen Socken.

„Hurra!“, rief die linke Socke, als ihr Gebieter mit ihr in Sandalen schlüpfte. „Endlich Luft und Licht! Und endlich Ruhe vor dem reaktionären Rechten!“

Aufgeregt beobachtete die Linke all die neuen Dinge. Vor allem die Unendlichkeit von nichts über ihr faszinierte sie. Ganz weit oben schimmerte es hellblau. ‚Meine Farbe‘, flüsterte sie ehrfurchtsvoll. Plötzlich schob sich etwas Grün-Braunes in den Weg. Die Linke fing gerade an, sich zu ärgern, da nahm sie einen frischen, erdigen Geruch wahr. Sie erinnerte sich an ein Paar Kindersocken, die so gerochen und immer begeistert von weicher Erde und grünem Rasen geschwärmt hatten. Tief atmete sie diese wunderbare Luft ein. Da war noch ein lieblicher, süßlicher Duft. ‚Ob der von den hübschen, bunten Gebilden stammt, die da in dem Grün stecken?‘, fragte sie sich.

„Hallo!“, hörte sie die Freundin ihres Herrn und sah, wie deren Augenbrauen sich zusammen zogen. „Oh nein!“, rief diese. „Zu kurzen Hosen und Sandalen trägst du Socken? Und dann noch diese ausgeleierten blauen mit den albernen Buchstaben!“

Die Linke schnappte nach Luft, was für eine Beleidigung!

„Das sind meine Lieblingssocken!“ Die Stimme ihres Herren klang trotzig und das Herz der Socke machte einen Freudensprung: *Ich bin sein Liebling!*

„Aber so gehe ich nicht mit dir spazieren!“, schimpfte die Frau.

Was mischt du dich da ein!, rief die Linke. Jeder hat ein Recht auf Selbstbestimmung. Hör nicht auf sie!

Natürlich hörte niemand die Socke.

„Wenn du sonst keine Ruhe gibst!“, seufzte der Mann und zog die rechte Socke aus. Die Linke kochte vor Wut. Gleich würde sie in eine dunkle Tasche gesperrt und diese wunderbare Welt nicht mehr sehen können.

„Da ist ja schon ein Loch drin!“, empörte sich die Frau. „Wirf den sofort weg!“

Das geschieht dir recht, du arroganter rechter Socken!, jubelte die Linke. Aber ihre Freude nahm ein abruptes Ende, als sie sich ebenfalls in dem nach faulen Äpfeln stinkenden Abfallkorb wieder fand.

„Jetzt ist es aus mit uns!“, heulte der Rechte.

Die linke Socke schaute sich um. Über sich sah sie immer noch dieses wunderbare Blau, mit weißem Schleier unterbrochen.

„Wenigstens sehen wir den Himmel“, sagte sie.

„Ich sehe kaum etwas, du liegst auf mir!“, jammerte der Rechte. „Außerdem stinkt es hier!“

„Besser als Käsefüße“, erwiderte die Linke.

„Na ja, da hast du Recht“, beruhigte sich der Rechte.

„Was nur aus uns wird?“, fragte die linke Socke. „Wenn wir wenigstens recycelt würden, vielleicht zu einer grauen Decke für arme Kinder in Afrika!“

Der rechte Socken seufzte, dann fragte er schüchtern: „Könntest du mir einen letzten Gefallen tun?“

Die Linke war ganz gerührt. Die Aussicht auf das Ende schien ihren Gegenpart zu verwandeln. „Ja-a natürlich“, stotterte sie. Sie hatte gerade an die Prophezeiung der Schwarzen denken müssen.

„Bitte beschreib mir, was du siehst!“

„Ach, gefällt dir die Freiheit auch so gut?“

„Jaaa, besonders das Blau!“
Sie hatten also mehr gemeinsam als die Linke geahnt hatte. Noch nie hatte sie sich ihrem Partner gegenüber so tief verbunden gefühlt. Gerne beschrieb sie, wie das Blau und das Weiß sich immer wieder veränderten. Doch plötzlich raschelte es und etwas verdeckte ihren Blick.
„Es wird dunkler“, sagte die Linke.
„Und es stinkt noch mehr!“, jammerte der Rechte.

Nach einer Weile wurde es heller und eine tiefe Stimme murmelte: „Die Zeitung kann ich gebrauchen.“
In der Dämmerung konnte die linke Socke ein runzeliges Gesicht mit einem strubbeligen Bart erkennen.
„He, die sind ja noch gut!“, rief der Mann, holte die blauen Socken hervor und streifte sie sich über seine verschwitzen Füße. Dann breitete er die Zeitung auf der Parkbank aus, legte sich darauf und rieb seine Füße genüsslich aneinander.
„Was sollen wir davon halten?“ Der rechte Socken klang verwirrt.
„Offenbar bekommen wir noch einmal einen Aufschub – in Freiheit!“
„Wie schön! Dann ertrage ich sogar die Käsefüße!“
Die Linke schaute nach oben. Das Blau mit den weißen Schleiern war verschwunden, aber in der Dunkelheit glitzerten unzählige, wunderschöne Lichter.
Der rechte Socken räusperte sich. „Übrigens – Danke für die Beschreibungen vorhin!“
„Oh, gern geschehen.“
„Ich wollte noch sagen – ja, also – ich bin froh, dass du da bist!“
„Ja, ich auch. Ist das Leben nicht schön?“

Störgeräusche

Ungefähr dreihundert müssten es sein, vielleicht mehr. Mathe ist nicht seine Stärke. Zwanzig rechteckige Kacheln nebeneinander, fünfzehn Reihen übereinander. Ihre weiße Farbe hat der Dreck in all den Jahren gefressen und hinuntergewürgt. Jetzt sind frische Blutspritzer darauf verteilt. Er mag kein Rot. Eine aufdringliche Farbe. So aggressiv.

Angewidert lenkt er seinen Blick von der gekachelten Wand weg, hin zum Küchenfenster, hinter dem der einsetzende Berufsverkehr hupend einem langen Arbeitstag entgegenrauscht. Auf der anderen Seite der kleinen Sozialwohnung rattert der Sechs-Uhr-Zug vorbei. Gleich wird er am Bahnhof einfahren – quietschend, scheppernd, ohrenbetäubend. Selbst in der Nacht donnern Güterzüge die Gleise entlang und lassen die Gläser auf dem Regal vibrieren. Da hilft kein Ohropax. Gar nichts hilft dann. Die fiependen Töne wohnen längst in seinem Kopf. Wenn er überhaupt schläft, begleiten sie ihn durch die Albtraumwellen der Nacht. Verwandeln sich in das Kreischen schlecht geölter Schiffsmotoren, die erbarmungslos dröhnen und lauter werden, immer lauter, bis sie mit dem schrillen Piepen seines Weckers verschwimmen. Verwirrt schlägt er dann die Augen auf und sucht Halt inmitten des reißenden Stroms.

Langsam steht er auf. Bemüht, seine Augen weiterhin auf das Fenster zu richten. Was er getan hat, ist nicht richtig.

Das darf man nicht, du Missgeburt, hätte sein Vater gebrüllt, das fleischige Gesicht zu einer wütenden Fratze verzogen. Seinen Gürtel würde er nehmen, vielleicht auch die Hundeleine mit den spitzen Nieten, deren Abdrücke sich für Wochen in seine Haut einbrannten. *Ich zeig dir, wo es langgeht, du Bastard.*

Zitternd kreuzt er seine Arme vor dem Oberkörper. Noch immer steckt sein Vater tief in seinen Knochen. Seinen schlechten Atem riecht er als wäre es heute.

Die Vergangenheit umhüllt die Gegenwart wie eine Fliege im klebrigen Spinnennetz. Es gibt kein Entkommen. Das hat es nie gegeben. Immer wieder hat er um Hilfe gebetet: Dass Mama das feste Knäuel der gesponnenen Fäden entwirrt, um ihn vor dem grausigen Anblick der behaarten Spinnenbeine zu schützen. Ihn behutsam in die Arme nehmen. Aber Mama hat sich beide Ohren zugehalten und ist gegangen. Hat die Wunden unversorgt gelassen. Hat sie später wieder aufgerissen. Dann ist frisches Blut warm über die verkrusteten Stellen gelaufen. Narben bildeten sich so nicht.

Einen Moment hat er nicht aufgepasst. Sein Blick heftet sich an die hohl blickenden Augen des Nachbarn; die Blutlache, die den schäbigen Boden dunkel verfärbt.

Wieso hat er nicht still sein können? Einfach nur still?

In jeder Nacht ist er um drei Uhr nach Hause gekommen, dieser Stettner. Genau dann, wenn die Züge für zwei Stunden Ruhe geben, und man endlich geglaubt hat, seinen übermüdeten Körper in einen kurzen Schlaf schaukeln zu können.

Stettners Wohnung liegt über ihm. Jeden Schritt hört er, einfach alles. Und Stettner achtet nicht auf die Uhrzeit, nein, er poltert durch die Räume, das fette Schwein! Er duscht, hört Musik, lässt die Türen knallen. Voller Zorn blickt er dann auf die Zeiger seines Weckers, die rasend schnell voranschreiten.

Anfangs versuchte er mit ihm zu reden, aber Stettner öffnete nicht. Also suchte er seine Telefonnummer heraus. Er hörte das Läuten und sobald der Nachbar sich gemeldet hatte, stotterte er los. Weit ist er nicht gekommen. Stettner hat aufgelegt. Die Watte in seinem Kopf knistert hinterhältig. Immer wieder ruft er ihn an. Lässt nicht locker. Alles, was er will, ist Ruhe. Das ist doch nicht zu viel verlangt!

Um vier Uhr hat Stettner geschellt. Zum ersten Mal. Erleichtert seufzt er auf. Heute werden sie es klären. Irgendwie. Aber Stettner will nicht reden. Drohen will er ihm! Nachdem er die Tür geöffnet hat, schiebt sich Stettners massiger Körper in seinen engen Flur.

„Pass mal auf, du Arschgesicht!“, schreit er ihn an. „Wenn du noch ein Mal meine Nummer wählst, rufe ich die Bullen. Verstehste?“

Stumm blickt er ihn an. Die Worte, die in seinem Kopf geordnet nebeneinander liegen, stolpern jetzt aus seinem Mund. „Aber, äh, wieso?“

Sein Gesicht verfärbt sich rot und die Reihenfolge in seinen Gedanken ist dahin. Schweißperlen glänzen auf seiner Stirn.

„Aber, äh?“, äfft Stettner ihn nach und zwingt ihn aufgrund seiner körperlichen Überlegenheit rückwärts in Richtung Küche.

Wie früher fühlt er sich. Machtlos und klein. Mühsam sortiert er die Sätze in seinem Kopf neu, steht da wie ein dämlicher Sisyphos vor seinem Berg, der verzweifelt auf den Felsblock starrt. Jedes verdammte Mal rollt er zurück. Der Hass stampft wütend durch seine Brust.

„Oder ich polier dir gleich die Fresse, wenn dir das lieber ist, du Missgeburt“, keucht Stettner nun und ballt die Fäuste. Sein Atem ist wie der seines Vaters. Das ist der Moment, in dem alles verschwimmt. Vorhernachherjetzt. Mit einer schnellen Bewegung ergreift er das Küchenmesser und sticht zu. Einmal, zweimal, zehnmal. Dann ist es endlich still. Keine Störgeräusche mehr.

Abrupt wendet er sich ab, geht zum Fenster und öffnet es. Die Kühle des frühen Morgens umfängt ihn. Ein Martinshorn ertönt in der Ferne, wird aufdringlich, dann leiser, bis es verstummt. Es interessiert ihn nicht. Der Inhalt seines Kopfes wiegt jetzt nicht mehr als ein weißes Blatt Papier. Drei Gramm vielleicht. Ohne Worte. Ohne den Punkt eines Fragezeichens.

Tausendmal ist er gestorben. Ertrunken an dem Hohn seiner Mutter, an jedem Wort seines Vaters. Was soll ihm da noch Angst machen?

Aus dem zehnten Stock blickt er nach unten auf den grauen Asphalt und schließt die Augen. Wie lange dauert es, bis man unten aufprallt? Fünf Sekunden? Zehn?

Zwanzig rechteckige Kacheln, fünfzehn Reihen.

Nein, Mathematik war nicht seine Stärke.

Meggy McRonald

Meggy McRonald stand auf einem grasbewachsenen Hügel in den schottischen *Highlands*. Sie blickte in ein Tal, in dem ein kleiner, in der Sonne glitzernder, Fluss war. Hier war sie als Kind immer glücklich gewesen. Kein Baum war vor ihr, dem Wildfang, sicher gewesen!

Und nun, ihr Körper zitterte vor Anstrengung. Der kurze Weg hatte sie schon ermüdet. Sie hasste es, krank zu sein. Alle Freunde hatte sie durch ihre Krankheit verloren. Keiner wollte mit ansehen, wie sie langsam starb. Verdammter Krebs! Er hatte sie zerstört, nicht nur ihren Körper, sondern auch ihre Seele, sowie ihren Willen zu leben. Aus der lebensbejahenden Meggy, dem Sturkopf, war eine gebrechliche, verbitterte Frau geworden, die sterben wollte. Die Chemo hatte nicht angeschlagen. Der Krebs zerfraß sie langsam.

Meggy lauschte, aber sie hörte nur das Rauschen des Windes in den Bäumen. Kein Flüstern. Sie seufzte. Der Fluss erinnerte sie an die Warnung ihres Großvaters, auch jetzt glaubte sie seine Stimme wie ein Echo aus der Vergangenheit zu hören.

Nimm dich in Acht vor dem Kelpie! Er bringt dir nur den Tod!

„Granpa!" – Sie kniete sich ins Gras und begann zu weinen. Sie dachte an ihren Tod, an die unzähligen Geräte, an die sie bald angeschlossen sein würde, langsam vor sich hin siechend, und vollgepumpt mit Medikamenten.

„So will ich nicht sterben!", flüsterte sie.

Ganz in ihrer Nähe stand versteckt hinter einem Busch ein Mann, nackt, nur mit einem Lendenschurz bekleidet. Er beobachtete Meggy. Er kannte sie. Das bunte Kopftuch irritierte ihn ein wenig. Er wollte Meggy schon als Kind töten, doch immer, wenn er in ihre Nähe kam, begann sie zu schreien, dass er weggehen sollte. Sie war ein kleines Mädchen gewesen, mit sehr viel Temperament. Sie wusste, was er war. Nun kribbelte es ihm wieder in den Fingern. Sollte er es wieder versuchen?

Ja! Sein muskulöser Körper schimmerte. Er verwandelte sich in einen schwarzen Hengst. Langsam trottete er um den Busch herum.

Bei Epona, heute wird sie sterben!

Als Meggy den Hengst sah, stand sie langsam auf.

„Kelpie?" Sie begann zu schluchzen. Die Tränen nahmen ihr die Sicht. Dann lachte sie. Ja, so wollte sie sterben. Der Kelpie, der ihr den Tod bringen würde, rettete sie vor der Horrorvision Krankenhaus. Am liebsten wäre sie dem Hengst entgegen gerannt. Verdammter Krebs!

Das Fell des Tieres schimmerte im Licht. Meggy spürte seine Kraft unter ihren Händen.

„Hallo, mein Freund." Sie drückte ihr Gesicht an den Hals des Pferdes.

„Bist du gekommen, um mich zu erlösen?"

Der Hengst stand ganz still. Meggy versuchte, sich an dem Tier hoch zu ziehen. Sie war zu schwach. Verdammt! Wieder flossen Tränen.

Der Hengst legte sich hin, nun konnte sie leichter auf seinen Rücken klettern.

Vorsichtig stand der Hengst auf. Meggy hielt sich krampfhaft fest. Der Hengst ging erst langsam, Schritt für Schritt, dann fiel er in einen leichten Trab und dann begann er zu galoppieren.

Meggy lachte. Es war so herrlich! Der Wind wehte ihr das Tuch vom Kopf. Egal!

Sie hat gar keine Haare, dachte der Kelpie.

Meggy wusste nicht, wie lange sie im wilden Galopp am Fluss entlang geritten war. Es war so schön, befreiend und belebend. Doch dann hielt der Hengst plötzlich.

Nun ist es so weit, dachte Meggy, jetzt werde ich sterben.

Sie streichelte das Pferd ein letztes Mal.

Der Hengst stieg und schüttelte sie ab. Meggy fiel in den Fluss. Das Wasser war kalt. Sie schrie auf. Doch plötzlich griff eine Hand nach ihr und zog sie aus dem Wasser. Sie fror.

„Warum willst du sterben, Meggy?“ brüllte der Kelpie sie an.

Er hatte sich wieder in einen Mann verwandelt. „Warum?“

Er schüttelte sie.

„Ich bin todkrank“, entgegnete sie schwach.

Er zog sie in seine starken Arme.

Nein, nein, nein!

Er hob sie hoch.

Bei Epona, sie ist so leicht. Er war entsetzt.

Schnell trug er sie in eine Höhle in der Nähe. Vorsichtig bettete er sie auf Laub. Er begann sie zu küssen, zu streicheln. Meggy war überrascht. Sie genoss seine Berührungen, als wäre ihre Seele am Vertrocknen.

Ich bin tot und man schenkt mir diesen wunderbaren Traum.

Er zog ihr die nassen Kleider aus. Er streifte seien Lendenschurz ab.

Wow!, war alles, was Meggy noch dachte, bevor sie den Himmel auf Erden erlebte – mit einem Kelpie.

Am nächsten Morgen erwachte Meggy frierend. Wo war sie? Sie war allein. Hatte sie das alles nur geträumt? Schnell zog sie die noch feuchten Kleider an.

Acht Wochen später

Meggy ging hinunter zum Fluss. Sie war sehr fröhlich und summte. In der Hand hielt sie eine Rose.

„Was machst du hier?“

Sie wirbelte erschrocken herum, das war ihr Kelpie.

„Ich ... ich.“

„Rote Rosen schenken Menschen sich als Zeichen der Liebe.“

„Stimmt! Ich wollte sie in den Fluss werfen.“

Der Kelpie wurde rot. Er begriff. Meggys Augen leuchteten.

„Ich bin gesund und schwanger“, sagte sie und lachte.

„Dein Mann freut sich bestimmt!“, sagte Kelpie trocken.

„Ich habe keinen Mann.“ Meggy runzelt die Stirn. „Das Kind ist von dir.“

Bei Epona, das gibt es doch nicht!

Er schloss Meggy fest in die Arme. Sie war seine Seelengefährtin.

Ich heiße Hyun

„Du sollst erschossen werden!“

Die Stimme des Kommandanten schallt über den Kasernenhof.

„Du bist die Kugel, die dich treffen wird, nicht mal wert!“

Die Worte dringen kaum zu mir durch. Ich stehe vor der versammelten Kompanie. Es ist still, totenstill könnte man sagen, wenn man Gefühl für Humor hätte. Niemand rührt sich, niemand macht auch nur das geringste Geräusch. Nur die Stimme des Kommandanten dröhnt über den Hof.

„Feigheit vor dem Feind!“

Ich höre, was er sagt, nein schreit, aber es kommt mir vor, als beträfe es jemand anderen.

Ich heiße Hyun, bin zwanzig Jahre alt und Soldat dritter Klasse der südlichen Armee. Meine Familie wohnt seit Generationen im Süden. Darum trage ich diese Uniform und nicht die andere. Voriges Jahr, bevor der Krieg ausgebrochen ist, war ich Schlosser. Ich war verlobt mit Sun-Jung. Dieses Jahr bin ich Soldat, werde aber in Kürze eine Leiche sein. Nächstes Jahr bin ich nur noch eine Erinnerung. Wenn der Krieg nicht gewesen wäre, dieser hässliche Bürgerkrieg, hätte ich bald den Meister machen können. Sun-Jung und ich träumten schon von unserer gemeinsamen Zukunft. Wenn der Krieg nicht gewesen wäre, hätte die nördliche Armee nicht die Granate abgefeuert. Dann hätte meine Sun-Jung noch gelebt. Ich sehe immer noch, wie die Granate explodiert, wie Sun-Jung ... Seitdem hasse ich die anderen, die aus dem Norden.

„Gefährdung der Einheit! Landesverrat!“

Immer noch schreit der Kommandant. Er gerät völlig außer sich. Gleich trifft ihn der Schlag und dann fällt er tot um. Dann werde ich auch noch des Mordes angeklagt! Kriege ich dann zweimal die Todesstrafe? Was will der eigentlich von mir? Hätte ich denn Mok einfach erschießen sollen? Weil er eine andere Uniform trug? Die Nördliche, nur weil sein Vater aus dem Norden kommt? Die Uniform der Armee, die meine Sun-Jung getötet hat. Ich wollte schon, aber ich konnte es nicht. Wir waren zusammen in die Schule gegangen, Mok und ich. Wir hatten zusammen gespielt, Räuber und Gendarm, Soldat.

Und jetzt waren wir Soldaten und standen einander gegenüber. Er hatte sein Gewehr auf mich gerichtet, ich meines auf ihn. Wir standen wie versteinert da.

„Hyun“, sagte er.

„Mok“, sagte ich.

Wir betrachteten uns gegenseitig, wachsam, misstrauisch.

„Willst du mich wirklich erschießen, Hyun?“, fragte er.

„Nein, aber eigentlich muss ich das. Und du, Mok? Willst du mich erschießen?“

„Dich vielleicht nicht, aber ...“, sagte er und hielt inne.

„Was, aber?“, fragte ich.

„Ihr habt meine Mutter und meine kleine Schwester getötet!“ Sein Gesicht war plötzlich von Hass erfüllt.

„Und ihr habt meine Sun-Jung getötet!“, platzte es aus mir heraus. „Du hast sie auch gekannt, oder? Das Mädchen, das in unserer Straße wohnte? Eine Granate war sie euch wert!“

Wir waren beide still. Eine Zeit lang standen wir da. Dann sah ich, wie der Hass langsam aus seinem Gesicht wich. Stattdessen hatte er Tränen in den Augen.

Ich fing an zu weinen.

„Was ist aus uns geworden, Hyun?“, fragte er. „Was hat der Krieg aus uns gemacht?“

„Ich weiß es nicht, Mok, ich weiß es nicht, aber es ist nichts Gutes.“

„Nein, wir sind genauso hässlich geworden wie der ganze Scheißkrieg!“

„Mok“, sagte ich, „meinst du, wir können den Krieg ein paar Minuten vergessen? Nur für ein paar Minuten, zusammen eine Zigarette rauchen wie früher? So, wie wir das so oft getan haben?“

„Ja“, sagte er, „vorausgesetzt du hast noch Zigaretten!“

Er setzte sein Gewehr ab und nahm die Zigarette. Wir rauchten schweigend, wir wussten nichts zu sagen. Es war nicht mehr wie früher.

„Ich muss zu meiner Einheit“, sagte er.

„Ich auch. Wir treffen uns bestimmt nach dem Krieg. Wir kommen heil durch!“, sagte ich.

Er wandte sich zum Gehen, als der Schuss fiel. Ich werde nie seinen Blick vergessen.

'Warum?', las ich in seinen Augen. Ich wusste keine Antwort. Aus dem Gebüsch kamen vier Soldaten meiner Einheit. Sie nahmen mich fest. Brüllten mich an.

„Du feiger Hund! Du lässt deinen Feind einfach laufen?“

„Du Verräter! Sitzt da gemütlich mit dem Feind und rauchst Zigaretten?“

„Wir nehmen diesen Hund mit. Wir bringen ihn zum Kommandanten.“

„Müssen wir ihn nicht fesseln?“

„Den doch nicht, der ist zu feige, wegzulaufen!“

So nahmen sie mich mit. Ich bekam unterwegs viele Schläge und Tritte.

Und jetzt stehe ich hier auf dem Hof. Es muss ein Beispiel gesetzt werden. Die Disziplin fordert das. Versteh ich ja alles, aber muss das so lange dauern? Ich laufe einfach weg. Soll er mich doch jetzt schon erschießen. Mein Leben hat eh keinen Sinn mehr.

Ach, nun hör ihn doch: „Halt! Stehen bleiben! Ich schieße!“

Laufe ich weiter, werde ich jetzt auf der Flucht erschossen. Bleibe ich stehen, werde ich in ein paar Stunden standrechtlich erschossen. Absurd!

Ich gehe weiter.

„Sun-Jung, ich komme!“

Der Streuner

Ein leises Scheppern reißt mich aus dem Schlaf.

Aha, *SIE* ist auf den Hof gefahren und hat mal wieder die Futterschälchen nicht gesehen.

Ich öffne kurz die Augen, räkele mich wohlig auf dem Paradekissen und freue mich schon auf die Begrüßung und das damit verbundene Kraulerchen. Und dann gibt es auch gleich frisches Fressen.

Wurde auch Zeit.

Wo bleibt *SIE* denn?

„Ach du armes Kerlchen“, höre ich *SIE* auf dem Hof. „Jetzt komm doch mal her, ich tu dir ja nichts.“ Anscheinend hat sie den roten Streuner im Visier, der sich schon seit ein paar Wochen ums Haus drückt und immer meine Reste zu fressen bekommt. Der ist eine praktische Einrichtung. Wenn mein Futter ein bisschen angetrocknet ist, lasse ich es einfach stehen. Der Streuner ist froh, dass es überhaupt was gibt – und ich bekomme eine frische Dose. Oder, was noch besser ist, von *IHM* ein Leckerchen beim Kochen.

Oder auch zwei.

Stattdessen höre ich an ihrem schrillen Unterton, dass irgendwas nicht so ist wie sonst. Sie stürzt hektisch ins Haus, schnappt sich meinen Transportkorb und rennt wieder raus.

Sie hat mich noch nicht mal begrüßt!

Nach einer kleinen Weile bequeme ich mich von meinem erhöhten Sitzplatz herunter, um auf dem Hof nach dem Rechten zu sehen. Da sitzt doch der Streuner unter der Tanne und faucht!

Und *SIE* hockt davor und versucht, ihn mit zärtlichen Worten und ein paar Brekkies in der Hand in den Transportkorb zu locken.

Das ist ja lächerlich.

„Brekkies fressen kannst du doch schon lange nicht mehr“, zische ich ihn an. Die Zähne sind halt bei einem Streuner nicht so gut in Schuss wie bei einem Stubentiger. „Na, tut dir dein Beinchen weh? Hat sich wohl entzündet! Du hast nun mal nichts in meinem Revier verloren. Das sind mein Haus, mein Hof, mein Garten und mein Personal.“

Der Streuner würdigt mich keines Blickes.

Auch gut. Ich stolziere wieder Richtung warmes Wohnzimmer zurück. Schlimm genug, dass mein Personal ihm meine alten Futterreste gibt.

Was soll denn das? *SIE* sitzt da und heult, als sie die eiternde Wunde sieht. Der Streuner wird in den Transportkorb verfrachtet.

Hoffentlich setzt sie ihn aus.

Stattdessen bringt sie ihn zum Tierarzt.

Jetzt liegt der Streuner im Wohnzimmer in einem eigens angeschafften Körbchen und bekommt nicht nur appetitlich duftende Schonkost, sondern auch eine weiche Decke und wird gekrault. Stundenlang!

SIE redet mit Lauten auf ihn ein, die habe ich seit meiner Kindheit nicht mehr gehört: „Süüüß. Du Armer! Wer hat dich nur so verunstaltet. Und wie lieb du schaust!"

Lieb? Jeder von uns beherrscht den Augentrick. Verbunden mit einem kläglichen „Miau" bringt das alle Herzen zum Schmelzen. Dieser blöde Streuner macht große runde Augen, maunzt und lässt dabei noch ein Ohr hängen.

Zeit, einzuschreiten! Ich lasse ein drohendes Fauchen hören und bewege mich mit gesträubtem Schwanz langsam in Richtung Katzenkörbchen. Der soll machen, dass er hier wegkommt. Hier wohne ich!

Leider dreht *SIE* sich völlig überraschend herum und schimpft: „Ja, hast du denn gar kein Mitleid mit dem armen Kerl? Jetzt hör mal auf mit dem Theater, er nimmt dir ja nichts weg!"

Was soll das denn? Natürlich nimmt er mir was weg! Das ist mein Wohnzimmer. Mein Haus. Mein Revier. Und überhaupt, ich will auch Schonkost! Und Streicheleinheiten!

Ich trete beleidigt den Rückzug an. Der Streuner wirft mir einen triumphierenden Blick hinterher. Gleichzeitig maunzt er nochmal kläglich und reibt seinen Kopf an ihrer Hand.

Schmeichler!

Am Abend kommt *ER* nach Hause. Anscheinend hat *SIE* ihn schon informiert, denn er geht sofort ins Wohnzimmer. Frechheit. Normalerweise bin ich derjenige, der zuerst begrüßt wird.

Auch er spricht mit sanften beruhigenden Worten auf den Streuner ein. Der schämt sich nicht, die gleiche Mitleidsnummer noch einmal abzuziehen: Runde Augen, leises „Miau" und das hängende Ohr.

Ich glaube, ich muss dem Herrn heute Nacht mal einen Besuch abstatten, damit hier wieder klare Verhältnisse herrschen.

In der Nacht ist allerdings die Tür zum Wohnzimmer geschlossen. Ich hinterlasse eine kräftige Duftmarke, für die es am Morgen wahrscheinlich auch noch Ärger geben wird. *Pfffft!* Das ist ja wohl mein gutes Recht.

Der Streuner lebt sich richtig ein. Mittlerweile kann er schon ganz gut wieder laufen, aber sobald *ER* oder *SIE* auf der Bildfläche auftauchen, fängt er sofort an zu humpeln und lässt das Ohr hängen.

Nachts allerdings zeigt er sein wahres Gesicht. Auch wenn er keine Zähne mehr hat – seine Krallen sind erstaunlich scharf und schnell ist er auch. Ich traue mich schon nicht mehr, auf meinem Paradekissen allein zu bleiben. Stattdessen gehe ich zu *IHR* ins Bett.

Dorthin darf der Streuner nicht.

Zur Sicherheit markiere ich noch alle Stellen im Haus, die mir wichtig sind.

Morgens ist dann das Theater groß. *SIE* meckert wegen der Markierungen. Was hätte ich denn tun sollen? Das war reine Notwehr! *ER* ist sogar so unsensibel, dass er dem Streuner und mir in der Küche gleichzeitig Fleischstückchen gibt. Wir sollen uns vertragen. Ja, was glaubt er denn, wen er vor sich hat? Ich werde doch nicht mein Zuhause mit diesem Mistvieh teilen! Ganz davon abgesehen, kann man mit dem auch nicht zusammen leben. Er klaut mein Futter. Natürlich nur, wenn keiner hinsieht. Er zerkratzt das Sofa und legt sich dann unschuldig in sein Körbchen. Am schlimmsten aber sind das heruntergeklappte Ohr und der debile Gesichtsausdruck.

Letzte Nacht kam ich von einem Beutezug zurück und wollte *IHR* eine fette Maus bringen. Ich hatte die Maus im Maul und zwängte mich durch die Katzenklappe, als scharfe Krallen ohne Vorwarnung mein Ohr attackierten.

„Hau ab!“, zischte das rote Mistvieh. „Jetzt wohne ich hier!“

In der Katzenklappe eingezwängt, mein Geschenk zwischen den Zähnen, konnte ich mich nicht entsprechend zur Wehr setzen. Mein Ohr hing schon halb in Fetzen, als es mir endlich gelang, mich aus der Enge der Klappe zu befreien und ein paar schnelle Hiebe Richtung Kehle zu landen. Aber auch der Streuner war schnell. Skrupellos und gestählt durch den jahrelangen Überlebenskampf draußen, vollführte er eine halbe Drehung, um dann von hinten auf meinem Rücken zu landen. Wenn er noch Zähne gehabt hätte, hätte er mir den Nacken aufgerissen. So aber wälzten wir uns fauchend und kratzend im Flur, bis die große Bodenvase in Scherben ging.

Zur Strafe wurde ich – wieso ich? – in der Küche eingesperrt.

So kann das nicht weitergehen. Jetzt schläft der Streuner in ihrem Bett, mein Geschenk hat sie in den Mülleimer geworfen und mein Ohr blutet. Ich habe es satt!

Morgen werde ich werde große, runde Augen machen und bei den Nachbarn auf der Fußmatte maunzen.

Die sind auch kinderlos.

Augen-Blicke

Ein Blick,
eine Berührung,
Erinnerungen,
Augenblicke.

Vergangenheit,
Zeit – sie rast an mir vorbei.

Doch sie kann mich nicht zu Dir führen,
mich kann *nichts* mehr zu Dir führen,
ich bin hoffnungslos verloren,
für immer und ewig.

Zehn Minuten sind seit deinem Anruf vergangen. Und nichts ist mehr wie vorher. All die schönen, glücklichen Momente. Ausgelöscht. Für immer. Mein Herz, ein stetig wachsender Scherbenhaufen. Nur ein Gedanke an dich und es klirrt. Ich suche nach Worten. Suche nach Ideen. Vergebens. Bin gelähmt. Blockiert. Muss meinen Schreibtisch verlassen. Das angefangene Gedicht beiseitelegen. Meine Arbeit unterbrechen. Ich muss raus. In den Stadtpark. Laufen. Endlich dieses Scheppern abschalten. Es regnet. Das leichte Prasseln höre ich aber nicht. Es dröhnt und hämmert nur lautstark. Übertönt alles. Eine graue Seifenblase umhüllt mich. Nichts kann entweichen, aber auch nichts eindringen. Monotonie. Kein Geschnatter am Entenweiher. Kein Kindergeschrei auf dem Spielplatz. Kein Plätschern am Neptunbrunnen. Nur immerwährendes, ohrenbetäubendes Klirren. Ob das jemals verhallen wird?

Ich kehre bis auf die Haut durchweicht nach Hause zurück. Ziehe mich aus. Suche deine Wärme. Vergebens. Stelle mir vor, wo du jetzt bist. Warum hast du mich verlassen? Du fehlst mir so sehr. Ich brauche dich. Müde und ausgelaugt lege ich mich auf das Bett, krieche unter die mollige Decke. Tränen rinnen meine Wangen hinunter. Ein ewig währender Strom. Der mich in die Tiefe reißt. Weiter, immer weiter. Regungslos. Starr.

Aus der Tiefe dringt ein helles Licht zu mir empor. Umrisse werden immer deutlicher. Ein Schwarm Delfine umkreist mich. Sie tragen und geleiten mich sanft zur Meeresoberfläche. Heftige Wellen peitschen mir, als ich auftauche, ins Gesicht. Ich muss würgen. Bin am Ende meiner Kräfte. Deshalb errichten meine Retter einen Schutzwall um mich herum. Sie pfeifen, quietschen und schnattern wild durcheinander. Ich streichle sie zärtlich.

Versuche die Delfine zu beruhigen.

„Danke, meine Freunde. Ohne euch wäre ich ertrunken. Ruft ihr etwa Hilfe herbei?“ Tatsächlich. Durch eine Lücke erspähe ich in einiger Entfernung zwei niedliche Putten.

Sie schweben über dem Wasser und blasen kräftig in ihre Muschelhörner. Der eingängige, raue Ton bändigt blitzschnell das stürmische Meer und besänftigt es. Die hohen Wellen ebben ab. Stille kehrt ein. Meine Freunde geben nun die Sicht auf das endlose, weite Meer frei. Ich fühle mich schwach. Aber ihre Gesellschaft gibt mir Kraft. Gibt mir Halt.

„Seht ihr auch den kleinen Punkt dort hinten am Horizont? Er wird immer größer und größer."

Die Delfine nicken mir mit ihren Köpfen zu. Reißen ihre Schnäbel auf und quietschen wild. Scheinen mich zu verstehen. Und zu wissen, was kommt. Ich jedoch traue meinen Augen nicht. Reibe sie heftig. Kneife mich. Wirklich. Ein goldener Streitwagen gleitet über das friedfertige, spiegelblanke Meer. Aus einer Muschel bestehend, wird er von zwei Pferden mit Fischschwanz und Flossen gezogen. Zwei junge, gut aussehende, halbbekleidete Reiter sitzen auf den Pferden. Und in der Muschelschale thront stehend ein bärtiger Mann. Er trägt eine goldene Krone und hat schulterlange, graue Haare. In seiner rechten Hand hält er einen goldenen Dreizack. Je näher sie kommen, desto aufgeregter und lauter schnattern meine Freunde, die Delfine, durcheinander. „Wollt ihr sie begrüßen? Oder habt ihr Angst?" Ich kann ihren ohrenbetäubenden Lärm nicht länger ertragen. Muss mir die Ohren zuhalten. Schließe meine Augen.

Dann kehrt plötzlich Stille ein. Als ich meine Augen öffne, steht der Streitwagen direkt neben mir. Und meine Freunde, die Delfine, umringen den Wagen und mich. Sie tanzen schwimmend einen Reigen um uns herum. Was in ihrer Sprache wohl so viel wie „Herzlich Willkommen" heißen soll. Einer der anmutigen Reiter beugt sich tief zu mir herunter. Dabei streifen seine schulterlangen, blonden Haare kurz meine rechte Wange. Sein außergewöhnlicher Duft umnebelt mich. Betört mich. Salzig und gleichzeitig süß. Verlockend. Genauso wie sein nackter, muskulöser Oberkörper. Es raubt mir den Atem. Begehrenswert, absolut unwiderstehlich. Und dann streckt er mir seine Hand entgegen. Will mich auf sein Pferd ziehen. Mit mir davon reiten. Während er mich anlächelt, schaue ich in seine tiefblauen Augen. Und versinke darin.

„Komm. Gib mir deine Hand!"

„Wo bringst du mich denn hin?"

„Ich zeige dir meine Welt. Das Reich meines Vaters, Neptun."

Ich reiche ihm meine Hand. Spüre, wie sich ein Feuerwerk in mir entfacht, als ich seine Hand berühre. Frage mich, ob er das merkt. Ob er ebenso fühlt? Schaue tief in seine Augen. Und weiß, dass er genauso empfindet. Eine Berührung, ein Augenblick wird zu einer kleinen Ewigkeit. Er zieht mich auf sein Pferd. Hält mich ganz fest. Seine Wärme durchströmt mich. Erweckt meine Lebensgeister.

Als ich die Augen öffne, durchfluten Sonnenstrahlen mein Schlafzimmer. Warum muss ich gerade jetzt aufwachen. Verdammt! Ich schließe die Augen, versuche zu Ende zu träumen. Vergeblich.

Draußen zwitschern die Vögel lautstark ihre Lieder. Gott sei Dank! Das alles übertönende Dröhnen ist endlich verstummt. Ich stehe auf. Ziehe mich an. Schaue aus dem Fenster. Gestern noch ist alles grau gewesen. Nun schmücken hellgrüne Blätter die Bäume und Sträucher. Ich muss raus in die Natur. In den Stadtpark.

Ein unglaubliches Farbfeuerwerk heißt mich willkommen. Überwältigt mich. Hier ein Bündel mit gelben, lila und weißen Krokussen, die wie wild aus der

Erde sprießen. Dort ein Beet mit roten und orangen Tulpen. Dazwischen gelbe und weiße Narzissen. Ein Zitronenfalter thront auf einer blauen Primel. Seine Flügel weit ausgebreitet, scheint er die Wärme der ersten Sonnenstrahlen zu tanken. Starr. Bis er urplötzlich seine Flügel zusammenschlägt. Und dann elegant und anmutig entschwindet. Das laute Summen der Bienen versetzt die Luft in Schwingungen, als ich an einem Weidenkätzchen vorbeigehe. Verführt mich, es anzufassen. Seine samtweiche Hülle zu fühlen. Währenddessen hat sich ein süßer Marienkäfer auf meiner Hand niedergelassen. Ich zähle seine Punkte, als er über meinen Handrücken läuft. Komme auf zehn. Gleite langsam mit meiner Handfläche über das noch mit Tau bedeckte Gras und warte, bis er meinen Handrücken verlassen hat. Helle Grüntöne, wohin ich auch schaue. Vom Boden bis hinauf zu den Baumkronen. Der süße Duft der Hyazinthen vernebelt meine Sinne. Benommen. Schwindlig. Taumele ich auf eine Bank zu. Setze mich hin. Versuche die Wärme, wie der Zitronenfalter zu genießen. Muss daran denken, wie deine Wärme durch meinen Körper strömte. Wo bist du nur?

Das Geschnatter der Enten am Ententweiher entreißt mich jäh diesem Rausch. Holt mich ins Hier und Jetzt zurück. In der Ferne höre ich das Geschrei der Kinder auf dem Spielplatz. Und ein leises Plätschern. Das mich magisch wie ein starker Magnet anzieht. Mich von der Bank zerrt. Reißerisch in Richtung Plätschern zieht. Zum Neptunbrunnen.

Erinnerungen werden wach. So oft bin ich hier schon vorbeigegangen. Ohne dem Neptunbrunnen viel Beachtung zu schenken. Ein überlebensgroßer Neptun, von Felsgeröll umrahmt, thront auf dem Mittelpfeiler. An seinen beiden Seiten sitzt jeweils ein anmutiger, halbbekleideter Reiter auf einem wasserspeienden Pferd mit Fischschwanz und Flossen und hält eine Reitgerte in der Hand. Hinter den Reitern, etwas erhöht, sehe ich zwei muschelblasende Putten, deren Muscheln als Wasserspender dienen. Wehmut überwältigt mich. Tränen steigen in meine Augen.

Und dann sehe ich ihn. Er kommt auf mich zu und fragt: „Geht es dir gut? Kann ich dir helfen?“

Erleichtert lache ich auf. Denn nun ergibt alles einen Sinn. Ich erkenne ihn, seine Stimme. Schaue in seine tiefblauen Augen und versinke darin.

Memoiren einer Fliege

Ich möchte mich kurz vorstellen. Mein Name ist Fred, 12 Tage alt, eine Stubenfliege im besten Alter. Verheiratet bin ich mit Georgina. Gemeinsam haben wir 150 Kinder.

Doch meine Liebe gehört einer ganz anderen! Seit zwei Tagen lebe ich bei ihr. Sie ist völlig aus der Art geschlagen. Ist ca. 15000-mal größer als ich. Hat nur zwei Beine, auf denen sie läuft und zwei kürzere, mit denen sie sich putzt, Sachen aufhebt und Essen in ihren Mund legt. Ihr Saugrüssel ist ganz klein und hat zwei Löcher.

Ich glaube, diese Gattung nennt sich Mensch.

Ich bin ein bisschen spazieren geflogen und steuerte auf ihren Bau zu. Der verführerische Duft eines faulenden Apfels hatte mich angezogen. Ich stürzte mich gutgelaunt auf meine Beute. Dann kam sie, und es war Liebe auf den ersten Blick!

Meine Eltern – der Herr der Fliegen habe sie selig, sowie meine zahlreichen Geschwister sagten ständig, dass mit mir irgendetwas nicht stimmen würde. Deshalb gaben sie mir auch den Namen „Fred“, abgeleitet von „Fredophil, der Verrückte.“ Sorgenvoll sahen sie in meine Zukunft, befürchteten das Schlimmste. „Du wirst noch unter einer Fliegenklatsche landen!“, sagten sie ständig und warnten mich, in den Bau der Gattung, die sich – ich glaube, Mensch nennt, zu fliegen. Aber ich bin eine neugierige, mutige Stubenfliege, die dem verführerischen Duft des faulenden Apfels einfach nicht widerstehen konnte.

Ständig möchte ich in der Nähe meiner großen Liebe sein. Ich setze mich auf ihr kürzeres Bein, mit dem sie Essen in ihren Mund legt, und kitzele es wohltuend, indem ich ganz schnell hoch und runter laufe. Meine Liebste ist begeistert. Sie macht eine ruckartige Bewegung, bei der es mir ganz schwindelig wird. Ich fliege dann schnell weg, um sie aus der Ferne beobachten zu können. Sie streicht sich über das kurze Bein, weil sie es so genossen hat.

Manchmal fliege ich einfach nur ungestüm und glücklich durch ihren Bau. Gestern hat sie mich mit einem weiteren faulenden Apfel belohnt. Manchmal hocke ich auch nur an der Wand und betrachte sie.

Wenn sie müde ist, geht sie in einen anderen Teil ihres Baus. Bin ihr nach und habe ganz lange neben ihr gesessen. Meine wunderschöne Gattung, so völlig aus der Art geschlagen.

Wir haben so viel miteinander erlebt. Sie ist unwiderstehlich! Manchmal neckt sie mich mit einer zusammengerollten Zeitung. Läuft mit dieser hinter mir her, während ich meine Flugkünste unter Beweis stelle und immer schneller bin als sie. Die neueste Attraktion, die sie mir bietet, ist ein langer Streifen, den sie in ihrem Bau angebracht hat. Er duftet verführerisch und wenn ich nicht so verliebt wäre, würde ich ihn sofort anfliegen. Einige meiner Verwandten hängen schon an ihm. Irgendwie ganz steif und starr. Als ich fragte, ob der Streifen lecker sei, antwortete mir keiner. Eingebildetes Fliegenvolk!

Ich muss zugeben, dass ich manchmal ein schlechtes Gewissen habe. Meine Frau Georgina habe ich seit einer Ewigkeit allein gelassen. Unsere Kinder sind flügge geworden und bevölkern den Unrat dieser Erde. Ich kann stolz sein auf sie. Sie werden immer einen Nährboden für ihre Nachkommen finden. Georgina ist eine rassige Stubenfliege. Mit einem dichten Pelz ausgestattet, zwei wohlgeformten Flügeln und unglaublich schönen langen Beinen. Sie wird nicht lange allein bleiben und den Verlust ihres Ehemannes, den „verrückten Fred“ schon verkraftet haben.

Ich bin ganz und gar meiner großen Liebe verfallen. Heute habe ich mich auf ihren Kopf gesetzt und mich von ihr tragen lassen. War ganz still, damit sie mich nicht bemerkt. Bin sogar etwas eingenickt und von ihrem Kopf gefallen. Ich lag direkt neben ihr. Sie sprang auf, sicherlich, um mich wieder mit einer Köstlichkeit zu belohnen.

Schläfrig wartete ich auf meine Angebetete mit einem wohligen Gefühl der Glückseligkeit. Sie näherte sich mir leise und vorsichtig, hinter ihrem Rücken verbarg sie etwas. Ich hätte vor Glück summen können, blieb aber ganz ruhig sitzen, um ihr nicht die Freude zu nehmen. Und ganz plötzlich, aus heiterem Himmel, traf mich der Schlag.

Ein rauschartiges Gefühl nahm Besitz von meinem Körper. Ich begab mich auf eine Zeitreise. Sah mich als ganz junge Larve, erlebte ein zweites Mal, wie mir Flügel und Beine wuchsen. Meine Vermählung und Paarung mit Georgina. Die Freude über das Schlüpfen unserer Kinder. Ich war außer mir vor Freude und wollte wild tänzelnd meiner Liebsten um den Kopf schwirren. Doch meine Flügel blieben lahm. Meine Beine spürte ich nicht.

Meine große Liebe beugte sich über mich, lächelte zufrieden. Sie schnippte mich von der Couch. Hart fiel ich zu Boden. Meine Kräfte schwanden.

Der verrückte Fred erinnerte sich an die Worte seiner Eltern: „Du wirst irgendwann noch mal unter einer Fliegenklatsche landen!“ Er schloss seine Facettenaugen für immer und machte sich auf seine letzte Reise.

Der Psychologe

Gebäude sind tot. Seelenlose Steine, die aufeinander stehen. Das ist es, was Menschen denken. Eigentlich ist es egal, was Menschen denken. Denn zum einen glauben sie, dass außerhalb ihres eigenen Horizontes nichts existiert – was in jedem Fall nur eines beweist: nämlich die Begrenztheit eben dieses Horizontes und somit die Irrelevanz dessen, was Menschen denken. Zum anderen weiß ich, als Gebäude, es schlichtweg besser. Ich habe eine Seele, ich lebe. Tagtäglich erlebe ich Menschen, die sich in mir aufhalten. Es ist beinahe so, als sähe ich Kino. Und genau wie der Zuschauer im Kino leide, lache, fiebere ich mit. Jeden Tag.

Gebäude haben unterschiedliche Bestimmungen. Das muss so sein, denn unsere Aufgabe besteht darin, Menschen zu beherbergen. Menschen haben unterschiedliche Bedürfnisse und natürlich hängt davon unsere Beschaffenheit ab. Groß, klein, mit Keller, Anbau, jedes Gebäude ist anders und genau wie das bei den Menschen gut und richtig ist, ist es das auch bei uns. Im Laufe des Lebens kann sich eine Bestimmung ändern. Früher war ich ein Genesungsheim, aber heute fungiere ich als Therapieeinrichtung für Suchtkrankte. Süchtige, sagen die Menschen.

Ob das von *Suchen* kommt?

Mein ganzes Leben sind die Menschen schon um mich. Ich stelle fest, dass manche Dinge sich wohl in der Welt der Menschen nie ändern und andere dafür umso mehr. Manche Veränderungen scheinen gut für Menschen zu sein, andere nicht. Meiner Ansicht nach sollte ein Leben standfest sein. Auf soliden Grund gebaut mit anständigem Fundament. So war es, als ich erbaut wurde; wir Häuser sollten möglichst lange halten. Heute ist das nicht mehr so, wie ich feststellen muss. Man baut eher schnell, schnell. Ohne Liebe zum Detail. Und ich habe fast den Eindruck, dass das symptomatisch ist für das – meines Erachtens, größte Problem der Menschen: So klein sie sind, so wichtig hetzen sie durch die Gegend. Ohne Aufmerksamkeit für den Moment, ohne Liebe zum Detail. Oft sogar ohne Liebe zu sich selbst oder für den Mitmenschen. Ich beobachte das und wundere mich sehr, denn – hat diesen seltsamen Wesen noch keiner gesagt, dass diese Hetzerei und dieser kalte Umgang gegeneinander (miteinander will mir hier nicht so recht über die Ziegel) langfristig nur schadet? Allen und allem? Wohl nicht, denn sie scheinen es nicht zu wissen und trotz ihres an sich begrenzten Horizontes würde ich den Menschen doch so viel von dem zutrauen, was sie *Intelligenz* nennen, diese – wenn sie von ihr wüssten, sie sich doch anders verhalten würden!

Als Heimat für Suchtkranke diene ich inzwischen eine ganze Weile. Ich sage bewusst Heimat, denn das ist meine persönliche Philosophie. Entgegen der Vorstellung des Menschen, haben wir Gebäude tatsächlich Philosophien. Und ich gebe zu, dass ein Gebäude allein zwar eine gewisse Atmosphäre bieten kann, dass aber nur im Zusammenspiel mit Menschen ein Gebäude zu einem Ort der Heimat werden kann. Oder eben nie zu einer Heimat wird.

Was nützt mir denn die erhabenste Bauweise und wundervollste Konstruktion, wenn in mir Menschen ihr Unwesen treiben, die mich entweder so verhunzen, dass man von Flair nicht mehr sprechen kann, oder sich gegenseitig so schlecht behandeln, dass kein Flair der Welt die schrecklichen Emotionen, die dabei wohl entstehen, auffangen kann. Menschen leben für und von Emotionen – soviel habe ich inzwischen gelernt.

Auch Gebäude haben Emotionen. Mensch stelle sich das vor! Am heutigen Tag empfinde ich gleich mehrere. Freude, Bewunderung und Dankbarkeit.
Wie es dazu kommt?

Seit meiner Zeit als Suchtklinik sind mir viele Menschen begegnet. Mit einigen hat das Zusammenspiel Spaß gemacht, mit anderen nicht. Einigen konnte ich eine Heimat sein – sogar zum ersten Mal in ihrem Leben ein Gefühl von Heimat und Geborgenheit geben. Dabei half mir in den letzten zwanzig Jahren ein Mensch. Ein besonderer Mensch. In der Menschenwelt ist er das, was sie einen Psychologen nennen. Ich denke, inzwischen beobachte ich das Ganze lange genug und habe mir erklären können, was ein Psychologe ist. Er ist ein Mensch, der gelernt hat das zu reparieren, was bei anderen Menschen kaputt gegangen ist, durch viele schlimme oder auch durch absolut fehlende Emotionen und Erfahrungen. Durch Lieblosigkeit und Kälte. Psychologe zu werden kann man lernen – die Menschen nennen das studieren. Aber die richtig guten Psychologen, auch das habe ich beobachten können, sind die, die eine besondere Mischung haben. Diese Mischung besteht aus dem, was sie gelernt haben und dann kommen noch Eigenschaften dazu, wie Einfühlungsvermögen, Mitgefühl, Geduld, Hingabe an den Menschen und sehr viel Herz. Im besten Fall auch die Fähigkeit, sich abzugrenzen ohne verletzend zu sein.

Dieser Psychologe, sie nennen ihn Rainer Schäkel, vereint all diese Eigenschaften in sich. In der Menschenwelt ist ein „Schäkel" etwas, das in der Schifffahrt benutzt wird. Eine Art Haken, der ein Verbindungsstück zwischen zwei Teilen einer Kette bildet. Irgendwie erscheint mir dieser Name passend, denn Rainer Schäkel ist ja durchaus ein Verbindungsstück zwischen dem alten Leben der Patienten und ihrem neuen, er heilt den Bruch in der Lebenskette.
Gemeinsam haben wir seine Kollegen kommen und gehen sehen. Manchmal war das gut so und manchmal traurig. Ebenso ist es mit denen, die sie Patienten nennen (also, die zu reparierenden Menschen). Auch die Menschen, die sie „Einrichtungsleitung" nennen, wechselten in den zwanzig Jahren oft. Aber er blieb. Und machte mit seinem psychologischen Können und seiner Konstanz mich zu einem Zuhause für viele.
Damit schaffte er für zahlreiche Menschen genau das solide Fundament, das für alle Wesen wichtig ist. Für Mensch und Gebäude.

Ich freue mich über sein Wirken, denn auch Gebäude brauchen so etwas wie einen guten Geist. Jemanden, der einen Gegenpol setzt zu Hektik und Kälte, welche meine Atmosphäre droht zu vergiften. Da tut es gut zu wissen, dass da ein Mensch wirkt, mit Herz für andere Menschen.

Ich sage ihm das manchmal, aber leider versteht er, genau wie die allermeisten Menschen, kein gebäuderisch. Ja, wir Gebäude, wir reden sowieso mehr als die Menschen. Man soll das nicht falsch verstehen: die Menschen reden viel. Sogar zu viel, denn die wesentlichen Dinge sagen sie selten. So etwas, wie: „Ich schätze dich." Oder: „Ich bin froh darüber, dass du hier arbeitest."

Und wenn sie doch einmal Positives sagen, dann selten zu demjenigen, den sie meinen. Menschen reden lieber *übereinander*. Eine Eigenart, die ich nie verstehen werde. Sie ist so bedauerlich. Streite und Kriege könnten verhindert werden, wenn Menschen gelernt hätten, sich zu sagen: „Dies verletzt mich." Oder: „Ich habe Angst hiervor" – „Ich mag dich." Oder: „Ich freue mich über das, was du tust." Aber Menschen müssen wohl oft Masken tragen. Sich keine Blöße zu geben, muss wohl furchtbar wichtig für sie sein. Das ist bestimmt sehr anstrengend, denke ich oft.

Manchmal beobachte ich Rainer und sehe, dass er sich traurig fühlt und irgendwie allein. Ich glaube, dass er sich von seinen Mitstreitern nicht genug anerkannt fühlt. Wüsste er, was ich weiß ... oder würden die Menschen statt übereinander, *miteinander* reden, dann wäre ihm klar, dass seine Kollegen ihn schätzen. Dass sie von seinem therapeutischen Können beeindruckt sind. Wenn die Kollegenmenschen von seinen Gruppenreparaturen erzählen, leuchten ihre Augen. Er wüsste, dass sie sein Engagement hochachten (man redet von seinem Talent, Menschen bei Infoveranstaltungen zu begeistern und sie zur Reparatur zu mir zu holen) und seinen Witz mögen. Aber so sind sie, die Menschen: Sie sprechen ihre Anerkennung nicht aus – oder nur selten. Vielleicht, weil sie einfach nicht darüber nachdenken, dass der Andere kein stiller Beobachter wie ich sein kann, und auch nicht in der Lage ist, Gedanken zu lesen.

Würde ich mit ihm reden können, würde ich sagen: „Mein lieber Psychologenmensch, zwanzig Jahre, was für eine Wahnsinns-Leistung! Danke für dein Durchhaltevermögen und dein Engagement. Danke, dass du als guter Geist hier wandelst!"

Da ich aber nicht mit ihm reden kann, hoffe ich einfach, dass die Wärme, die ich mit meinen Wänden ausstrahle, neben den anderen Menschen auch ihn erreicht und ich ihm so ein kleines bisschen Zuhause sein kann.

Wenn Venedig duftet

Eigentlich bin ich ein ruhiger, gelassener Typ. Ich mache durchaus eine *bella figura,* wie man in Venedig sagt, habe ein geschmackvolles, gepflegtes Äußeres, benehme mich zivilisiert. Mein derzeitiger Traumjob passt gut dazu: Seit kurzem bin ich Sicherheitsmitarbeiter und der Bodyguard einer Juweliersgattin im *centro storico*, also mittendrin im Touristenrummel. Als Bodyguard werde ich eher selten eingesetzt. Die meiste Zeit bewache ich das Geschäft – nur ab und zu ein wenig Bewegung durch die verwinkelten *calli*.

Die Chefin ist sehr zufrieden mit mir, bis auf eine Kleinigkeit, wie ich finde, die sie allerdings ziemlich wütend werden lässt. Es passiert sehr selten und dauert nicht lange, aber sie tut so, als könne exakt zu diesem Zeitpunkt das Geschäft überfallen werden.

Ich gebe zu, es gibt etwas, was mich aus meiner ausgeglichenen Reserviertheit bringen kann. Vielleicht ist es wirklich eine Charakterschwäche, wie meine Chefin zu sagen pflegt, aber ich finde, das ist unbedeutend im Hinblick auf die vielen Stärken, die ich zeige: mein sicheres Auftreten, meine bedingungslose Loyalität und meine grenzenlose Entschlossenheit, mich für meine Arbeitgeberin einzusetzen. Was zählt dagegen schon, dass ich hin und wieder nicht widerstehen kann, wenn ein fremder, exotischer Duft mich berührt und in andere Welten entführt. In Venedig schnuppere ich den Duft der weiten Welt, von Paris bis Tokio, von New York bis Madrid, alles vertreten.

Da liege ich also vorgestern dösend auf dem *campo*. Plötzlich kitzelt es in meiner Nase, zweihundert Millionen Riechzellen auf Empfang. Ein erotisierender, intensiver Geruch schwebt auf mich zu. Ich springe auf wie elektrisiert. Nichts wie hinterher!

Ich schnüffele hektisch durch *San Polo* bis zum *Canal Grande*. Der Duft wird stärker, feurig und berauschend. Plötzlich sehe ich sie. Bildschön, rassig, mit seidigem, cremefarbenen Fell. Und dieser *profumo*! Sie besteigt gerade eine Gondel. Ich drehe blitzschnell um, haste in Richtung *Ponte di Rialto*. Die mürrische *signora Tozzi* sieht mich von ihrem Fenster aus: *„Bestia stupida!"*, keift sie los, und als ich unter dem Fenster vorbeilaufe, trifft mich stinkendes Putzwasser. Ich belle empört, aber sie tobt weiter: *„Avanti, bestiaccia!"*

Ich fletsche die Zähne, knurre. Da nehme ich unter hunderten von Duftnoten ihren Duft wieder wahr. Ich muss weiter. Alles andere ist vergessen. Ich laufe, springe, renne über *ponti* und *campi*, durchs Labyrinth von Venedig: Ich will sie finden!

Am *Piazza San Marco* sprinte ich quer über den Platz. Eine Hundertschaft Tauben fliegt auf, erschrocken entladen einige ihre Kotbomben über mir. Sie bleiben im nassen Fell hängen. Ich rase weiter. Ich hetze. Ich keuche. Mein durchtrainierter, muskulöser Körper zittert. Schnaufend geht es weiter, ich hechele, muss das Tempo drosseln. Doch plötzlich rieche ich es deutlich: Ich bin ihr sehr nahe!

Auf dem *Campo San Lorenzo* sehe ich sie unerwartet wieder, ich kann mein Glück kaum fassen. Sie sitzt vor einem Buchladen, nicht angeleint! Jetzt nur die Ruhe bewahren! Ich schleiche vorsichtig am Fischstand, der auf dem Marktplatz steht, vorbei. Der Fischhändler versteht das falsch, mein momentanes Äußeres erweckt sein Mitleid. „*Povera creatura*“, jammert er und wirft dann unerwartet einige Fischreste in meine Richtung. Leider etwas ungenau, die Hälfte davon landet nicht vor, sondern auf mir. Doch die Aktion hat meine Herzensdame aufmerksam gemacht. Neugierig blickt sie in meine Richtung.

Ich laufe langsam auf sie zu.

Sie läuft mir entgegen. Sie wedelt freundlich mit dem Schwanz!

Ich bin überrascht, wie schnell wir uns näher kommen.

Den Rest meiner Romanze ... nun, den verschweigt ein Gentleman. Nur so viel: Sie hat mich überschwänglich gelobt. Nicht nur meines exzellenten Aussehens wegen. Was sie besonders anziehend an mir fand, gestand sie mir, wären meine exotischen, scharfen Ausdünstungen. So was hätte sie ja noch nie erlebt. Dabei sei sie schon in der ganzen Welt herumgereist!

Ich werde meinem Kumpel Rex meine gestrige Tour empfehlen. Er ist ein struppiger, neunjähriger Bologneser, der selten Glück bei den Frauen hat.

Apropos Frauen, mit meiner Chefin habe ich natürlich mächtig Ärger bekommen, nicht nur wegen meiner langen Abwesenheit, sondern auch wegen des Gestankes, wie sie das nannte. Sie hat mir angedroht, mich vor dem Geschäft anzuleinen. Können Sie sich das vorstellen?

Aber ich habe schon einen neuen Job in Aussicht. Der Besitzer eines kleinen Restaurants ganz in der Nähe des *duomo* wirft mir oft köstliche Leckereien zu, wenn ich vorbeikomme. Ich kann mir gut vorstellen, dass er mich anstellt, zur Bewachung, und weil ich den Touristen auffalle durch mein freundliches Wesen und meinen intelligenten Blick. Und ein Restaurant, so zentral, das würde meine Chancen bei der Damenwelt sicher noch steigern.

Denn schließlich ist das Leben zu kurz, um sinnliche Verführungen ständig durch einen stressigen Job zu verpassen.

Oder, was meinen Sie?

Wäsche

Es passt nichts mehr hinein in den Schrank. Ausräumen? Verschenken? Wer will es, wer braucht es?

Der doppelte gelb-rosa Damastbezug – mit diesem Dessin hatte der Betrieb auf der Leipziger Frühjahrsmesse für ein Erzeugnis die erste Goldmedaille erhalten. Und damals hat er richtig viel Geld gekostet, fast mein gesamtes erstes Gehalt.

Er wird wieder eingeräumt.

Der doppelte Buntgedruckte, er stammt von meiner Großmutter. Die Westcousine hatte ihn geschickt. Von seiner damaligen Farbigkeit hat er schon einiges eingebüßt, aber ich habe so oft darin geschlafen.

Er wird wieder eingeräumt.

Der doppelte Stangenleinen, den habe ich zur Jugendweihe geschenkt bekommen, aber von wem? Er ist fast neu, viel zu schade zum Wegtun.

Er wird wieder eingeräumt.

Das Maiglöckchenmuster war Mutters Lieblingsbezug – ein doppelter weißer Damastbezug. Eine Erinnerung, die man nicht weggeben kann.

Er wird wieder eingeräumt.

Der blaue doppelte Bezug mit den Punkten, den habe ich mir bei der Geburt meines Sohnes vor 45 Jahren gekauft. Ein wenig verwaschen ist er schon ... nein, er wird wieder eingeräumt.

Als ich geheiratet habe, hat mir mein Großvater diesen doppelten Bezug mit den grafischen Mustern geschenkt. Opa ist schon lange tot. Es ist eine Erinnerung an ihn – er wird wieder eingeräumt.

Der schöne doppelte weiß-blaue Bezug stammt noch von meiner Schwiegermutter. Also –

er wird wieder eingeräumt. Und der doppelte grüne, der doppelte rote mit Nelken bedruckte, der doppelte weiße Rosendamast, der ... sie werden alle wieder eingeräumt und passen in den Schrank.

Ich steig dir aufs Dach!

Die Sonne blitzt ein letztes Mal zwischen den Sträuchern der kleinen Dachterrasse hervor. Henriette sitzt in ihrem Schaukelstuhl und liest sich ihren Steckbrief für die Single-Pinnwand ihrer Stammkneipe *Sit-In* vor: „Name: Henriette Hermanns; Alter: 28 Jahre; Größe: 1,71 m; Aussehen: sportliche Figur, braune Augen und rote Haare; Beruf: Hmm ... “, sie stockt und nippt nachdenklich am Tee.

Auf dem Bau muss sie sich maskulin geben, damit sie von ihren Kollegen anerkannt wird. Potentielle Lebenspartner schreckt das leider ab, weil sie sie als Emanze abstempeln. Ihre natürliche Weiblichkeit wird beerdigt, bevor es richtig losgehen kann.

Trotzdem erhält sie oft bewundernde Blicke vom anderen Geschlecht, wenn sie bei der Arbeit wie eine Artistin anscheinend unbedacht über Tonziegel und Schiefer balanciert.

Sie liest weiter: „Hobbys: Tanzen!“

Ihre Augen leuchten. Seitdem sie am Wochenende nebenher Samba-Unterricht gibt, kommt sie wieder unter Leute und kann die lange, schwarze Cordhose gegen kurze, bunte Röcke eintauschen.

Ein befreiendes Gefühl, wenn Samba in mir totgeglaubte feminine Geister weckt! Ich verschweige meinen Beruf lieber, dann lerne ich vielleicht eher einen Mann kennen, ist sie sich sicher. Dann schreibt sie: *Beruf: Tanzlehrerin; Hobbys: Musik hören*, notiert ihre Handynummer auf kleine, abreißbare Schnipsel und verstaut den Zettel, den Hochzeitsmarsch pfeifend, in der Tasche. Gleich ist sie mit Sina verabredet.

Im *Sit-In* sieht sie Sina an der Bar. „Hi Schätzchen!“

„Hallo Henri, hast du den Steckbrief dabei?“, fragt Sina und rammt ihr ihren Ellenbogen in die Seite.

„Klar, ich hänge ihn sofort auf. Vielleicht besteht noch Hoffnung“, antwortet sie und pinnt ihn augenzwinkernd an die Wand.

„Meiner klebt schon“, freut sich Sina, während sie aufgeregt auf dem Hocker hin und her rutscht.

Henriette nimmt sich den Hocker neben ihr und fragt sie: „Na, was gibt es Neues?“ Ihre attraktive Freundin vergrößert gerne spontan ihren männlichen Bekanntenkreis, weshalb Frauengespräche mit ihr immer äußerst unterhaltsam und horizonterweiternd sind.

Am Ende eines vergnüglichen Abends, und nach der Verabschiedung von Sina, bemerkt Henriette vor der Kneipe, dass ihr kleiner, ordnungsgemäß abgestellter Ford Fiesta von einem schwarzen Bonzenauto zugeparkt ist. Sie rauft sich die Mähne. Dann stürzt sie verärgert zurück in die Kneipe und ruft in die Menge: „Wem gehört der dunkle BMW da draußen? Ich möchte nach Hause!“

Nach ein paar endlosen Sekunden der Stille antwortet eine Gestalt weiter hinten im Raum beschwichtigend: „Soll ich dich nach Hause fahren?“

Sichtlich irritiert von der Gegenbemerkung des aufstehenden Typen wird sie leiser: „Fahr deinen Wagen zur Seite, ich kann mit meinem Auto nicht raus!" Ihr Bedauern über ihr loses Mundwerk ist groß, kommt aber wie immer zu spät. Ein gepflegter junger Mann im farbenfrohen Hawaiihemd geht wortlos an ihr vorbei und versetzt bereitwillig sein Auto. Er lächelt sie kurz erwartungsvoll an. So wird das nie was mit den Männern, denkt Henriette. Sie nickt unsicher, lässt ihn stehen und fährt heim.

Am nächsten Morgen verschiefert Henriette einen Kamin vom Walmdach aus in einem nahtlosen Übergang bis zur Kupferabdeckung. Ihre Hände gleiten über den kalten bretonischen Naturstein, fast so, als würde sie ihn streicheln. Diese intensive Art von Meditation in luftiger Höhe hilft ihr oft beim Ordnen ihrer Gedanken.

Zigarettenqualm dringt in ihre Nase, und während sie sich noch fragt, von wo er kommt, steht ein Mann mit dem Rücken zu ihr gedreht auf dem untersten Trittrost beim Notausstieg an der Gaube. Er ist schwarz gekleidet und trägt einen breiten Gürtel. Vielleicht ist er ein Kellner, reimt sich Henriette zusammen.

Er wirft die Kippe weg, stellt sich ganz an den Rand und sieht nach unten, als wolle er gleich vom Dach springen.

Henriette ist überfordert, nicht nur, dass sie keinen Mann abbekommt, jetzt will sich auch noch einer in ihrem Beisein umbringen! Was soll sie tun? Ohne viel nachzudenken, redet sie drauflos: „Hey Sie, was machen Sie da?"

Der Mann reagiert nicht.

„Scheiße, da habe ich keine Ausbildung drauf. Komm von der Dachkante weg, klar?", ruft sie lauter. Die Sache ist ernster als sie dachte. Langsam steigt sie die Stufen vom Kamin hinunter, noch immer bewegt sich der Unbekannte nicht. „Weißt du, dass ein Lkw-Fahrer in England zweihundert Kilometer mit der Leiche eines Selbstmörders auf seinem Dach weitergefahren ist?" Sie möchte ihn ablenken. „Stell dir vor, du lebst nach dem Aufprall noch – und was du für Schmerzen haben könntest!"

Fast kann sie seine Beine fassen und plappert ununterbrochen weiter: „In Japan wollte sich ein betrogener Ehemann vom Dach stürzen und landete dabei auf seiner Ehefrau, die daraufhin starb. Willst du etwa andere gefährden?"

Als er sich umsehen möchte, umklammert sie energisch seine Knie und wirft sich mit ihm in die Kehle des Daches.

„Aufhören! Bist du wahnsinnig?", fordert der Mann sie nach der harten Landung total verstört auf. Er greift an seine Ohren.

„Warum willst du dich auch ausgerechnet auf meiner Baustelle umbringen?", brüllt Henriette zurück.

„Wie, umbringen? Ich verstehe nur Bahnhof", erwidert er.

Augenblicklich steht sie auf und fragt ihn ebenfalls verblüfft, aber erleichtert: „Wie jetzt, was hattest du denn sonst vor?"

Sie mustert ihn, und wen sollte sie bei ihrem Glück anderes vor sich haben, als den Hawaiihemdträger?

Auch ihm bleibt das natürlich nicht verborgen: „Bist du nicht die Politesse von gestern? Was machst du hier, auf dem Dach?"

„Ich schleppe Falschparker ab!", antwortet sie patzig.

Der Zug war gestern bereits abgefahren, bei ihm würde sie keine Chancen mehr haben.

„Dein Körpereinsatz ist beeindruckend!“ Er richtet sich lachend auf, klopft welke Blätter von seiner Jeanshose ab und reicht ihr die Hand: „Ich heiße Heiko. Mein Geschäft ist unten im Haus.“

Henriette gibt ihm ihrerseits die Hand.

„Du meinst den Friseurladen?“, fragt sie neugierig, wobei sie sich inständig wünscht, dass er wirklich auf Frauen steht.

„Ja, richtig!“, bestätigt er.

„Warum hast du nicht reagiert, als ich dich angeschrien habe?“, will sie vorwurfsvoll wissen und streicht sich dabei ihre Haare aus dem Gesicht.

„Nach einem Morgen unter künstlichem Licht und lautem Geschnatter brauche ich kurz Ruhe, deswegen stelle ich meine Hörgeräte immer ab.“ Er tippt auf seine Ohren. „Bin schwerhörig, war mein Fehler“, gibt er zu und sieht ihr direkt in die Augen.

Seine sind blau, hellblau.

„Ach so“, sagt Henriette und ist froh, dass es nicht ihr Fehler war. Sein intensiver Blick fasziniert sie, macht sie gleichzeitig aber auch nervös. „Und wieso rauchst du auf dem Dach?“

„Das hier ist normalerweise der einzige Ort, an dem ich ungestört inhalieren kann.“ Heiko schaut sich suchend um. „Bevor du mich soeben angesprungen hast, ist mir ein wichtiger Zettel aus der Hosentasche gefallen.“

Das war es dann wohl, er wechselt das Thema, gesteht sie sich ein und hält resignierend auch nach dem Zettelchen Ausschau.

Tatsächlich bewegt der Wind direkt neben Henriette zwischen dem bunt gefärbten Laub in der Dachrinne einen Fetzen Papier, den sie neugierig aufhebt. Sie liest darauf eine Handynummer – ihre Handynummer!

„Nicht schwul“, schmunzelt sie beglückt und hält ihm wild fuchtelnd den Zettel hin: „Wenn ich du wäre, würde ich da ganz schnell anrufen, es geht vielleicht um Leben und Tod!“

Tarne bekommt einen Auftrag

(Leseprobe)

Ein neues Jahrtausend hatte begonnen. Wir haben die Ära Kohl, welcher als Birne angefangen und als Staatsmann die Vereinigung Deutschlands auf seine Fahne geschrieben hatte, hinter uns gelassen. Europa war zu einer Einheit geschmolzen und uns hatte dies neues Geld gebracht. Geld war nicht mehr geworden, eher weniger. Die Computer waren in der Jahrtausendwende nicht abgestürzt, hatten nicht wie befürchtet die ganze Zivilisation zugrunde gehen lassen, und wir waren nicht wieder in der Steinzeit gelandet.

Robert Erich Tarne saß in seinem Büro und dachte an das vergangene Jahrzehnt. Das tat er vor allem, wenn er keine Aufträge hatte, und das kam in letzter Zeit immer häufiger vor. Ja, 1990, da war es noch toll. Mit Manu. Als Deutschland Fußballweltmeister wurde und all seine Freunde das Spiel gesehen hatten, war er mit Manu in *Pretty Woman* und fand das auch noch toll, so verliebt wie er war, ohne zu ahnen, wie schnell sich das ändern sollte. Beide strahlten und tanzten nach Phil Collins‘ A*nother Day in Paradise*.

Das war ein tolles Gefühl, als Leoni geboren wurde. Ein völlig neues Gefühl von Verantwortung. Die Panik, die aufkam, als die Amerikaner ihren zweiten Golfkrieg führten und sie tatsächlich Lebensmittel gehortet hatten. Die Geschichten der Eltern und Großeltern im Kopf. Den Keller voll Mineralwasser, Grieß und Kindernahrung.

Aber sie waren nicht die einzigen. Die Geschäfte hatten Mühe, Nachschub heran zu holen. Jeden Abend auf *CNN* die amerikanischen GI‘s vor dem Sonnenuntergang. Der medienwirksam inszenierte Krieg. *Operation Desert Storm*. Kameras in den Sprengköpfen der Raketen. Wir treffen zielgenau. Es gibt keine zivilen Verluste.

Von wegen!

Jetzt hörte er nur noch von Manu, wenn sie anrief, um an seine Zahlungen zu erinnern. Oder auf dem Anrufbeantworter war: „Werd endlich erwachsen. Such dir eine ordentliche Arbeit!“

Bei dem Erdbeben in Deutschland hatten sie nachts noch zusammen am Fenster gestanden und nach Rissen im Asphalt gesucht, eng umschlungen. *Basic Instinct* führte zu zusätzlichen erotischen Experimenten. 1993 begann es erstmals zu kriseln. Sie wollte ein zweites Kind. Whitney Houstons *I Will Always Love You* traf es da schon nicht mehr, und als die Bilder des ersten Anschlages auf das World Trade Center in der Tagesschau liefen und noch keiner etwas von dem nächsten Anschlag ahnen konnte, beschäftigte sich Tarne erstmals mit Scheidungsstatistiken.

Während der Vorbereitung auf sein Diplom schien es, als würde sich noch einmal alles zum Guten wenden. Manu unterstützte ihn in dieser Zeit sehr. Als er seine Diplomparty feierte, waren sie wieder ein Herz und eine Seele. Die Riesenparty im Ahorneck. Noch einmal eng umschlungen bei der Musik von Oasis und REM. Aber als sie merkte, dass er jetzt doch keinen „vernünftigen“ Beruf ausüben wollte, hatte es sich bald ganz erledigt.

Nur zwei Jahre weiter, als der Trauerzug für Lady Di übertragen wurde, stand schon die Scheidung im Raum. Aber ihn ließ das zu dem Zeitpunkt eher kalt. Er ärgerte sich mehr darüber, dass Elton John das Stück, das er seinerzeit für Marilyn geschrieben, einfach umgeschrieben hatte.

In diesem Moment schellte das Telefon. Lieber nicht drangehen. Es könnte Manu sein. Er wartete, bis sich der Anrufbeantworter einschaltete. Es war Manu: „Du kannst ruhig drangehen. Ich weiß doch, dass Du da bist. Du musst deine Tochter morgen auf jeden Fall nehmen. Ich bring sie dir um neun vorbei. Und lass dir nicht einfallen, wieder nicht da zu sein!"

Tarne zuckte nicht mit der Wimper und setzte seine Gedanken fort. Die Uneinigkeit, die dann über die erotischen Abenteuer des amerikanischen Präsidenten herrschte, begleitete die endgültige Trennung. Er fand das richtig gut, sie nicht.

Am 2. Januar 1998 zog sie, als es noch so richtig frostig war, aus. Er las dann über die neu erschienenen Abenteuer eines Zauberlehrlings in der Hoffnung, dies seiner Tochter einmal vorlesen zu dürfen und verpasste die Sonnenfinsternis, weil er für Leonis Unterhalt arbeiten musste. Durch Bruce Willis animiert, verpasste er sich einen neuen Haarschnitt, vergrub sich, sah viel fern. Wurde Fan von *Alley McBeal* und *Millenium*, steigerte sich in Selbstmitleid und konnte das Ganze nur mit den Kommentaren von Harald Schmidt ertragen. Der Song *Maschendrahtzaun* eines anderen TV-Clowns konnte ihn nicht wirklich aufmuntern.

An diesem Punkt seiner Überlegungen angelangt, betrat sie sein Büro, ohne anzuklopfen. Ihre Kleidung sah aus, als ob sie den Eindruck erwecken wollte, Geld zu haben.

„Guten Tag", sagte Tarne.

„Sind sie Tarne?" Sie versuchte gar nicht erst, freundlich zu sein. Sie suchte sich einen Platz aus, der nicht von den Strahlen der Sonne erfasst wurde. Sie schien zu wissen, dass Sonne ihrem Aussehen nur schaden konnte. Sie sah wie fünfzig aus, obwohl sie jünger war. Sie war bleich, als wenn sie die Nacht durchgemacht hätte.

„Wenn ich Sie beauftrage, haben Sie dann auch Schweigepflicht, oder wie heißt das bei Ihnen?", fragte sie.

„Das kommt ganz drauf an. Nicht, wenn es etwas Ungesetzliches ist", sagte Tarne.

„Ich würde mich nur gerne absichern, wer kauft schon gerne die Katze im Sack?"

„Keiner zwingt Sie, mich zu engagieren, Sie wissen, wo die Türe ist." Er ließ sich nicht gerne so behandeln. Seit seiner Scheidung nicht mehr.

„Stellen Sie sich doch nicht gleich so an!"

„Haben Sie schlechte Erfahrungen gemacht?"

„Ich bin nur vorsichtig. Man braucht ja nicht jeden Tag einen Detektiv."

Tarne überlegte, ob er sie jetzt schon als unsympathisch einstufen sollte oder noch einen weiteren Hinweis abwarten sollte. Sie war nicht richtig einzuschätzen, zum einen bemüht, gefällig zu erscheinen, zum anderen taxierte sie ihn mit einem harten, kaum die Verachtung verbergenden, Blick.

„Wollen Sie mir nicht endlich sagen, was Sie eigentlich wollen?"

„Um ehrlich zu sein“, setze sie an – Tarne hasste solche Floskeln – „suchen wir jemanden, der für uns eine Person in Amerika ausfindig macht. Geld spielt keine Rolle.“

Die Tränen der Schneekönigin

Weit im hohen Norden, wo Finsternis und Frost das verharschte Land umklammert halten, ragte einst ein Palast aus Eis in die immerwährende Winternacht des Polarkreises empor.

Hier, im Zentrum ihrer Macht, herrschte die Schneekönigin über ihr Reich. Unbeweglich wie eine Statue thronte sie in der großen Halle.

Allein das Nordlicht leistete ihr Gesellschaft, brach sich in den mannigfachen Falten ihres Gewandes, umtanzte sie, zauberte farbige Reflexe auf ihre starren Gesichtszüge und huschte über die kristallblanken Wände.

Um der ewigen Eintönigkeit zu entrinnen, hatte sie in grauer Vorzeit die Herren der Winde mit einem Versprechen gelockt: Derjenige, dem es gelang, ihr kaltes Herz zu bewegen, sollte an ihrer Seite über das Land des ewigen Eises herrschen.

Seither kehrten die Windbrüder jedes Jahr zur Wintersonnenwende wieder und buhlten um ihre Gunst, doch keinem von ihnen war es bisher gelungen, sich ihrer würdig zu erweisen.

Endlich kündigte ein Brausen außerhalb des Palastes die Ankunft der Besucher an. In einer wilden Hatz wirbelten sie um die Eisfeste, fegten durch die Säle, pfiffen durch die Korridore und stürmten den Thronsaal. Die Schneekönigin öffnete ihre eisblauen Augen und musterte alle vier der Reihe nach.

„Was fällt Euch ein, mich eine halbe Ewigkeit warten zu lassen, Ihr windigen Gesellen?“, donnerte sie und ihre frostklare Stimme hallte von den Mauern aus erstarrter Luft wider. „Sprecht! Welche Kunde bringt Ihr von jenseits der Grenzen meines Reiches? Und wehe Euch, solltet Ihr auch diesmal nichtiges Geschwätz zum Besten geben! Ihr kennt die Bedingung: Nur derjenige, dessen Erzählung mein Herz berührt, kann vor mir bestehen.“

Boreas, der Nordwind, trat vor und verbeugte sich so tief, dass sein weißes Haar das Bodenmosaik streifte. „Mein frostiger Atem strich über Steppen und Felder, schlug sich als Raureif nieder und ließ alles Leben gefrieren“, prahlte er. „Mit eisigen Fingern zerrte ich an den Kleidern der Menschen, kniff sie in Wangen, Nasen und Ohren.“

Gelangweilt winkte sie ab.

Eurus, der Ostwind, und Notus, der Südwind, konnten sich nicht einigen, wer von beiden als nächster der Königin seine Aufwartung machen durfte. Sie wetteiferten miteinander, versuchten sich gegenseitig zu übertrumpfen.

Wild durcheinander plappernd erzählten sie von entwurzelten Bäumen, abgedeckten Hausdächern und vernichteten Ernten.

Mit einer gebieterischen Geste bedeutete sie ihnen, zu schweigen. „Seit Anbeginn der Zeit rühmt Ihr Euch stets der gleichen Taten, vorgetragen in diesen oder ähnlichen Worten“, zürnte sie. „Von Eurem Bruder Zephir, dem Westwind, erwarte ich kaum mehr Abwechslung. Nie weiß er etwas wirklich Ergreifendes zu berichten.“

Sie bedachte ihn mit einem verächtlichen Blick. Die kindische Freude, die dieser jämmerliche Luftikus empfand, wenn er über Blumenwiesen strich, an Blütenkelchen rüttelte, dem Tanz der Schwalben zuschaute, im Blattwerk der Baumkronen raschelte oder Schmetterlinge auf seinen Schwingen gaukeln ließ, entzog sich ihrer Vorstellungskraft.

„Diesmal werde ich Euch nicht enttäuschen, Hoheit“, versprach der Westwind.

Einzig ihr Stolz gebot es ihr, ihm ihr Ohr zu leihen. So beugte sie sich vor, stellte einen Ellenbogen auf die Armlehne ihres Throns und stützte ihr Kinn in die Handfläche.

„Mein Weg führte mich durch die nächtlichen Gassen einer Stadt“, begann er. „Hinter hell erleuchteten Fensterscheiben sah ich geschmückte Tannen und Fichten. Im Schein brennender Kerzen blinkten und blitzten an ihren Zweigen glänzende Kugeln. Dazwischen baumelten Lebkuchensterne und bunte Holzfigürchen. In einer der Stuben entlockte ein Knabe einem goldenen Musikinstrument eine liebliche Melodie. Betört von den hellen Tönen, zwängte ich mich durch einen Spalt unter der Türe, sog die Klänge in mich auf und trug sie hierher, Majestät, Euch zu gefallen.“ Er wirbelte eine Wolke aus Eiskristallen zusammen und formte daraus ein gebogenes, sich nach oben hin verjüngendes Rohr. Um die Illusion abzurunden, nahm er selbst die Gestalt des Jünglings an, legte seine Finger auf die Knöpfe des Instrumentes, führte das Mundstück an die Lippen und blies hinein.

Voll und rein vibrierten die Töne des Liedes durch die kathedralenartigen Hallen des Eispalastes, brachen sich an den Kristallwänden und verwoben sich zu einem einzigartigen Klangteppich aus Schall und Rhythmus.

Die Schneekönigin saß da und lauschte. Etwas in ihr regte sich, bebte im Gleichklang der vollkommenen Tonfolge. Die Melodie erfüllte sie mit einem nie gekannten Gefühl tiefen Glücks. Sie spürte, wie ihr Inneres schmolz, wie es in ihr schwappte und brodelte. Eine Tränenperle löste sich aus ihrem Augenwinkel, rann heiß über ihre bleiche Wange, hinterließ eine Spur auf ihrer zur Maske erstarrten Miene und zerstörte ihre makellose Schönheit. Am Kinn verharrte der Tropfen zitternd und gefror zu einem kleinen Eiszapfen. Eine zweite Träne folgte der ersten, vertiefte die Furche in ihrem unbewegten Gesicht. Das Eis, das ihren Körper formte, knirschte, bekam Risse, doch so sehr sie sich dagegen wehrte, sie schaffte es nicht, sich dem Zauberbann der Musik zu entziehen.

Mit einem Mal zerbarst ihre eisige Hülle in tausend Splitter. In einem Schwall sprudelte ihr nunmehr flüssiger Kern hervor und versickerte innerhalb weniger Augenblicke zwischen den Mosaiksteinchen im Boden.

Die Palastwände lösten sich auf, hingen als Dunstfetzen über der vereisten Ebene.

Fassungslos über das, was sich zugetragen hatte, wirbelten die vier Winde in die Lüfte empor und stoben in alle Himmelsrichtungen davon. Nur das Polarlicht tauchte die weißen Schwaden für eine kurze Weile noch in gespenstisch grünes, rotes und violettes Licht, dann entschwebte es in freundlichere Gefilde.

Sind Sie sicher?

Das Vorstellungsgespräch für die nicht näher beschriebene IT-Stelle hatte einen ungewohnten Verlauf genommen. Schwarz gekleidete Herren betrachteten kurz seine Zeugnisse, sein Diplom. Dann beantwortete er Fragen nach seinem Familienstand, seinen sozialen Kontakten, ob er Geschwister habe, ob seine Eltern noch lebten, wenn ja: wo, und ob er Haustiere habe.

In Gedanken schrieb er den ersehnten Job ab. Doch die Empfehlung eines Freundes, eines guten Freundes, hatte ihm diesen Job, den er so dringend brauchte, verschafft.

Aufgrund seines schlechten Notendurchschnitts hatte er sich nach dem Informatik-Studium mit kleinen Jobs über Wasser gehalten, von der Hand in den Mund gelebt. Nun hatte es endlich geklappt.

Pünktlich erschien er am ersten Arbeitstag im zehnten Stock des Bürogebäudes, das er vorher noch nie wahrgenommen hatte. In großen, roten Lettern war im Empfang der Firmenname nicht zu übersehen: LIVE APP. Sein neuer Arbeitsplatz. Während er einigen Kollegen kurz vorgestellt wurde, konnte er schnelle Blicke in Büros erhaschen, deren Tür nur spaltbreit geöffnet war. Dort sah er fast nur Männer, die einen überdimensionalen Kopfhörer und eine blickdichte Brille trugen. Trotzdem bewegten sich diese Personen sicher durch ihr Büro.

Nach einer kurzen Einweisung trug er jetzt auch einen solchen Kopfhörer und diese Brille. Man gönnte ihm eine sehr schmale Eingewöhnungszeit, doch er kam gut mit dem Equipment zurecht. Obwohl seine Brille blickdicht war, sah er das Smartphone, das man ihm reichte.

„Nun geht es für Sie los. Alles selbsterklärend. Viel Erfolg." Und die Stimme verschwand aus dem Büro.

Er war auf sich gestellt, schaute auf das Smartphone. Auf geheimnisvolle Art und Weise passte es sich seiner linken Hand vollends an, so als würde es zu ihm gehören. Er tippte auf den grünen Punkt, der aufblinkte.

„Herzlich Willkommen zu unserer neuen LIVE APP. Testphase 1."

Er war also als App-Tester eingestellt worden. Er tippte auf WEITER.

„Diese neue LIVE APP ist wie das Leben. Sie werden vor verschiedene Aufgaben gestellt, müssen Entscheidungen treffen, können jemanden zur Beratung zu Hilfe ziehen. Aber einmal getroffene Entscheidungen können nicht rückgängig gemacht werden."

Ist doch nur eine App, dachte er, aber sein Magen rebellierte.

„Möchten Sie weiter machen?"

Er tippte auf JA.

„Sind Sie sicher?" – Er fragte sich, was das sollte und tippte auf JA.

„Bitte nehmen Sie noch folgende Einstellungen, so genau wie möglich, vor!"

In dem Menü wählte er „verheiratet", „ein Kind", „einen Hund", Managerposten in der Chefetage für ihn (Jahresgehalt 300.000,00 EUR), Modelmaße für seine schwangere Frau, Villa im Vorort, eine Putzfrau, seine Geliebte, einen Firmenwagen (Sportwagen), zwei private Sportwagen, als Hobby: Autorennen. Einige Auswahlmöglichkeiten übersprang er ohne Eingaben und las auch nicht das Kleingedruckte. Ist ja nur eine App, dachte er. Dann tippte er auf JA.

„Sind Sie sicher?"

Schon wieder. Er bestätigte: JA.

Das Display leuchtete grell auf: „Ihre Frau hatte eine Fehlgeburt. Einstellung „Modelmaße" und „schwanger" sind in LIVE APP nicht kompatibel."

Dann ploppten in rasanter Folge Mitteilungen der APP auf:

„Heute ist Ihr Hochzeitstag. Was haben Sie als Geschenk vorgesehen?"

„Gehe gleich einkaufen und lade sie zum Essen ein", tippte er in das Antwortfeld.

„Ihr Chef hat für heute Abend einen Termin festgesetzt. Termin sofort bestätigen!"

Er tippte auf NEIN.

„Sind Sie sicher?"

Er bestätigte mit JA.

„Bitte bestätigen Sie, dass Sie Ihre Kündigung erhalten haben."

Er konnte nur auf das rote blinkende JA tippen.

„Sie haben einige Eingaben nicht vorgenommen, daher erhalten Sie nachfolgende Informationen:

Ihr Firmenwagen wurde soeben abgeholt. Bitte schicken Sie uns die Schlüssel!

Aufgrund der Kündigung erhalten Sie vertragsgemäß keinen Bonus und keine Provision.

Ihre Putzfrau teilt Ihnen mit, dass sie von Ihnen schwanger ist.

Ihre Frau weiß von Ihrer Geliebten und reicht die Scheidung ein. Sie zieht mit Kind und Hund zu ihren Eltern.

Sie sind Ihren finanziellen Verpflichtungen nicht nachgekommen. Bitte geben Sie die Sportwagen zurück und verlassen Sie bis zum Monatsende die Villa!

Die Startgebühr für das Autorennen wurde nicht eingezahlt. Daher sind Sie von einer Teilnahme ausgeschlossen."

Plötzlich raste sein Puls, Schweiß trat ihm auf die Stirn, der linke Arm schmerzte. Er hatte Beklemmungen in der Brust, er war doch erst dreißig!

Das war's wohl. Ihm wurde schwarz vor Augen.

Jemand nahm ihm den Kopfhörer und die Brille ab. Das Smartphone löste sich aus seiner Hand. Er hörte jemanden seinen Namen rufen. Langsam öffnete er die Augen.

Er lag auf dem Boden des Büros. Besorgte Augenpaare schauten ihn an.

„Da sind Sie ja wieder. Sie haben uns einen großen Schrecken eingejagt."

Er erholte sich langsam. Jetzt erkannte er ihn wieder. Er war auch bei dem Vorstellungsgespräch dabei gewesen.

„Nun, was halten Sie von unserer LIVE APP?"

„Interessant", erwiderte er matt.

„Sind Sie noch an einer Anstellung interessiert?"

Er nickte.

„Sind Sie sicher?"

Ein besonderer Tag in meinem Leben

(erzählt von Mathi Marwedel)

Wenn Oma kommt, schläft sie immer in Mareikes Bett, und Mareike schläft auf einer Klappmatratze auf dem Boden.

Oma ist Mamas Mama, und Mareike ist meine Schwester. Die ist fast vier und nur ein Mädchen. Die interessiert sich nur für Barbies und Fillys, das sind so eine Art Menschenpferde.

Ich interessiere mich für Fußball und Fische. Aber in unserer Straße wohnen keine anderen Jungs in meinem Alter, die mit mir Fußball spielen oder angeln gehen. Hier wohnen fast nur alte Leute mit Hunden, die immer an unseren Gartenzaun pinkeln. Also, die Hunde.

Mein bester Freund heißt Simon. Er geht in meine Klasse, in die 3d, aber ich kann nicht so oft mit ihm spielen, wie ich gerne möchte.

Erstens wohnt er ziemlich weit weg von uns und wir dürfen uns nicht alleine besuchen, weil unsere Mamas das zu gefährlich finden.

Zweitens interessiert Simon sich mehr für das Weltall. Darüber weiß er mehr als unsere Lehrerin. Die heißt Frau Hübner.

Simon muss zweimal die Woche zum Geigenunterricht. Dazwischen übt er immer oder er liest was über Sterne und so. Von Fischen versteht er gar nichts und er weiß auch nicht, was eine Abseitsfalle ist.

Er kommt wirklich von hinterm Mond.

Aber morgen kommt nicht Oma. Morgen kommt Großmama. Das ist Papas Mama, und wir dürfen nicht Oma zu ihr sagen, sondern Großmama.

Großmama war schon dreimal bei uns. Mama sagt fünfmal. Aber das stimmt nicht. Ich weiß ganz genau, dass sie Weihnachten, als ich vier war, zum ersten Mal bei uns war. Sie hat mir „Sagen des griechischen Altertums" geschenkt. Ohne Bilder.

Mama sagt, ich erinnere mich nur nicht, dass Großmama schon vorher mal da war. Haha. Dabei erinnert sie sich nicht richtig. Aber sie ist ja auch schon ziemlich alt.

Dann war Großmama noch mal zu Weihnachten da. Da hat sie mir „Hänsel und Gretel" auf CD geschenkt. Eine Oper. Mama und Papa hatten auch keine Lust, sie zu hören.

Und dann war Großmama noch mal da, als Papa vierzig wurde, also letztes Jahr. Da hat sie mir nichts geschenkt.

Großmama hat noch nie bei uns geschlafen. Immer im Hotel *Senator*. Ich hab erst einmal in einem Hotel geschlafen, in der Ritze zwischen Mama und Papa. Mareike war noch in Mamas Bauch. Beim Frühstück gab es noch nicht mal Nutella.

Morgen kommt Großmama wieder. Hab ich ja schon gesagt. Mareike hat gefragt, ob Papa wieder vierzig wird. Sie ist noch etwas dumm, weil sie noch klein ist, sagt Mama, und sie hat mich ausgemeckert, weil ich lachen musste.

Diesmal will Großmama bei uns schlafen und nicht im Hotel *Senator*. Nicht, weil es voll ist, sondern weil Großmama die familiäre Nähe braucht, hat Papa gesagt. Damit meint er uns.

„Und wo soll sie hier schlafen?", hab ich gefragt.

„Wir werden dein Zimmer für sie herrichten", hat Mama gesagt.

„Und ich?“, hab ich gefragt.
„Du schläfst in Mareikes Zimmer“, hat Papa gesagt.
„Und Mareike?“, hab ich gefragt.
„Die schläft auch da“, hat Mama gesagt.
„Wie lange?“, hab ich gefragt.
„Bis wir eine andere Lösung für Großmama gefunden haben“, haben Mama und Papa gesagt.

Ich hab Simon in der Schule gefragt, welche Lösung sie für ihre Großmama gefunden haben, denn bei denen wohnt keine alte Frau außer Simons Mutter. Simon sagt, er hat keine Großmama, nur eine Oma, die andere ist tot, und die wohnt in Wanne-Eickel, also die, die noch lebt. Die heißt Oma Ilse.

„Und was macht ihr, wenn eure Oma Ilse familiäre Nähe braucht?“, hab ich Simon gefragt.

Simon hat geguckt, als wenn ich ihm was über Abseitsfallen erzählt hätte.

„Oma Ilse hat genug Rente“, hat er dann, als er sich zu Ende gewundert hat, gesagt.

„Hat Großmama nicht genug Rente?“, hab ich Mama nach der Schule gefragt.

„Wie kommst du denn darauf?“, hat Mama gesagt.

„Weil sie familiäre Nähe braucht“, hab ich gesagt.

„Familiäre Nähe kann man nicht mit Geld kaufen“, hat Mama gesagt, und dass ich erst mal Schularbeiten machen soll.

„Ich glaub, ich hab nichts auf“, hab ich gesagt.

„So, glaubst du“, hat Mama gesagt. „Dann ruf jetzt Simon an, der weiß, ob ihr Schulaufgaben aufhabt!“

„Simon ist beim Geigenunterricht“, hat Simons Mutter gesagt, als ich sie angerufen habe. „Er hat seine Schularbeiten schon gemacht. Er ruft dich nachher an.“

Ich glaube, Simon ist ein Streber.

„Ok“, hat Mama gesagt, „dann bereiten wir jetzt dein Zimmer für Großmama vor.“

Sie räume schon mal bei Mareike Regalplatz frei, sagt sie, und ich soll schon mal zusammensuchen, was ich unbedingt brauche.

Ich hab die Kiste mit den Playmo-Steinen an die Tür geschoben, die Kiste mit der Eisenbahn auch, und das Piratenschiff. Die Ritterburg auch. Dann hab ich noch die Angelbücher rausgesucht und meine Fußballeralben. Die Fußballerposter und die von den Fischen auch, hab ich abgemacht. Die Wand ist ganz hell darunter. Mein Sparschwein hab ich in meiner Fußballtasche versteckt. Falls Großmama doch nicht genug Rente hat. Dann hab ich noch meine Klamotten aus dem Wäscheschrank genommen und mein Angelzeug, also, das hat in der Ecke gestanden.

„Bring schon mal was rüber!“, hat Mama aus der Küche gerufen.

Ich hab in Mareikes Zimmer erstmal Platz für meine Poster gemacht. Mareike hat nur Lillyfee-Poster und welche von Pippi Langstrumpf. Die sind richtig peinlich.

Dann hab ich Mareikes Kommode in die Mitte geschoben, damit jeder eine Hälfte vom Zimmer hat.

„Was ist da für Krach?“, hat Mama geschrieen.

Ich hab meine Poster aufgehängt und die Kisten zu Mareike rüber geschoben. Und die anderen Sachen hab ich auch geholt.

Mein Zimmer ist jetzt fast leer gewesen und Mareikes ganz voll.

Als Mareike aus der KiTa gekommen ist und in ihr Zimmer gegangen ist, hat sie gleich losgeheult. Mädchen heulen ziemlich leicht.

Ich nur, wenn ich mir weh getan habe.

Mama hat gesagt, dass ich sie wohl nicht mehr alle habe. Ich soll nur die ganz wichtigen Sachen aus meinem Zimmer nehmen, zum Beispiel die Schulsachen. Die sind wichtiger als meine Playmos und der andere Kram?

Mama hat manchmal wirklich keine Ahnung!

Ich soll alle Kisten wieder zurück bringen und das Piratenschiff und die Ritterburg auch.

Da hab ich geweint, aber nur ganz leise.

„Großmama schläft doch nur in deinem Zimmer. Sie legt es doch nicht völlig in Beschlag“, hat Mama gesagt.

„Ich will aber nicht da spielen, wenn Großmamas Sachen da alle rum liegen“, hab ich gesagt.

Wenn Oma da ist, stehen ihre Puschen immer in Mareikes Zimmer, und ihr Koffer und ihr rosa Bademantel ist auch da. Und es riecht komisch. Kölnisch Wasser ist das, hat Mama gesagt.

„Stell dich nicht so an“, hat Mama gesagt, und dabei hat sie mein Bett, also jetzt Großmamas Bett, gemacht, aber wenigstens nicht mit meiner Bettwäsche, sondern mit Blümchen, also auf den Bezügen.

„Wie sehen denn deine Wände aus?“, hat Mama gesagt, als sie die hellen Flecken entdeckt hat. „Das geht gar nicht. Hol deine Poster wieder hierher, das sieht besser aus als ohne!“ – und ich hab sie alle wieder abgemacht bei Mareike, und Mareike hat ihre wieder rangemacht, aber ziemlich schief, und ich hab sie in meinem Zimmer auch wieder rangemacht, also meine Poster.

Und ich hab wieder geweint, aber nur, weil Mama so gemein gewesen ist.

Als Simon angerufen hat, hat er gleich gemerkt, dass ich geweint habe. Bestimmt, weil er auch immer gleich heult. Also, ich heul nicht immer gleich, nur manchmal.

Ich hab Simon alles erzählt. Er muss auch immer bei seinem großen Bruder schlafen, wenn Oma Ilse kommt, hat er gesagt, und die kommt noch öfter als Großmama. Aber da räumt Simon gar nichts aus seinem Zimmer, nur sein Bettzeug.

„Und – was hast du auf?“, hat Mama gefragt.

Mist, ich habe vergessen zu fragen!

„Nichts, hat Simon gesagt. Weil wir so lieb waren heute, als wir Musik hatten“, hab ich gesagt. Und ich hab nur ein bisschen gelogen. *Nichts* stimmt nicht, aber das mit Musik stimmt, wir haben diesmal keinen Scheiß gemacht.

„Aha“, hat Mama gesagt, „dann kannst du ja dein Zimmer mal durchsaugen.“

Dann hat Mareike geschrieen, dass sie die Kommode nicht alleine zurück schieben kann.

Ich soll ihr helfen, hat Mama gesagt.

„Blöde Ziege“, hab ich zu Mareike gesagt, aber nur ganz leise.

Und sie hat mich gleich bei Mama verpetzt.

„Das fehlt mir gerade noch, dass ihr euch jetzt streitet“, hat Mama gesagt, und ihr Gesicht war ganz rot. Und sie hat auch geweint, glaub ich.

Es hat ewig gedauert, bis wir das ganze Zeug bei Mareike wieder raus und bei mir, also jetzt bei Großmama, wieder rein geräumt haben.

Als Papa nach Hause gekommen ist, haben wir alle drei im Wohnzimmer vor der Glotze gesessen und auf Kika was mit Tieren geguckt. Mit Tieren und Natur dürfen wir.

Mama ist eingeschlafen.

„Kinder“, hat Papa gesagt. „Kommando zurück. Der Umzug ist abgeblasen. Großmama zieht zu meinem Bruder.“

Da ist Mama aufgewacht und hat sich ganz gerade hingesetzt.

„Nicht dein Ernst, Sven, oder?“, hat sie Papa gefragt.

„Freu dich doch, Sonja!“, hat Papa gesagt.

Und ich hab gefragt, ob es bei Papas Bruder mehr familiäre Nähe gibt. Der wohnt doch ganz alleine in seinem großen Haus. Nur mit einem Hund.

„Bestimmt“, hat Papa gesagt und dabei irgendwie so komisch gelacht.

„Etwas weniger familiäre Nähe könnte ich manchmal ganz gut haben“, hat Mama gesagt und dabei geschnieft.

Simone oder die Unmöglichkeit des Glücks

Ich frage mich, was gewesen wäre, wenn ich es nie erfahren hätte. Wenn ich an diesem Dienstagnachmittag im April nicht einem spontanen Impuls nachgegeben hätte.

Es war einer der ersten schönen, wirklich warmen Tage in diesem Jahr, ein Tag an dem man den Frühling riechen konnte. Die Natur explodierte in einem Blütenfarbrausch. Ich schlenderte nach der Arbeit noch ein wenig durch die Fußgängerzone, ohne ein bestimmtes Ziel zu haben.

Ein Café hatte draußen Stühle aufgestellt und der Duft von Kaffee wehte mich verführerisch an. Ein kleiner Muntermacher wäre jetzt das Richtige, doch alle Tische waren besetzt.

Ist wohl besser so, dachte ich bedauernd – denn ich war dran mit Einkaufen, als hinten in der Ecke, versteckt durch einen riesigen Bambus, ein Tisch frei wurde. Ohne zu überlegen steuerte ich darauf zu und ließ mich dankbar auf einen der Bistrostühle fallen. Kurze Zeit später stand eine kleine, dickwandige Tasse mit der schwarzen Flüssigkeit vor mir. Gerade setzte ich sie an meine Lippen, als ich Simone auf das Café zusteuern sah. Was machte Simone hier in der Stadt, ich wähnte sie in der U-Bahn auf dem Weg nach Hause. Doch sie war hier, trat an einen der Tische ganz vorne und der Mann, der dort saß, erhob sich nicht. Bei mir hätte sie das niemals durchgehen lassen. Er war einer dieser Typen, die selbst bei warmem Wetter eine Wollmütze trugen. Simone beugte sich zu ihm hinunter, Bussi links, Bussi rechts.

Erst viel später sollte mir klar werden, dass dieser kleine Augenblick, vom Eintreffen Simones im Café bis zur Begrüßung, das Ende meiner Ehe bedeutete.

Ich nahm einen Schluck, schmeckte nichts und setzte die Tasse hart auf die Untertasse. Simone nahm mit dem Rücken zu mir Platz, und sie und der Mann begannen sofort eine angeregte Unterhaltung. Simone, die seit vierundzwanzig Jahren meine Frau war, Simone, die weder besonders hübsch noch besonders hässlich war. Aber sie hatte das gewisse Etwas, das alle, die sie trafen, für sie einnahm.

Ich begehrte sie vom ersten Moment an, wollte immer nur sie, doch ich bekam sie nie ganz. Wir lernten uns auf dem Campus der Universität kennen und ich verliebte mich sofort in sie. Aber ich war nicht der Einzige und deshalb erstaunte es mich umso mehr, dass sie mich erwählte. Noch mehr wunderte mich, dass sie noch Jungfrau war. Ich war tatsächlich ihr erster Liebhaber und wenn ich sie fragte warum, lachte sie nur.

Jetzt sah ich, wie sie ihren Kopf in den Nacken warf und hörte ihr Lachen.

Ich begann mit Daumen und Zeigefinger meiner linken Hand meinen Ehering zu drehen.

Wir hatten Spaß am Sex, sie hatte Spaß, zumindest glaubte ich das. Ich machte meinen Diplomingenieur Maschinenbau, Simone wurde schwanger.

Ihre Abschlussprüfung war kurz vor dem errechneten Geburtstermin, für sie war das kein Hinderungsgrund.

„Ich werde beides zusammen schaffen, ich fühle mich stark“, sagte sie.

Während der Prüfung platzte die Fruchtblase. Sie gebar unser Kind und bestand gleichzeitig die Diplomprüfung zur Architektin mit Auszeichnung. Die Professoren waren begeistert.

So war Simone, alles flog ihr zu.

Und sie bekam alles, was sie wollte.

„Ich will dich", sagte sie zu mir, das machte mich glücklich. Aber alles andere wollte sie auch.

Jetzt steckten sie vorne die Köpfe zusammen. Der Typ zeigte ihr etwas auf dem Smartphone. Der war doch bestimmt zehn Jahre jünger als sie.

Ich überlegte, wie das möglich war. Simone hatte eine Affäre.

Als unsere Tochter vor einem Jahr auszog, wollte ich mir einen Traum erfüllen. Ich wollte ein *Sabbatical* nehmen und reisen. Doch Simone sagte:„Ich will jetzt karrieremäßgig voll durchstarten," und ich verschob meine Pläne auf unbestimmte Zeit.

Nach einem halben Jahr hatte sie schon ihren ersten Architektur-Wettbewerb gewonnen. Ihr Entwurf für das neue Bildungszentrum in der Nachbarstadt war kühn und doch mit den begrenzten vorhandenen Mitteln umsetzbar. Ich war stolz auf sie, ja, aber da war noch ein anderes Gefühl. Es war gelb und es nagte an mir, auch wenn ich es damals nicht zugegeben hätte.

Sie war jetzt ständig unterwegs und lernte neue Leute kennen. Bestimmt war der Wollmützenträger einer von denen.

Ob der wohl beim Sex die Mütze aufbehielt, überlegte ich. Blöder Gedanke.

Ich grübelte darüber, wie das war, mit dem Schmerz. Ob er im Laufe des Lebens kumulierte, so dass man es irgendwann nicht mehr aushielt.

Ich versuchte den Ring vom Finger zu ziehen. Natürlich passte er nicht über das mittlere Fingergelenk. Er war seit vierundzwanzig Jahren an Ort und Stelle und mit mir verwachsen.

Ich ging auf die Toilette, mit Seife flutschte der Ehering von meinem Finger und geradezu in den Abfluss. Mit meinem Handy leuchtete ich in die Schwärze, sah ihn golden schimmern, da unten.

Baby, das war's dann wohl, verabschiedete ich ihn. Ich machte keine Anstalten, ihn aus dem Siphon zu fischen.

Als ich nach draußen kam, sah ich, dass sie weg waren.

Ich fuhr nach Hause. Wenn sie da ist, ist alles gut, redete ich mir ein.

Zwei Stunden nach meinem Eintreffen in unserer Wohnung hörte ich ihren Schlüssel. Sie murmelte etwas von einem Geschäftstermin und verschwand sogleich im Bad.

„Ich hole Pizza", rief ich.

Ich setzte mich ins Auto, ließ den Italiener links liegen, nahm die Landstraße. Es war dunkel, wenige Autos unterwegs. Ich fuhr und fuhr, dachte an nichts, begehrte nichts, hatte kein Ziel, keinen Plan.

Ich schlief und fuhr im Wechsel, nahm Fähren und irgendwann hatte ich das Gefühl, angekommen zu sein. Mein innerer Kompass hatte mich nach Süden geführt. Ich mietete ein Haus am Strand.

Eines Tages kaufte ich eine Postkarte für Simone.

„Ich nehme ein *Sabbatical* und bin mindestens ein Jahr weg", schrieb ich. Auf dem Weg zum Briefkasten zerriss ich die Karte.

Ich setzte mich in ein Café und bestellte einen Espresso.

Blau-Pause

„Blau, blau, blau sind alle meine ..."

Ich summe das Kinderlied vor mich hin und muss schmunzeln.

Die Ideen für meine Arbeit schöpfe ich stets aus meinen Assoziationen. Dabei kauere ich mich am liebsten an den Rand meines Teppichs. Den habe ich gekauft, weil das Muster in der Mitte – ein Mandala – so schön meditativ wirkt. Sehr beruhigend. Dieser Effekt verstärkt sich in der Dämmerphase der blauen Stunde. Je nach Lichteinfall leuchtet es wie ein Saphir oder ein Aquamarin. Es gibt nichts Zuverlässigeres, was mir helfen könnte, mich wegzuträumen.

„Blau, blau, blau." Das Lied erinnert mich an dieses geile, blaue Zeug, das ich gestern getrunken habe. *Küraßo*, oder so ähnlich. Sein würziger Geruch geht mir nicht aus der Nase.

Südsee! Einmal nur eintauchen in ihr himmlisches Blau!

Ich höre ein leises Plätschern, drehe mich um in die Richtung, aus der das sanfte Geräusch kommt. Das erste, was ich denken kann, ist: so eine verfluchte Schweinerei! Ausgerechnet dieses wertvolle Stück.

Dass sich eine tiefblaue Substanz ins Wohnzimmer ergießt, beunruhigt mich zunächst nicht, auch nicht, dass ich nicht erkennen kann, woher sie kommt. Wohl aber, dass mein Teppich ihre Zielscheibe ist.

Die Seide aus Fernost verträgt den Schwall, mit der sie bedacht wird, nicht. Dem Teppich entweicht ein seltsamer, betörender Duft, den ich nicht kenne. Blassblaue zarte Dämpfe steigen nach oben. Ringeln sich wie Zigarettenrauch.

Der Teppich ist hin. Ich starre gebannt und gelähmt auf das Geschehen. Was, um Himmels willen, geht hier vor? Ich denke zuerst an den Curacao. Bin beruhigt, als ich sehe, dass sich der Pegel in der Flasche nicht verändert hat. Der kann es also nicht sein. Außerdem ätzt der kein Loch in den Teppich. Darunter kann ich jetzt den Laminatfußboden sehen. Er wirkt wie edles Holz. Was folgt, beginnt mich zu beängstigen. Auch das Laminat kann dem blauen Zeug nicht standhalten. Erst schlägt es kleine Wellen, dann Blasen. Spinne ich? Nein, ich sehe alles klar vor mir. Bläschen, wie im Teilungsstadium einer befruchteten Eizelle – in Zeitraffer. Der Belag verläuft klebrig ineinander. Darunter kommt langsam der Estrich zum Vorschein.

Meine Hände fangen an zu zittern, doch meine Neugierde siegt. Ich wende den Blick nicht ab. Jedenfalls so lange nicht, bis die Spiralen der Fußbodenheizung zunächst bloß liegen, sich dann zischend aufzulösen beginnen.

Eine Woge von Schauder steigt in mir auf – vom Bauch aus Richtung rechter Hirnhälfte. Die Angst lässt sich nicht länger verleugnen.

Wasser schießt gluckernd aus den Spiralen. Mischt sich mit dem Blau, verstärkt seine Wirkung. Für einen Moment stehe ich im Meer. Wie angenietet. Kämpfe mit Panikattacken. Versuche, durch tiefes Atmen meinen Pulsschlag auf ein erträgliches Maß zurückzuführen. Bin gleichzeitig voller Erwartung angesichts dessen, was da geschieht. Die blaue Brühe dampft, gurgelt, zischt, faucht, vermehrt sich zusehends.

Ich werde gehoben, treibe auf der Oberfläche der flüssigen Substanz. Kann die Zimmerdecke berühren. Durch die glasklare Bläue bleibt der Betonboden am Grund sichtbar.

Es schwabbelt und brodelt da unten, reißt schließlich ein Riesenloch auf und lehrt mich das Grauen! Sehe mein Konterfei, wie es sich beim Sinken in der Scheibe meines Wohnzimmerfensters spiegelt. Das soll ich sein? Bleich um die Nasenspitze, weit aufgerissen die Augen. Die schwarzen Pupillen füllen die gesamte Iris aus. Inmitten eines Stroms aus Kobalt reißt der Sog mich mit durch die Öffnung. Treibe richtungslos mit ihm davon. Panik! Horror!

Dann nichts Feuchtes mehr, nur noch Luft.

Jetzt beginne ich zu fallen. Falle langsam, Beine und Arme weit ausgestreckt. Jede Faser meines Körpers entspannt sich. Ich schwebe in Super-Slow-Motion wie ein Fallschirmspringer ohne Fallschirm.

Mich umfängt eine unendliche Weite. Blau. Ein himmlisches Blau. Ich frohlocke, könnte jubilieren und jauchzen wie ein Engel. Falle nach oben! Nein, ich steige! Absolute Stille bettet mich ein. Unter mir der blaue Planet. Ein Traum! Ich sehe alles kleiner werden, die Lavendelfelder, die türkisfarbenen Meere und die Gebirge – Lapislazuli und Saphir, bis alles unter einem milchigen, opaligen Schleier verschwindet.

Ich genieße. Ich schwebe und gleite sanft. Tauche ein in himmlisches Blau.

Das also ist sie? Die Unendlichkeit?

„Nie, nie, nie ...“, summe ich voller Seligkeit. „Nie soll sie vergehen!“

Die Südsee vergesse ich.

Gefährliche Welt

Mit *DangerousRoar*, dem Ego-Shooter-Spiel, hat alles angefangen. Meine Eltern haben es mir zum 16. Geburtstag geschenkt. Sie hatten keine Ahnung, was sie mir da an die Hand gegeben haben. Vielleicht interessierte es sie auch nicht. Sie sind beide Ärzte und selten zu Hause.

Mein Name ist Hektor. Weiß der Himmel, warum sie mir einen solchen Kampfnamen gegeben haben. In der Schule bin ich deswegen schon gehänselt worden. „*Nomen est omen*", rufen sie mir nach. Das ist lustig, weil ich eher klein und rundlich bin. Aber die Schule ist ja nicht mehr meine Welt.

Ich mache den Computer an und werde von einem Werbespot begrüßt: „Hey, nutz die Demo-Version unseres neuen Online-Rollenspiels *Death City: Die Killermaschine* kostenlos für einen Monat. Bitte hier klicken."

Rauchwolken und wummernde Bass-Klänge empfangen mich. „Du musst dich entscheiden", tönt eine weibliche Stimme. „Möchtest du zu den Trollen oder zu den Bluträchern gehören? Entscheide dich jetzt!"

Nach einem Klick auf das Fragezeichen am oberen Rand erfahre ich, dass die Trolle menschenähnlich sind und für das Gute kämpfen, während die Bluträcher die Schrecklichen, Grausamen sind.

Ich werde ein Grausamer sein, das ist klar. Langeweile gibt es genug in meinem Offline-Leben. Und das Niedermähen und Beineabschlagen habe ich bei *DangerousRoar* gelernt. Und das ödet mich inzwischen an. Ich brauche mehr.

Hier werde ich es mit Menschen als Hauptgegner zu tun haben. Das passt mir gut.

Mein Rollenname wird *Achilles* sein. Witzig, oder?

Das Klopfen an der Tür stört mich in meinen Aktivitäten. Aber Olli und Tom, die jetzt herein stürmen, sind meine Kumpel seit Kindertagen. Olli hat schon eine Freundin. Ich hätte auch gern eine. Beide schmeißen sich auf meine Couch, verfolgen, was sich auf dem Bildschirm tut.

„Du willst ein Blutrünstiger sein?", sagt Olli. „Du hast dich verändert, weißt du das?"

„*Like it*", ruft Tom. „Lieb sein kann jeder. Lasst uns das Blut der Trolle schlürfen!"

„Mark", ruft eine Stimme aus der anderen Welt. „Du musst noch mit dem Hund raus. Beeil dich, bitte. Und nimm den Müll mit!"

„Das war's dann wohl, Alter", sagt Olli. „Bis morgen in der Schule."

Major, unser Labrador, ist neben Olli und Tom mein einziger Freund. Alle anderen sind irgendwie, seit ich fast nur noch auf dem Ego-Shooter-Trip bin, auf der Strecke geblieben.

Am Abend tauchte ich wieder ein in meine reale Welt.

„Folge mir auf unsere Wolke", sagt die weibliche Stimme. „Du sollst ein Schwert bekommen. Es wird dich schützen und du kannst damit kämpfen."

Schon erklingt ein dumpfes Brüllen und ein drachenähnliches Ungeheuer baut sich vor mir auf. Mit meinem Schwert kann ich es fernhalten, hätte aber Lust, das Wesen niederzumähen.

„Die linke Maustaste drücken, und du bist wieder in *Death City*", höre ich.

In *Death City* warten zwei Mitspieler auf mich. „Du bist Achilles", sagt der eine. „Ich bin Thalamar und das ist Harkolos. Du bist neu hier, richtig?"

„Das stimmt", sage ich. „Ich möchte kämpfen. Sagt ihr mir, wie?"

„Komm mit!“, ruft Thalamar. „Zur Dracheninsel. Wir sind ab jetzt deine Freunde.“

So schnell geht das, denke ich. Dann werde ich fortgesaugt und finde mich auf einer mit Gräsern und Büschen bewachsenen Insel wieder.

„Und weg mit dir!“, brülle ich dem ersten Ungeheuer das ich sehe, entgegen und schlage ihm mit meinem Schwert den Schwanz ab.

„Du hast neununddreißig Killerpunkte gewonnen. Und das beim ersten Kampf“, schreit Harkalos. „Das ist super!“

„Hier“, ruft Thalamar und deutet auf eine Maschinenpistole im Gras. „Sie gehört dir. Damit kannst du gleich mehrere erledigen.“

Das ist ja wirklich um Klassen besser als mein alter *DangerousRoar*, denke ich.

„Ab zurück“, ruft Harkolos. „Für heute ist es genug. Morgen machen wir einen Morn. Das wird großartig“.

„Was ist ein Morn?“ will ich wissen.

„Bei einem Morn verabreden wir uns mit anderen Online-Spielern zu einem Kampf. Die Gegner haben wir schon aufgefordert, sich uns zu stellen. Es sind Trolle und wir werden ihnen ordentlich aufs Maul hauen.“

„Keine Gnade“, ergänzt Thalamar. „Und sei um neun Uhr online. Entschuldigungen werden nicht akzeptiert. Wir erwarten dich.“

„Aber die Schule –“, will ich einwerfen, doch die beiden haben sich abgemeldet.

In dieser Nacht schlafe ich schlecht. Immer wieder träume ich von blutenden Drachen, sehe mich mit meinem Schwert und der Kettensäge. Thalamar und Harkalos, meine Freunde, Olli und Tom.

Am nächsten Morgen weckt mich mein Vater um acht. Um die Zeit ist er sonst schon in der Klinik. Was ist los?

„Hast du nicht gemerkt, dass mit Major was nicht stimmt? Du musst doch auf ihn achten.“

Vater ist nervös und angespannt. „Er atmet schwer und hat alle Viere von sich gestreckt. Wir müssen zum Tierarzt. Kommst du?“

„Ich kann heute nicht“, rufe ich. Aber Vater ist schon auf der Treppe. Er kann mich nicht mehr hören.

Was gehen mich eure Probleme an, denke ich. Ich merke, wie ich wütend werde. Sollen sie doch in ihrer Welt bleiben und ich in meiner.

„ Aber Major ist dein Freund“, meldet sich eine Stimme in meinem Kopf. „Du hast die Verantwortung für ihn.“

Ich springe in meine Klamotten. Major würde mich verstehen. Es gibt jetzt wichtige Dinge zu erledigen. Und ich kann mich später um ihn kümmern. Gestern war er doch noch ganz wohlauf. Vielleicht ein wenig schwerfälliger als sonst?

Ich gehe online und sehe auf die Uhr. Verdammt, zehn nach neun. Mein Morn!

Als ich mich angemeldet habe, sehe ich Thalamar und Harkalos auf der Schlachtenwiese. Sie beachten mich nicht. Wieso?

„Du kommst zu spät“, murrt Harkalos. „Deine Punkte sind weg. Du wirst auf null gestellt“.

Tränen steigen mir in die Augen. Das ist nicht fair.

An diesem Morgen knalle ich alles ab, was mir in die Quere kommt. Ich metzele und schlachte ohne Erbarmen. Ja, ich fühle mich großartig. Hier bin ich der Killer. Keiner hält mich auf. Zwei Stunden brauche ich, um mich wieder auf neununddreißig Punkte zurückzukämpfen.

Mittags kommt Vater ohne Major aus der Tierarztpraxis zurück.

„Vielen Dank dafür“, sagt er nur. Sie haben Major einschläfern müssen. In meine Trauer über seinen Tod drängt sich schon bald die Sehnsucht, zurückzukehren in meine Welt, in der ich der Held bin. In der ich jeden *Fight* gewinne. Dort gehöre ich hin.

Il Paradiso

„Ist es nicht schön, im Paradies zu leben?“

Das fragen sie mich immer wieder, wenn ich die Zimmer in ihrer Anwesenheit richte, erst, ob ich aus der Gegend stamme, und wenn ich nicke, dann kommt gleich danach: „Oh, ist es nicht schön, das ganze Jahr im Paradies zu leben?“

Ich nicke dann nochmal und lächle, denn mein Deutsch reicht nicht aus, ihnen zu erklären, dass nur die Hotelanlage *Il Paradiso* heißt, dass wir im Ort nicht im, sondern höchstens vom Paradies leben, und das fast ausschließlich. Andere Arbeit gibt es kaum, selbst mein Bruder, einer der wenigen unabhängigen Fischer mit eigenem Boot, verdient an manchen Tagen mehr am Trinkgeld, das er als unfreiwilliges Fotomotiv im Hafen einsteckt, als am Fang, den er einfährt.

Die Prospekte täuschen da nicht wenig, sie zeigen geschickt nur die noch bewohnten und deswegen etwas weniger verfallenen Häuschen, die frischgeweißelte Kirche, die alten Kähne im Hafen, für die schon keine Versicherung mehr zu bekommen ist, und nennen das pittoresk. Es stimmt, der Himmel wölbt sich über der Bucht tatsächlich im unwirklichsten, unvorstellbaren Blau, spiegelt sich im Meer, das wie mit Diamanten übersät scheint, der weiße Sand gleißt wirklich in der Sonne, die Oleanderblüten duften und die Zikaden lärmen. Aber davon wird keiner satt. Also lächeln wir und nicken, machen die Betten, putzen die Badezimmer, reinigen den Pool, richten das Frühstücksbuffett, servieren das Essen, schneiden die Oleanderhecken, mixen die Cocktails und nicken und lächeln.

Jeden Morgen um neun kommt das Tragflügelboot, angekündigt durch ein langgezogenes Hupen, und speit die Scharen an Besuchern aus – viele Tagesgäste, dazu jeweils eine neue Gruppe blasser Mitteleuropäer, hauptsächlich Deutsche, aber auch Engländer, Niederländer und Belgier, mit viel Gepäck und dem festen Entschluss, eine oder zwei unbeschwerte Wochen im Paradies zu genießen. Die Männer tragen Shorts und Sandalen, die Frauen haben sich die Sonnenbrillen in die Haare gesteckt und frösteln im Morgenwind in ärmellosen Tops oder Trägerkleidchen. Giulio sammelt sie in seinem Kleinbus auf und fährt sie zum Resort. Im gleichen Kleinbus, in dem er auch die sonnenverbrannten Heimkehrer zur Fähre gebracht hat, und an dessen Seite in hellgelber Schrift auf blauem Hintergrund *Il Paradiso* prankt.

Das sind die Gäste, die wir erwarten und die wir brauchen. Die anderen kommen im Morgengrauen. Sie kommen leise und heimlich, die Wellen tragen sie lautlos heran; wenn es eine ruhige Nacht war, einzeln, nach stürmischen Nächten auch schon mal zu mehreren. Filippo, der Hotelmanager, hat Schichten eingeteilt, damit immer jemand, bevor es hell wird und bevor die Touristen erwachen, den Strand absucht und rechtzeitig die *Carabinieri* alarmiert, sobald er ein solches Stück Treibgut, das einmal ein Mensch war, im weißen Sand ausmacht. Dann fährt der Kleintransporter vor – funkelnagelneu, ein Geschenk der Provinzregierung, weil Filippo den Hotelbus dafür nicht mehr hergeben wollte – und sammelt es auf.

Manchmal verirren sich Gäste, die die Routine von Essen und Sonnenbaden zu durchbrechen suchen oder ihrem Aufenthalt einen kulturellen Anstrich geben möchten, auf den neuen Friedhof des Ortes, direkt hinter der architektonisch eher unbedeutenden Dorfkirche. Und dann fragen sie am Abend an der Bar, in der *Happy Hour*, während sie die Cocktails zum halben Preis schlürfen, den Bartender nach den vielen frischen Gräbern und den Kreuzen ohne Beschriftung. Der zuckt die Achseln, lächelt und nickt zu den lautstark geäußerten Mutmaßungen, die er ohnehin nur zur Hälfte versteht, und mischt neue Cocktails, die ihre Wirkung tun, denn am nächsten Morgen haben die Gäste ihre Frage vergessen.

Ich erinnere mich an einen herbstlichen Morgen in der Nebensaison – es hatte in der Nacht davor heftig gestürmt – da hat die Kapazität des provinzeigenen Lieferwagens nicht ausgereicht und Filippo musste schweren Herzens das Bootshaus zur Zwischenlagerung der Strandfunde zur Verfügung stellen. Die Tür wurde mit einem schweren Vorhängeschloss gesichert und ein Schild informierte in mehreren Sprachen, dass die Nutzung der Boote leider vorübergehend nicht möglich sei. Einige Gäste waren außer sich. Insbesondere ein älterer Herr mit Halbglatze, den ich davor noch nie in einem Boot auf dem Wasser gesehen hatte, echauffierte sich über die in seinen Augen völlig willkürliche Einschränkung seines Urlaubsvergnügens so sehr, dass die Reiseleitung einbestellt wurde. Der Reiseleiter redete eine Weile hektisch auf Filippo ein, bis dieser resignierte und ihm das Bootshaus zeigte. Als sie zurückkamen, war der Reiseleiter sehr blass. Er stammelte etwas von einer defekten Leitung und Sicherheitsbedenken, lobte die Umsicht der Hotelleitung und die Großzügigkeit Filippos, der für diesen Abend als Entschädigung die *Happy Hour* um eine weitere Stunde verlängern wolle. Filippo sah nicht glücklich aus. Es war immer noch sehr warm, und das Eis, das nun für die Cocktails verwendet werden musste, hätte auch im Bootshaus gute Dienste geleistet.

Vergangene Woche ist es dann meine Aufgabe gewesen, den Strand abzusuchen. Es dämmerte und im Osten tauchte zwischen Meer und Himmel bereits ein zartrosa Streifen auf, als ich das Bündel am Ufer entdeckte. Es war viel kleiner als sonst, für einen Augenblick hoffte ich, es wäre diesmal nur ein Haufen Seetang, ein von der Fähre gefallenes Gepäckstück oder ein großer Vogel, aber das war es nicht. Ein Kind war es, fast noch ein Säugling. Es lag auf dem Bauch, das kleine Gesicht im Sand vergraben, die krausen Haare mit Salz verkrustet, die Händchen ausgestreckt, als wäre es bis hierher geschwommen und ruhte nun für eine Weile aus. Ich wählte auf dem Mobiltelefon, das Filippo mir in die Hand gedrückt hatte, die Nummer der Carabinieri und gab meine Position durch. Und dann habe ich gewartet, während der zartrosa Streifen im Osten immer breiter geworden ist, die schaumbekronten Wellen über den weißen Sand gerollt sind und zwischen den duftenden Oleanderbüschen, die den Strand an seinem Nordrand säumen, die Zikaden zu lärmen begonnen haben.

Es ist nicht schön, im Paradies zu leben, wenn es so nahe bei der Hölle liegt.

Mister Jaws

Guten Abend, Fräulein. Kann ich Ihnen helfen?

Oh. Für welche Zeitung schreiben Sie denn? Und wie haben Sie mich gefunden?

Ich verstehe. Tja. Ich habe das Theater gebeten, meinen Wohnsitz geheim zu halten. Aber nun sind Sie ja hier, dann kommen Sie doch bitte herein. Mister Jaws kennen Sie also schon, richtig?

Also, Mister Jaws, ich muss doch bitten!

Verzeihen Sie, seine Manieren sind bisweilen schauderhaft.

Handpuppe? Ach, Sie meinen Mister Jaws. Stimmt, seine Züge haben durchaus etwas von einem Haifisch.

Ja, er wirkt ein bisschen unheimlich. Deshalb geben wir auch keine Kindervorstellungen. Hier entlang, bitte, in den Salon. Machen Sie es sich einfach gemütlich. Ich bin in ein paar Minuten zurück, wenn Sie gestatten.

So. Sie mögen Tee? Oder vielleicht lieber Wein?

Die Türen, ja, die schließe ich immer ab. Wir leben sehr abgeschieden, hier draußen.

Ach ja, ich erscheine den Leuten etwas altmodisch. Aber alte Gewohnheiten legt man nur schwer ab. Wie dem auch sei, worum soll es bei dem Interview denn gehen? Sie wissen, dass das Theater bereits eine umfangreiche Broschüre anbietet?

Meine Lebensgeschichte. Ach so. Nun, wie Sie selbst bemerkt haben, gibt es darüber wenig zu erfahren. Sie ist den Menschen wohl einfach zu langweilig. Kaum jemand erinnert sich später an das, was ich erzähle.

So wichtig ist Ihnen das? Ach. Na, ausnahmsweise. Aber ich warne Sie, Sie werden die vergeudete Zeit bereuen.

Wie sie meinen. Noch einen Biskuit?

Nein, nicht für dich, Mister Jaws!

Gut. Lassen Sie mich kurz nachdenken. Wo fange ich am besten an?

Mister Jaws, jetzt aber still!

Sie müssen wissen, dass ich nicht in den Staaten geboren wurde. Meine Eltern stammen aus Europa, sie gehörten zum fahrenden Volk.

In der Tat, aber damals einfach Zigeuner. Die Zeiten waren anders. Nun. Ich will nicht übertreiben, aber ich möchte trotzdem sagen, dass mein Vater der beste Geschichtenerzähler und meine Mutter die beste Puppenmacherin war.

Oh, nein, sie hat Mister Jaws nicht gemacht. Aber Sie wissen ja, dass er gar keine Handpuppe ist. Ah, jetzt schmunzeln Sie, das freut uns. Das ist es, was wir uns wünschen. Aber lassen Sie mich weiter erzählen. Das Leben war nicht leicht, wir wurden nicht gern gesehen. Viele schlimme Dinge sagte man unserem Volk nach. Bitte?

Nein, ich war damals ein Junge. Ja, auch das höre ich oft. Ich sehe wohl jünger aus. Nun. Es gab nur eine einzige direkte Verwandte, eine Großtante, zu der wir keinen Kontakt hatten. Wissen Sie, mein Vater fürchtete sich vor nichts, aber wenn er von ihr sprach, klang seine Stimme sonderbar.

Nein, sie lebte ebenfalls in Europa. Tatsächlich in eben jenem Haus hier. Aber lassen Sie mich fortfahren. Eines Tages schlugen wir unser Lager in der Nähe eines Dorfes auf. Ein paar Männer beschuldigten meinen Vater, ein Huhn gestohlen zu haben. Mein Vater war kein starker Mann, wissen Sie, aber er war energisch. Die Männer kamen also mit einem Polizisten wieder. Sie durchsuchten alles, Kutsche, Zelt, das Feld. Als sie nichts fanden, machte sie das nur noch wütender. Der Polizist war ein guter Mann, er ermahnte die Leute und schickte sie nach Hause. Die nächsten Tage waren schlimm, weiß Gott. Die Leute bewarfen uns mit Dreck und Abfällen. Mehrmals wurde unser Lager verwüstet.

Wohl wahr, aber wie gesagt, die Zeiten waren anders. So etwas erlebten wir nicht zum ersten Mal. Doch das Schlimmste sollte noch kommen.

Mister Jaws, noch ein Wort und du musst in deine Kammer!

Wo war ich stehengeblieben? Ach ja. In einer Nacht wollte ich dem Schurken auflauern und versteckte mich im Unterholz. Nun ja. Jugendliche Selbstüberschätzung. Es war warm, ich war es gewohnt auf unbequemem Untergrund zu ruhen, und so schlief ich ein. Als ich erwachte, stand unser Lager in Flammen! Gestalten bewegten sich unschlüssig im Feuerschein, dann rannten sie davon. Der Kutschwagen war von außen verriegelt, an dem winzigen Fenster konnte ich eine Hand sehen, die verzweifelt versuchte, die Bretter loszureißen. Ich rannte zum Wagen, aber in diesem Moment ging unser Pferd endgültig durch. Ein Huf traf mich am Bein, ich konnte das Knacken über das Prasseln des Feuers hinweg hören. Mein Kopf schlug auf den Boden und dann konnte ich mich nicht mehr bewegen. So lag ich da und das Einzige, was ich sehen konnte, war eine brennende Holzpuppe, die an einem Ast baumelte.

Pardon, kein Grund zur Traurigkeit, wirklich. Das ist lange her. Sicher, wenn Sie möchten, schreiben Sie das.

Leute kamen am nächsten Tag, ich wurde zu einem Doktor gebracht. Natürlich wurde kein Täter gefunden. In den Überresten des Lagers fand man Dokumente und man machte schließlich meine Großtante ausfindig. Sie kam spät abends und holte mich zu sich nach Hause.

Ganz richtig, dieses Haus. Ich habe viele Jahre hier verbracht. Meine Tante wollte nicht, dass ich zur Schule gehe, also hat sie mich selbst unterrichtet. Glauben Sie mir, sie war ein bisschen verrückt und eine Nachteule, schlief den lieben langen Tag. Aber sie wusste unglaublich viel. Und war steinreich! Trotzdem lebte sie hier allein.

Oh, ich bezweifle, dass Sie viel über sie finden werden. Aber bitte, versuchen Sie ihr Glück!

Jedenfalls blieb ich bei ihr, bis ich erwachsen war. Dann, eines Abends, rief sie mich zu sich und sagte, dass sie auf unbestimmte Zeit verreisen müsse und ich nun auf mich allein gestellt sei.

Ja, dazu komme ich jetzt, Mister Jaws.

Sie zeigte mir vor ihrer Abreise noch zwei Dinge. Das eine war so eine Art Familiengeheimnis, darauf möchte ich nicht näher eingehen. Das andere war mein Freund hier, Mister Jaws. Tja, und das ist eigentlich alles. Seitdem tingeln wir mit unserer Show durch die Welt. Den Rest kennen Sie.

Wie bitte? Das Familiengeheimnis? Ach nein, das wollen Sie nicht wirklich wissen. Man nennt es auch nicht umsonst ein Geheimnis.

Ich weiß nicht. Sind Sie ganz sicher? Es ist ein bisschen makaber. Ich möchte nicht, dass Sie sich erschrecken.

Ich glaube Ihnen, dass Sie kein ängstlicher Typ sind. Aber trotzdem möchte ich das lieber nicht.

Ach, nun. Wenn Sie so darauf bestehen. Aber sagen Sie nachher nicht, ich hätte Sie nicht gewarnt. Dann kommen Sie ein bisschen näher, ich werde es Ihnen zuflüstern. Schauen Sie her. Hier, auf meine Lippen!

Na, sehen Sie, Sie haben sich erschreckt. Ein ums andere Mal, die Leute wollen mir einfach nicht glauben.

Das hat keinen Sinn, hier draußen hört Sie niemand schreien.

Ja, das können Sie gerne versuchen, aber die Türen sind abgeschlossen. Sie müssen das verstehen, wir müssen gewisse Vorkehrungen treffen, Mister Jaws und ich. Ich sagte ja schon, unsere Art wird nicht gern gesehen.

Ja, die Fenster sind vergittert.

Ich weiß, ich hab's Ihnen gesagt. Vielleicht beruhigen Sie sich erst einmal wieder. Setzen Sie sich. Ach, doch nicht da drüben in die Ecke. Hier, auf die Couch. Und hören Sie doch bitte auf zu schreien!

Kommen Sie jetzt her und setzen Sie sich. Wir werden uns um Sie kümmern. Es wird gar nicht weh tun. Und bald werden Sie sich gar nicht mehr daran erinnern. Ich verspreche Ihnen, alles wird gut.

Nicht wahr, Mister Jaws?

Zerrissen das Meer

Das Bild ist zerrissen in den Strand und das Meer.

Graublau leuchtet der Horizont, grünblau davor liegt der Atlantik. Silbrig schimmernd rollt eine Welle an den umbra-getönten Strand. Der Himmel darüber leuchtet im Licht des Mondes. Goldgelb der Mantel der barfüßigen Frau.

Ich spüre den Wind, er zerrt an der Haut. Rau beißt er in meine Augen. Jetzt in der Nacht spitzt der Tag sich zu. Am Morgen hatte er noch rund vor mir gelegen.

Auf der weichen Matratze erwachte ich eingerollt wie eine hellgraue Katze. Langsam streckte ich das Rückgrat und blinzelte ins Sonnenlicht. Genüsslich schnupperte ich den Geruch der See, der vom offenen Fenster herüber wehte. Der salzige Duft lockte mich aus der federleichten Bettwäsche.

Meiner Nase folgend, fand ich den gebratenen Speck im eleganten Frühstückssaal. Dort bemerkte ich sie zum ersten Mal. All meine Sensoren waren nur auf sie gerichtet. Sie stand am Fenster, mit dem Rücken zu mir. In der rechten Hand hielt sie ein Glas Saft, mit der Linken umklammerte sie die Henkel einer muschelförmigen Handtasche. Ihr schmaler Körper steckte in schlanken Hosen aus ockerfarbenem Tweed und einem grauen Pullover. Die haselnussbraunen, schulterlangen Haare waren am Hinterkopf leicht toupiert. Ich dachte, wenn sie sich umdrehen würde, träfe ich auf rehbraune Augen unter dunklen Wimpern, und hoffte auf einen blass-rosa Mund.

Als es geschah, errötete ich unter dem meergrünen Blick, der mich strafend musterte, als wüsste sie, dass ich sie eingehend betrachtet hatte. Mit abgewandtem Blick kam sie auf mich zu und ging vorbei. Ihr Duft nach Zitronen und Honig vermischte sich mit dem salzigen Rauch des Specks auf meinem Teller.

„Ist schon ‘ne Nummer, was?“ Der Mann neben mir schaute ihr nach und grinste mich an. „Ein bisschen dünn. Auf Fotos wirkt sie kurviger. Aber schön ist sie wirklich“, setzte er hinzu.

Ich blickte ihn irritiert an. Musste ich die Frau kennen? Wer war sie?

Als habe er meine Gedanken erraten, fügte er hinzu: „Das ist die Freundin von Paul Adams, dem Schauspieler. Sie ist Wissenschaftlerin, Mathematikerin. Ihr Name ist Ada, Ada Brown.“

„Ja, ich habe von ihr gehört“, antwortete ich und nahm noch einen Schluck Kaffee, „von ihm natürlich auch.“

Ada, dachte ich, natürlich. Die Frau, die denselben Namen trägt wie Lord Byrons Tochter. Ich hatte über Ada Byron-Lovelace, der Erfinderin der ersten Programmiersprache der Welt, vor Jahren einen Artikel geschrieben und war dabei auf sie, die britische Mathematikerin Ada Brown, gestoßen. Aber ich hatte kein Bild von ihr gehabt. Nun sah ich sie.

Mein Nachbar durchbrach meine Gedanken: „Ja, und ein attraktiver Mann. Ob er auch hier ist? In diesem Hotel?“

Ich überlegte laut: „Wer weiß? Wäre spannend.“

Der Mann stellte sich vor: „Frank. Frank Vernis. Fotograf. Machen Sie Urlaub hier?“, fragte er.

Ich betrachtete ihn genauer. Er war ein blendend aussehender Mann mit glänzenden Haaren und leuchtenden Augen. Ich berichtete von meiner Recherche über Hotels in der Bretagne.

Er grinste mich an und erzählte von seinem aktuellen Projekt. Ich kannte seine Arbeiten. Mir gefielen seine großformatigen Landschaftsaufnahmen.

Die Luft der Bretagne ist salzig und es riecht nach Algen und Meer. Der Tang ist dunkel, und wo die Sonne hinfällt, schimmert er orange und hellbraun, so wie Gauguin ihn gemalt hat. Türkisblau das Meer und rosafarben die Felsen, so lag sie vor mir, die Landschaft des frühen Gauguins. Die Palmen, die Feigen, der helle Stein des alten Hotelgebäudes mit seinen Türmchen und dem grandiosen Blick auf das Meer, das kam dem Paradies, wie ich es mir vorstellte, schon ziemlich nah. Doch ich fühlte mich nicht wie Eva.

Verträumt lief ich den Küstenpfad entlang.

An einer Abzweigung warf ich einen Blick in den Garten Eden. Ada, nun kannte ich ihren Namen, lehnte an einem Apfelbaum. Sie trug eine grüne Spitzenbluse zum schwarzen Rock, mit roten Blättern, an der Hand die muschelförmige Tasche. Ihre zierlichen Füße steckten in Sandaletten, die Haare waren hochgesteckt.

Da war sie also: Eva – Ada – die Verführung.

Sie lachte mich an.

Ich versank in den Augen der Nixe. Ging vorbei, als sei mein Weg festgelegt. Ließ den Garten links liegen und blieb auf dem rechten Weg. Der Apfelwein, den ich mittags alleine trank, schmeckte schal und roch nach verfaulten Früchten.

Ein wärmendes Feuer loderte in dem großen Kamin, als ich abends das Restaurant betrat. Helle Tische aus Pinienholz verbreiteten ländliche Gemütlichkeit. Nun würde ich ein bisschen arbeiten, Recherche betreiben für das Magazin, das meine Reportage veröffentlichen wollte.

Frank Vernis winkte mir zu. Ein Kellner, mit der langen weißen Schürze französischer Art, geleitete mich zu Franks Tisch. Ich hatte gerade Platz genommen, als Ada an der Seite des angekündigten Schauspielers das Restaurant betrat. Alle Blicke wandten sich ihnen zu. Es war wirklich so. Ich hatte das Gefühl, applaudieren zu müssen.

Frank brummte: „Er ist tatsächlich hier.“

Ich konnte meinen Blick kaum abwenden. Adams setzte sich mit dem Rücken zu mir. Ada schaute mich an. Sie blickte mir, als sie beiläufig die Hand ihres Begleiters tätschelte, direkt in die Augen. Ich riss meinen Blick von ihr los und wandte mich Frank zu. Mit halbem Ohr folgte ich seinen amüsanten Erzählungen. Meine Sinne konzentrierten sich auf die Muscheln der Vorspeise, sie schmeckten nach Meer und versprühten subtile Erotik. Der *Crémant* von der Loire warf Bläschen auf meine Zunge. Mein Blick traf immer wieder den ihren. Die Art, wie sie den schmalen Hals hielt, faszinierte mich. Ihre Finger spielten unaufhörlich mit dem dunkelroten Stein ihres großen Ringes, den Krümeln des Baguettes auf der weißen Tischdecke oder den Härchen auf dem gebräunten Unterarm ihres Tischnachbars. Immer wieder stieß dieser mit ihr an, wickelte eine Strähne ihres Haares um seinen Finger oder legte seine Hand auf die Ihrige, als ob er sie festhalten und zum Stillstand zwingen wollte.

„Ich langweile Sie“, sagte Frank, gerade als mir auffiel, dass ich ihm schon länger nicht mehr zugehört hatte.

„Ich verstehe natürlich, dass Adams interessant ist. Aber Sie starren ihn an!“, zischte er ein bisschen pikiert in meine Richtung.

Franks Blick ausweichend murmelte ich: „Oh. Tut mir leid.“

„Schon okay. Wollen wir noch einen Drink nehmen?“, fragte er mit schmeichelnder Stimme.

Widerstrebend stand ich auf und folgte ihm in die modern gestylte Lounge. Wir plumpsten in eines der riesigen Sofas und gönnten uns einen Drink. Das berühmte Paar ließ sich nicht blicken. Ich spielte mit den Mimosen, die in kleinen Gläsern auf den Tischen verteilt standen.

Frank saß so dicht neben mir, dass ich die Hitze, die seine Haut abstrahlte, spüren konnte. Ich blickte in seine hellblauen Augen und sah sein Verlangen.

Als seine Hand über meine Schultern fuhr und erst knapp vor der Brust zum Stillstand kam, trat ich die Flucht an. Eine Entschuldigung murmelnd stand ich auf, ließ ihn sitzen und machte mich auf den Weg zum Strand.

Es ist Nacht, ich atme tief ein und lasse mich auf einem der Felsen nieder, vergrabe die Füße im nassen Sand.

Ich schließe die Augen und weiß, was ich will: Hier bleiben in Erwartung der Meerjungfrau.

Wind zieht auf. Wolken verhängen den Himmel. Der Mond ist satt und orange, ein Honigmond. Er zwinkert mir zu.

Nun bin ich im Paradies, ich rieche das Salz und sehe den Strand von Gauguin: Felsen wie Ornamente und Tang in zarten Schlangenlinien dahin gegossen.

Am Wasserrand wartet die goldgelbe Venus im meergrünen Schaum. Ada erleuchtet das Mitternachtsblau.

Sie reicht mir die Hand.

Wir laufen gemeinsam in die tosende Brandung.

Ende einer Ehrenregatta

Rupert von Hardeck-Löwenstein starrte auf das vergilbte Foto in seiner Hand. Die sepiafarbenen Gesichter schienen ihn zu verhöhnen. „Verlierer!", meinte er die fünf Männer spotten zu hören. Die Angst, die ihn schon sein ganzes Leben lang verfolgt hatte, griff mit ihren kalten Krallen nach ihm.

„Du wirst es nie zu etwas bringen!", dröhnte die Stimme seines Vaters in seinem Kopf. Wolf von Hardeck-Löwenstein, der Segler, der Entdeckungsreisende, der Großwildjäger, der Mann, der Hemingway ausstach, hatte stets nur Verachtung für seinen einzigen Sohn gezeigt. Rupert trank noch einen Schluck des achtzig Jahre alten Single Malt. Er kicherte. Der Alte würde im Grab rotieren, wenn er seinen Sohn den guten Whiskey mit Cola trinken sähe.

„Auf dich, Vater! Auf Lüge und Heuchelei." Er knallte das Whiskeyglas auf den Schreibtisch. Tropfen fielen auf die Bütteneinladung und durchzogen sie mit braunen Punkten wie Rostflecken. *Hochseeregatta zu Ehren Wolf von Hardeck-Löwensteins*, lauteten die Worte in eleganter Schrift.

Morgen, ja morgen, hätte Ruperts große Stunde schlagen sollen. Vier Jahre lang hatte er die Regatta organisiert, mit Yachteignern verhandelt, eine geeignete Strecke gewählt und den Siegespokal gestalten lassen. Eine Chance, den übermächtigen Vater zu übertrumpfen. Nie hatte Rupert den Anforderungen des Mannes mit der Posaunenstimme genügen können. Mit vier Jahren war er von seinem Pony gefallen und hatte nicht wieder gewagt, auf den dicken Shetty zu steigen. Der eisige Blick des Vaters genügte, um ihn die Schmach stärker spüren zu lassen. Danach hatte der Alte Rupert stets mit einer hochgezogenen Augenbraue beobachtet. „Das wird doch wieder nichts."

Jede Zurückweisung des Vaters hatte Ruperts Unsicherheit gesteigert und ihn in vielen Dingen scheitern lassen. Als der Sohn ihm nacheiferte und Segeln zu seinem Sport erklärte, hatte der Alte lauthals gelacht. Rupert hatte sich angestrengt und in der Optimist-Klasse vorzeigbare Erfolge erzielt. Dem Alten hatten die Pokale nur ein grimmiges „Jollenklasse!" entlockt. Mit Tränen des Zorns in den Augen hatte Rupert das Segeln aufgegeben und sich dem Trinken hingegeben. Doch er hatte das Gefühl des Windes in den Haaren und der Freiheit auf dem Wasser vermisst.

Da erschien es ihm nur passend, zum Andenken des Alten eine Hochseeregatta zu organisieren. Die Besten der Welt sollten am morgigen Tag um den Wolf-von-Hardeck-Löwenstein-Cup segeln. Auch die Yacht seines Vater, die Leontopodium III, würde sich mit den anderen Booten messen und um den Pokal in Form eines Edelweißes kämpfen. Rupert war Teil der Crew und rechnete sich gute Chancen auf den Sieg aus. Seine Rache an dem Alten. Posthum würde er den Pokal gewinnen und so endlich den übermächtigen Vater in seine Schranken weisen. Ein guter Plan. Jedenfalls bis heute Morgen.

Rupert zog die Luft ein, schauderte und blickte sich in dem Zimmer um. Nach dem Tod seines Vaters hatte er dessen Arbeitszimmer übernommen und alles so gelassen, wie es der alte Mann eingerichtet hatte. Schwere dunkle Eichenmöbel dominierten den Raum. Der Geruch von Leder und Zigarren hing immer noch im Zimmer. Ein riesiges Ölgemälde zeigte den Vater und die Crew der Leontopodium I nach ihrem glorreichen Sieg beim Skagen-Rund vor fünfzig Jahren. In der Mitte des Bildes, wo auch sonst, überragte Wolf von Hardeck-Löwenstein die anderen Männer. In seinem Lächeln vermeinte Rupert keine Siegesfreude zu lesen, nur Genuss über die Niederlage der Gegner.

Als Kind hatte Rupert sich stets über den Namen der Segelyacht gewundert. „*Leontopodium alpinum* ist der wissenschaftliche Name für Edelweiß", hatte ihm seine Mutter erklärt. Eine sanfte und stille Frau, die im Laufe ihrer Ehe immer mehr verblasste und früh starb.

„Du hättest das Kind im Lexikon nachschlagen lassen sollen", hatte der Vater gegrollt. „Wie soll es je etwas lernen, wenn du ihm alle Herausforderungen nimmst?"

Herausforderungen – das Lieblingswort des alten Mannes. Nach dem Krieg hatte Wolf von Hardeck-Löwenstein aus dem Nichts ein Vermögen aufgebaut, was er nicht müde wurde, seinem Sohn wieder und wieder vorzuhalten. Den edlen Namen hatte die Familie durch die Mutter bekommen. Gerne und oft hatte der Vater seine Erfolgsgeschichte hergebetet, bis der Sohn jedes Wort auswendig konnte. Über die Zeit vor seinem kometenhaften Aufstieg hatte der Alte nie ein Wort verloren. Selbst den gewieftesten Journalisten war es nie gelungen, etwas über Wolfs Leben vor 1945 zu erfahren. Der Alte erging sich in Andeutungen und dröhnte, dass er nichts mehr mit Politik im Sinn hätte. Seine Bewunderer flüsterten von Widerstand. Ein Edelweißpirat sei er gewesen. Zur Erinnerung an die Zeit hätte er sein Schiff getauft, hieß es. Kein Kommentar, lautete die Antwort, und der Mythos Wolf von Hardeck-Löwenstein wuchs.

Ein schöner Mythos! Rupert spülte den miesen Geschmack, der in seinem Mund aufstieg, mit einem weiteren Whiskey herunter. Seit er heute die Post geöffnet hatte, versuchte er sich bewusstlos zu trinken. Wieder starrte er auf das Foto, das seinen schönen Plan ins Wasser gestoßen hatte. Fünf Männer unter einem Edelweißbanner. Auch hier nahm Wolf von Hardeck-Löwenstein die Mitte des Bildes ein. 1. Gebirgsjägerdivision, *Kephallonia*, September 1943, stand auf der Rückseite. In der gestochen scharfen Handschrift, die Rupert nur zu gut kannte.

Er würgte. Wie ein Vulkan erbrach er die Whiskeys und den Zorn auf den Alten über den Schreibtisch. Widerstandskämpfer! Ein übler Kriegsverbrecher war sein Vater gewesen. Morgen früh gehe das Foto an alle Nachrichtenagenturen, hieß es im Begleitbrief. Endlich müsse die Wahrheit ans Licht kommen, hatte der anonyme Schreiber argumentiert. Es könne nicht angehen, eine Ehrenregatta für einen Kriegsverbrecher auszurichten. Mit Grauen dachte Rupert an die gesammelte Journaille, die ihn verfolgen würde. Niemand würde glauben, dass er nichts von der Vergangenheit des Alten gewusst hatte.

Wieder einmal hatte Wolfs Schatten einen Erfolg seines Sohnes verhindert. Noch aus dem Grab heraus verfolgte der Alte ihn. Rupert schluchzte.

Schwankend stand er auf und schleppte sich zum Waffenschrank seines Vaters. Mit genügend Patronen müsste sein Plan gelingen. Er zerrte die Schächtelchen aus dem Schrank und schaufelte Munition in die alte Jagdtasche, noch ein Erbe seines Vaters. Die Last zog seine Schulter nach unten, als er durch das Zimmer stolperte.

„Da ich dich nicht umbringen kann, alter Mann, töte ich dein Liebstes", fluchte Rupert und machte sich auf den Weg, die Leontopodium zu versenken.

Heute will sie noch nicht sterben

Dass ihr Leben nicht sehr lang sein wird, ist ihr bewusst, aber vielleicht kann sie den Tod ein wenig hinauszögern.

Sie sieht zwar aus wie alle anderen, aber sie glaubt, dass er ihre Angst gespürt hat, als er sie im Kühlschrank deponierte, denn seine Augen ruhten lange nachdenklich auf ihr. Oder bildete sie es sich nur ein? Kann sie ihm trauen, sich auf ihn verlassen? Sie möchte ihm ein Versprechen abringen.

Er nickt unmerklich, hat er es versprochen?

Behagliche, kühle Dunkelheit. Neben, über und unter ihr vertraute Artgenossinnen. Es herrscht Ruhe und Frieden. So kann es bleiben.

Ein Ruck – es wird hell – laute Wortfetzen: „mal Pommes mit Ma ...“ ein Ruck – Stille!

Wieder umgibt sie die behagliche, kühle Dunkelheit. Fehlen einige ihrer Wurstgefährtinnen? Kann sein, aber sie denkt jetzt nur an sich, sie ist noch da.

Ein Ruck – es wird hell – „viermal Currywurst, geschni ...“ ein Ruck – Stille.

Jetzt sind sie garantiert nicht mehr vollzählig, weil sie spürt, dass sie mehr Platz hat und zur Seite rutscht. Hat sie ihm auch deutlich genug gezeigt, wie sie sich fühlt? Er muss ihre Todesangst doch bemerkt haben, denn sonst hätte er es ihr nicht versprochen.

Lange Zeit passiert nichts. Sie kann nur warten.

Dann ein Ruck – es wird hell – ihr Blick fällt auf die Wanduhr. „ Eine Bratwurst mit Kartoffelsal ...“ ein Ruck – Stille.

Es ist 13.15 Uhr. Noch 45 Minuten bis der Imbiss schließt. Noch 45 Minuten, noch 2700 Sekunden, die sie überstehen muss.

Ein Ruck – es wird hell – dicke Finger kommen auf sie zu, scheinen innezuhalten und entscheiden sich dann für ihre Schwestern neben ihr. „Was darf es ...“ Ein Ruck – Stille.

Morgen, morgen ist sie bestimmt bereit, aber noch nicht heute. Das ist doch nicht zuviel verlangt.

Ein Ruck – es wird hell – 13.40 Uhr, die Reihen lichten sich. „Das macht 3 Euro fünfz ...“ Ein Ruck – Stille.

Jetzt ist nur noch sie übrig. Was ist mit den anderen? Erhitzt, aufgeplatzt, verspeist?

Ein Ruck – es wird hell – es bleibt hell, weil die Kühlschranktür offen steht. Von hinten sieht sie ihn, wie er seinen beiden letzten Kunden einen Teller Linseneintopf und das Tagesmenüe „Kassler mit Püree“ serviert.

Sein verschmitztes Lächeln kann sie nur erahnen.

Er hat Wort gehalten.

Wir kamen nur bis zum Parkplatz

Diesen Morgen hatte ich kein gutes Gefühl – noch trunken von wirren Träumen ohne Erinnerung.

Markus klingelte viel zu früh an meiner Tür. Nein, ich war nicht bereit zum Sonntagsausflug an den See. Heute störte mich alles. Sogar der Frühling war mir zu grell.

Auf dem Parkplatz: Autoschlangen, Menschengewirr.

„Markus, lass uns umkehren. Es ist nicht mein Tag."

„Was hast du denn? Ich habe eine Überraschung für dich."

Ich fürchtete seine Überraschungen. In der Regel machten sie ihm mehr Spaß als mir.

Er öffnete den Kofferraum. Ich beobachtete, wie er ein Paar Inline-Skater hervorholte, sie anzog, Knie- und Ellenbogenschoner umlegte. Mit einer bedeutsamen Geste kramte er ein weiteres Paar hervor und, um mich, wie um eine Säule herumfahrend, sagte er: „Für dich."

Ich schwieg. Die Sonne schlug mir ins Gesicht. Auf dem Weg am See wimmelte es von Radfahrern, Inline-Skatern und Spaziergängern.

Es war wirklich das Letzte, was ich mir heute wünschte. Markus müsste wissen, dass ich leidenschaftliche Fußgängerin war.

Ich liebte den biologisch vorgesehenen Gang; mit anderen Fortbewegungsmitteln fühlte ich mich fremd. Wieder einmal stellte ich mir die Frage, ob Markus der Richtige für mich war.

„Wie lieb von dir." Ich blinzelte ihn an. „Aber schau dir die vielen Leute an. Ich kann das hier nicht."

Wie immer, wenn er eine Idee hatte, war er nicht davon abzubringen. Er ließ mich auf dem Rand des geöffneten Kofferraums Platz nehmen, zog mir die Inline-Skater an.

„Halt dich an mir fest. Es ist ganz einfach."

Ich hielt mich lieber am Auto fest, machte unwillige, staksige Schritte auf den Dingern.

„Nur lange Schritte. Fahr auf mich zu!" Markus freute sich.

Ich löste mich vom Auto, glitt ungelenk schaukelnd in seine Arme.

„Na, siehst du. Und jetzt wieder zurück."

Mehrere Male, sicherer werdend, fuhr ich hin und her. Ein vertrautes, fernes Gefühl schwappte in mein Bewusstsein. Doch auf meiner Stirn wuchsen Tröpfchen, über den Rücken liefen kleine Rinnsale. Musste ich mir das antun? An meinem freien Tag?

„Markus, ich habe mir diese Dinger nicht gewünscht. Ich will nicht."

Ich nestelte wütend an den Verschlüssen.

„Das hätte ich nicht von dir gedacht"– enttäuscht, als betröge ich ihn mit einem anderen Mann.

„Lass uns irgendwo spazieren gehen, wo weniger Menschen sind."

Nun wollte auch er nicht mehr. Mit aufreizender Ruhe legte er seine Schuhe ab.

„Du hast mir die Lust dazu verdorben."

„Ja, dann fahr mich doch einfach nach Hause." Es rutschte mir heraus.

Wir bestiegen das Auto, keiner sprach. Ich öffnete das Fenster. Laue Luft – eigentlich schade mit uns. Der Duft von Frühlingsblumen, Narzissen? Flieder? Flirrendes Grün. Ein Sonnenstrahl stach. Ich roch frischen Teer von der Straße.

Eindrücke schwebten vorbei, fügten sich zu einem Bild. Von weit wehte Erinnerung: Ich, ein Kind in dem Alter, das sich an die Wiederkehr der Jahreszeiten erinnert. Das grollende Geräusch von Gummirollen auf dem Asphalt. An meinen Füßen haften Rollschuhe. – Wie hatte ich das vergessen können? – Fliedergeruch, frisch geteerte Straße, Kinderlachen. Der Fahrtwind kühlt mein heißes Gesicht. Ich trage einen kurzen Glockenrock, grün wie Fliederblätter. Mama hatte ihn genäht, extra für mich, zu meinen neuen Rollschuhen.

„Hast du was?“ Markus fragte in die Luft.

„Mir geht’s nicht gut. Lass mich!“

Ilona und ich, wir machen einen Wettlauf – dann rollen wir in der Hocke weiter, die ganze Straße hinunter – Ilona gewinnt. Irgendetwas bremst mich – mein neuer Rock hat sich in den Rollen verfangen, walnussgroße Löcher – Kinder stehen um mich, um meinen Rock herum – ich traue mich nicht nach Hause, schluchze.

Mama hat nicht geschimpft, damals, ich kann mich nicht erinnern. Aber Rock und Rollschuhe blieben für immer verschwunden.

Markus stoppte vor meinem Haus.

„Kannst du mir mal sagen, was mit dir los ist?“

Ich konnte es ihm nicht erzählen, nicht jetzt. Ich fing erst jetzt an, zu verstehen.

„Tschüß“, sagte ich nur, zog den Kopf ein und stieg aus.

Monsun

Tag, Monat, Jahr, Zeit: 69435,55
Es war der 8. Juni, ein üblicher Montag in einem Monsunmonat.

Wie jeden Tag kurz nach acht Uhr strömten Dutzende von Arbeitern durch die Gänge der kleinen Station. Einer der Monde, Io mit Namen, erklomm gerade den Horizont und erhellte langsam mit seinem sanften, grünlichen Widerschein die Wildnis jenseits der Panoramafenster. Rankenartigen Pflanzen, welche die Kevlarkonstruktion der menschlichen Niederlassung als ihre neue Heimstätte auserkoren hatten, erwachten langsam, begannen sich gemächlich nach dem aufkommenden Licht auszurichten und öffneten ihre schrill bunten, kelchförmigen Blüten.

Suri senkte den Blick. Sie spürte die morgendliche Müdigkeit, wie sie sich langsam, bleiern über ihren Geist spann und weiter in die Knochen kroch. Sie gähnte verhalten. Langsam wandte sie sich von dem gigantischen Fenster ab und reihte sich nach kurzem Warten in den morgendlich schlurfenden Gang der restlichen Stationsbewohner ein. Die Kolonne, in welcher die junge Frau für die nächsten hundert Meter Gesellschaft gefunden hatte, folgte den rostbraunen Wegmarkierungen: Allgemeiner Maschinenraum, Lebenserhaltung und in Suris Augen unpassenderweise: Botanische Anlagen. Ihr Arbeitsplatz.

Gemächlich schlurfte die Gruppe weiter durch den Gang, einer kleinen Geschäftspassage, wie der jungen Frau mit einem Mal auffiel. Ein ungewohnter Weg, normalerweise wurde dieses Gebiet gemieden. Zu viele Erinnerungen an frühere Zeiten. Die Shops waren seit langem aufgegeben oder zwangsgeschlossen worden. Bunte Reklame ragte nutzlos in den Gang hinein, unbeleuchtet und vom Zahn der Zeit zernagt, pries sie Markenkleidung, Getränke und vergangene Veranstaltungen im Stationstheater an. Suri hob für einen kurzen Moment den Kopf. Sie passierten gerade den Eingang eines kleinen Backladens, dunkel und leer. Ebenfalls verlassen, verschlossen und fast vergessen.

Etwas neben der ehemaligen Backstube erregte ihre Aufmerksamkeit. Es war ein Imbiss, ein ehemaliger natürlich, denn auf dieser Station aß schon lange niemand mehr etwas. Leuchtende Reklame im Schaufenster zeichnete noch immer Gulasch und Bratkartoffeln als Tagesmenü aus, zwei leicht unscharfe, zitternde Hologramme von appetitlich angerichtetem Essen, drehten sich davor.

Einem ungewohnten Impuls folgend, trat Suri aus der Kolonne und steuerte den Imbiss an, zögerte für einen Moment und schritt schließlich über die Schwelle. Im Eingang blickte sie sich kurz um und näherte sich dann der Theke, welche, wie der Rest des Raumes, im altmodischen Stil des 20. Jahrhunderts gehalten war. Ein beißender Geruch aus Desinfektionsmitteln wurde Suri von ihren Sinnen gemeldet und verzerrten den Eindruck einer Imbissstube aus vergangener Zeit – ebenso die zitternden Hologramme, welche hinter der angestaubten Glasscheibe der Auslage Essen vortäuschten. Ihre Fingerspitzen glitten über das kühle Metall, folgten der Form der Theke, bis sie auf Widerstand stießen. Suri hob den Kopf.

Vor ihr stand Frank. Frank war erstaunlich gedrungen für einen menschlichen Mann, ergraut und gekleidet in die weiße Arbeitskleidung eines Kochs. Eine seltsame Mischung aus Lächeln und etwas, das an Unglauben erinnerte, stand auf seinem Gesicht, während seine Hände, bestückt mit zwei Tellern, auf der Theke ruhten.

Frank war einer der erbittertsten Widerständler gewesen. Stur wie ein alter Bock hatte er sich gegen die Belagerung gewehrt, drei der vier großen Aufstände sogar angeführt. Alle bis auf den letzten. Irgendwann hatten sie ihn doch erwischt, aufgestöbert in den Eingeweiden der Station.

Und nun stand er hier. Sorgsam präpariert an seinem einstigen Arbeitsplatz, ein Mahnmal für alle anderen störrischen Geister und Beispiel dafür, was jedem Einzelnen und dessen Familie erwartete, sollte ein weiterer Aufstand angezettelt werden.

Suri musterte das Essen in den Händen des Mannes und spürte, dass sie die Nase rümpfen musste: Rattenragout und verstrahlte Kartoffeln?

Eine „Hommage“ an Franks Taktiken?

Nager, welche selbst hier – weit weg von der Erde, Einzug gehalten hatten, wurden als Soldaten mit Erregern „bestückt“, die nur ihnen, aber keinem Menschen schadeten. Im gleichen Zug war das Essen mit einem Toxid, ähnlich radioaktiver Strahlung, versetzt.

Frank. Er war, wenn überhaupt, ein passabler Koch gewesen, mit viel Leidenschaft und Herz für seine Mitmenschen. Die meisten Besucher waren somit weniger des Essens wegen gekommen, sondern um Frank zu besuchen und Frank zu erleben.

Sie senkte den Kopf.

Im schwachen Glanz des Lichtes spiegelte sich auf der Glasscheibe des Auslagekastens ihr Gesicht. Sie blickte in das cybernetische, mit Kunstfaser und Latex überzogene, Einheitsgesicht eines Arbeiters. Mit dem Niederringen des vorletzten Aufstandes war begonnen worden, die Menschen zu sammeln und, wie man es nannte, zu sichern. Während der Geist des Tages in einer cybernetischen Hülle verweilte und über diesen wahrnahm und empfand, war der eigentliche Körper sicher verwahrt in einer Versorgungseinheit in den Tiefen der Station verborgen. Weit weg von jeglichem Zugriff durch einen Menschen.

Die Frau straffte die Schultern und wandte den Blick ab. Vor dem Laden liefen die letzten, verspäteten Arbeiter zu ihren Schichten.

Es war Zeit.

Zeit zu gehen, sich zur Schicht zu begeben.

Nein. Es war Zeit, etwas zu ändern.

Suri warf einen kurzen, letzten Blick in Franks unbewegliches, aber leicht lächelndes, vielleicht etwas hoffnungsvolles Gesicht.

Es war der 8. Juni, ein üblicher Montag in einem Monsunmonat.

Die längste Brücke

Kennst du die längste Brücke der Welt?

Nein, es ist nicht die Golden Gate Bridge in San Francisco, deren rote Pylone die sonnige kalifornische Bucht so beschwingt überspannen.

Es ist auch nicht die unendlich lange stählerne Straße über den Öresund, die seit der Jahrtausendwende Dänemark und Schweden verbindet.

Und es ist auch nicht die Seufzerbrücke in Venedig, die vom Dogenpalast zum Gefängnis führt, obwohl sie so manchem Verurteilten, der darüber in den Kerker oder zur Exekution geschleift wurde, gar nicht lang genug sein konnte.

Nein, die längste Brücke der Welt findest du in Litauen, im Städtchen Kaunas.

Dort siehst du das schöne alte Bauwerk am Fluß stehen. Sieben steinerne Bögen ruhen zuverlässig auf schweren Pfosten über den Wassern der Nemunas, die jahrhundertelang Memel hieß.

Wenn du die graue Brücke siehst, denkst du bestimmt: In ein paar Minuten bin ich da hinübergelaufen, selbst wenn mein Rucksack noch so schwer ist.

Für heute mag das stimmen, aber dem war nicht immer so.

Vor vielen Jahren stand die Brücke schon genauso wie jetzt ruhig und gelassen über dem Fluss. Aber die Memel nahm ihren Weg nicht mitten durch Litauen, so wie heute, sondern sie trennte zwei Länder voneinander.

Ihre Ufer waren noch nicht vereint.

Das Flußufer mit dem steinernen wehrhaften Kirchturm gehörte zum Alten Preußen. Dort, wo der Fluss welliges grünes Land begrenzt, begann schon das große Russische Reich.

Freilich konnte man auch damals schon die Brücke auf Schusters Rappen überqueren, aber das dauerte – ob du es glaubst oder nicht – fast zwei Wochen! Es war eine Wanderung von einer Zeit in eine andere.

In Rußland nämlich galt der julianische Kalender noch, der bis ins 16. Jahrhundert überall Zeitmaß war, und nach dem die orthodoxen Christen noch heute ihre Osterfeste ausrichten. Das moderne Preußen aber hatte schon längst den gregorianischen Kalender übernommen, der unserer heutigen Zeiteinteilung gleicht. Zwischen beiden Kalendarien aber, dem julianischen und dem gregorianischen, gibt es eine Differenz von genau dreizehn Tagen.

Nun weißt du auch, warum die Aleksoto-Brücke über die Memel oder Nemura, wie sie heute heißt, die längste Brücke der Welt ist.

Chaos an der Notenlinie

Schrille Farben dominierten den spärlich möblierten Raum. An den Wänden hingen surrealistisch wirkende Bilder. Die Beleuchtung war so minimalistisch wie die Möblierung.

„Freddie Altair“, oder mit bürgerlichem Namen einfach Stefan Schmitz, saß schon seit Stunden an seinem E-Piano und starrte auf den daneben stehenden Laptop mit dem Kompositionsprogramm, auf die noch leere Seite. Er hatte schon einige Ansätze gehabt, aber nichts hörte sich auch nur annähernd danach an, was sein Kunde hören wollte.

„Mist“, schimpfte Freddie vor sich hin, „wie soll ich das nur hinkriegen: exotisch anmutend, variantenreich aber dennoch harmonisch? Was glauben die, was die für ihre paar lächerlichen Kröten kriegen? Einen Welthit von Paul McCartney?“

Mit diesen Worten wagte er einen neuen Versuch, nicht, ohne sich noch einen Wachmacher einzuwerfen.

Eine Stunde später verschwamm ihm der Laptop-Monitor vor den Augen und er vernahm Stimmen. Es war soweit ... Vielleicht hatte er es mit den Pillen jetzt doch übertrieben?

„Ich bin Paddel“, hörte Freddie eine Note rufen, es war die erste Note auf der Partitur, gleich nach den Vorzeichen für das Stück, die sich zu bewegen schien und auch Töne von sich gab. „Habt ihr euch mal die anderen auf der ersten Linie und weiter unten angesehen? Das geht ja –“, Paddel hatte noch nicht ausgesprochen, da wurde er schon durch eine hektisch um sich schlagende Note neben sich mundtot gemacht: „Jetzt halt mal die Luft an, Paddel, du weißt ja mal wieder besonders gut Bescheid, wie immer, dabei kannst du ganz und gar nicht überschauen, wie wir zusammenwirken und wie das alles dann klingt.“

„Aber du hast diesen Überblick natürlich, du machst doch wieder nur Hektik“, entgegnete Paddel, „so, wie du heißt, das verbreitest du auch: Hektik!“

„Jetzt bleibt doch mal locker“, brummte eine dicke, runde Kugel. „Das wird schon werden, das dauert bei unserem Freddie immer ein bisschen länger, und wenn wir ihm nicht unter die Arme greifen, dann wird das sowieso nichts.“

Die beiden anderen Noten schauten die ganze Note am Ende der ersten Notenlinie schief an.

„Aber wie soll das denn gehen, ich kann mir gar nicht vorstellen, dass und überhaupt, warum soll und wird und kann“, sprudelte es aus Hektik heraus.

„Jetzt halt mal schön die Klappe, Hektik“, brummte die dicke Kugel. „So wahr ich Rundi heiße, haben wir das bislang immer auf unsere Weise auf die Reihe gekriegt. Aber ich sehe es dir nicht nach, das kannst du ja nicht wissen, denn unser Freddie hatte es bisher ja nicht so mit einem so hektischen Beat. Sechzehntelnoten!“

Rundi schüttelte sich angewidert. „Das liegt bestimmt an den komischen Pillen, die Freddie in letzter Zeit immer nimmt, um wach zu bleiben. Da sieht oder besser hört man mal, was dabei herauskommt.“

„Oder hat sonst noch jemand hier was zu melden?“

Die Aufforderung von Rundi sorgte statt für Klarheit für noch mehr Verwirrung, denn nun fühlten sich plötzlich alle Noten angesprochen. Alle redeten immer lauter durcheinander und auf einmal machten auch noch die Vorzeichen zu Beginn der Notenlinie mit. Die beiden Kreuzchen verließen ihre Positionen und schwirrten wild rotierend durch ihre Reihe, wobei sie heftig austeilten, um die Noten mundtot zu machen. Manchmal verhakten sie sich sogar ineinander und kämpften miteinander, bevor sie sich wieder voneinander lösten.

Da wurde es dem Violinschlüssel zu bunt: „Ruhe!“, schrie er die Noten seiner acht Takte an, „ohne mich läuft hier nichts, ohne mich wisst ihr ja nicht mal, in welcher Höhe ihr erklingen müsst.“

Stille, plötzliche Stille, breitete sich aus. Betreten wie geprügelte Hunde schauten alle Noten in Richtung des Violinschlüssels. Sogar die beiden Kreuzchen, die mal wieder ineinander verkeilt waren, ließen voneinander ab. Sie wirkten schon ein bisschen beschädigt und kleine Pünktchen an abgerissenen Stücken von ihnen lagen auf den Notenlinien.

„Und ich sage euch“, führte der Violinschlüssel weiter aus, „dass Rundi hier das Sagen hat. Er kennt sich am besten aus und das wird wie immer gut funktionieren.“

„So, Leute, ihr habt’s ja gehört“, rief Rundi die erste Notenlinie entlang. „Wir sortieren uns nach dem letzten Lied um, aber wir brauchen eine andere Variante. Sagt es den Anderen weiter. Und zwar Takt für Takt, wenn ich bitten darf!“

Es wurde laut. Ein wahres Gedränge entstand auf der ersten Notenlinie.

„Halt!“, rief Paddel, „hier ist doch der Taktwechsel, Leute, so geht das nicht, wir sind hier immer noch in einem 4/4-Takt und hier sind wir nur zu dritt.“ Paddel ging immer von sich aus, als ob alle in der Welt Viertelnoten wären.

Es gab ein großes Geschiebe und wie durch Zauberhand entstand eine kurze Melodie, nur acht Takte lang, aber sie klang schon gar nicht schlecht.

„He, wir brauchen bei euch Vorzeichen da vorn noch zwei zusätzliche Kreuzchen, so hört sich die Tonart nicht an.“

Die beiden Kreuzchen wollten schon wieder Ärger machen, aber ein strenger Blick von Rundi reichte, um still zu sein. Rundi war jetzt voll in seinem Element. Nach kurzer Zeit klang die Melodie schon wesentlich besser.

Jetzt musste er nur noch sehen, dass sich die Melodie auch auf die anderen Notenlinien übertrug. Da war er jetzt leider auf andere angewiesen, denn soweit reichte seine Macht nicht. Beim letzten Lied hatte er die Violinschlüssel auf jeder Linie überzeugen müssen, das war eine furchtbare Arbeit gewesen, die er sich nicht noch einmal antun wollte. Was tun?

„Also, wenn ihr mich fragt“, rief Paddel –

„Aber Dich fragt niemand, denn das ist doch sowieso alles Mist, was du redest und es ist doch noch nie was dabei rumgekommen, wenn du was gesagt hast.“

„Hektik, du hältst jetzt mal deine Fähnchen still“, rief Rundi, „Paddel, nun sag schon, wie wir an die nächsten Takte kommen!“

„Das ist nicht so ganz einfach“, drückte sich Paddel herum.

„Na also, ich habe es doch gleich gewusst, dass du nur Stuss redest. Das wird nie was werden, wir werden auf ewig eine Kakophonie hören weil –“

„Schnauze, Hektik!“ Rundi nahm Anlauf und verpasste Hektik einen solchen Stoß, dass ihm fast die beiden Fähnchen abbrachen. „Und jetzt du, Paddel, aber komm in die Pötte!“

„Also“, schnaufte Paddel, „ich kenn da doch die Rosa auf Linie drei, auch eine Viertel natürlich.“

Die anderen rümpften verschnupft die Nasen.
„Lasst mich mal machen!“, rief Paddel fröhlich. Und verschwand.

„Na, Rosa“, begann er schmeichelnd zu einer Viertelnote im dritten Takt auf Linie zwei.
„Dass du dich hier wieder blicken lässt“, kam Rosas Antwort. Sie seufzte, schaute Paddel an und meinte dann: „Ach, ich kann dir doch nicht böse sein, geht’s wieder um das Gleiche, einen Song für alle?“

Eine Stunde später kam Paddel zurück und rief: „Jetzt alle!“
Erst leise, dann aber immer lauter, erklang eine richtig exotische Melodie. Und sie war so abwechslungsreich wie harmonisch.

Freddie war auf einmal ganz wach. Was war da passiert?
Aber eigentlich war es ihm völlig egal, die Melodie war Weltklasse.
Sollte es an den Pillen gelegen haben?

Das Dingelchen

„Du machst mich krank!“ Ich schaute voller Abscheu auf den Mann, den ich aus Liebe geheiratet hatte. Welch ein Fehler! Damals war alles gut gewesen, alle beglückwünschten mich für meine „Wahl.“ Der Sex war auch hervorragend. Er war Manager eines Baumarktes, verdiente gut. Ich konnte mit meiner Arbeit im Kosmetikstudio auch einiges zur Familienkasse beitragen.

Drei Jahre ging alles gut, doch dann war er urplötzlich nicht mehr mit mir im Bett zufrieden. „Es fehlt was!“

Ich lag von seinem Samen beschmiert neben ihm.

„Warum, es war doch gut! Wir sind beide gekommen“, sagte ich verwirrt und noch etwas erschöpft.

„Trotzdem.“

Ich konnte ihn nicht verstehen, gut, wir machten es auf die eher konventionelle Art. Lag da das Problem? Ich überlegte.

„Sollen wir es vielleicht, hm, anal versuchen?“, fragte ich etwas verschämt.

Er antwortete erbost: „Das können die schwulen Säue machen!“

„Was dann?“

„Ich weiß es nicht.“ Er stand auf, ging in das angrenzende Bad, um sich zu waschen. Mich ignorierte er vollkommen. Frustriert drehte ich mich auf die Seite. Sollte er doch machen, was er wollte!

Den Rest der Nacht konnte ich nicht schlafen, während er schnarchte. Ich fühlte mich schmutzig.

Am nächsten Morgen ignorierten wir uns während des Frühstücks so gut wie möglich. Über meine Tasse Kaffee hinweg betrachtete ich ihn. Er war bereits in Anzug und Krawatte. Er musste früher raus als ich.

„Kommst du heute zeitig nach Hause?“, fragte ich scheu.

„Woher soll ich das wissen“, meinte er. „Die Scheißmitarbeiter muss ich, bis sie in ihren Autos sind, kontrollieren. Aber das weißt du genau!“

Leicht wütend entgegnete ich: „Es war nur eine verdammte Frage. Ich muss das Essen machen. Bei der Gelegenheit – was willst du zum Abendessen?“

„Nichts, ich habe ein Geschäftsessen, rechne nicht vor 23:00 Uhr mit mir.“

Ich wurde wütend: „Das sagst du mir jetzt? Ich habe für heute extra eingekauft, du Arschloch!“

Das traf seinen jetzt wie auch immer gearteten Nerv. „Vorsicht, Sch ...“

„Was!“, brüllte ich, „Schlampe?“

Er winkte ab. „War ein Ausrutscher.“

„So billig kommst du mir nicht davon“, schrie ich ihn an.

Plötzlich bemerkte ich ein böses Lächeln in seinem Gesicht. Das kannte ich und ich bekam Angst. Er konnte gewalttätig sein.

„Vergessen wir es, Schatz“, sagte ich ruhig.

Ich traf mich mit meiner Freundin Anja im Bistro, das uns am besten gefiel, zum Kaffee. Sie war Single, hatte jedoch immer Affären, von denen sie mir begeistert, oder auch weniger begeistert, bei unseren regelmäßigen Treffen erzählte. Sie sah mir an, dass ich Probleme hatte. Daher brach sie ihre Begeisterungsrede über ihre neueste Errungenschaft ab.

„Was hast du, du bist so still?“

„Sex ist nicht grad ein Thema für mich“, antwortete ich.
„Sex ist *das* Thema, das ist das Wichtigste“, warf Anja ein. „Ich hatte vor einer Stunde ein wahnsinniges Erlebnis. Einmal etwas ganz Neues.“
Ich schaute traurig drein.
„Oh, entschuldige, sprich dich doch aus“, sagte sie.
Ihr neues Erlebnis ignorierend, erzählte ich. Immerhin hörte sie aufmerksam zu. Ich erzählte von meinem unzufriedenen Mann – sie schaute erbost. Sagte mir, ich solle, nein, *wir* sollten doch einmal vor seinem Arbeitsplatz warten.
„Du meinst, er betrügt mich?“, fragte ich.
Erbost sagte sie: „Was du mir da erzählt hast, deutet genau darauf hin. Also heute Abend vor dem Markt. Ich stelle mein Auto zur Verfügung.“
Gesagt, getan.
Wir warteten, bis die Angestellten alle abgefahren waren. Doch zwei Autos standen noch da. Seines und ein kleiner Smart. Mittlerweile war es deutlich über die Öffnungszeit. Ich vermutete etwas.
„Da wirst du Recht haben“, sagte Anja.
Stinksauer wollte ich aus dem Auto raus, zum Markt rennen.
Anja hielt mich zurück. „Das können wir anders lösen“, sagte sie und berührte meine Wange. „Was er kann, können wir auch.“
Sie reichte mir ein Scham-Schmuckstück, das ich mir interessiert ansah. So ein Dingelchen hatte ich noch nie gesehen. Es bestand aus Perlen, die wie ein Dreieck angeordnet waren. Eine Vagina.
„Du hast den Autoschlüssel, stecke es zwischen die Sitze!“, sagte Anja. Ich tat es.
Wir fuhren zu Anja.
Wir tranken Wein.
Dann erzählte sie mir noch einmal von ihrer Errungenschaft. Es war eine Frau.
„Da kannst du die Männer vergessen“, kicherte sie, sah mich mit glitzernden Augen an. Mir wurde heiß. Sollte ich?
Wir küssten uns.
Eine völlig neue Erfahrung.

Einige Tage später:
Er reinigte den Wagen, während ich ihn mit einem Kaffee in der Hand beobachtete und wartete.
„Was ist das?“, fragte er, das Dingelchen in der Hand schüttelnd.
„Oh, das ist unsere Scheidung.“

Heimsuchung

Nachdem ich mich mühsam über Kopf geföhnt habe, um die spärlichen Haare, die mir das Alter gelassen hat aufzubauschen, springt Habacht wieder auf meine Schulter und krallt sich vorsichtig auf meinem Pullover fest.

Solch ein Sensohr ist ein Nutztier. Es sieht und hört mehr als wir Menschen, sogar im Voraus. Habacht ist ein Männchen und damit häuslich und ein Wetterprophet. Die Weibchen sind Jäger.

Wenn er mit mir spricht, wendet er sich, flötend wie eine Amsel vor dem Regen, sacht zu meinem Ohr. Dabei gehört er nicht zu den Vögeln, trotz der flügelförmigen Ohren auf dem Rücken. Grade fächert er mir leise knisternd Luft zu.

„Heute bist du hektisch, meine Liebe", wispert er mir ins Ohr und löst die Krallen vorsichtig von mir. „Wenn du so ruckelst, ziehe ich um." Fort ist er und bezieht auf der Fensterbank Posten.

Ich bin aufgeregt und angespannt, das ist wahr. „Du hast gut reden, Habacht, du hast keine Ahnung, wie das ist: offizieller Besuch, dem du beweisen musst, dass du alleine zurechtkommst, obwohl er vom Gegenteil überzeugt ist und deine Kinder behaupten, du wärest nicht ganz bei Trost! Ich muss einen guten Eindruck machen, ordentlich aussehen und die Hütte klar kriegen – in zwei Stunden!"

Unwirsch ordne ich mein Bett und schließe die Schlafzimmertüre. Darin haben Fremde wirklich nichts zu suchen.

„He, du schaffst das", höre ich Habacht melodiös vom Fenster. „Denk dran: eins nach dem anderen und je mehr du strampelst, um klar zu wirken, desto mehr verhedderst du dich. Begegne ihnen freundlich und lasse vor allem sie reden. Bleib ruhig!"

Ich fühle mich zittrig und fahrig. Ohne Grundlage im Magen bin ich schwach auf den Beinen und vertrage meine Tabletten nicht. Ich greife nach der Zeitung im Briefschlitz der Tür und lasse mich aufatmend am Küchentisch nieder, dankbar, dass Zweifellchen schon das Frühstück zubereitet und den Ofen eingeheizt hat.

„Ich weiß nicht –" Zweifellchen hustet, „ob es kalt genug ist für den Ofen. Außerdem drückt es den Rauch rein. Habacht sagt, es gibt Regen; dann können die vom Amt ihre Mäntel hier trocknen und werden sich wundern, wie schön warm du es morgens schon hast. Oder, was meinst du? Wirkt es übertrieben? Werden sie denken, du kannst die Jahreszeit nicht einschätzen?"

„Es ist auf alle Fälle sehr heimelig", lobe ich die emsige Schnurrerin, die schon wieder mit der Holzkiepe zum Schuppen unterwegs ist. „Aber du musst dich noch putzen, damit deine zwei Farben zur Geltung kommen und schnurre bitte freundlich. Eine sanfte und gepflegte Katze wird sie für mich einnehmen!"

Ich selbst liebe es, ihr seidiges, weißes Fell mit den schwarzen Flecken zu streicheln. Das tut meinen knotigen, steifen Fingern, die ich grade über die warmen Herdringe halten darf, so gut.

Sensohr hat die heiße Milch in den Kaffee gegossen und schiebt mir ein Butterhörnchen samt der Tablettenschachtel hin. Er selbst ist ein schmaler Hänfling, ernährt sich von den Krümeln, die ich großzügig fallen lasse. Ich tunke mein Gebäck in den Kaffee und zupfe ihn dabei behutsam an seinen durchscheinenden zart-silbrigen Flügel-Ohren. Sie trüben sich ein, wenn etwas im Anmarsch ist. Ich müsste die Brille aufsetzen, um es zu erkennen. Wo ist sie?

Ich taste nach der roten und der gelben Tablette von „Mo.–Morgen“ und nehme einen großen Schluck Kaffee dazu. Ich weiß, ich sollte sie mit Wasser nehmen und nicht beim Essen reden, aber es drängt mich:„Habacht, hilf mir beim Hörnchen, du Luftnahrungskünstler. Bist wie eins der unzähligen Strichmännchen, die mein Fritz immer mit viel Fantasie gezeichnet hat, und grad so dürr wie er selbst.“

Das Sensohr antwortet nicht gleich. „Du musst daran denken, dass du dem Besuch mit keinem Wort von uns erzählst, hörst du? Sie werden dich fragen, wie du den Alltag allein bewältigst. Sie werden erkennen wollen, wie weit du orientiert bist.“

„Meine Brille!“, rufe ich Zweifellchen zu, „bitte, denk an meine Brille. So kann ich ihnen nicht einmal Kaffee anbieten. Danke euch für alles, ihr Engel.“

Und dann sitzen wir für eine kleine Frist behaglich um den Tisch und krümeln und schlürfen; Zweifellchen nimmt den Rest Milch aus dem Topf. Mit der Brille auf der Nase und dem Frühstück im Magen fühle ich mich schon stärker.

Mir fällt ein, dass ich die Bedienungsanleitung der Kaffeemaschine verlegt habe. Kürzlich war sie noch da. Kaffee, mit heißer Milch vom Ofen, ja, aber das will vorbereitet sein, das macht einen guten Eindruck. Weltmännisch, lebenstüchtig, präsent!

„Ihr müsst mir helfen, ich will sie mit Kaffee empfangen. Die Kinder hatten mir doch neulich die schöne Maschine geschenkt, lasst sie uns ausprobieren!“

„Meine Liebe“, Zweifellchen klingt vorsichtig. „Meine Liebe, nicht neulich. Das war auf dem letzten runden Geburtstag und du hast sie erst ein einziges Mal benutzt. Seit Jahren steht sie nun da. Brüh ihn einfach auf, das ist sicherer und schmeckt besser.“

Sie unterschätzt meine Ohren. Ich höre sehr wohl den Unterton und auch ihr Getuschel.

„Keineswegs!“, fahre ich herum, als sie sich hinter mir zu Sensohr wendet. „Keineswegs war das ein sinnloses Geschenk. Sie haben es gut gemeint. Und meinen es auch jetzt nur gut. Habacht, hilf du!“

Das Sensohr hüpft mir wieder auf die Schulter. Die kleine Schnauze tippt leicht an mein Ohrläppchen. „Wir beide müssen dich jetzt allein lassen. Sie kommen den Weg herauf; gleich sind sie da. Setz das Wasser auf, mach's wie früher. Nimm dir Zeit. Sie sind keine Feinde. Empfange sie wie Wanderer ohne Eile!“

Als es draußen klopft, sind beide verschwunden. Ich sehe und höre sie nicht mehr, kann ihre Gegenwart nur noch ahnen, muss vertrauen, dass sie sich nicht mucken und doch da sind. Ein wenig unheimlich ist es schon, dass man so verschwinden kann!

Später erinnere ich mich nicht mehr an alles, was die beiden vom Amt gefragt haben. Sie haben sich manchmal untereinander angesehen und ein anerkennender Blick war auch dabei.

Im Nachhinein bin ich nicht ganz zufrieden mit mir: Von eigener Krankheit sollte man nicht erzählen. Das langweilt die anderen und macht einen schwachen Eindruck. Doch ich kenne mich gut aus mit Naturheilmitteln gegen mein Rheuma und habe ihnen meine Kräuterbüschel gezeigt. Am meisten haben sie das samtige, schwarz-weiße Katzenfell bewundert, das ich um den Rücken trage. Die Frau hat gezögert, es anzufassen.

Sie waren so freundlich! Wie hübsch ich es hier hätte, aber so viel Arbeit, und ganz allein sei das doch alles ziemlich anstrengend.

Ist es das wirklich? Bin ich deshalb immer müde? Aber darin haben sie Unrecht: Ich bin nicht ganz allein.

Ich habe wie zufällig gefragt, ob manche ihre Haustiere dorthin mitnähmen, und dabei erfahren, dass sie dort einen kleinen Streichelzoo unterhalten.

Meine Beiden werden dort nicht auffallen. Ich muss sie nur ungesehen hin schaffen.

Dann schaue ich lange in den Spiegel. Die Frau darin sieht erschöpft aus. Mir scheint, sie bittet mich um etwas. „Es ist wie Ferien machen“, sage ich zu ihr, „du darfst ausruhen!“

Ich halte ihr die seitlichen Wangen und schiebe die Schläfen mit den Fingerspitzen hoch. Da lächelt sie.

In Freiheit geboren – Olympe de Gouges

Es ist Nacht. Still ist es hier im Gefängniskrankenhaus. Bis morgen früh werde ich wohl in Ruhe gelassen. Irgendetwas hält mich heute wach. Schritte nähern sich. Wer kommt noch in dieser späten Stunde? Die Tür geht auf. Eine vertraute Gestalt tritt in den Raum.

„Louis-Sébastien! Was für eine Überraschung!“, rufe ich begeistert aus.

„Olympe, bitte nicht so laut!“, erwidert er mit unterdrückter Stimme.

„Wie hast du es geschafft, mich zu finden?“, frage ich nun gedämpft.

„Das ist jetzt nicht so wichtig. Wichtiger ist, wie es dir geht, Olympe.“ Besorgt schaut er mich an.

Für einen kurzen Moment vergesse ich, wo ich bin, ich blicke einfach in diese vertrauten, blauen Augen. „Louis-Sébastien ...“

Sein Blick ist ernst, doch voller Zärtlichkeit. Ich sehe in Zeitlupe, wie sein Gesicht immer näher kommt. In dem Moment, in dem seine Lippen meine berühren, schließe ich die Augen.

„Olympe, ich habe dich so vermisst“, flüstert er mir ins Ohr.

Oh, seine weiche Stimme, die ich so liebe!

Ich schließe noch einmal meine Augen und empfange seinen sanften, feuchten Mund. Ich spüre, wie seine Lippen von meinem Mund zu meinem Hals gleiten und weiter hinunter zum Dekolleté meines Kleides. Ein lautloser Seufzer entringt sich meiner Brust. Wie lange schon hat mich keine Hand, kein Mund mehr zärtlich berührt!

Seit meiner Einkerkerung ist es von Tag zu Tag eine Herausforderung, unter den gegebenen Umständen meine Würde zu bewahren.

Ein Verlangen durchströmt meinen Körper, am liebsten möchte ich mich dem hingeben, doch da wird mir wieder meine momentane Lage bewusst.

Sanft umfasse ich mit meinen Händen sein Gesicht und schaue ihm in die ernst blickenden Augen: „Was bringt dich hierher, Louis-Sébastien? Mir geht es gut hier im Krankenhaus, viel besser als in der Gefängniszelle. Sie behandeln mich gut hier.“

Er zögert ein bisschen, und dann stößt es aus ihm hervor: „Olympe, bitte komm mit mir! Ich kann dich in meinem Sommerhaus in der Provence unterbringen, bis bessere Zeiten kommen.“

Ich sehe ihm an, dass er es ernst meint, fast ein bisschen verzweifelt, aber etwas in mir will nicht wahrhaben, wovon er spricht. „Wovon redest du? Meine Gerichtsverhandlungen stehen noch an“, sage ich in sachlichem Ton.

Ich sehe die Verzweiflung in seinen Augen, er nimmt meine Hände und fleht mich an: „Olympe, bitte! Glaubst du im Ernst, dass dir ein gerechter Prozess gemacht wird?“

Ich überlege kurz, dann verkünde ich erhobenen Hauptes: „Louis-Sébastien, auch wenn sie uns Frauen in ihrer ‚Erklärung der Menschen- und Bürgerrechte‘ noch nicht berücksichtigt haben, brennen sie, im Grunde genommen genauso wie ich, für die Freiheit und die Menschenrechte. Nach gründlicher Prüfung werden sie schließlich einsehen, dass ich nichts gegen das Gesetz verbrochen habe, sondern nur für die Freiheit und die Menschenrechte gesprochen habe. Ich habe nichts zu befürchten."

Louis-Sébastien sieht mich gequält an. Wir schauen uns eine Weile schweigend in die Augen. Dann setzt er erneut mit ruhiger, doch eindringlicher Stimme an: „Olympe, du weißt, dass die Menschen oftmals Ideale haben, die sie nicht wirklich leben können?"

Oh, wie gut ich das weiß! Ich denke an Rousseau, dem hoch angesehenen Denker, der doch mindestens fünf uneheliche Kinder in die Welt gesetzt und sich nicht um sie gekümmert hat. Genauso wenig wie mein leiblicher Vater Pompignan. Aber meine Gerichtsverhandlung ... Seitdem ich die französische Sprache erlernt habe, habe ich immer mehr meine Meinung kundgetan, ich habe meine Stücke verfasst und meine Ansichten veröffentlicht. Ich habe mich heftiger Kritik und Verleumdung ausgesetzt – es gab sogar handgreifliche Angriffe, und bin stehen geblieben. Weil ich weiß, dass ich nichts zu verbergen habe! Mein Gewissen ist rein, und ich habe bereits mein politisches Testament geschrieben, für den Fall der Fälle.

Ich nehme meine Hände wieder zu mir und spreche aus: „Nein, ich will nicht fliehen und mich verstecken!" Dabei klingt meine Stimme vehementer als ich es beabsichtigt habe.

Louis-Sébastien greift, wie so oft, meine Gedanken auf: „Du hast bereits dein politisches Testament geschrieben. Du weißt selber, dass es zu deinem Tod führen kann. Ist dein Leben dir nicht wert genug, Olympe?"

Damit berührt er bei mir einen Punkt, wie eine Lawine bricht es da aus mir heraus: „Du weißt ganz genau, wie sehr ich das Leben liebe, Louis-Sébastien! Ich liebe meinen Sohn, ich liebe dich, ich liebe das Theater, das Gespräch, das Schreiben, und ich liebe die Natur! Aber das alles hat doch nur Sinn, wenn ich in Freiheit leben kann. Und nicht nur ich, alle Menschen, alle Frauen! Wir sind in Freiheit geboren und wir haben das Recht, in Freiheit zu leben!"

Mein Atem geht schnell, ich spüre meine Entschlossenheit und gleichzeitig eine Trauer, eine Wut, eine Verzweiflung, wenn ich nur an meine Mutter denke, die sich als arme Wäscherin abgerackert hat, ohne je Lesen und Schreiben zu lernen und ohne jegliche Unterstützung von meinem wohlhabenden Vater, der nur sein Vergnügen mit ihr hatte! Ich denke an meine Heirat, zu der mich mein Bruder gezwungen hat, mit einem Mann, der überhaupt nichts mit mir zu tun gehabt hat! Wir Frauen müssen das Recht haben, selbst über unser Leben zu bestimmen. Es muss aufhören, dass Frauen wie Sklaven behandelt werden, dass ihr Leben von ihren Männern bestimmt wird!

„Wir sind in Freiheit geboren und wir müssen das Recht bekommen, in Freiheit zu leben!", wiederhole ich, nun in flehendem Ton.

In seinen Augen mischen sich Bewunderung, Zärtlichkeit, Verständnis und Trauer. Erneut nimmt er meine Hände und spricht mit fester Stimme: „Olympe, ich bewundere deinen Mut, ich bewundere deinen klaren Geist und ich möchte dich nicht verlieren. Das, was Robespierre und seine Männer zurzeit betreiben, ist eine Schreckensherrschaft. Und du hast selber gesagt, dass eine Tyrannei nicht lange andauern kann. Ich habe große, berechtigte Sorge, dass du Opfer des Terrors werden könntest. Bitte komme für eine kurze Zeit zu mir, um auf bessere Zeiten zu warten!"

Ein Teil von mir weiß ganz genau, dass er so Recht hat. Ich senke meinen Kopf, schaue auf meine Hände, die er in seinen hält. Fast will ich einwilligen und mit ihm gehen. Natürlich will ich leben!

„Und doch hat unser Leben nur Wichtigkeit, wenn es für etwas Größeres eingesetzt wird", spreche ich den letzten Gedanken laut aus.

„Olympe ..."

Wir verabschieden uns. Ich sehe seinen Blick voller Schmerz und Liebe noch lange vor mir.

Eine Woche später erhalte ich mein Todesurteil. Ich schreibe einen letzten Brief an meinen geliebten Sohn Pierre. Ich realisiere nun, dass ich bald das Schafott besteigen werde, ganz so, wie ich in meinem ‚Manifest über die Rechte der Frau und Bürgerin' dafür plädiert habe und ganz so wie die Königin, der ich das Manifest gewidmet habe. Hierin gewährt man mir also Gleichberechtigung.

Nein, ich will nicht sterben. Ich will leben! Und ich werde bis zum letzten Moment meines Lebens meine Wahrheit leben.

Sagenhafte Völker

Luca schaut die ganze Zeit auf die Karte. Seine Brille ist ihm ein bisschen auf der Nase nach unten gerutscht, aber das merkt er nicht. „Coole Sache, diese Karte“, sagt er. „Sie zeigt, wo die Feen, Elfen, Gnome und Zwerge wohnen, in welchen Wäldern, Felsen und sogar auf welchen Friedhöfen sie sich vor den Menschen verstecken.“ Luca liest vor, was neben den roten Punkten und den gelben Kreuzchen steht.

Marie läuft dicht neben ihm. Die vorbeifahrenden Autos sind so laut, dass Luca fast schreien muss, damit sie ihn versteht.

„Die sagenhaften Völker der Insel leben in Harmonie miteinander. An diesen Orten wird viel gesungen. Feen verströmen warmes Licht. Fröhliche Elfen spielen mit Menschenkindern.“

„Spielen mit Menschenkindern?“ Marie drängt sich dichter an ihren Bruder, um auch einen Blick auf die Karte zu erhaschen. „Komm Luca, schneller! Ich will in den Park zu den Elfen! Ich will mit den Elfen spielen!“

Sie läuft über die breite Straße, die sie und Luca von dem Park trennt. Viel zu schnell, und nach Autos hat Marie auch nicht richtig geschaut. Luca ist sauer, Marie muss auf ihn hören, wenn Mama und Papa nicht da sind. Er ist schon fast elf und kann gut auf seine Schwester aufpassen.

Papa hat Marie Bilder in seinem Reisebuch gezeigt. Magische Zauberwesen, „Marie, das ist doch bestimmt was für dich.“

Marie mag Elfen. Zuhause liest Mama ihr abends manchmal Geschichten vor, in denen Elfen vorkommen. Deshalb hat sie sich auch ganz besonders auf den Urlaub gefreut.

Sie kann sich nicht mehr an den Namen der Stadt, in der sie vor zwei Tagen angekommen sind, erinnern, obwohl Papa ihn im Flugzeug immer wieder gesagt hat. Ein komischer Name für eine Stadt, findet Marie, in einer Sprache, die ihr fremd ist. Aber sie erinnert sich, dass hier viele magische Wesen leben sollen, sogar eine Elfenkönigin soll es geben. Das steht alles in Papas Buch und auch die Frau, die im Hotel arbeitet, hat davon erzählt. Für Kinder ist das ein fantastischer Ort, um Urlaub zu machen, hat die Frau zu Mama und Papa gesagt.

Jetzt sind ihre Eltern immer noch im Hotelzimmer. Sie haben keine Zeit, um mit Marie die Elfen zu suchen. Marie ist ganz alleine mit Luca. Da ist niemand im Park, keine anderen Kinder, keine Erwachsenen und auch gar keine Tiere.

Oder verstecken sich alle?

„Freundliche Feen leben in prachtvollen Häusern. Der Tempel eines Erdgeistes versprüht Frieden, Freude und Spri-, nein, Spi-ri-tu-a-li-tät.“

„Feen leben doch nicht in Häusern! Wir müssen hier hoch, Luca!“

Schmale Wege schlängeln sich über Hügel, immer weiter von der Straße weg in den Park hinein. Es gibt viele Löcher in der Erde, manchmal verborgen hinter Büschen und Sträuchern, in Baumstämmen und harten Felsen. Vielleicht sind das die Elfenhäuser.

Marie muss genau hinschauen, geht auf ihre Knie, um besser sehen zu können, oder streckt sich auf den Zehenspitzen nach oben und tastet nach winzigen Lebewesen. Aber da ist nur feuchte Erde, und Marie hat ein kleines bisschen Angst, dass sie auf dem Hang abrutscht.

Gestern waren sie alle zusammen spazieren, erst am Meer und dann über ein weites Feld mit Steinen. Lava-Steine, hat Papa gesagt. „Diese Insel ist eine Vulkaninsel, eine Insel aus Feuer und Eis."

Aber Marie hat gar kein Feuer und kein Eis gesehen und ist über einen gezackten, schwarzen Stein gestolpert und hat sich weh getan. Mama hat mit Papa geschimpft. Die Wanderung ist viel zu gefährlich, hat sie gesagt.

Heute haben die beiden sich wieder gestritten und laut geschrien und über Dinge gesprochen, die Marie erst versteht, wenn sie älter ist. Mama geht es nicht gut, sie hat geweint und dann wieder ihre Medizin genommen. Die kleinen rosa Kügelchen, die aussehen wie Mini-Bonbons. Deshalb müssen Marie und Luca brav sein und alleine in den Park gehen. Der ist auch nicht weit weg vom Hotel. Marie schließt die Augen, kneift sie ganz fest zusammen und versucht, sich die Feenhäuser vorzustellen. Aber sie sieht nur orangefarbenes Licht.

„Elfen haben lange, dünne Beine, große Ohren und wuscheliges Haar. Zwerge tragen spitze Hüte und lange Mäntel und haben Bärte. Sie sind etwa so groß wie Kleinkinder und besitzen eine farbenfrohe Aura und ein temperamentvolles Wesen."

„Was bedeutet Aura, Luca?"

„Gnome werden nur etwa zwölf Zentimeter groß und leben in Gemeinschaften. Feen gleichen Engeln. Man kann sie in der Nähe von Seen oder in der wilden Natur finden." Lucas Stimme klingt nun ganz leise.

Marie läuft zwischen den Bäumen davon. Sie will endlich die Elfen finden, die irgendwo hier sind. Noch einmal hört sie Luca nach ihr rufen, aber Marie hat keine Zeit. Sie klettert den Hang, der nun richtig steil ist, immer höher hinauf, nimmt ihre Hände zu Hilfe, bis sie ganz braun von der Erde sind.

Der Wind schiebt die dunklen Wolken schnell über den Himmel. Es ist kalt geworden, Marie zittert. Aber hier, hier muss es sein, eine Öffnung im Felsen, etwas versteckt hinter herabhängenden Pflanzen, fast wäre Marie vorbeigelaufen. Sie steckt ihren Kopf in die Höhle, kann aber fast nichts erkennen. Sie muss tiefer hinein mit dem Oberkörper, die Elfen verstecken sich doch. Da liegt etwas in der aufgewühlten Erde, ganz sicher. Der Wind streift um ihre Beine und erste kräftige Regentropfen fallen auf Maries nackte Haut am Rücken, da wo das Shirt aus der Hose gerutscht ist. Sie streckt die Hand weit aus, ihre Finger berühren etwas Kaltes, Festes. Fast hätte Marie es fallen gelassen, aber sie will unbedingt wissen, was das ist, reckt sich noch etwas mehr, schließt ihre Finger darum und zieht ruckartig den Kopf wieder aus der Dunkelheit. Regen läuft ihr das Gesicht herunter, sie hat keinen Schirm dabei. Sie weiß gar nicht mehr, wo genau sie ist, und Luca ist auch verschwunden. Von dem Park und dem Weg, den sie hochgeklettert ist, sind nur noch Umrisse zu erkennen. Marie stolpert hastig den Hang hinab, vor ihr taucht ein Stein auf, sie erschrickt. Im ersten Moment denkt sie, es ist Luca, der da steht, doch der Stein ist noch größer als Luca und wirft einen Schatten, der ein bisschen aussieht wie ein Bär. Oder ist es vielleicht ein Troll? Von diesen Lebewesen hat Marie gehört. Wenn Trolle nicht vor Tagesanbruch ihre unterirdischen Höhlen erreicht haben, werden sie von der Sonne für immer zu Stein verwandelt, das weiß sie. Trolle sollen böse Wesen sein und Zauberkräfte haben. Wenn der Stein ein verzauberter Troll ist, gibt es dann noch mehr Trolle hier?

Marie hat Angst, es ist jetzt viel zu dunkel geworden. Sie will zurück zum Hotel und muss an Mama denken, wie sie im Bett gelegen und geweint hat. Tränen sammeln sich in ihren Augen und vermischen sich mit den Regentropfen. Ein flaschengrünes Licht leuchtet plötzlich vor ihr auf. Sie blinzelt, glaubt, dass das viele Wasser in ihren Augen ihr böse Streiche spielt, aber da ist es, Strahlen brechen fächerförmig hinter Gestrüpp hervor, nur etwa zwei oder drei Schritte entfernt. Sie kann Stimmen hören, Stimmen, die ihr in einer fremden Sprache etwas zuflüstern. Oder ist das die Stimme von Mama, die ihren Namen ruft?

Marieee, Marieee .... Es wird noch kälter, eiskalt, Maries Finger beginnen zu schmerzen, und die Tränen, die sich in ihren Wimpern verfangen, erstarren. Sie rennt weiter den Hang hinunter, verliert den Halt auf dem nassen Gras und den losen Steinen, fällt auf ihre Knie, genau dort, wo ihre Wunde von gestern ist. „LUCA!, LUCA!“, Marie schreit, so laut sie kann, aber die Worte werden sofort vom Regen erdrückt. Sie dreht sich in alle Richtungen, da ist es wieder, das unheimliche Licht, näher, aber wie kann das sein, sie läuft weiter und prallt gegen etwas Hartes, sie erschrickt, schreit.

„Marie! Da bist du ja, verdammt, ich suche dich schon die ganze Zeit, du sollst doch nicht weglaufen. Papa hat gerade angerufen. Wir sollen zurück ins Hotel kommen.“

Marie holt tief Luft. Das grüne Licht ist verschwunden, die geheimnisvollen Stimmen sind verstummt. Der Regen ist schlagartig schwächer geworden, als ob Luca ihm ein Zeichen gegeben hätte. Luca nimmt Maries Hand.

„Mama geht es wieder besser. Sie ist aufgestanden, und im Hotel-Restaurant gibt es heute Abend Hackbällchen.“

Er hat die Karte der Elfen, Feen, Zwerge, Erdgeister und Kobolde weggesteckt und führt Marie vorsichtig zurück in Richtung Straße. Hier fahren keine Autos mehr, es ist fast ganz still. Ihre Kleider sind nass und liegen richtig schwer auf der kalten Haut. Luca freut sich auf die Hackbällchen und Marie muss nun keine Angst mehr haben. Noch immer hält sie die Finger der rechten Hand fest umschlossen. Fast hätte sie es vergessen, doch nun kehrt ihre Neugierde zurück. Was ist es, was sie in der Höhle gefunden hat? Langsam öffnet sie ihre Faust. Ist es eine tote Elfe? Oder ein schlafender Zwerg? Nein, es viel zu fest und die Oberfläche zu glatt. Rot schimmert zwischen den Ritzen ihrer Finger hervor, große Kulleraugen, eine Schnauze, aus der spitze weiße Zähnchen hervorlugen. Es ist ein kleiner Plastik-Drache. Sieht aus wie eine Figur aus einem Kinder Überraschungsei. Rasch schließt sie ihre Hand wieder und folgt Luca, der schon ein Stück voraus ist. „Nicht bummeln! Los komm, Marie!“

Sie zählt die Schritte bis zum Hotel, bis zu Mama und Papa, eins ... zwei ... drei Schritte, nein Riesenschritte! So konzentriert ist sie, dass sie das zarte Kratzen und Scharren an der Innenseite ihrer Handfläche beinahe nicht bemerkt.

Hans, der Stallknecht

Hans lehnt am Zaun der Koppel und betrachtet versonnen die grasenden Pferde. Zwei Fohlen toben ausgelassen über das satte Grün.

Wie schön wäre es, mit meinem eigenen Pferd über die Felder und durch den Wald zu reiten, immer den Hasen und dem Wild hinterher, träumt er. Er rupft einen Grashalm aus und kaut darauf herum.

Das ist nichts für solche wie dich, schlag es dir aus dem Kopf, dröhnt die Stimme des Stallmeisters in seinem Kopf.

Hans weiß, was der Meister meint: Er ist der Stallbursche. Reiten und Jagen dürfen nur die Herrschaften im Gutshaus.

Er seufzt und schlendert den Weg zurück zum Stall. Es wartet viel Arbeit auf ihn. Er mistet die Boxen aus und holt frisches Heu und Stroh. Er putzt die Sattel, das Zaumzeug und die Stiefel der Herrschaften aus dem Gutshaus. Er fegt den Stall aus und schaut nach der trächtigen Stute. Sie döst hinten in der ruhigsten Ecke des Stalls. Ihr Bauch ist schon mächtig rund. Bald soll das Fohlen kommen.

Am Nachmittag muss Hans die Pferde von der Koppel holen und von Staub und Dreck befreien.

„Beeil dich, es kommt ein Gewitter!“, ruft der Meister. „Und komm bloß nicht auf die Idee, dich auf den Pferderücken zu setzen!“

Hans kann es nicht mehr hören. Jeden Tag dasselbe. Aber er weiß, wie er es anstellen muss. Hin und wieder schwingt er sich auf einen Pferderücken. Aber so, dass der Alte es nicht merkt. Den Weg von den Koppeln zum Stall kann der Meister nicht beobachten. Einmal hat er ihn fast erwischt, aber Hans hat noch schnell genug abspringen können, bevor der Meister um die Ecke gebogen ist.

Als Hans sich nach der Arbeit den Schweiß von der Stirn wischt, grummelt in der Ferne schon der Donner. Es wird duster im Stall, die Luft wird drückend und feucht. Auf dem Heuboden über ihm dröhnen die schweren Stiefelschritte des Meisters.

Was macht er da oben? Holt er noch frisches Heu für die Stute?

Hans zuckt kurz mit den Schultern, schnappt sich die Bürste und fängt an, Boschko, den braunen Wallach, zu striegeln. Er liebt es, das warme, weiche Fell des Pferdes zu spüren, seine Kraft und die Muskeln.

„Bist ein Guter. Ja, braves Tier“, murmelt er mit leiser Stimme, so wie es der Meister auch immer macht. Er fährt mit dem Hornkamm durch Boschkos Mähne.

Der Wallach schnaubt zufrieden.

Plötzlich kracht es auf der Stiege, kurz danach ist ein schweres Poltern zu spüren. Boschko springt zur Seite. Hans zuckt vor Schreck zusammen und rennt aus der Box. Die Tür zum Heuboden steht halb offen. Er reißt sie auf und erstarrt – der Meister liegt quer auf der Treppe.

„Meister, was ist passiert? Meister?“

Der Meister bleibt stumm.

Hans wird es erst heiß und dann eiskalt. Er kniet sich hin und berührt vorsichtig Schulter und Arm des sonst so kräftigen Mannes. Nichts. In diesem Moment erhellt ein Blitz den Aufgang. Hans erhascht einen Blick auf den Fuß des Meisters. Er scheint merkwürdig abgeknickt im hohen Stiefel. Das hat Hans schon einmal gesehen: Der junge Herr war vom Pferd gestürzt und hatte sich den Fuß gebrochen.

Er nimmt all seine Kraft zusammen und zieht und zerrt am Stiefel.

Der Meister stöhnt ein wenig auf. Dann ist er wieder still. Hans hört sein Herz rasen und keucht. Alleine schafft er es nicht. Er braucht Hilfe.

Die dunklen Wolken verschlucken das Gutshaus. Kein Licht ist zu erkennen. Dort ist niemand. Die Herrschaften sind weggefahren. Aber er braucht Hilfe. Hastig überlegt Hans, wohin er sich wenden kann. Das nächste Gutshaus ist zu weit weg. Aber das Dorf liegt hinter dem Wald. Der Doktor! Ja, der ist die Rettung. Der Arzt wohnt am Rand des Dorfes.

Hastig stolpert Hans hinunter in den Stall und schnappt sich eine Pferdedecke. Er breitet sie über dem Meister aus und stopft ihm ein wenig Stroh unter den Kopf. Das muss reichen. Draußen fallen die ersten dicken Regentropfen und lassen den Staub tanzen.

Hans zögert. Doch er hat keine andere Wahl. Schnell tragen ihn seine Füße in die Sattelkammer, wo Boschkos Sattel und Zaumzeug hängen. Er sattelt den Wallach mit zitternden Händen und zerrt ihn aus der Box. Boschko will nicht in den Regen hinaus, aber Hans lässt nicht locker. Er stößt sich mit den Füßen ab und landet im Sattel. Jetzt muss er zeigen, was er kann.

Das Pferd mit dem jungen Reiter trabt los. Der Wald liegt dunkel und unheimlich vor ihnen. Die Wolken lassen kein Mondlicht durch, nur die Blitze zeigen beiden den Weg. Unter den Bäumen ist der Regen nicht so stark zu spüren. Hans duckt sich über den Pferdehals und hört nicht auf, Boschko und sich selbst gut zuzureden. Die Äste schlagen ihm gegen Arme und Beine, er kann im Dunkeln kaum etwas erkennen. Der Wallach macht einen erschrockenen Satz, als eine Eule über den Weg fliegt.

„Hoffentlich haben sich bei dem Wetter auch die Wölfe und der Bär verkrochen“, murmelt Hans und treibt Boschko immer weiter. Vor ein paar Wochen haben die Männer aus dem Dorf einen Bären ganz in der Nähe des Dorfes gesichtet.

Hans ist froh, als er durch die Zweige einige Lichter aus dem Dorf sehen kann.

Plötzlich knickt der Wallach mit einem Vorderbein ein und Hans rutscht über die linke Schulter des Pferdes. Er landet in einem Sumpfloch. Boschko trampelt und zieht rückwärts, um sich aus dem weichen Schlamm zu befreien. Hans rappelt sich mit aller Kraft hoch und erhascht die Zügel des Pferdes. Beide stehen keuchend da. Hans ist von oben bis unten mit Dreck und Schlamm beschmiert. Hastig reibt er sich das Gesicht mit seinem Ärmel ab. Boschko tänzelt hin und her, als Hans die Beine des Pferdes untersucht. Da! Am vorderen linken Bein fühlt er eine Beule. Boschko hat sich verletzt.

„Oh nein, reiten kann ich jetzt nicht mehr!“, stöhnt Hans auf. Vorsichtig zieht er Boschko ein Stück mit sich. Der Wallach folgt Hans, er lahmt nur ein bisschen. Der Weg macht noch eine Kurve, dann haben sie den Waldrand erreicht. Völlig erschöpft, durchnässt und verdreckt, schleppen sie sich zum Haus des Doktors. Es regnet noch immer in Strömen.

Hans schlägt mit letzter Kraft gegen die Haustür. Die Haushälterin öffnet die Tür. Martha mustert den Jungen und das Pferd, als kämen sie direkt aus der Hölle.

„Hans, bist du das?“, fragt sie erschrocken. „Um Himmels willen, was ist passiert?“

„Der Meister ... er ist gestürzt ... Hilfe ... der Doktor ... das Bein ist gebrochen“, stottert Hans, als er versucht, alles auf einmal zu erzählen.

Die Haushälterin packt ihn an den Schultern und will ihn ins Haus zum Feuer in der Küche ziehen.

„Boschko, Boschko!“, ruft Hans verzweifelt.

„Keine Sorge, mein Kind, der Knecht kümmert sich um ihn“, beruhigt ihn Martha und gibt ihm eine Decke. Dann weckt sie eilig den Arzt.

„Martha, gib dem Jungen ein Glas warmen Met. Der Honigwein wird ihn stärken“, ordnet der Doktor an, als er Hans bleich und durchnässt in der Küche vorfindet. Er hört sich kurz an, was Hans ihm berichtet. Dann lässt er den Wagen anspannen.

„Und mach mir rasch die Tasche fertig!“, ruft er Martha zu. „Hans, Du bleibst hier und ruhst dich aus!“

Aber Hans protestiert.

„Nein, ich komme mit.“

Und mit einem Ruck hat er sich von der Decke befreit und ist an der Seite des Doktors im Wagen.

Der Knecht lässt die Peitsche knallen. Und schon pflügen sich die Räder der Kutsche durch den aufgeweichten Boden Richtung Gutshaus. Hans ist während der Fahrt ganz still. Er denkt an den Meister: Hoffentlich ist er zu sich gekommen, hoffentlich kann der Arzt ihm helfen.

Ihm dauert die Fahrt viel zu lange.

Als sie endlich angekommen sind, springt er aus dem Wagen und rennt vor dem Doktor hin zum Stallmeister. Er liegt noch immer bewusstlos auf der Treppe zum Heuboden.

Hans macht dem Arzt den Weg frei. Er hofft und betet, dass der Meister nicht stirbt. Der Arzt schafft den Meister gemeinsam mit dem Knecht in die schlichte, warme Stube am anderen Ende des Stalls. Die beiden Männer keuchen, denn der Meister ist schwer. Hans zündet im Zimmer so viele Lichter, wie er finden kann an, damit der Doktor genug erkennt.

Mit einem scharfen Messer schneidet der Arzt den Stiefel des Meisters von oben bis unten auf. Das Fußgelenk ist dick geschwollen und hat sich dunkel verfärbt. Vorsichtig tastet der Arzt den Verletzten ab.

„Gut, dass er nicht bei sich ist“, murmelt der Doktor. „Halt ihn mit aller Kraft fest!“, mahnt er den Knecht. Dann ergreift er mit beiden Händen den Fuß und unter einem heftigen Ruck krachen die Knochen des Meisters.

Hans erschrickt, als der Meister aus Leibeskräften aufschreit.

„Das war's, der Knochen sitzt wieder an Ort und Stelle", stellt der Arzt zufrieden fest. Er flößt dem Meister aus einer kleinen Flasche Schnaps ein und bindet das Bein an einer Schiene fest.

Hans tritt neben den Meister, sein Gesicht ist blass und voller Schweiß.

„Das hast du gut gemacht, mein Junge", sagt der Arzt anerkennend. „Wärst du nicht so schnell mit dem Pferd gekommen, ich weiß nicht, wie dein Meister das überstanden hätte."

Hans wirft einen schnellen Blick zum Meister. Ob er die Worte des Arztes gehört hat? Er darf nicht erfahren, dass Hans das Pferd genommen hat.

Der Meister hat die Augen einen Spalt weit geöffnet und sieht Hans genau ins Gesicht. Hans schluckt. Aber er kann keinen strafenden Blick erkennen. Stattdessen nickt der Meister Hans schwach zu. Hans kneift die Augen zusammen. Liegt da nicht ein kleines Lächeln auf dem bleichen Gesicht?

Formvollendet

Die kleine Erdnuss war gerade eben aus dem Boden geschlüpft und schaute mit neugierigen Augen in die Welt hinaus.

Wunderbare Geschichten waren ihr erzählt worden, von ihrer Mutter, der Nährpflanze.

Sie, die über der Erde wohnte, hatte ihr von den Jahreszeiten, mit eisiger Kälte und sengender Hitze erzählt, von Sonne, Wind und Regen. Von den Menschen und Tieren, vor denen sie sich in Acht nehmen müsste, wollte sie nicht unverzüglich verzehrt werden. Ebenso wie vor den Fahrzeugen, die sie zu Erdnussmus zerquetschen könnten.

Doch die Gefahr trübte die Freude der Erdnuss nicht. Zu groß war ihre Sehnsucht, all die Geschichten, von denen sie gehört hatte, selbst zu erleben. Sie wollte durch Wiesen und Felder, Wälder und Berge streifen.

Auf der Suche nach den größten Abenteuern, die je eine Erdnuss erlebt hatte.

Das Gras kitzelte ihre frische Schale sanft und sie musste aufpassen, dass sie sich in den ersten Tagen nicht an einem scharfen Stein stieß oder an einer Glasscherbe schnitt. In einer Woche würde sich ihr Panzer gut gehärtet haben, so dass ihr kleinere Schürfungen nicht schaden würden.

Nach kurzer Zeit traf sie auf einen roten Apfel, welcher vor ihr im Gras lag.

„Wer bist denn du, Wurm?“, fragte das Fallobst mürrisch.

„Ich bin kein Wurm“, antwortete die Erdnuss fröhlich. „Ich bin eine junge Erdnuss!“

Der Apfel krauste seine Schale und entgegnete: „So so, eine Erdnuss. Du hast eine merkwürdige Gestalt. Sieh mich nur an! Ich bin prall und rund. Das ist eine schöne Form!“

Die kleine Erdnuss betrachtete den Apfel nun sehr genau. Tatsächlich war er rund, rot und voll wie die untergehende Sonne, von der Mutter ihr erzählt hatte.

„Vielleicht werde ich auch einmal so schön rund wie du?“, überlegte die kleine Erdnuss.

Da dröhnte der Apfel vor Lachen, dass sein Stängel wackelte.

„Niemals wirst du rund und prall werden, du Wurm. Sieh dich um, die ganze Welt ist rund!“ Mit diesen Worten kullerte er den Abhang hinunter.

Verdutzt machte sich die kleine Erdnuss auf den Weg, ihre Reise fortzusetzen. Unterdessen betrachtete sie all die runden Dinge um sich: die Kastanien und Haselnüsschen. Die roten Tomaten, welche von den Stauden hingen, ebenso wie die gelben Ranunkeln am Wegesrand, die mit der Sonne um die Wette strahlten und ihr somit die trübe Stimmung vertrieben.

„Erdnuss klein, ging allein, in die weite Welt hinein“, trällerte sie das einzige ihr bekannte Lied in den wolkenlosen Himmel, „Abenteuermut steht ihr gut …“

Gerade wollte sie weiter dichten, da erblickte sie eine Holzkiste, die unter dem Schatten eines Baumes schlief.

Die Kiste ist jedenfalls nicht rund und prall, dachte die kleine Erdnuss und seufzte erleichtert. Damit weckte sie die Holzkiste, die zwinkernd ihre Scharniere öffnete.

„Hallo, kleine Raupe."
„Ich bin keine Raupe, ich bin eine Erdnuss, heute frisch geschlüpft." Dabei deutete die Erdnuss auf ihre zarte, helle Schutzhülle.
Die Holzkiste knarrte verlegen.
„Ach, so ist das. Nun, wärst du mal eine solide Holzkiste geworden, wie ich. Sieh mich an, meine gleichmäßigen Kanten und Ecken! Eine wahre Schatzkiste bin ich." Sie klimperte lieblich mit den Schlössern, welche golden glänzten.
Die kleine Erdnuss wanderte einmal um die Holzkiste herum. Schön stabil war sie. Ihr konnte so leicht keiner etwas anhaben. Das Holz war viel haltbarer als die zarte Schale einer Erdnuss.
„Meinst du, meine Schale wird auch einmal so stabil wie dein Holz?"
Die Holzkiste klapperte aufgeregt mit ihrem Deckel. „Du meine Güte, nein, natürlich nicht! Wo denkst du hin? Niemals wirst du meine eckige Form in dieser Stärke erlangen."
Traurig wandte die kleine Erdnuss sich ab. Damit hatte sie nicht gerechnet. Sie war weder rund und prall, noch eckig und stabil.
Vielleicht sollte ich mich wieder in die Erde verkriechen, überlegte sie und Tränen schimmerten in ihren Augen. Andererseits ...
Mit einem Ruck reckte sie ihre kleine Faust in den Himmel.
Fürwahr! Ich werde ein Held sein! Der größte Abenteurer unter den Erdnüssen!
So schnell würde sie sich nicht unterkriegen lassen.
Mit neuem Mut kullerte sie den nahen Berg hinunter und jauchzte dabei vor Vergnügen.
Unten gelangte sie an eine Straße. Nun hieß es aufpassen. Während die kleine Erdnuss überlegte, wie sie unversehrt über die Straße gelangen konnte, vernahm sie plötzlich eine strenge Stimme.
„He, du Krümmling, wohin des Weges?"
Die Erdnuss blinzelte in die Richtung, aus der die Frage erklungen war. Das Straßenschild spiegelte das Sonnenlicht grell, so dass die kleine Erdnuss zunächst ihre Augen abschirmen musste.
„Ich bin kein Krümmling! Ich bin eine Erdnuss und möchte in die Welt hinaus, Abenteuer erleben. Kannst du mir raten, wie ich am besten über diese Straße komme?"
Das Schild schien die Frage überhört zu haben.
„Abenteuer? Die Welt ist voller Gefahren! Ich ermahne jeden, der hier vorbei kommt. Mein weißes Dreieck, geschmückt mit rotem Rand, ist weltbekannt. Wo ich bin, da bist du gewarnt!" Der mächtige Schatten des Dreiecks fiel nun unmittelbar neben die Erdnuss, als das Schild sich ihm bedrohlich entgegen beugte.
Wie klein ich dagegen bin ... stellte die kleine Erdnuss fest.
Trotzig spreizte sie ihre Arme weit auseinander, so dass ihr Schatten dem des Schildes ähnelte. „Meinst du, *so* könnte ich auch ein dreieckiges Warnschild werden?"
Furchteinflößend funkelte das Schild die Erdnuss an.
„Du formloser Flegel! Was bildest du dir ein? Mach, dass du fortkommst, du lenkst mich ab", zischte das Schild gebieterisch.
Ehe die Erdnuss sich versah, stieß das Schild sie über den Asphalt. Mit einem Schwung rollte sie auf der anderen Seite sogleich eine Böschung hinab. Unsanft landete sie mit den Füßen in einem Bachlauf.

„Huch!“ Erschrocken zog sie ihre Schale zurück und legte sie sogleich zum Trocknen in die Sonne. Das fehlte ihr noch, dass sie am ersten Tag aufweichen würde.

Während die Sonnenstrahlen die Wasserflecken aus ihrer Schale sogen, hing die kleine Erdnuss betrübt ihren Gedanken nach. Sie sehnte sich nach ihrer schützenden Erde zurück, nach ihrer Mutter und den fantastischen Geschichten, denen sie stundenlang gelauscht hatte.

Doch nie erwähnte Mutter, dass die äußere Gestalt von Bedeutung sei.

Welche war denn nun die richtige Form? Die runde, die eckige, die dreieckige?

Die kleine Erdnuss verstand die Welt nicht mehr. Ihre Gedanken kreisten wie die kleinen Wasserstrudel, die sich um die Steine im Bachlauf bildeten.

So bemerkte sie auch nicht das Häschen, welches sich von hinten an die Erdnuss heran tastete. Erst, als es an ihrer Schale schnupperte, machte die Erdnuss vor Schreck einen Satz nach vorne.

„Wovor fürchtest du dich denn so, kleine Erdnuss?“, fiepste das Häschen.

„Du weißt, dass ich eine Erdnuss bin?“ Ermutigt richtete die kleine Erdnuss sich zur vollen Größe auf.

„Sicher, das sieht man doch!“

Die Erdnuss strahlte.

„Tatsächlich? Und? Sag, wie findest du mich?“

Bei diesen Worten drehte sie sich mit ausgebreiteten Armen einmal um die eigene Achse.

Das Häschen spitzte die Ohren, der buschige Schwanz zitterte.

„Wo die Eitelkeit anfängt, hört der Verstand auf, lautet ein Sprichwort“, entgegnete es.

Die kleine Erdnuss senkte den Blick zu Boden.

„Nun ja, ich dachte eben, weil ich nicht prall und voll bin, wie der Apfel. Die ganze Welt ist rund. Eckig und stabil, wie die Holzkiste bin ich nicht und dreieckig schon gar nicht. Nicht einmal als Warnschild bin ich zu gebrauchen.“

„Stimmt“, sagte das Häschen und putze sich mit den Vorderpfoten das Schnäuzchen. „Du hast eben eine außergewöhnliche Form. Unverkennbar. Diese Form, diese Schale hat niemand.“

Die Erdnuss schaute in den Bachlauf, der ihr Spiegelbild wiedergab. Wahrhaftig!

So hatte sie das noch gar nicht gesehen.

Sie war etwas Besonderes.

Sie brauchte keine bestimmte Form.

Und wenn sie ganz genau hinsah, hatte sie von allem etwas: runde Enden, sowie winzige dreieckige und viereckige Muster eingebettet in kantige Schalennähte.

Jimmy lässt sich nicht auf den Arm nehmen!

Ich liege eingekuschelt in meinem Körbchen im Esszimmer und lasse mir die Sonne auf den Bauch scheinen. Es ist bestimmt schon Nachmittag, aber aufstehen? *No way*, gestern war ich die halbe Nacht auf Mäusejagd. Geplättet vom Beutezug bin ich dann später im Morgengrauen noch auf 'ner *Afterhour* auf der Mauer bei Jeremy im Block eine Straße weiter gewesen.

In der sonnigen Ruhe höre ich Schlurfgeräusche, die immer näher kommen. Ohne Vorwarnung betatschen mich dürre Finger an meinem Bauch. *Ihh*, lass deine Flossen von meinem teuren Pelz!, denke ich.

„Na, Jimmy, du süßer Flauschkater. Kutschi, kutschi“, sagt Tim und streichelt mich.

„Ey, Alter bist du behindert? Ich bin kein kleines Findelkind mehr, du Lauch!“, fauche ich ihn an.

Der kleine, blonde Quälgeist geht mir ständig auf die Nerven, der soll sich mal eigene Freunde suchen! Ich springe aus dem Körbchen, laufe ein paar Schritte weiter und verstecke mich dann im entlegensten Winkel der Ecksitzbank. Tim bückt sich unter den Tisch und schaut mir hinterher. Ich drehe mich sofort um. Eine kurze Weile guckt er enttäuscht zu mir herüber, dann schlurft er wieder nach draußen auf die sonnige Terrasse. Puh, die Luft ist rein!

Ich steige kurz auf die Lehne der Sitzbank und riskiere einen Blick nach draußen. Mit dem Rücken zu mir gewendet, sehe ich Katinka auf dem Bürgersteig graziös eine Pfote vor die andere setzten, wobei ihr Schwanz federleicht in der Luft schwebt. Ihr seidig weißes Fell glänzt in der Sonne und dazu dieser behaarte Prachtarsch, ich bin wahrhaft entzückt. In diesem Moment guckt sie, als hätte sie etwas bemerkt, und dreht sich um. Schlagartig springe ich von der Rückenlehne herunter und schleiche auf Samtpfoten zurück in mein Körbchen. Dort kuschel ich mich ein. Nach kurzer Zeit sinken meine Augenlider herunter wie elektrische Rollladen.

Ein lauter Knall. Ich zucke zusammen und reiße die Augen blitzartig auf. Draußen ziehen graue Wolken am Horizont auf, der Himmel verdunkelt sich zunehmend.

Scheiße, wieder eingepennt! Ein Katzenjaulen schallt von draußen in die Wohnung. Ich rappel mich auf und hechte auf den Aussichtspunkt der Sitzbanklehne. Auf der Straße vor unserem Garten nähern sich der bezaubernden Katinka zwei stadtbekannte Schlägertypen: der dicke Robin und Pietro, die zerzauste Revoluzzerkatze.

„Ey, Katinka du scharfes Katzenstück, na wie wäre es mit uns zwei Süßen?“, schnurrt Pietro sie wollüstig an.

„Nicht im Traum denk ich daran. Ich kenne keine Katze, die von Natur aus ein zweites Arschloch braucht!“

Ich muss grinsen, Katinka ist echt schlagfertig. Pietro nähert sich ihr unbeeindruckt, er betatscht sie mit seinem dreckigen Katerschwanz.

„Lass mich in Ruhe, du ekliger Straßenkater!“

„Nicht so schüchtern, wir werden dir gleich noch ganz andere dreckige Sachen zeigen!", sagt Robin und rempelt sie an.

Verängstigt guckt Katinka zu mir herüber. Für den Bruchteil einer Sekunde verschmelzen unsere Augen miteinander, mein Gesicht spiegelt sich in ihren tiefgrünen Katzenaugen.

„Ey, lasst sie in Ruhe, ihr Penner!", fauche ich durch den Fensterschlitz.

Die beiden Kater bleiben stehen. Verdutzt gucken sie an die Scheibe. Ich bedrohe sie mit meinem gefürchteten Killerblick.

Auf einmal legt Tim mich ungefragt in seinen Arm. „Na, Jimmy wie geht's dir, mein Kleiner?", sagt er und krault meinen Bauch.

Von draußen ertönt lautes Katzengekicher. Robin und Pietro wälzen sich vor Lachen auf dem blanken Straßenasphalt.

„Du bist ja voll der Gangster, du kleines, süßes Armkätzchen!", ruft mir Pietro grinsend zu.

Katinka schaut mit warmen Augen zu mir herüber.

„Ey, Alter lass mich los! Du blamierst mich voll!"

Ich winde mich in Tims Arm, um mich aus der Umklammerung zu befreien, doch Tim versucht mich weiter festzuhalten. Ratsch, mit meinen blitzscharfen Krallen zerkratze ich ihm die Hand.

„Ah!", schreit Tim und wirft mich herunter. Auf seiner Hand breiten sich Bluttropfen aus. Jetzt sehen die Penner da draußen auch mal, dass mit mir nicht zu spaßen ist. Ich kriege ein Stechen im Bauch, beschämt gucke ich zu Tim hoch. Sein Gesicht ist schmerzverzerrt. Er zückt ein Taschentuch, das die Bluttropfen wie Katzenstreu aufsaugt.

Entschuldigend kuschel ich mich sanft an sein Bein. Er tut mir jetzt echt leid, aber Menschenkinder sind manchmal wirklich schwer zu ertragen. Zum Glück sehen mich Robin und Pietro auf dem Fußboden durch das Fenster nicht. Die würden mich glatt wieder als süßes Streichelkätzchen bezeichnen. Tim scheint mir verziehen zu haben, er streichelt mich am Rücken. Ich kugel mich gespielt vergnügt auf den Rücken, woraufhin er mir durch mein flauschiges Fell geht. Man muss ja irgendwie den Hausfrieden wahren – wenn ich meine zwei Dosen Katzenfutter am Tag nicht bekomme, wird das mit dem Muskelaufbau die nächsten Wochen auch nichts mehr.

Ein letztes Mal springe ich auf die Aussichtsstelle. Ich fauche Robin und Pietro an und werfe ihnen einen düsteren Blick zu. Vorher besser noch etwas Kraftfutter tanken, dann mach ich die beiden Unruhestifter kalt!

Derweil geht Tim ins Wohnzimmer und lässt die Kratzwunde fachmännisch von seiner Mutter verarzten.

Ich sprinte in die Küche, als mich plötzlich der Schlag trifft. Negrito, der ältere schwarze Hauskater, frisst aus meinem Napf.

„Ey, Alter geht es dir noch ganz gut? Das ist mein Fressen, du Otto!"

Negrito wölbt seinen massigen, schwarzen Körper zu einem umgekippten U. „Tss, mach mal hier nicht so auf Welle, du kleiner Schmusekater. Die ganze Nachbarschaft macht sich schon über dich Weichei lustig!"

In meinem Inneren brodelt es. Wellen des Grolls machen sich breit. Ich gehe langsam, aber stetig, mit aggressivem Fauchen auf ihn zu. Die Anspannung hängt förmlich in der Luft.

Ein paar Zentimeter von Tom entfernt, springe ich ihm mit meinen Krallen in den Nacken. Wir rollen fauchend dreimal auf den Boden übereinander hinweg, dann beiße ich ihm in den Hals und spucke ein paar Härchen aus. Das Blatt wendet sich, er hockt nun mit seinen starken Vorderpfoten über mir und haut mir seine Krallen messerscharf ins Gesicht. Die Kratzspuren brennen höllisch.

„Noch was zu melden, du halbe Portion?", sagt Negrito und zeigt mir seine spitzen Schneidezähne.

Da hebt Tim ihn in die Luft. „Lass Jimmy in Ruhe!"

Wütend miaut Negrito ihn an, während er immer höher in die Luft abhebt. Puh, Rettung in letzter Sekunde! Ich gehe zum Futternapf und schlinge das Futter in meinen Rachen.

„Gegen Pietro und Robin hast du alleine eh keine Chance!", ruft mir Negrito in den Armen von Tim zu. Vor meinem geistigen Auge sehe ich die kräftigen Körper von Robin und Pietro. Aus ihren kampfnarbenübersäten Gesichtern durchbohren mich ihre lavaglühenden Augen.

Tim hievt Negrito aus der Küche, ich renne ihm aufgescheucht hinterher. An Tims Bein gekuschelt, gucke ich zu Negrito hoch und miaue ihm diplomatisch zu: „Scheiße, du hast recht, ich bin zu schwach! Du kannst die Hälfte von meinem Futter haben, wenn du mir hilfst, sie zu überwältigen."

Tim lässt Negrito zu mir herunter, er streichelt uns beiden ruhig über das Fell.

„Okay, du halbes Hähnchen. Abgemacht. Schnappen wir uns die beiden Obdachlosen!"

Kreuz und quer jagen wir verspielt die Küche entlang. Wir bahnen uns den Weg durch das Esszimmer bis in den Flur. Mit Anlauf springt Negrito durch die Katzenklappe. Boom! Lautes Katzengejammer. Er sitzt mit seinem dicken Katzenkörper mitten in der Klappe fest.

„Ah, Scheiße, Mann!", jault er. Durch den Glasfenstereinlass in der Tür sehe ich, wie Robin und Pietro die angeekelte Katinka anlecken. Diese Schweine! Sie gucken zur Tür herüber und wälzen sich erneut lachend auf den Boden. „Negrito, du Kampfkoloss!", kichert Pietro.

Ich drücke meine Pfoten gegen Negritos Hinterteil, doch er bewegt sich kein Stück. Der kriegt nichts mehr von meinem Futter, der Wonneproppen! Pietro schleicht an die Tür und reibt seinen Schwanz grinsend an Negritos Nase. Katinka rennt weg, doch nach ein paar Schritten stellt sich ihr Robin in den Weg.

„Schön hier geblieben Mieze!", faucht er sie an. Während Pietro Negritos Nase kitzelt, fängt der an, immer schwerer zu atmen. Er hält den Atem für ein paar Sekunden an und versucht dann nach Luft zu schnappen. Ich drücke noch einmal mit voller Kraft gegen sein Hinterteil. Da fliegt Pietro und Robin ein niesender Negrito entgegen, der beide nacheinander umhaut, wie eine Bowlingkugel. Die überwältigten Kater Pietro und Robin hängen bewusstlos wie Fellvorleger am Boden. Auch Negrito liegt nach seiner akrobatischen Flugeinlage erst einmal auf dem Boden.

Mit einem Siegerlächeln schreite ich durch die Katzenklappe, Katinka stürmt auf mich zu und kuschelt sich wild an mich.

Nicht nur in dieser Nacht

„Zu mir oder zu dir?“, fragte ich, als wir endlich im Auto saßen. Regen prasselte auf das Dach. Die Fensterscheiben waren beschlagen und unseren Mündern entwichen kleine Atemwolken. Ich schaltete die Standheizung ein. Mit dem abgedroschenen Satz hatte ich witzig klingen wollen. Jeanne aber saß regungslos neben mir und starrte hinaus in die Dunkelheit. Beide Arme hatte sie eng um ihren Körper geschlungen.

Mit einem Handgriff schob ich meinen Sitz zurück, machte es mir bequem und drehte mich ihr zu. Jeannes sonst leuchtende Mähne hing jetzt dunkelrot und strähnig herab. An den Spitzen der Strähnen bildeten sich Wassertropfen. Eine nach der anderen tropfte auf ihre geöffnete Lederjacke und den schwarzen Angorapulli darunter. Ihr nasses Haar zog mich an wie ein Magnet. Ich wollte es anfassen, ertasten, mein Gesicht darin vergraben, ihren Duft atmen.

Unsere Blicke trafen sich. Eine Mischung aus Trauer und Sehnsucht spiegelte sich in ihren Augen. Woher die Mischung kam, wusste ich nicht. Aber es war nicht wichtig, nicht jetzt. Meine Aufgabe war nur, sie zu trösten. Mit jeder Faser meines Körpers spürte ich, wie ich sie von ihrem Unglück ablenken würde.

Gierig und doch zögerlich hob ich die Hand, um sie zu berühren. Jeanne nahm sie in ihre, drückte sie und hielt sie sich an die Wange. „Nicht zu mir“, sagte sie und küsste die Innenseite meiner Hand.

Wie elektrisiert fühlte sie sich an, prickelte direkt durch in Bauch und Beine.

„Er weiß, wo ich wohne!“, sagte sie. Ein Flüstern. Ängstlich sah sie sich um. Die Kondensschicht auf den Fenstern hatte sich verzogen. Regentropfen mäanderten von außen die Scheiben hinunter.

Mit dem Zeigefinger fuhr ich über ihre Lippen und zeichnete sie nach – weich, zart, feucht. Sie sah mir in die Augen und ich erhaschte einen Blick auf ihre Seele, einen dunklen Ort voller Geheimnisse. Langsam öffnete sie ihre Lippen. Ihre Zunge liebkoste die Spitze meines Fingers. Wie hypnotisiert beobachtete ich sie und versuchte mich zu beherrschen, mich daran zu erinnern, dass wir im Auto auf einem Parkplatz in der City standen.

Ich beugte mich vor und streichelte ihr nasses Haar. Ihr Duft stieg mir in die Nase: Vanille, vielleicht war es auch Karamell oder Schokolade. Behutsam küsste ich ihre Nasenspitze, ihre Wange, ihren Mund.

Jeannes Mund, der meinen Kuss soeben noch erwiderte – er zog sich zurück, als hätte er sich verbrannt.

„Da draußen, da war was! Hörst du diese Stimmen?“

Wie ein lebendiges Fragezeichen muss ich ausgesehen haben, wie ich da saß und sie ansah. „Stimmen?“

Sie blickte hinaus durch jede Fensterscheibe meines Peugeots und schüttelte den Kopf. „Aber da redet doch jemand, oder? Er ist hier, ich spüre es!“

Ich hörte Panik in ihrer Stimme und meinte, auch Bedauern darin zu hören. Mit ihren rot lackierten Nägeln streichelte sie meinen Arm. „Bitte, lass uns losfahren“, flehte sie mich an. „Wir sind hier nicht sicher!“

Okay, ich hätte mit ihr diskutieren können, ob es bei mir sicherer wäre als direkt vor dem Polizeipräsidium. Aber wofür? Der Zauber war verpufft. Zuhause könnte er sich wieder ausbreiten, unsere Sinne füreinander schärfen, für Haut, Brüste, Muskeln, Haare, für unser Verlangen. Auf jeden Fall war es dort ungestörter.

Deshalb nickte ich nur und fuhr los. Jeanne lehnte sich zurück. Ich spürte ihren Blick auf mir. Als ich sie ansah, lächelte sie. An der roten Ampel hielt ich an. Jeanne drehte den Kopf nach hinten. Plötzlich ergriff sie meinen Arm. Ihre Nägel bohrten sich in meine Haut. Ich stöhnte auf.

„Er verfolgt uns!“, sagte sie.

Verdutzt sah ich in den Rückspiegel und wurde geblendet. Als ich den Spiegel verstellte, konnte ich ihn sehen, unseren Verfolger. „Das ist doch nur ein Taxi!“

„Nur ein Taxi? Bestimmt sitzt er da drin!“

„Und wenn schon. Ich fahre direkt durch bis in die Tiefgarage. Kein Taxi wird dort hineinfahren.“

„Es sei denn, er selbst sitzt am Steuer.“

„Was schlägst du vor?“

„Weiß nicht ...“ Sie vergrub ihr Gesicht in beide Hände. Nach einer Weile richtete sie sich auf, sah nach hinten und wieder nach vorn. Ihre rote Mähne wedelte in alle Richtungen. „Versuche, ihn abzuhängen“, sagte sie, „und fahr dann in die Tiefgarage!“

Ich gehorchte. Mit quietschenden Reifen schossen wir durch die Nacht. Niemand folgte uns.

Im Aufzug der Tiefgarage hinauf in meine Wohnung küsste sie mich. „Du hast Talent, Verfolgern zu entwischen. Mit dir könnte ich eine Bank ausrauben.“

Ich hielt sie eng umschlungen, drückte sie fest an mich, so dass auch sie meine Erregung spüren konnte. „Du Bonnie, ich Clyde?“, flüsterte ich ihr ins Ohr.

„Yes, wie Bonnie und Clyde: gemeinsam gegen den Rest der Welt!“ Ihre Hand wanderte hinab zu meinem Oberschenkel. Beim Küssen langte ich mit dem rechten Arm zum Schalter und hielt den Aufzug zwischen zwei Etagen an. Jeanne löste sich von mir. „Was war das?“

„Nichts, hab bloß den Aufzug aufgehalten.“

„Du warst das? Ganz sicher?“

„Aber ja doch, weil es hier grad so schön ist. Weil du so schön bist!“ Mit beiden Händen bearbeitete ich ihren Angorapulli und das darunter. Ihre Haut vibrierte unter meiner Berührung. „Komm, lass uns weiter machen!“

Jeannes Körper versteifte sich. Sie trat einen Schritt zurück, Panik im Blick.

„Sorry!“, stammelte ich, „Ich dachte, du willst es auch ...“

„Aber ja doch!“ Sie verschränkte beide Arme, sah gequält hinauf zur Decke und schien wieder die Ohren zu spitzen. Ich lauschte mit und hörte nichts. Oder doch? Ein Rauschen, ein Klopfen, vielleicht auch Poltern. Wohngeräusche, wie sie für ein Mehrfamilienhaus typisch sind.

Jeanne wirkte ängstlich. Ihr Gesicht war blass wie die cremefarbene Wand des Fahrstuhls. Ich gab auf und drückte den Knopf. Der Aufzug setzte sich direkt in Bewegung. „Vielleicht ist es bei mir doch romantischer.“

„Auf jeden Fall ist es sicherer“, erwiderte sie und hielt meine Hand so fest, dass ihre Knöchel weiß hervorstachen. Der Druck ihrer Hand öffnete mir die Augen. Ich musste Jeanne beschützen. Nicht nur in dieser Nacht und nicht nur vor diesem Mann – vor allem vor sich selbst.

Der Schatz

Gefunden habe ich meinen Schatz damals im Mai. Am ersten heißen Tag des Jahres. Das weiß ich noch genau, denn ich ging langsamer als sonst von der Schule zum Kindergarten, wo ich meine Brüder jeden Mittag abholte. Die Sonnenstrahlen bahnten sich ihren Weg zwischen die Häuserwände. Ich blieb stehen und blinzelte ins Licht. Wäre ich so schnell gegangen wie sonst, hätte ich nicht das zerknüllte Stück Papier bemerkt, das auf dem Kieselweg lag. Ich wäre weiter gegangen. Im Kopf die Worte von Mutter: „Tom, denk dran, dass du deine Brüder pünktlich abholen musst!"

Von Weitem sah es aus wie ein ganz normales Stück Papier. Eine Einkaufsliste vielleicht. Wie die Listen, die mir Mutter regelmäßig schrieb, seitdem ich lesen konnte. Darauf stand etwas für das Abendessen und der Tagesbedarf an Bier für sie und ihren momentanen Freund, den Bernd. Vom Restgeld durfte ich für mich und meine Brüder Süßigkeiten kaufen.

Neugierig, ging ich ein Stück weiter auf den Zettel zu. Als ich näher kam erkannte ich, dass es anderes Papier war als das aus meinem Schulheft. Ich bückte mich, griff danach und strich die zerknüllten Kanten mit den Fingern flach. Mein Atem ging schneller. Vom Papier schaute mich eine mit blauen Punkten gemalte Frau mit tränenförmigen Perlenohrringen an. Sie hatte einen kleinen, wulstigen Mund. Sie sah nett aus.

Daneben prangte in dicken Strichen eine Zahl: Einhundert. Ich hatte einen Hundertmarkschein gefunden.

Ich bin reich, dachte ich und lachte. Doch gleich hielt ich mir die Hand vor den Mund und biss mir in die Haut. Mit der anderen Hand zerknüllte ich den Schein, steckte ihn in meine Hosentasche und sah mich um. Damit mir niemand meinen Fund streitig machte, rannte ich den Rest der Strecke zum Kindergarten – eine Hand umklammerte den Schein fest in meiner Hosentasche.

Meine Brüder standen mit ihren Rucksäcken am Eingang und hielten, von einem Bein aufs andere hüpfend, Ausschau.

„Gehen wir gleich weiter zum Essen? Und dann auf den Spielplatz?"

Mit je einem Kind an der Hand ging ich zur Tafel, wo wir jeden Mittag aßen.

Ich löffelte meine Suppe. Sie schmeckte wie immer wässrig und man konnte durch sie hindurch auf den Grund des Tellers sehen. Aber das machte mir nichts aus. Ich fühlte mich frei und anders als noch am Tag zuvor. Der Hundertmarkschein brannte in meiner Hosentasche. Wie gerne hätte ich ihn herausgenommen, den Leuten gezeigt und gerufen: „Seht her, ich bin nicht arm, ich bin reich und eigentlich müssen wir hier nicht essen." Doch ich sagte nichts und löffelte weiter.

Auf dem Spielplatz griff ich von Zeit zu Zeit in meine Tasche, um sicher zu gehen, dass mein Schatz noch da war. Mit Zeigefinger und Daumen berührte ich das raue Papier, das sich gut anfühlte. Es gab mir Sicherheit.

Nachdem ich an diesem Abend meine Brüder zu Bett gebracht hatte, konnte ich nicht einschlafen. Ich lauschte ihren gleichmäßigen Atemzügen und überlegte, was ich mit meinem Reichtum, der unter meinem Kopfkissen war, machen konnte. Es musste etwas Besonderes sein, etwas, das ich mir seit langem wünschte. Etwas, das mich ein bisschen werden ließ wie die anderen Kinder. Die Kinder, die von ihren Müttern von der Schule abgeholt werden und für die ein heißes Mittagessen auf dem Tisch steht. Die mit ihren Eltern neue Kleidung einkaufen gehen. Die sich mit ihren Eltern sonntags einen Film im Kino ansehen, wenn es draußen regnet.

Die Gedanken schwirrten in meinem Kopf hin und her und hinderten mich zu schlafen. Ich ging ins Wohnzimmer und schaltete den Fernseher ein. Das tat ich oft, wenn ich nicht einschlafen konnte.

Die lallenden Stimmen von Mutter und Bernd drangen aus der Küche zu mir. Erst waren sie leise, dann wurden sie lauter, bis ich mich nicht mehr auf den Film konzentrieren konnte. Sie fingen an, sich anzuschreien und ich hielt mir mit beiden Händen die Ohren zu. So sein wie andere Kinder, dachte ich und sprang mit einem Ruck auf, dass die Fernbedienung auf den Boden fiel. Ich ging ins Kinderzimmer, zog mir Pullover und Hose über meinen zu kleinen Schlafanzug, band die Schnürsenkel meiner Turnschuhe und nahm meinen Schatz unter dem Kopfkissen hervor. Die Wohnung verließ ich mit einem Knallen der Haustür. Sollten sie mich doch suchen – aber das taten sie eh nicht.

Ich hatte genügend Geld, um ein paar Tage weg zu bleiben.

Die schmalen Kieswege leuchteten weiß im Dunkeln. Wie durch ein Labyrinth folgte ich ihnen zwischen den Häuserschluchten hindurch auf die Straße. Die Nacht war warm, doch bald spürte ich die Müdigkeit kalt in meine Glieder dringen. Einen kurzen Augenblick kam mir der Gedanke, wieder in die enge Wohnung hinaufzugehen, mich in mein Bett zu legen und meinen Plan auf morgen verschieben. Doch das musste ich nicht. Ich musste nicht nach Hause zurück, Mutter und Bernd schnarchend und nackt auf dem Sofa im Wohnzimmer vorfinden, und mich in mein Zimmer schleichen. Ich hatte genügend Geld, um mich für eine Nacht in das Hotel an der Hauptstraße einzumieten. Ich war ein reicher Junge mit einem vollen Geldbeutel.

Das Foyer des Hotels war von Neonlampen ausgeleuchtet. Ein paar Stechmücken schwirrten in das grelle Licht. Ich stieg die Treppe hinauf und betrat einen verschmutzten Teppich. Selbstsicher steuerte ich auf eine Frau zu, die hinter dem Empfangstresen aus schwerem, schwarzem Holz stand. Sie schien mich nicht gesehen zu haben. Ich musste mich bemerkbar machen. Im Fernsehen hatte ich viele dieser Szenen gesehen, ich wusste, was zu tun war. „Guten Abend, was kostet bei Ihnen ein Einzelzimmer für eine Nacht?“

Zwei Augen klebten an mir wie Saugnäpfe. Es dauerte einen Moment, bis die Frau mit dem grellroten Mund mir antworten konnte. „Wat willst‘n Kleener? Hier übernachten?“

Ich nickte. „Ich nehme ein Einzelzimmer und Frühstück. Können Sie mir sagen, was das zusammen macht? Ich möchte gleich bezahlen.“

Fasziniert beobachtete ich, wie sich um ihre zusammengepressten Lippen strahlenförmige Falten wie ein Kranz bildeten. „Hör mal zu, ick weeß dit kleene Jungs ne viel zu jroße Phantasie haben. Aber verarschen kann ick mir selber, wa? Und jetzt, mach die Fliege!"

Sie schaute mich nicht mehr an. Für sie war das Thema erledigt. Ich verstand nicht und dachte an den Trumpf in meiner Hosentasche.

„Ich kann gleich bezahlen." Ich legte ihr den blauen Schein auf die Theke, dass sie ihn ansehen musste. Das tat sie auch. Ihr Blick ruhte zunächst auf der Frau mit den Perlenohrringen und schwenkte dann auf mich. Das hatte sie nicht geglaubt, dachte ich und strahlte. Jetzt weiß sie, dass ich reich bin, und sie wird mir ihr schönstes Zimmer geben.

„Wo haste denn den her?" Ihre Stimme durchschnitt die Stille wie ein Messer. Sie nahm mein Geld und wedelte mir damit vor meiner Nase herum, als wollte sie mich hypnotisieren. „Elendes Pack. Wo will ein kleener Junge wie du 100 Mark herhaben, hä? Den haste mir jeklaut. Du verdammter Dieb."

Obwohl ich nicht verstand, wieso sie mich einen Dieb schimpfte, ahnte ich instinktiv, dass ich meinen Schatz in Sicherheit bringen musste. Ich griff danach, mit der Schnelligkeit einer Schlange, und riss ihn der Frau aus den rot lackierten Fingern. So kraftvoll, dass eine kleine Ecke des Papiers zwischen ihrem Zeigefinger und Daumen hängen blieb. Kaum hatte ich meinen Schatz in meinem Besitz, rannte ich aus dem Hotel hinaus auf die Straße und hörte die Alte hinter mir zetern und schimpfen.

Ich rannte, als hinge mein Leben davon ab, und hielt die Finger meiner rechten Hand fest um den zerknüllten Schein. Im Schutze der Häuserschluchten blieb ich stehen. Mein Herz trommelte und mein Atem überschlug sich. Der Plan war gescheitert, aber ich hatte meinen Schatz gerettet. Mit gesenktem Kopf ging ich nach Hause.

Nachdem ich mich durch die Dunkelheit des Zimmers getastet hatte, legte ich meinen Schatz, das Wertvollste, das ich damals besaß, zwischen die Seiten meines Lieblingsbuches. Ich habe mich nie wieder getraut ihn herauszunehmen – um mir etwas zu kaufen oder um mir einen Traum zu erfüllen. Und nach ein paar Jahren vergaß ich ihn ganz.

Bis zum heutigen Tag. Ich sitze im Garten meiner Wohnung und lasse mir die letzten Sonnenstrahlen ins Gesicht scheinen. Es war ein anstrengender Arbeitstag gewesen. Vor mir sitzt mein Sohn und sieht mich mit diesem drängenden Blick an. Ich habe ihm von einem Buch erzählt, das ich als Kind unzählige Male gelesen habe. Er bittet mich um eine Gute-Nacht-Geschichte. Ich gehe in mein Arbeitszimmer, um das Buch zu holen, denn ich habe es meinem Sohn versprochen.

Es liegt auf einem Stapel alter Bücher, die ich seit dem letzten Umzug noch nicht ins Regal geräumt habe. Ich nehme es und puste die Decke aus feinem Staub vom Einband. Als ich es in der Mitte aufschlage, rutscht etwas zwischen den Seiten heraus und segelt auf den Boden. Es ist der Hundertmarkschein mit der abgerissenen Ecke. Ich starre ihn an und hebe ihn nach einer Weile auf.

Prinzessin Liliane

Hatte die Prinzessin die Glocke tatsächlich gedrückt?

Er wunderte sich. Er hatte es ihr so oft gesagt, dass sie die Türglocke benutzen sollte, sobald ihr nach ihm verlangte. Diese Türglocke, welche sich nicht etwa an einer Haustüre in gut erreichbarer Höhe befand, sondern dieses kleine, rechteckige Ding, welches mittels schicker, blauer Leuchtdioden signalisierte, dass am anderen Ende der Wohnung eine kurze Melodie verkündete: „Sie wünscht etwas in ihrer kleinen Welt."

Ihre kleine Welt, die etwa drei mal vier Meter Schlafzimmer maß.

Dieses kleine Ding auf ihrem Nachttisch, zwischen ihren Schminktiegeln, Brillen und sonstigen Frauenutensilien, war eine Fernbedienung für die Türglocke, welche auf Harolds Fernseher lag.

„Liliane, was kann ich für dich tun? Du hast das Ding gedrückt? Hast du tatsächlich verstanden, dass ich nicht immer im Wohnzimmer sitze und achtgebe, ob du mich rufst?"

Er war sofort ins Schlafzimmer geeilt, da er wusste, dass sie einen Wunsch hatte, haben *musste*!

„Liebling, kannst du den Fernseher umschalten, ich möchte diese Sendung nicht sehen, mach bitte etwas anderes an!"

Zu dem Fernseher in ihrem Schlafzimmer am Fuße des Bettes war zum alten Videorekorder kürzlich ein DVD-Player gekommen.

„Möchtest du einen Film ansehen? Miss Marple oder besser Columbo, wie wär's mit Marilyn?"

Neben diesem DVD-Player lagen inzwischen diverse Spielfilmsammlungen.

„Mach bitte das fünfte Programm an, da kommt gleich wieder meine Sendung."

Sie hatte nur kurz zu ihm aufgeblickt. „Musst du nicht anrufen, Harold?"

„Gleich, Prinzessin. Das hat noch Zeit."

Ihre Sendung, das wusste Harold, würde eine dieser unsäglich schlecht gemachten, trotzdem (bei dem Heer Arbeitsloser!) sehr erfolgreichen Gerichtssendungen sein.

Die Prinzessin konnte sich diese langatmigen, überhaupt nicht den Gerichtsalltag widerspiegelnden Sendungen anschauen, wobei Harold oft genug bei kleinen Kontrollbesuchen im Schlafzimmer bemerkte, dass sie der Gerichtsverhandlung gar nicht mehr beiwohnte, weil sie längst eingeschlafen war!

Harold stellte dann meist den Ton ab, um es der Prinzessin zu ermöglichen, ungestört weiter zu schlafen. Die Prinzessin schlief gut während laufender Fernsehsendungen.

Dass die Prinzessin beinahe unbeweglich ihre Zeit im Bett verbrachte, hatte Harold zum Kauf dieses, wie er glaubte, guten Helfers veranlasst. Vorher war es immer so gewesen, dass er ins Schlafzimmer eilte, nur weil er dachte, sie hätte gerufen. Meist hatte sie das auch. Doch oft genug war es nur seine Fürsorglichkeit, welche ihn ins Schlafzimmer eilen ließ. Da lag sie dann, ihre Brille auf, und wehrte ab: „Ich habe nicht gerufen, ganz bestimmt nicht."

Und sie schaute wieder ganz interessiert auf ihren Fernseher. Hier lief irgendeine Talkshow oder wieder eine der sehr beliebten Gerichtssendungen.

Doch wenn Harold seine Prinzessin fragte, worum es denn in der Sendung gehe, zuckte sie ihre Schultern und sah ihn hilflos an.

Der Inhalt interessierte sie nicht wirklich. Ihr ging es darum, ihre Zeit mit etwas, das ihren so bemerkenswerten Intellekt nicht übers Gebühr strapazierte, zu füllen.

Nun hatte Harold seine Funk-Türglocke.

Doch das Problem war: die Prinzessin benutzte sie nicht. Sie rief lieber nach Harold, wenn auch, ihrer längst geschwundenen Kraft geschuldet, mit schnell ersterbender Bitterschokoladenstimme.

Harold saß dann meist im Wohnzimmer und surfte im Internet, wobei gleichzeitig auch das Radio lief und er sozusagen multimedial mit seiner Prinzessin verbunden war.

Denn wie man es auch betrachtete, Harold war immer auf dem Sprung.

Die Prinzessin rief, und wenn sie rief, musste es immer schnell gehen.

Sollte er jetzt anrufen?

Ach was, das hatte Zeit!

Die Prinzessin verließ ihr kleines Reich nur selten. Und wenn, dann nur, weil eine Stunde Behandlung bei der Ergo- oder der Physio-Therapeutin anstand und diese im Grunde doch sehr seltenen Termine sie immer überzeugten, dass die für sie scheinbar unerreichbare echte Welt tatsächlich noch existierte, neben ihrer scheinbar realen Fernseh-Wirklichkeiten-Welt.

Die echte Welt, was war das noch?

Eine Frage, welche Harold sich täglich stellte. Die Welt war früher gekennzeichnet durch den kleinen Handwerksbetrieb, welchen Harold führte, während die Prinzessin ihre Zeit mit der Erziehung ihrer beider Kinder zubrachte. Diese Welt, in der die Prinzessin pünktlich mittags um zwölf das Essen auf dem Tisch stehen hatte, und in der Harold seine kleine Schuhmacherwerkstatt dann für die Dauer einer Mittagspause zuschloss, um nach Hause zu gehen.

Diese ganz reale Welt, in der die sozialen Kontakte zu Freunden und der Familie in dichter Folge immer aufs Neue zu festigen waren.

Nun aber hatte sich alles geändert. Alles, was früher gezählt hatte, war auf einmal gar nicht mehr wichtig. Weder für Harold noch für seine Prinzessin.

Wichtig war, dass Harold sich kümmerte. Sich um alles kümmerte, was der Prinzessin ein menschenwürdiges Leben ermöglichte.

Harold kümmerte sich, und die Prinzessin litt dennoch.

Die Prinzessin litt unter der Ignoranz der Freunde, die früher eine alles in den Schatten stellende Gastfreundschaft der Prinzessin genossen hatten – mit großer Begeisterung genossen hatten – und die heute nicht mehr zu existieren schienen.

Wohin waren sie entschwunden?

War es ein großer, schwarzer Schlund, welcher die Freunde von einst verschluckt hatte, oder waren alle diejenigen, welche früher schon die großzügige Atmosphäre genossen hatten (sogar zu Zeiten ihrer Mutter um den gedeckten Tisch herumgesessen und reichlich bewirtet worden waren!), nun in die weite Welt ausgeschwärmt, wie die Zugvögel im Herbst?

Die Mutter der Prinzessin war eine sehr großzügige Gastgeberin gewesen, eine Eigenschaft, welche auch den Charakter der Prinzessin prägen sollte.

Wohin war die Schar der Freunde entschwunden?

Diese Frage wäre für Harold nicht schwer zu beantworten, obwohl er sich mit der Beantwortung sehr schwer tat. Schwer tat, aus Selbstschutz.

Nein, kein großes Loch oder der Rachen eines geheimnisvollen, tierischen Räubers hatte sich der Freunde bemächtigt. Sie hatten sich vielmehr von der Prinzessin und Harold abgewandt, weil beide nicht mehr in diese, sich selbst immer wieder neu erfinden müssende, Gemeinschaft zu passen schienen.

Was will man auch mit Freunden, welche nicht einfach mal eingeladen werden können?

Irgendwo trifft man sich – und um die alten Freunde zusammen zu bekommen, wird ein kleiner Rundruf gestartet. Und wer zu Hause oder unterwegs per Handy angetroffen wird, kommt einfach rüber.

Bei Harold und der Prinzessin wollte diese, durch die modernen Nachrichtenmittel begünstigte Art der Kontaktaufnahme, nicht so unbeschwert gelingen.

Dieses war bis vor ein paar Jahren noch ganz anders, leichter, unkomplizierter, gewesen.

„Freunde sind Freunde, sind Freunde, sind Freunde“ – so oder so ähnlich war die Position der Prinzessin immer gewesen, wenn sie in früheren Zeiten mit Harold darüber diskutierte, ob man den Abend zu Hause in Ruhe verbringen sollte, oder im Kreise vertrauter Gesichter.

Harold war im Gegensatz zur Prinzessin eher der, „Zuhause-ist-es-am-schönsten-Typ.“

Die Prinzessin, durch ihr bezauberndes Äußeres immer zentraler Punkt des Interesses gewesen – nicht nur der männlichen Rundenmitglieder, hatte sich immer gegen Harolds Phlegma durchgesetzt.

Jetzt nur noch höchst selten, und wenn, dann wurden lange im Voraus Geburtstage mit Harolds und der Prinzessin Beteiligung geplant.

Bis auch diese Einladungen immer spärlicher wurden und zuletzt ganz ausblieben.

Dieses Ausgeschlossensein von allgemeinen sozialen Kontakten war das, was der Prinzessin zu Anfang ihres beinahe zwangsläufigen Eingeschlossenseins am meisten ihre Lage vermittelte.

Der Ausschluss aus der realen Welt begünstigte den Aufbau einer selbst erschaffenen, verinnerlichten, gemeinhin als sehr real empfundenen Welt, deren Koordinaten sich bald nur noch an den Sendezeiten diverser Talkshows bei den privaten Fernsehsendern orientierten.

„Was meinst du, Prinzessin? Kann ich dich für einige Minuten hier alleine lassen und du versprichst mir, dass du nicht ausbüchst, wenn ich beim Bäcker ums Eck ein paar Teilchen für den Nachmittagskaffee hole?“

Harold bediente sich oft der bewährten scheinbaren Komik, um der Prinzessin ein kleines Gefühl von Normalität zu geben. Die Prinzessin würde ohne ihn nirgendwohin gehen, nirgendwohin gehen *können*!

„Ich finde schon, dass du endlich anrufen solltest, Harold. Worauf wartest du noch?“

Es war nur eine kleine Nackensteifheit gewesen, damals, die ihr einige Probleme bereitete und zunächst noch mittels einer flexiblen Halskrause gelindert werden konnte.

Als die Nackensteife nicht nachließ, wurde die Prinzessin von dem Allgemeinmediziner zu einem Neurologen geschickt, welcher eine Einweisung in die Neurologische Fachklinik veranlasste.

Dort kam nach endlos erscheinenden Testreihen die niederschmetternde Diagnose: *Multiple Sklerose.*

Unheilbare Autoimmunerkrankung, bei welcher der Verlauf in Schüben erfolge und deren Ende, absehbar, in völlige Hilflosigkeit gipfele.

Multiple Sklerose, die Prinzessin wiederholte diese unverständliche kryptische Bezeichnung ihrer Krankheit immer wieder über Tage, sogar Wochen, wobei sie sich vorstellte, dass die Wiederholung dieses Begriffes in gewisser Weise die Dramatik des Unvermeidlichen lindern würde. *Dramatik* wäre zu diesem Zeitpunkt ein völlig unzureichender Ausdruck gewesen, hätte man die Situation der Prinzessin (und auch Harolds) nach dieser niederschmetternden Diagnose durch diesen erfahrenen Mediziner, in dieser auf Katastrophen spezialisierten Klinik, beschreiben müssen.

Harold hatte mit dieser Nachricht zunächst nichts anfangen können. Diese Nachricht würde in seinem Leben keinen wirklichen Wegstein darstellen, so jedenfalls drückte er seine Unbekümmertheit da noch aus.

Diese scheinbare Unbeteiligtheit war es jahrelang, die die Prinzessin in einer selbsttrügerischen Sicherheit hielt, und obgleich sie sich über ihre eigene Zukunft wirklich keinerlei Illusionen machte, half ihr Harolds Unbekümmertheit, sich die Krankheit zunächst vom Leibe zu halten.

Die Prinzessin wusste natürlich, dass die Krankheit sie längst in ihren gnadenlosen Klauen hielt. In den Klauen, die zunächst als weiche, wattiert scheinende Kätzchenpfoten auftraten. Die Prinzessin hatte die Gabe, die Realität zu ihrem eigenen Schutze auszublenden. Ihr ansteckender Optimismus überstrahlte alles.

Ihre Realität hatte sie sich in zeitlich überschaubare, kleine Portionen gepackt, die sie auch immer in der für sie richtigen Reihenfolge nutzte.

Cortison, ungeheure Gaben Cortison, ließen ihre zarte Gestalt und ihr fein gezeichnetes Gesicht schließlich sich selbst immer unähnlicher werden, auf eine Art, die auch von den Freunden zu Ablehnung führte. Die Sonne einer gesellschaftlichen Galaxis schien zu verglühen und die planetaren Begleiter versuchten sich aus der Unheil bringenden Gravitation zu retten! So jedenfalls war es Harold vorgekommen.

Harold war immer schon unbeirrbarer Realist gewesen. Daher konnte er sich sehr gut in seine Freunde hineinversetzen. Auch er hätte sich liebend gerne frühzeitig verdrückt, aber da war eine klitzekleine Kleinigkeit, die ihn davon abhielt: Er liebte seine kleine Prinzessin abgöttisch, so dass er über deren Veränderung hinwegsah, hinwegsehen *musste*!

„Zwei Schmandteilchen, der Herr, zweiachtzig. Empfehlung an die Gattin, der Herr! Wie geht es ihr, war schon sehr lange nicht mehr bei uns, die gnädige Frau. Bestellen Sie ihr einen schönen Gruß, der Herr!“

Die Bedienung beim Bäcker konnte sich bestimmt sehr gut an die Prinzessin erinnern, so glaubte Harold, gab den als Kompliment gemeinten Gruß zurück, und verließ die Bäckerei mit den Kaffeeutensilien, um zur Prinzessin zurückzueilen.

Er beeilte sich immer, wenn er das Haus einmal verlassen hatte. Harold beeilte sich ständig – so lange er zurückdachte. Er hatte sich sein Leben in kleine, angenehme Stückchen eingeteilt, wobei im Unterschied zur Prinzessin, die Richtung des Beobachters eine andere war: War es bei der Prinzessin die Zukunft, so konnte es bei Harold nur die Vergangenheit sein. Dies muss ein Naturgesetz sein, welches den großen Denkern bisher verborgen geblieben oder zumindest gleichgültig gewesen zu sein scheint.

„Gibt es gleich Kaffee, Harold? Ich glaube, ich habe Hunger. Wo warst du? Du warst so lange weg. Hast du jemanden getroffen? Rufst du gleich an?"

„Gleich, Darling, ich schmeiße die Kaffeemaschine an. Musst du aufs Klo?"

Harold war ans Lager der Prinzessin getreten, welche in der üblichen, durch ihre Spastik verursachten unnatürlichen Haltung, den Kopf auf die Seite verdreht, da lag.

„Ich glaube nicht, Harold."

Harold glaubte das vertraute Leuchten in ihren Augen zu erkennen, das ihn schon damals, vor fast vierzig Jahren, in ihren Bann gezogen hatte.

Zum Nachmittagskaffee ging es auf den Toilettenstuhl, nachdem Harold die Prinzessin aus ihrem Bett gehoben und in die Küche geschoben hatte.

Ihre Beweglichkeit war trotz der Krankengymnastik und der Ergo nicht wirklich besser geworden. Die Prinzessin konnte nicht unterstützend helfen, so hatte Harold seine ganze Kraft aufwenden müssen, um sie auf den Stuhl zu heben.

Der nachmittägliche Kaffee war eine übereinkommende Erinnerung an die Zeit, als Harold in seiner kleinen Schuhmacherwerkstatt immer zwischen drei und vier Uhr – manchmal allein, oft auch in Gesellschaft von Kunden oder einigen Freunden, eine nachmittägliche Kaffeepause machte. In der Vor-Cortisonzeit war es oft die Prinzessin gewesen, die ihm dabei Gesellschaft leistete.

Nun, nach Aufgabe seiner Berufstätigkeit, hatte sich die Szene in die Küche verlagert, was natürlich dazu führte, dass weder Kunde noch Freund, dafür aber immer jedoch die Prinzessin anwesend war.

Wenn die Prinzessin auf die Toilette musste, konnte es nicht schnell genug gehen. Die Kontrollmöglichkeit ist bei MS-Kranken sehr stark eingeschränkt – was die Ärzte, beim letzten Krankenhausaufenthalt der Prinzessin dazu veranlasste, ihr einen Blasenkatheter einzupflanzen, welcher nun dankenswerterweise auch Harold das ungestörte Durchschlafen in der Nacht ermöglichte.

Dieser Kontrollverlust, welcher nicht nur der Prinzessin zusetzte, hatte Harold dazu gebracht, diese Funkbimmel anzuschaffen.

Es war ihm zunächst gar nicht aufgefallen, aber sie hatte sich für ihn fast unmerkbar in eine ganz andere Person verwandelt. Die Prinzessin, in die er sich damals verliebt hatte, war selbstbewusst und immer Herrin aller Situationen gewesen und hatte darauf bestanden, alles selber zu machen!

Und nun schien sie nicht einmal in der Lage zu sein, selbstständig das Fernsehprogramm zu wechseln?

Die Person, welche von ihm umsorgt wurde, war absolut auf seine Hilfe angewiesen und wusste dies natürlich. Und sie litt darunter genauso wie er.

Vor ein paar Jahren hatte sie sich ihres alten Lasters erinnert: filterlose Zigaretten zu rauchen. Kürzlich entschied sie sich für eine verschärfte Variante, filterlos verschärft, sozusagen. Es waren kleine, pummelige Zigarillos, die dann auf der Terrasse geraucht und in den Garten geschnippt wurden.

Harold konnte es natürlich nicht verborgen bleiben, dass die Zähne der Prinzessin unter diesem Missbrauch litten und er hatte es geschafft, sie davon abzubringen.

Tatsache war, dass er ihr von seinen Einkäufen keine der Zahnschmelzvernichter mehr mitgebracht hatte.

Harold saß am Küchentisch und schaute auf die Straße vor dem Haus. Er saß immer in der Küche am Fenster und berichtete von seinem Hochsitz aus der Prinzessin alles, was er vor dem Hause beobachten konnte.

„Mertins von Gegenüber haben Besuch, ich glaube aus Bremen. HB bedeutet Bremen."

„Du hast den besten Platz hier in der Küche und du kannst berichten wie ein Fußballkommentator beim Endspiel, Harold, bitte ruf an!"

Die Prinzessin, so dahingekauert in ihrem Stuhl, würde noch nicht einmal über die Fensterbrüstung schauen können, selbst wenn sie ein paar Kissen untergeschoben bekäme.

Der Kaffee in der Warmhaltekanne war längst kalt und schmeckte nicht mehr, als sich Harold der Worte der Prinzessin erinnerte; die ihn jetzt schon zum soundsovielten Male aufgefordert hatte, doch bitte endlich anzurufen. Er stand noch eine Zeit vor dem Bett und freute sich, wie sie so friedlich da lag, bevor er die Nummer wählte.

Die Prinzessin konnte ihn nicht hören, als er fast stimmlos in den Hörer hauchte: „Bitte kommen Sie zur Geißenallee 32, in ein einzeln stehendes Haus hinter dem Abzweig zum Uferweg nach Friedrichshafen. Ich glaube, meiner Frau geht es besser, seitdem sie nicht mehr atmet. – Wie lange sie nicht mehr atmet? Ich weiß es nicht genau, aber ich glaube, seit ein paar Tagen."

Die Prinzessin konnte auch nicht mehr hören, wie der Rettungswagen die Auffahrt herauf gefahren kam, gefolgt von einem Zivilfahrzeug der Kriminalpolizei.

Man hatte, wohl aus Rücksicht auf die Nachbarn, auf das Martinshorn verzichtet.

Leidenschaft

Hanna hat das getan, was ihr ganz eigener, immerwährender Kalender für den Samstagvormittag vorsah: ein kleines, entspannendes Wellness Programm. Wo steht geschrieben, dass Frauen, die sich aktiv in der Ökoszene engagieren, nicht gepflegt aussehen durften? Die Zeit der Latzhosen und Strickpullover gehört der Vergangenheit an, zusammen mit den Demos gegen die Startbahn West oder Atomkraftwerke. Heute geht es um mehr: um das Leben schlechthin, um jedes Leben. Außerdem ist die letzte Nacht nicht spurlos an ihr vorüber gegangen, sie ist erschöpft, und das heiße Wannenbad ist himmlisch gewesen.

Ihr Handy summt und sie wischt sich vorsichtig die Körperlotion von den Händen, bevor sie es hochnimmt. „Ralf" steht auf dem Display. Ralf! Er ruft tatsächlich zurück. Sie lächelt und Erinnerungen an die letzte Nacht steigen in ihr hoch, ganz langsam, wie träge Seifenblasen im Sommerwind, schillernd und Glück versprechend.

„Hey."

„Hey Hanna, hast du gut geschlafen?" Vor ihrem inneren Auge kann sie sehen, wie Ralf lächelt und spürt beinahe, wie in ihm dieselben Erinnerungen aufkeimen.

„Ja. Es ist so schön, dass du dich meldest, ich war mir nicht sicher, ob du …", sie lässt den Satz unbeendet. Wenn eine Frau gleich in der ersten Nacht mit einem Mann ins Bett geht, dann hinterlässt das keinen guten Eindruck, davon ist sie überzeugt.

„Warum hätte ich nicht zurückrufen sollen? Dafür haben wir doch gestern Abend, oder wohl eher heute früh, die Telefonnummern ausgetauscht. Ich möchte dich wiedersehen. Bitte sag ja!"

„Ja."

„Du bist nicht immer so gesprächig wie gestern Abend auf dem Polizeirevier, oder?" kommt Ralfs erstaunte Frage.

„Habe ich da viel gesprochen?" Sie kann sich kaum erinnern. Dazwischen ist so viel Aufregendes geschehen. Das möchte sie gerne wiederholen. „Wann treffen wir uns?"

„Lass uns zusammen etwas zu Abend essen und dann schauen wir, was uns so einfällt. Ich besorge was Leckeres und bin um 19.00 Uhr bei dir, okay?"

„Ich habe bestimmt schon viel früher Appetit. Komm doch um 18.00 Uhr!"

Wow, hat sie das wirklich gesagt? Irgendwie ist das falsch rausgekommen. Jetzt wird er bestimmt eine Ausrede finden, um nicht zu kommen.

„Alles klar, 18.00 Uhr. Ich bringe das Essen mit und eine Flasche Wein."

Die Verbindung endet und Hanna steht in der Stille ihres Badezimmers, zur Hälfte eingecremt und im Ganzen verwirrt. Das gibt es doch nur im Film!

Gestern, nachdem die blöden Bullen sie und die Mitstreiter aus ihrer Gruppe abgeführt – ja regelrecht wie Sträflinge abgeführt – hatten, da ist ihr auf dem Polizeirevier offensichtlich das Wunder der Liebe oder vielleicht eher der unglaublichen Leidenschaft begegnet. Ralf. War es Schicksal, dass er sich genau diesen Nachmittag ausgesucht hat, um seinen Führerschein abzuholen? Warum hat er den abgeben müssen? Sie weiß es nicht mehr.

„Du bist ganz nass, draußen regnet es doch gar nicht." Er hat sie verwundert angeschaut und sie hat nur seine Augen gesehen, die sie so eindringlich betrachteten.

Hanna hat etwas gemurmelt von: „Blöde Bullen. Wasserwerfer. Völlig überreagiert."

Ihr ist kalt gewesen, nicht nur von dem Wasser, sondern auch von der Angst, die sie gefühlt hat, als dieser riesige Wagen aufgetaucht war, um die Demonstranten auseinanderzutreiben. Sie war hingefallen in dem Chaos, nur darum hatten sie sie mitnehmen können – abgeführt! Ist es nicht das gute Recht eines Bürgers, seine Abscheu zum Ausdruck zu bringen? Abscheu gegen die massenhafte Haltung von Tieren, Enten und Hühnern in diesem konkreten Fall? Wie konnten die Behörden eine Baugenehmigung erteilen für diese riesige Massenzuchtanlage? Nie würde sie verstehen, wie ein Mensch ein totes Tier essen konnte. Ihr wird schon bei dem Gedanken übel.

„Soll ich dich nach Hause bringen? Mein Auto steht vor der Tür." Ralfs Angebot ist überraschend gekommen, sie kannte ihn doch gar nicht.

„Ich würde alles nass machen."

„Aber du siehst aus, als wenn du ein wenig moralische Unterstützung brauchen könntest. Haben die dir hier schwer zugesetzt? Halt, warte, nicht weinen. Es ist schon in Ordnung. Komm, es ist nicht weit bis zu meinem Auto."

Sie ist tatsächlich in Tränen ausgebrochen. Wie unendlich peinlich wäre es gewesen, wenn die anderen aus ihrer Gruppe das gesehen hätten. Die Möglichkeit zur „Flucht" mit Ralfs Auto ist ihr wie ein Geschenk des Himmels vorgekommen.

Was ist eigentlich danach passiert? Er hat sie nach Hause gebracht, sie hat ihm einen Kaffee angeboten. Das letzte, woran sie sich klar erinnert, ist seine Frage, warum sie nur Sojamilch für den Kaffee hat. Danach ist es einfach passiert und passiert und tatsächlich noch ein drittes Mal passiert.

Der Kaffee ist kalt geworden.

Ralf legt sein Handy zurück auf den Frühstückstisch. Mann, er hat Angst gehabt, dass sie ihn zurückweist. Stattdessen ihre spontane Bitte, eine Stunde eher zu kommen.

So eine Traumfrau. In seiner Erinnerung steht sie wieder vor ihm, im Polizeirevier, in ihrem nassen T-Shirt. Er hat sich zwingen müssen, nicht immerzu auf ihre Brüste zu starren. Offensichtlich ist ihr kalt gewesen. Warum war sie eigentlich so nass? Hatte sie ihm davon erzählt? Er erinnert sich nur an ihre Tränen und ja, an ihre Brüste. Schöne Brüste, das hat sich in ihrer Wohnung bestätigt. Was ist das für eine Wahnsinnsnacht gewesen! Wie in einem Hollywoodfilm. Können zwei Menschen, die sich gar nicht kennen, so perfekt zusammenpassen und so viel Leidenschaft entwickeln?

Zufrieden summend schlägt er sein Frühstücksei auf und streicht sich Leberwurst auf das Brötchen.

Ralf nimmt das Telefon noch einmal in die Hand, sucht die Nummer seines Lieblings-Chinesen heraus.

„Shanghai Garden, guten Tag, was kann ich für Sie tun?"

„Ich möchte eine *Take-away*-Bestellung aufgeben für 17.30 Uhr: zweimal Pekingente."

Dead end

(Auszug aus: „Even more than you do")

Für mich der gestorbenste Ort, den ich kenne: der Hochbunker HB Nr. 7 am Markt in Werne, mitsamt dem Haus daneben. Befehlsstelle des Luftschutzreviers 12a. Drei Etagen, zwei Meter die Wand- und Deckenstärke. 1941 für sechshundertsechzig Personen gebaut. 1944 Zufluchtsort für zweitausend Menschen. Ein Bollwerk für die Ewigkeit.

„Wie die Witwe", sagte Vater, wenn er unsere Adresse nannte. Das Eckhaus mit dem Elektrogeschäft in der Boltestraße, eine Sackgasse. Der Bunker, so gewaltig. 1968, ich war sieben, als ich zu den Eltern nach Bochum kam. Ich legte den Kopf in den Nacken, um das Flachdach zu sehen. Rostigbraune Streifen dort, wo die unzähligen Einschüsse in den Betonstahl ihre zeitlosen Tränenspuren hinterlassen haben.

Aber: Kann auch Stahl weinen?

Der Bunker, er ist nicht abreißbar. Im August 1944 war eine Tausend-Kilo-Bombe fünfzehn Meter vom Eingang detoniert und hatte die Wand ganze 27 cm tief zerstört. Dieser Koloss war nicht zu sprengen ohne den ganzen Stadtteil zur Erdgleiche zu machen. Das Haus der Eltern, es wäre mit in die Luft geflogen. Die Stahlzäune, die es bewachten wie Grenzsoldaten – nur noch ein Windspiel. Die Garagen, die glücklichen, sie wären auf ihren mattgrauen Torschwingen davon gerauscht.

Kindheit: Gummitwist. Murmelspiel. Soldatenknöpfe im langen Haar. Und: Wer hat Angst vorm schwarzen Mann? Keiner. Und wenn er kommt? Dann laufen wir. Mit den Kläpperchen über den Kopfstein. Klappklappklapp. Die Mutprobe: an toten Steinen riechen. Die Mutigen machen das zehnmal. Der Bunker, er riecht nach Schrottplatz im Regen und – penetrant wie faules Ei – nach Angst. Anders das Ehrenmal: wie Blumen, deren Stiele so lange im Wasser stehen, bis grüne Algen sie umschwimmen wie Fischflossen.

„Bei zehn stirbt man selbst", hatte einer gesagt. Biene kam bis acht, ich nach neunmal den Atem angehalten und die Luft nur ein wenig ... fast zehn! Draußen, da traute ich mich was. Vorsichtig war ich daheim. Heim? Heimlich, das meiste. Ich oft weg, so oft wie möglich. Die Eltern auch, obwohl sie da sind. In dem Geschäft, Nabel ihrer Welt, von morgens früh bis nachts.

Mehr Befehle als Küsse. Die Weltordnung des Vaters: Disziplin. Pflichten. Leistung. „Wir müssen uns eine Existenz aufbauen", sagte er und schenkte mir eine Eisenbahn aus dem Laden. Einmal wollte ich ihn dort umarmen. Mein Opa und ich, wir hatten so gern Wer-kommt-in-meine-Arme gespielt. Opa hatte sich ganz weit, ganz weich gemacht und ich war in ihn hineingeflogen wie in ein Sprungtuch. Gelacht haben wir da, so gelacht, bis wir uns die Seiten halten mussten.

„Nicht hier!“, blaffte der Vater. „Nicht vor den Leuten!“, und stieß mich heftig von sich. Ich segelte ein paar Meter weit, sah mich um. Außer uns war keiner dort. Überhaupt: die Leute! Leitgedanke. Leidgedanke. Der Führerbefehl: „Wir haben uns stets – hörst du zu? – zu zweihundert Prozent so zu benehmen, dass die Leute uns jederzeit beobachten können.“

Ja.

Wir waren die Guten, wir machten alles richtig. Bevor die Kirchgänger auf dem Weg zur Herz-Jesu-Kirche an dem Bunker und dem Haus der Eltern vorbeiflanierten, wurden Gardinen gewaschen, Fenster geputzt, Flure gewischt, Gehwege gefegt. Damit die Leute – die Leute! – jederzeit auf uns schauen konnten. Auf dem Weg zum Gottesdienst mal eben in den ersten Stock gucken, ob die Teppichfransen im Wohnzimmer auch in Reih und Glied liegen, dazu gab es ihn extra: den Fransenkamm. Immer griffbereit stand er, schwarz der Griff und gelb die Zähne, grimmig bissen sie in das strubbelige Teppichhaar. Wie das wieder aussah!

Der Vater: Gutmensch. Wutmensch. Oft war ich es, die ihn so zornig machte. In seiner Nähe, da war ich ein ganz anderes Kind, mir selbst ein Rätsel, unerklärlich. Schon, dass ich da war, wo es mich doch gar nicht geben sollte. Das war das Allererste, was ich falsch gemacht hatte, leider nicht das Letzte. Da war die Sache mit dem Bild von der Esso-Tankstelle für das Sammelalbum „Grzimeks Tierwelt.“ Bild 102, es sollte *ak-ku-rat* in den Rahmen. Ich balancierte es über dem schwarzen Kasten wie eine schwere Ladung an einem Kran bei hoher Windstärke. „Pass auf!“, rief der Vater. Da – oh nein, eine starke Böe, meine Finger, Halme im Sturm – klebte das Bild mit einer Ecke fest, wo es gar nicht ...

„Pass doch nur *ein-mal* auf!“ brüllte der Vater. „Wie sieht das aus!“ Tief getroffen starrte er auf das schiefe Bild, dann auf mich. Nicht mal ein Bild konnte ich einkleben. Zu dumm!

„Zu blöd, einen Eimer Wasser umzukippen!“ So viele Sprengsätze, ich vergaß sie nicht. Ach, und erst Mathematik! Der Versuch, mir sein Lieblingsfach nahezubringen: jahrelanges Steineklopfen. Die logischen Algorithmen, ich begriff sie nicht und Ohrfeigen trugen zur Wissensgewinnung nicht bei. Kraterstimmung, jedes Mal. Anders die Mengenlehre, die verstand ich: keine Schnittmenge, der Vater und ich, Mengen, die sich nicht mal berührten. Als ich eine Fünf in Mathe nach Hause brachte, explodierte er, tobte die ganze Nacht. Zu doof für die Realschule, die kommt da runter. War das ein Krach! Zu Opel ans Band, vielleicht reicht es dafür! Die Mutter, sie widersprach nie, keiner tat das, in dieser Nacht redete sie auf ihn ein bis zum Morgen, da durfte ich auf der Schule bleiben.

1974 bekam der Bunker im Rahmen der Aktion „Schöneres Bochum“ einen neuen Anstrich. Maler jonglierten Dreiecke und Quadrate, schmissen sie an den Beton. Der Bunker, ein Haufen Bauklötze, die ein Riese nicht aufgeräumt hat, auffälliger denn je.

Aber: Hätte man ihn vergessen können?

Die Leute, die älteren, ich sah sie mal beim Frisör, als Probealarm war. Sie zitterten so, dass ich dachte, aus der Haube käme nicht Fönluft, sondern Trockeneis.

In dem Jahr bekamen wir einen Cockerspaniel. Er lachte gern und hatte Ohren, die er sich mit dem Lockenstab aufdrehte, mehrmals täglich. Meine Aufgabe: mit ihm Gassi gehen. Einmal hatte ich keine Lust, Bento auch nicht, er setzte sich und blieb sitzen. Ich ruckte an der Leine. „Komm schon!" Er grub die Pfoten in die Pflastersteine, betonierte sie dort ein. Ich zog fester, am Ende zog ich ihn ein Stück hinter mir her. Ich weiß nicht mehr, wie es kam, dass der Vater neben mir stand, weiß nicht mehr, wie wir in das Haus kamen.

Der Vater, ein Zeitzünder, exakt eingestellt auf den Augenblick, in dem die Tür hinter ihm ins Schloss fällt. Eine Handgranate? Ich krachte gegen die Wand. Gedankenfetzen, Wortsplitter: „Tierquälerei" und „Verantwortung", „beobachtet" und „hinter der Gardine." Der Schmerz schoss in den Kopf wie eine Leuchtrakete. Ein Feuerwerk, ganz in Rot, extra für mich. Die Finger, mit denen ich nach meiner Nase tastete, voller Blut. Nach „Stubenarrest" und: „will dich heute nicht mehr sehen", robbte ich ins Bett und schrieb meiner Oma einen Brief. Feldpost von Bochum nach Essen. „Mir geht es gut.", schrieb ich. „Wie geht es dir?", und: „Danke für das Buch, das du mir geschickt hast. Ich bin es gerade am Lesen." Abends las die Mutter den Brief. „Ich bin das gerade am Lesen", sagte sie. „Was ist das denn für ein Deutsch? Das heißt: ich lese es gerade. Das musst du aber korrigieren!" Ja.

Bento starb noch als Welpe, es war meine Schuld, sagte der Vater. Beim Gassi gehen, alle diesmal, Bento ohne Leine, diesmal. Ja, wenn ich nicht über die Straße gegangen wäre, wenn der Hund mir nicht hinterhergerannt wäre, wenn der Autofahrer gebremst hätte. Ja.

Die Jahre im Schatten des Luftschutzbunkers. Fensterlos, wenig Licht. Schießscharten und Luftschlitze. Heimat der Tauben, die in den kleinen Mauervorsprüngen saßen wie bunte Flacons in einem Setzkasten. Ihr Gurren. Ein bisschen wie Opas Herzschlag, wenn ich bei ihm auf dem Schoss gesessen hatte, der sicherste Ort der Welt.

Aber: Opa, er war tot.

Ihr Gefieder, auch im Sommer mit Raureif überzogen, hellgrau, wie leicht gewachst, die Federfahnen. Sie sitzen dort, als würden sie auf etwas warten. Ich möchte sie warnen, die Ahnungslosen, sie wissen ja nicht. Der Vater, das Luftgewehr in der Hand, in der Balkontüre so, dass man ihn von außen nicht sehen kann. Er legt an, er zielt. Ich möchte schreien, bleibe stumm. Ein zischendes Flupp, da kippen sie vornüber, wie die Blechzungen am Schießstand auf der Kirmes.

Es fielen fünfhundertfünfzigtausend Bomben auf Bochum, viertausend Menschen starben. Fünf davon am 4.8.1944 im Eingang des Bunkers HB Nr. 7. Krieg. Manchmal hinterlässt er Spuren, die man sehen, in die man seine Hand legen kann, wie das Loch in Opas Rücken, das ist arg, aber wie verheerend sind auch die Verletzungen, die man nicht sieht! Kruppstahl mag hart sein, bestimmt kann auch er weinen.

Die Eltern. Sie sind nicht mehr. Nicht mehr so dumm wie als Kind, bin ich irgendwann Waise geworden. Wenn sie nicht gestorben sind, leben sie noch heute an diesem toten Ort. Hinter der Gardine. Da stehen sie. Da sehen sie. Alles. Das Haus, der Bunker, sie beide, alle gemeinsam alt geworden. Die Farbe blättert ab, der Putz, er bröckelt auf den ungefegten Gehsteig. Bemoost, die Steine, unbeachtet der Taubenkot, die flirrende Teerpappe auf dem Flachdach an heißen Sommertagen.

Und die rostigen Tränen. Die auch.

Byron

Eine Geschichte in 2 Akten, wobei im ersten Akt der Held stirbt und im zweiten Akt er wieder zum Leben erweckt wird, doch um welchen Preis!

Akt 1. 1824 – Scarificateur

Der Arzt packte einen mit Leder bespannten Kasten aus der Tasche, öffnete ihn und entnahm vorsichtig das würfelförmige Instrument.

„Ein automatischer Scarificateur. Acht Klingen, die neuste Erfindung von Muir“, erklärte er.

„Wird es ihm helfen?“ Johan Jakob sah misstrauisch das Gerät an.

„Sorgt Euch nicht!“ Sein Gegenüber entlockte noch einige Gefäße aus der Tiefe der Tasche. „Auch der berühmte Hufeland empfiehlt die Methode.“

Mit schnellen Griffen stellte er an dem kleinen Rad die Schnitttiefe ein und als er den Hebel spannte, meinte Johann Jakob den unangenehmen, metallischen Klang durch und durch, bis ins Mark zu spüren.

Indessen erwärmte der Medicus ein rundes Glas über der bläulich flackernden Flamme des Weingeistbrenners und als dieses warm genug war, setzte er den Würfel auf der Innenseite des linken Unterarms des Kranken an. Ein dumpfer Laut erklang und zwei Reihen übereinander angeordneter Skalpellklingen schnitten tief in das Fleisch ein. Johann Jakob stöhnte laut auf, ganz so als ob es sein Arm wäre, der der Prozedur unterzogen wurde. Der Arzt setzte sofort das erwärmte Gefäß über die Wunden und die rote Flüssigkeit spritzte achtfach in das Glas hinein.

„Augusta ...“ Sie erschraken! So unvermittelt war das Wort über die rissigen Lippen gekommen. Der Mann auf dem Bett öffnete mühsam die Augen. Zwei matte rote Lichter in dem blassen Gesicht.

„Schhh ... ruhig, mein Freund.“ Mit einem feuchten Tuch wischte ihm Johan Jakob zärtlich über die heiße Stirn.

„Augusta? Meine Liebe ...“ Der fiebrige Blick des Kranken suchte nach etwas und blieb auf dem Glas haften, in das bei jedem Herzschlag sein Blut gepumpt wurde.

„Das Fieber lässt ihn fantasieren“, bemerkte der Arzt achselzuckend.

Eine Windböe brauste auf, rüttelte am Fenster, schlug die Holzläden gegen die Wand. Er warf die Decke weg und zwang sich schwankend aus dem Bett. Seine Knie zitterten, die Beine versagten beinahe. Doch seine Willenskraft besiegte die Schwäche. Der Vorhang flog zur Seite, als er das Balkonfenster aufstieß. Die Kraft wuchs in ihm mit jedem weiteren Schritt. Mit stolz erhobenem Kopf blieb er vor der Balkonbrüstung stehen. Die untergehende Sonne erhellte die weißen Häuser von Messolongi und unten in der Bucht brachte sie die Segel der Fischerbote zum Leuchten. Er atmete tief ein. Die Luft roch nach Meer und schmeckte nach Salz. Das Kreischen der Seevögel drang laut zu ihm hinauf. Er lachte.

„An einem Morgen fand ich mich berühmt!“

Voll inbrünstiger Freude zog er sein Hemd aus, zerriss es eher, warf es dem Wind entgegen.

„Bringt her die Gläser mit dem roten Wein,

die jungen Frauen mit stolzem Blick,
tanzen so reizvoll im Lichterschein,
mein Herz berauscht, völlig entrückt."
Sein Lachen erstarrte.
„O Liebe! Verführerin! Mit der Kraft der Blindheit
beschenkst du die Schwachen,
den Starken lässt du nur die Bitterkeit ..."
Er hielt inne, senkte betrübt den Kopf.
„Jetzt nimm sie zurück! Die Liebe – doch nein,
verschone mich – bleib bei mir! Lass mich nicht allein."

Dunkle Wolken trieben vom Meer heran, die ersten schweren Regentropfen fielen. Hart und kalt prasselten sie auf seine Haut, ließen seinen erhitzten Körper erzittern.

„Lachen und Weinen, Weinen und Lachen,
meine Begleiter Tag für Tag.
Vom Wein betäubt, um nicht ständig zu wachen,
denke ich an dich, wenn ich es vermag."

Seine Beine gaben nach. Er spürte die spitzen Steine, die sich in seine Knie bohrten, und die Haut seiner Handflächen aufrissen.

„O, ich wünschte dich bei mir!"

Heftige Tränen vermischten sich mit dem Regen und verschleierten seinen Blick.

„Doch du bleibst für immer bei mir Schwester,
genauso wie ich bei dir bleibe;
Trotz all der Lügen und der Welt Geläster,
werden wir uns einmal für immer vereinen."

Seine Hände griffen nach den Säulen der Balkonbrüstung. Verzweifelt umklammerten seine Finger die nasse Oberfläche. Die Fingernägel versuchten sich in den harten Stein zu krallen. Sie brachen, die Hände rutschten hilflos ab, und er fiel wieder. Dumpf schlug sein Kopf auf die Steine.

„Augusta", entrann es ihm noch.

Draußen zerriss ein Blitz die Dunkelheit. Der Wind peitschte den Regen gegen die Fensterscheiben. Doch hier im Zimmer herrschte eine unwirkliche Stille. Im sanften Flackern der Petroleumlampe verharrten die Männer mit gesenkten Köpfen. Johann Jakob kniete nieder. Er weinte leise. Sein Freund lag reglos da. Kein Atemzug mehr ließ seine Brust erzittern, kein Lufthauch seine Lippen. Nur ein leichtes Lächeln umspielte den Mund. Der erstarrte Blick haftete noch an dem Glas, in dem die acht Blutfontänen langsam verebbten. Daneben, auf der Decke, lag der Scarificateur. Auf den acht Skalpellklingen schimmerten die angetrockneten Blutreste.

Nach langer Zeit stand Johann Jakob auf. Auf seinen Wangen glänzten noch die Tränen: „Die Welt soll es erfahren, heute, am 19. April des Jahres 1824, verstarb mein Freund und der beste englische Dichter, Lord George Gordon Noël Byron."

Akt 2. 2015 - später Nachmittag

Ich gehe durch die Straßen, schaue in den Himmel, tief hängende dunkle Wolken über mir. Menschen eingehüllt in dicke Jacken und Mäntel, Hüte tief im Gesicht. Flüchtige Begegnungen, schnelle Blicke, mein Kopf voll wirrer Gedanken. Mein Held ist tot. Kalte Windböen lassen mich frösteln. Es fängt zu regnen an. Feiner, alles durchdringender Regen.

Auf der gegenüberliegenden Straßenseite entdecke ich ein Café. Ein warmes Licht in der heranbrechenden nassen Dämmerung. Ich springe über die Pfützen, erreiche den Bürgersteig und öffne die schwere verglaste Holztür. Stimmengewirr, Wärme und der Duft von frischem Kaffee. Ich bestelle einen Cappuccino und setze mich an einen kleinen Tisch. Die Einrichtung ist antiquarisch. Die Bilder an den Wänden zeigen Filmszenen. Alte Filmszenen mit Dracula, Frankenstein, aber auch neuere, wie Twilight oder Underworld. Die junge, freundliche Bedienung lächelt mich an, als sie den Cappuccino bringt.

Meine Gedanken schweifen wieder zur meiner Geschichte. Wie kann ich Lord Byron wieder ins Leben rufen?

Die Tür geht auf. Ein neuer Gast tritt ein. Das Gesicht tief unter dem Hut versteckt, aus den Falten des weiten schwarzen Mantels tropft Regenwasser. Die dunklen schweren Stiefel knirschen unangenehm auf dem Dielenboden. Stolz, doch etwas schräg gebeugt, schreitet er zur Theke, das rechte Bein hinter sich herziehend.

Ich nippe an meinem Cappuccino. Der zarte Milchschaum schmeichelt meinen Lippen, der Duft von Espresso und erwärmter Milch verführt mich, entlockt mir ein Lächeln. Wie kann ich meinen Helden zurückholen?

„Darf ich mich zu Ihnen setzen?“

Erstaunt hebe ich den Kopf.

Ohne eine Antwort abzuwarten, wirft er den schweren Mantel und den nassen Hut über einen Stuhl. Er nimmt Platz mir gegenüber, stellt sein Glas auf den Tisch. Dunkle, rote Flüssigkeit. Tomatensaft?, schießt es mir durch den Kopf. „Ja doch“, antworte ich.

„Sie suchen den byron‘schen Helden?“

Meine Augen werden ganz groß.

„Die meisten, die hierher kommen, interessieren sich für diese Art Helden, für die Kinder der Nacht.“ Er lächelt bei den letzten Worten und zeigt mit der Hand auf die Bilder, die an den Wänden hängen.

„Ach so.“ Ich betrachte sein blasses, von schwarzen Locken umrahmtes Gesicht. Unter dem breiten Kragen seines weißen Hemdes leuchtet blutrot ein großer geschliffener Stein.

„Ich habe Sie schon irgendwo gesehen“, sage ich. „Sind Sie ein Schauspieler?“

Er lächelt mich amüsiert an. „Sind wir das nicht alle? Schauspieler auf der Bühne des Lebens?“ Er hebt sein Glas. „Ich hatte schon viele Namen, spielte in unzähligen Geschichten.“

Ein süßer fader Geruch weht zu mir, als er das leere Glas wieder auf den Tisch stellt. An seinen Lippen hängen noch die roten Tropfen, ein Kontrast zu den weiß aufblitzenden Zähnen. Sein dunkler Blick fixiert mich und eine unerwartete Vertrautheit verbindet uns. Bilder entstehen in meinem Bewusstsein. Ein Mann mit stolzer Haltung, doch schräg gebeugt, der Wanderer über dem Nebelmeer. Rücksichtslos und grausam umbrandet mich sein Lachen, seine Augen ziehen mich in den Bann.

Er streckt die Hand aus, und als seine Finger mich berühren, passiert es. Ich spüre den Sturmdrang seines Feuergeistes, ich fühle seinen unendlichen Weltschmerz. Unsere Seelen vereinen sich und ich erinnere mich wieder:

„Augusta ..."

Johann Jakob, der Medicus. Ein Glas voll Blut ... sein Herz, keine Kraft mehr zum Schlagen, keine Kraft zum Atmen.

Die Tür wird aufgestoßen. „Aufhören!"

Polidori? Ist er nicht tot?

Polidori stößt den Medicus zur Seite, will die Blutung zu stoppen.

Es ist zu spät, mein Freund, zu spät!

„Wir machen eine Bluttransfusion!", ruft Polidori. „Augusta, wir brauchen warmes Wasser und frische Tücher. Schnell!"

„Augusta? Meine Liebe ..."

Ein schrilles Klingeln holt mich aus den Tiefen der Dunkelheit. Meine Hand stochert über dem Nachttisch. Der Wecker fällt auf den Boden. Verstummt.

Ein Traum? Oder habe ich ihn getroffen? Wie bin ich nach Hause gekommen? Neben mir finde ich einen Stift und unzählige Blätter liegen. Ich muss wohl die ganze Nacht geschrieben haben. Ich lese einige Seiten und dann verstehe ich. Es ist sein Leben nach 1824, sein Leben nach dem Tod.

Erst jetzt bemerke ich den süßen Duft, der mich umgibt, den leicht metallischen Geruch in meiner Nase, den faden Geschmack auf der Zunge. Mein Magen rebelliert. Ich würge, stehe panisch auf, hinke entkräftet ins Bad. Mein rechter Fuß will nicht so recht, ich ziehe ihn hinterher.

Das Klicken des Lichtschalters erdröhnt in meinen Ohren und zugleich folgt der zweite Schlag. Meine Iris reagiert noch, die Pupillen verengen sich, und doch gleicht der Schmerz in meinen Augenkammern einer Explosion. Es vergehen einige Augenblicke, bis ich mich im Spiegel erkennen kann. Entsetzt starre ich in das weiße Gesicht und auf die zwei blutunterlaufenen Biss-Male an meinem Hals.

Und ich weiß es jetzt. Das ist der Preis. Der Preis dafür, dass mein Held wieder lebt.

Jule zieht aufs Land

Jule stand am Fenster ihres Kinderzimmers und blickte hinaus. Das Wetter war entsprechend ihrer Laune: mies. Es regnete in Strömen und sie bezweifelte, dass jemals in ihrem Leben noch einmal die Sonne scheinen würde. Mit einem lauten Seufzer drehte sie sich um und betrachtete finster ihr leer geräumtes Zimmer. Niemand hatte sie gefragt, ob sie mit diesem blöden Umzug einverstanden war. Trotzdem würde ihre Familie sie aufs Land verschleppen.

Ihr kleiner Bruder Ben war Autist und im letzten Sommer hatte er eine Reittherapie gemacht. Jules Eltern waren so begeistert gewesen, dass sie direkt beschlossen hatten, in die Nähe des Reiterhofs zu ziehen. Doch das Problem war: Jule hasste das Land. Sie war vierzehn und wollte lieber in der Stadt bleiben. Hier war ihr Zuhause, ihre Schule, hier waren ihre Freunde. Außerdem war da etwas, das sie nie jemandem erzählt hatte, weil es viel zu peinlich war: Sie hatte Angst vor Pferden. Tränen traten ihr in die Augen, doch sie wollte nicht heulen. Sie wollte sauer sein.

In dem Moment hörte Jule die Haustür zuschlagen und im Haus wurde es still.

„Hallo?“, rief sie. Keine Antwort. Unsicher ging sie die Treppe hinunter und öffnete die Tür. Fassungslos starrte sie dem Auto hinterher, in dem ihre Familie gerade davonfuhr. Die hatten sie doch nicht etwa vergessen?

Wenig später saß Jule dann doch im Wagen. Natürlich hatten ihre Eltern sie vergessen. Was hatte sie auch anderes erwartet? Während die beiden sich darüber totlachten und die ganze Zeit etwas von: „Jule allein zu Haus“ faselten, schmollte sie auf dem Rücksitz.

„Das ist überhaupt nicht witzig!“, rief sie und ihre Eltern kicherten noch lauter.

„Ich kann euch von hier hinten hören“, motzte Jule.

„Warum bist du nur immer so launisch?“, fragte ihre Mutter.

„Ich bin nicht launisch. Ich möchte nur nicht umziehen!“, rief Jule wütend. Sie sah zu ihrem Bruder, der sie anstrahlte.

„Grins mich nicht so an. Du bist doch an allem schuld!“, schrie sie.

Sein Lachen erstarb und er verkroch sich in die hinterste Ecke seines Sitzes.

Sofort tat es ihr leid. Sie liebte Ben über alles. Sie verstand nur nicht, warum sich immer alles um ihn drehen musste.

„Jule, jetzt ist Schluss. Ich will den Rest der Fahrt nichts mehr von dir hören“, schimpfte ihr Vater.

Trotzig schaute sie auf die nasse Straße.

Ein halbes Jahr später hatte Jule sich noch nicht eingelebt. Früher hatte sie viele Freunde gehabt, aber hier war sie die „arrogante Stadttussi“, mit der keiner was zu tun haben wollte. Und zu Hause hatte keiner Zeit für sie. Ihr Vater arbeitete viel und ihre Mutter war meist mit Ben auf dem Reiterhof. Jule fühlte sich allein und unglücklich.

Eines Tages sollte sie mit Ben auf den Reiterhof, weil ihre Mutter keine Zeit hatte. Doch kaum war Jule dem ersten Pferd begegnet, bereute sie ihr Kommen. Scheinbar war ihre Angst vor Pferden seit letztem Sommer zu einer ausgewachsenen Panik mutiert. Mit Pudding in den Knien schob sie Ben Richtung Gatter, übergab ihn seiner Therapeutin und trat den Rückzug an. Sie glaubte sich in Sicherheit, bis sie um eine Ecke bog. Vor ihr stand plötzlich ein Pferd. Ein echtes, lebendiges, supergroßes Pferd. Jule floh rückwärts, stolperte und landete mitten im Heuhaufen.

„Komm, ich helf dir auf", lachte der Junge, der die Zügel des Pferdes hielt und streckte ihr seine Hand entgegen. Als sie sich aber berührten, sah er sie besorgt an.

„Du zitterst ja total. Alles in Ordnung?"

„Ich ... Ja", stotterte Jule erst. Doch schnell hatte sie sich gefangen und wechselte in den Motz-Modus. Das war die beste Methode, um zu verbergen, wie es wirklich in ihr aussah. „Du hast mich ja auch zu Tode erschreckt", sagte sie. „Kommst einfach um die Ecke gerannt. Ich hätte mir sonst was tun können."

„Gerannt? Das wüsste ich aber", gab er grinsend zurück und Jule musste zugeben, dass er dabei ziemlich süß aussah. Er war etwa zwei Jahre älter als sie, einen Kopf größer, schlank, braune Haare, blaue Augen und dieses Lächeln!

„Ich heiße übrigens Tom."

„Und ich bin Jule." Jetzt musste auch sie grinsen und es tat richtig gut.

Schon bald waren Tom und Jule beste Freunde und verbrachten fast jeden Tag zusammen. Er zeigte ihr, dass das Landleben auch Spaß machte: Sie gingen angeln am Fluss, wurden zu einer Stoppelfeldfete eingeladen und machten sogar ein Traktor-Rennen auf dem Feld seiner Bekannten. Mehr als einmal wollte Tom ihr Reiten beibringen oder sie zu einem Ausflug auf seinem Pferd Nemesis überreden. Aber Jule fand immer Ausreden, um dem aus dem Weg zu gehen.

Eines Tages waren sie beim Steinbruch und machten ein Picknick. Die schöne Wiese war ihr Lieblingsplatz, denn sie lag direkt an einer Klippe. Von hier hatte man einen tollen Ausblick. Tom hatte Nemesis an einen Baum gebunden, Jule war mit dem Fahrrad gekommen. Sie saßen nebeneinander auf der rot-weiß karierten Decke, tranken Orangensaft und genossen das Panorama.

„Warum hast du eigentlich Angst vor Pferden?", fragte Tom so plötzlich, dass Jule sich fast verschluckte.

„Hab ich gar nicht", gab sie schnippisch zurück.

„Ich bitte dich. Das sieht doch ein Blinder." Tom lachte, aber als er Jule ansah, ahnte er, dass er einen wunden Punkt getroffen hatte.

„Entschuldige, Jule. Ich wollte nicht ..."

„Ist schon gut. Es ist nur ... Warum bemerkst du es, aber meine Eltern nicht?", fragte Jule enttäuscht.

„Warum sagst du es ihnen nicht einfach? Sie wären sicher nicht in die Nähe eines Reiterhofs gezogen, wenn sie wüssten, dass du unter einer Pferde-Phobie leidest."

„Ich kann es ihnen nicht sagen. Die Reittherapie ist sehr wichtig für meinen Bruder."

„Das kann ich ja verstehen. Aber was ist mit dir?"

Lange sagte Jule nichts, und als Tom sie ansah, liefen Tränen über ihre Wangen. Er hatte Jule noch nie weinen gesehen. Behutsam legte er einen Arm um ihre Schulter.

Da begann Jule zu erzählen: von dem Umzug, den sie nicht wollte, von ihren Freunden, die sie zurücklassen musste, von der „arroganten Stadttussi" und dass ihre Eltern so sehr mit sich selbst und Ben beschäftigt waren, dass sie oft das Gefühl hatte, unsichtbar zu sein.

„Aber jetzt ist alles schon viel besser", erklärte sie schniefend. „Ich hab ja dich und morgen führen wir in der Schule ein Theaterstück auf. Meine Mutter hat versprochen, zu kommen. Das wird toll."

Tom verstand, warum Jule sich darauf freute. Es war das erste Mal, dass nicht Ben im Mittelpunkt stand, sondern sie. Lange saßen die beiden noch schweigend da.

Tom hoffte, dass er Jule Trost genug war, denn es tat ihm weh, sie so traurig zu sehen.

Am nächsten Abend saß Jule allein am Steinbruch. Es war schon dunkel, aber sie wollte nicht nach Hause. Sicher hatte eh keiner bemerkt, dass sie weg war. Wie hatte ihre Mutter nur ihre Aufführung vergessen können? Jule hatte glatt ihren Einsatz verpasst, als sie den leeren Stuhl in der ersten Reihe gesehen hatte.

Tränen stiegen in ihr hoch, aber sie schluckte sie hinunter und blickte stattdessen in die Sterne. In der Stadt waren sie nie so hell gewesen. Plötzlich hörte sie ein Pferd näher kommen und stand erschrocken auf.

„Jule! Mein Gott, da bist du ja", rief Tom, während er von Nemesis sprang.

„Tom? Was machst du hier?", fragte Jule, da hatte Tom sie bereits stürmisch in seine Arme geschlossen.

„Ich hab mir Sorgen gemacht. Du warst nicht zu Hause und deine Mutter erzählte, sie hätte deine Aufführung verpasst. Es tut mir so leid."

„Schon okay. Mir geht's gut", schluchzte Jule.

„Das klang sehr überzeugend", schmunzelte Tom. „Aber weißt du, deine Mutter meint es sicher nicht böse. Sie macht sich gerade große Sorgen um dich."

„Wirklich?"

„Natürlich", sagte Tom und nahm ihre Hand. „Komm, wir gehen zurück, ja?"

Jule nickte, doch plötzlich krachte es irgendwo und dann geschah alles ganz schnell. Nemesis erschrak und bäumte sich auf. Tom stieß Jule zur Seite und wich vor den Hufen nach hinten aus. Im Dunkeln bemerkte er nicht, wie nah er der Klippe war. Jule hörte einen Schrei, dann war Tom weg.

„Tom!", schrie sie entsetzt und kroch zum Rand des Abgrunds.

„Tom! Sag was. Geht's dir gut?", rief sie panisch, denn sie konnte ihn nicht sehen.

„Jule?", kam es schwach aus der Tiefe.

„Ja, ich bin hier. Keine Angst. Wie geht es dir?", fragte sie.

„Ich weiß nicht. Mein Knie tut weh", stöhnte Tom.

„Hör zu, ich hole Hilfe. Versuch, dich nicht zu bewegen!"

„Okay."

Jule stand auf. Vor ihr im Halbdunkel tänzelte Nemesis unruhig. Die Angst vor ihm lähmte sie, aber sie wusste, dass sie die Angst überwinden musste, wenn sie Tom helfen wollte. Zitternd ging sie auf das Pferd zu, streckte ihre Finger aus und berührte vorsichtig die weichen Nüstern. Nemesis wurde ruhiger und Jule wagte sich weiter vor. Ihr Herz schlug bis zum Hals, als sie einen Fuß in den Steigbügel stellte und sich in den Sattel zog. Elegant war sicher anders, dachte sie. Unerwartet wurde ihr schwindlig. Sie konzentrierte sich darauf, ruhig zu atmen. Dann beugte sie sich vor und tätschelte Nemesis Nacken.

„Nur zu, Junge. Ich weiß nicht, wie man dich lenkt, aber du weißt sicher den Weg nach Haus. Bitte beeil dich!"

Und als ob Nemesis Jule verstand, trabte er sofort los.

Zwei Stunden später saß Jule an Toms Krankenhausbett. Er war zum Glück nicht schwer verletzt – ein paar blaue Flecken und eine Prellung am Knie.

„Es tut mir so leid, Tom. Es ist alles meine Schuld", sagte Jule betrübt, doch Tom ergriff ihre Hand.

„Bist du verrückt? Du hast mir das Leben gerettet. Ich kann noch immer nicht glauben, dass du für mich auf ein Pferd gestiegen bist."

„Das war reiner Eigennutz", scherzte sie. „Du bist schließlich mein einziger Freund."

Die beiden lachten, als es plötzlich klopfte und Jules Eltern hereinkamen.

„Jule!", rief ihre Mutter und umarmte sie. „Ist dir auch nichts passiert?"

„Mir geht's gut, Mama. Es tut mir leid, dass ich weggelaufen bin."

„Nein. Mir tut es leid, dass ich deine Aufführung verpasst habe, Schatz."

Auch Jules Vater schloss sie in seine Arme.

„Wir versprechen, uns in Zukunft mehr Zeit für dich zu nehmen. Aber jag uns bitte nie wieder so einen Schreck ein!", sagte er mit belegter Stimme. „Wir haben dich lieb."

„Ich euch auch." Jule drückte ihre Eltern und sah, dass Tom ihr zuzwinkerte. Vielleicht war der Umzug aufs Land am Ende doch keine so schlechte Idee gewesen.

Jean Paul

Die Erinnerung ist das einzige Paradies, aus dem wir nicht vertrieben werden können, schreibt Jean Paul. Tatsächlich ist unser sogenanntes Paradies die Hölle. Wir wurden und werden beherrscht von einem banalen Leben, das sich seit Jahrhunderten nur wenig verändert hat: Der Mensch entwickelt sich nicht weiter. Das Einzige, was sich rasend schnell verändert, ist die Technik. Ob das für den Menschen gut ist, ist nicht unbedingt zu bejahen.

Ich glaube, dass Jean Paul schon alle Menschen gemeint hat.

Anne und Karin arbeiteten in einem großen Kaufhaus in der Damenkonfektion. Aus den Arbeitskolleginnen wurden mit der Zeit gute Freundinnen. Beide liebten es, sich gut und modern zu kleiden. Sie waren sehr hübsch; das wussten sie auch. Nach Dienstende gingen sie meistens noch in eine sehr geschmackvolle Bar und überlegten, wie sie ihr Wochenende verleben wollten. Das musste immer etwas Besonderes sein.

Ihre Wohnungen waren nicht allzu groß, aber bezahlbar. Vor allen Dingen lagen diese in einer bevorzugten Wohngegend. Auf Äußerlichkeiten legten beide Freundinnen großen Wert. Sie waren jung und wollten das Leben genießen. Zum Ausgehen hatten sie genug Freunde, gut situiert, gut aussehend und es machte ihnen Spaß, mit diesen zu spielen. Sobald einer dieser Herren mehr als nur eine Freundschaft erwartete, hatten sie keine Skrupel ihm zu sagen, dass es zwecklos sei.

Insofern waren sie in den gewissen Kreisen dafür bekannt, dass sie sich nur amüsieren wollten. Das machte ihnen nichts aus. Das Leben ist zu kurz, um schon an Ehe oder Familie zu denken! Lieber alleine fröhlich und glücklich sein und nur für sich die Verantwortung zu haben; das war ihr Wahlspruch. Durch diesen Egoismus litt ihre Freundschaft in keiner Weise. Sie hatten auch kaum Meinungsverschiedenheiten. Eines war beiden absolut klar und sicher: Sie wollten immer für sich da sein. Das Versprechen hatten sie sich gegeben.

Es war Montagmorgen, da klingelte bei Karin das Telefon.

Es war Anne: „Karin, ich glaube ich muss zum Arzt, mir ist überhaupt nicht gut. Ich habe Schmerzen im Kopf, so als wolle er platzen. Entschuldige mich bitte auf der Arbeit. Ich hoffe, es ist nichts Ernsthaftes. Ich rufe mir ein Taxi. Nachdem ich beim Arzt war, werde ich den Abteilungsleiter und dich anrufen."

„Mensch, Anne, mach ja keine Dummheiten und werde mir noch krank!", antwortete Karin.

„Es wird schon gut gehen, du weißt, Unkraut vergeht nicht", erwiderte Anne und versuchte zuversichtlich zu klingen.

Die Freundinnen verabschiedeten sich und keine wusste, dass es ein Abschied für immer war.

Anne verstarb kurz darauf an einem inoperablen Hirntumor.

In ihrer gemeinsamen Geschichte haben sich die beiden Freundinnen paradiesisch gefühlt. Sie haben ihr Leben gestaltet, wie sie es sich wünschten. Ihnen fehlte nichts zum Glücklichsein.

Dazu würde ich ein weiteres Zitat von Jean Paul hinzufügen: Jung ist man, solange man sich für das Schöne begeistern kann und nicht zulässt, dass es vom Nützlichen erdrückt wird.

So gesehen hatte Anne den besseren Part erwischt. Ihre Freundin Karin hingegen wird sich zwar an die schönen Zeiten mit Anne erinnern, doch wird sie in stillen Stunden auch sehr traurig und verzweifelt sein. Diese Erinnerungen sind einerseits ein Paradies, aber es kann auch die Hölle sein.

Jeder Mensch, wo auch immer er lebt, hat die Hoffnung auf ein Stück vom Paradies. Selbst die kleinste schöne Erinnerung ist ein Stück davon. Es gehört jedem ganz alleine.

Ohne Schuld und ohne Erinnerung ist der Mensch, der gerade geboren wurde. Sobald der Mensch sich entwickelt, kommen schöne und böse Erinnerungen.

Insofern kann ich den Worten von Jean Paul etwas Positives abgewinnen und sie verstehen.

Nackt im Revier

Wir fuhren ins Ruhrgebiet. Unser kleines Musikkabarett sollte heute in Duisburg spielen. „Spaßgesellschaftsabende“, recherchierte Kollege Matze soeben mit Hilfe seines Netbooks: „Theater am Marientor.“

Matz, genannt Matze, saß vorne im Ford Transit und schaute sich die Lage unseres Auftrittsortes an. Kollege Tretter saß links neben ihm und steuerte den ollen Bandbus durch die Duisburger Innenstadt. „Wir müssen zuerst zum Hotel fahren, es hat dort keinen Nachtportier“, sagte er, „danach zum Theater, Instrumente ausladen, aufbauen, Soundcheck und so. Schau doch bitte mal, wo der Rheinische Hof liegt!“

Ich lag hinten im Bus und hatte mich allmählich an das Schlafen-beim-Schaukeln gewöhnt. Mir war leicht schwindelig. Tretter drehte sich zu mir und sagte: „Aufwachen, Kalle, wir sind gleich da!“

„Ja ja, bleibt noch Zeit, mir die Schuhe anzuziehen? Spaßgesellschaftsabende –“ ich rappelte mich hoch, „mit dem genialen Piet Klocke und Mirja Boes? Klingt ja eher nach Comedy. Hoffentlich erreichen wir das Publikum mit unserem skurrilen Humor. Na gut, wir werden sehen.“ Ich schnürte mir die Schuhe zu und war mir nicht sicher, ob die Kollegen vorne im Bus mich überhaupt gehört hatten.

Der Auftritt später war gelungen. Das Spaßgesellschaftspublikum verstand zum Glück den tiefgründigen Witz unserer Darbietungen. Die verblüffende Papiernummer reißt auch den Letzten mit!

Kurz vor Ende der Veranstaltung wurden Knicklichter an das Publikum verteilt. Nach einem ordentlichen Knicklichter-Schlussapplaus und dem anschließend kurzen Plausch mit der Handvoll Duisburger Fans, wurde es Zeit zusammen zu packen und die Instrumente im Bus zu verstauen. Nun freute sich jeder von uns auf einen entspannten Abend im Hotel. Immerhin ging es lose auf Mitternacht zu.

Müde, wie sie waren, verabschiedeten die Kollegen Matze und Tretter mich bereits an der Treppe im Hotel.

„Sleep you very well in your klapprig Bettgestell!”, sagte Matze.

„Jau, fahr well und Bontempi!“

Jeder schlurfte auf sein Zimmer.

Mein Abenteuer ging aber an dieser Stelle los.

Eine kurze Dusche und ab ins Bett, dachte ich. Ei, vielleicht läuft noch ein unterhaltsamer Spätfilm? Ich zog mich aus, schlenderte ins Bad, duschte den Bühnenschweiß ab und zischte mir ein feines Bierchen aus der Zimmerbar. Zimmerbar? Nein, nicht ganz. Wir waren nicht im Excelsior. Mein Zimmer war bar jeder Bar. Also, woher das Bier nehmen? Da erinnerte ich mich des Getränkeautomaten, welcher auf dem Korridor stand.

Immer noch im Adamskostüm sammelte ich die Hose vom Boden und pulte drei Euro aus der Tasche. Ich lugte aus meiner Tür: Die Luft war rein und so schlüpfte ich auf den Flur zum Automaten.

Noch bevor ich das erste Geldstück in den Schlitz werfen konnte, hörte ich ein zartes Klacken. Die Zimmertür, meine Zimmertür, war ins Schloss gefallen.

Himmelherrgott, Arsch!

Wie kann das passieren, was mach ich nu?

Es ist uns auf etlichen Touren in etlichen Jahren etliches passiert. Das eine Mal hatte es keine Einzelzimmer für uns gegeben, mal war gar kein Hotel gebucht worden, mal war es unauffindbar gewesen. Es war auch vorgekommen, dass das Hotel zwar am rechten Ort stand, aber gänzlich verlassen war. Doch immer hatte es einen Ausweg gegeben.

Hier aber war guter Rat teuer.

Außer drei Eurostücken trug ich nichts am Körper. Nur die Ruhe, Kalle, sagte ich mir und begab mich auf den Weg nach unten zur Rezeption. Rezeption? Besser, ich nehme das Treppenhaus, dachte ich, denn der Lift schien mir nicht sicher. Wusste ich doch nicht, wem ich beim nächsten Etagenwechsel gegenüber stand. Ich hatte Glück, das Foyer im Parterre war leer. Vom matten Schein der Straßenlaterne beleuchtet, klappte ich den Tresentisch hoch und machte mich an die Suche. Ich hoffte, flugs einen Zweitschlüssel für mein Zimmer zu ergattern und durchstöberte die Regalfächer hinter der Theke. Aber meine Hoffnung schwand dahin. Alles war aufgeräumt, womöglich akkurat verriegelt und weggeschlossen. Außer ein paar Visitenkarten und einem Tulpenstrauß auf der Empfangstheke fand ich zudem nichts, was meine Blöße hätte verdecken können.

Ich sah mich um. Die Handynummer des Hausmeisters für den Notfall war nirgends zu entdecken. Na toll. Der kleine Frühstücksraum direkt ein Stockwerk höher, war zugeschlossen. „Nicht mein Tag“, murmelte ich. Gab es nicht einen einzig vergessenen Mantel, der mir von Nutzen sein konnte?

Die Kollegen schliefen bestimmt schon friedlich in ihren Betten. Im Übrigen hatte ich keinen blassen Schimmer, in welche Zimmer sie sich zurückgezogen hatten. Mir wurde zunehmend unbehaglicher, zeichnete sich doch ab, dass ich wenig Chancen hatte, wieder in mein Zimmer zu gelangen. Zum anderen auch – und das bereitete mir die weitaus größere Sorge, dass früher oder später einer der anderen Gäste oder die Hotelangestellten mich in diesem Aufzug entdecken würden.

Ohne Plan irrte ich durch verlassene Flure und hangelte mich schließlich treppab zum Waschkeller des Hauses. In der hintersten Ecke stand ein Zuber und in dem Zuber fand ich einen Hoffnungsschimmer: Ich zog zwei alte Bettlaken hervor. Sie rochen muffig. Auch die unappetitlichen Flecken musste ich mir wegdenken. Aber bitte, sie waren kein Hinderungsgrund, die Laken zu einer ansehnlichen Toga zusammen zu knüpfen!

Nun bin ich nicht gänzlich unbeleibt, muss man wissen. Eher von stattlicher Natur und mit üppigem Körperhaar gesegnet. Ich wusste nicht, ob ich durch die neuen Kleider meinen Anblick wirklich habe verbessern können.

Das Hotel Rheinischer Hof verfügt – na sagen wir, über eine einfache Grundausstattung. Statt einer üppigen Lounge mit weichen Sofas oder gemütlichen Sesseln befinden sich hier in jeder Etage gerade ein Kommodenschränkchen und ein Schemel. Völlig ungeeignet für eine längere Nachtruhe. Gut, dass wenigstens die Flure mit Teppich ausgelegt sind. So rollte ich mich vor der Türe meines Zimmers am Ende des Ganges notdürftig zusammen. Der dünne Teppich müffelte erbärmlich und kratzte arg. Meine Toga roch nach Dingen, die ich gar nicht aussprechen möchte. Dazu kam, dass mich die Laken in dem kühlen Flur mehr schlecht als recht wärmten. An Schlaf war nur in Bruchteilen zu denken, es reichte gerade für ein kärgliches Dahindämmern.

Kurz nach Fünf: ein Surren, ein Klacken. Ich hörte den Aufzug in meiner Etage stoppen. Dann folgten leise Schritte. Hinter einem Wagen mit Reinigungsutensilien trippelte eine zierliche Asiatin auf mich zu. Als sie mich erblickte, riss sie die Augen weit auf und verschwand in schierer Panik gleich wieder dahin, wo sie hergekommen war: in den Lift.

„Halt, hören Sie! Hallo, Sie können doch nicht wieder wegrennen. Bitte helfen sie mir!", rief ich ihr hinterher.

„Und, hast du sie aufhalten können?", fragte Kollege Tretter später am Frühstückstisch. Er und Matze beölten sich vor Lachen.

„Ha Ha Ha!", äffte ich sie nach. „Lacht ihr nur! Ja, das asiatische Zimmermädchen kommt also vorsichtig wieder aus dem Aufzug heraus und ich erkläre ihr schnell, dass ich mich in der Nacht versehentlich ausgeschlossen habe. Hat mir dann auch das Zimmer umgehend aufgeschlossen."

Ich machte eine Kunstpause.

„Na, dat hat ja noch mal gut gegangen", sagte Tretter.

„Ne, ist noch nicht vorbei", sagte ich. „Also, das Zimmermädchen schließt auf, ich rein ins Zimmer und dann ... ja, dann liegt da diese Frau!"

„Diese Frau?", fragten Matze und Tretter wie aus einem Munde.

„Diese Frau liegt im Bett, schreckt hoch, sieht mich an und schreit wie am Spieß."

„Hehe, Klasse, und wie ist die in dein Zimmer gekommen?", wollte Matze wissen.

Tretter rührte ungerührt seinen Morgenkaffee.

„Ich weiß nicht", sagte ich. „Ich sag euch, ich hab mich nicht weniger erschrocken. Und dann seh ich, dass weder meine Klamotten noch meine Taschen im Zimmer sind."

„Yes, verständ!", sagte Tretter und hob die Kaffeetasse. „Hast dich im Zimmer geirrt?"

„Lasst mich weiter erzählen. Also, noch während das Zimmermädchen mich mit voller Kraft aus diesem Zimmer drängt, wird mir langsam klar, dass ich mich wohl im Stockwerk vertan habe. Na klar, nu hatte ich mein Vertrauen bei der Asiatin gänzlich verspielt. Die Kleine entschuldigt sich wortreich bei der fassungslosen Frau, schließt die Tür wieder vor meiner Nase zu und rauscht laut schimpfend vorbei an mir in Richtung Lift. Ich hinterher, will die Sache nicht auf mir sitzen lassen, aber sie lässt nicht mit sich reden. Ich renne die Treppen runter zur Rezeption und da steht die junge gut aussehende Empfangsdame, die sich im Folgenden höflich, zunehmend amüsiert und mit steigender Begeisterung meiner Probleme annimmt. Wie auch immer, ihr könnt euch ausmalen, wie sauwohl ich mich gefühlt habe, als ich endlich den Zweitschlüssel im Schloss meines Zimmers umgedreht habe."

Matze nickte zustimmend und sah zu den Frühstücksgästen, denen wir alle mit dieser Nummer eine schier einzigartige Freude bereitet hatten. „Das heißt aber auch, Kalle“, sagte er, „dass du dich jetzt endlich anziehen kannst!“

Charkadio

Die innere Welt

Eiskalt lief es Jonas den Rücken hinunter, als ihn Lisas Blick traf. In den Augen seiner Lebensgefährtin erkannte er Hass in seiner ursprünglichsten Form und eine besorgniserregende Spur von Wahnsinn. Ohne dass sie etwas sagen musste, wusste er, was sie ihm vorwarf. Es war allein seine Schuld, dass Mia, Lisas kleine Tochter, seit unerträglichen vier Stunden, vielleicht auch länger, verschwunden war.

Jonas hatte nicht achtsam genug auf Mia aufgepasst und das würde sie ihm niemals verzeihen, ganz egal, wie die Geschichte ausgehen würde.

Mit aschfahlem Gesicht und roten, verweinten Augen saß Lisa auf dem Sofa und zündete sich mit zitternden Fingern eine Zigarette nach der anderen an.

Ihr am Morgen so sorgsam zusammengebundenes Haar war mittlerweile zu einer fast albern aussehenden Ansammlung aus wirr auseinanderstehenden Strähnen verkommen.

Innerlich verfluchte sich Jonas für seine Nachlässigkeit. Langsam beschlichen ihn die Erinnerungen an all ihre Streitgespräche und die ewigen Diskussionen der letzten Zeit. Schon seit Monaten hatte er vergeblich versucht, Lisas Besorgnis über Mias Selbstgespräche und ihre Abenteuergeschichten von einer fremden Welt als übertrieben abzutun. Sie war nun mal ein sehr fantasiereiches Kind, und dafür hatte er als Schriftsteller größtes Verständnis.

„Vielleicht spielt sogar ein wenig Eifersucht eine Rolle", durchfuhr es Jonas. Ein Gedanke, der Übelkeit und Reue auslöste. Mias kleines Köpfchen schien eine nie versiegende Quelle für märchenhafte Erzählungen zu sein. Jonas hingegen hatte seit über einem halben Jahr mit einer heftigen Schreibblockade zu kämpfen und keinen gescheiten Satz zu Papier bekommen.

In Gedanken ging Jonas den Ablauf der vergangenen Stunden immer wieder durch. Lisa war an diesem Morgen nach dem Frühstück mit ihren Freundinnen zum Schwimmen verabredet und hatte ihn darum gebeten, Mia zu hüten.

Während er vor seinem Laptop gesessen, das saubere, strahlende Weiß der leeren Seite angeblickt und verzweifelt seine Gehirnwindungen nach dem Hauch einer Inspiration für eine neue Geschichte durchforstet hatte, musste sich Mia hinausgeschlichen haben.

Jonas wusste nicht, wie lange sie schon verschwunden war, als er es bemerkte.

Die Polizei, einige freundliche und manche sensationslustige Nachbarn, suchten das gesamte Grundstück, den angrenzenden Wald und den kleinen See ab – bisher ohne Erfolg.

Kein Anhaltspunkt, kein Kleidungsstück, niemand hatte Mia gesehen.

Mia stand leicht nach vorn gebeugt und blickte mit ruhigem Atem in den steinigen Abgrund, der genau vor ihr lag und bodenlos erschien. Alles, was sie in dem Loch sehen konnte, war schwarze Dunkelheit. Doch Mia fürchtete sich nicht. Sie wusste, da ist mehr als sie von hier aus sehen konnte. Keine Gefahr, kein Schatten, sondern eine bunte und geheimnisvolle Welt.

All das wusste sie vom alten Alfred. Alfred wohnte in der Nähe des Waldes, ganz abgelegen, in einem durch die Jahre heruntergekommenen Bungalow. Schon den ganzen Sommer sind die beiden miteinander befreundet gewesen, aber das war ihr Geheimnis.

Alfred ist unheimlich und verrückt, fand Mama, und deswegen sollte Mia sich von ihm fernhalten. Aber Mia wusste nicht, was Mama damit meinte.

Denn an den langen Julitagen waren sie gemeinsam durch den Wald gestreift. Alfred hatte ihr begeistert von den kleinen, für Erwachsene kaum wahrnehmbaren, zauberhaften Wesen erzählt, die sich im frischen grünen Gras unter dem harten Gestein und in der kühlen Erde verbargen und sich – für die meisten Menschenaugen unbemerkt, zwischen der ihrigen und der unsrigen Welt hin- und herbewegten. „Die Erde ist eine ausgehöhlte Kugel und im Inneren leben die Zauberwesen", hatte Alfred Mia erzählt. Seine großen, faltigen Hände hatten dabei die kugelrunde Form der Erde in die Luft gezeichnet und sein knochiger, leicht gekrümmter Zeigefinger malte die Höhle im Erdeninneren nach.

„Du hast bestimmt schon eines dieser Wesen gesehen", hatte Alfred behauptet und dabei übers ganze Gesicht gegrinst. „Wenn du auf der Wiese hinterm Haus gespielt hast. Sie sind schnell und flink. Aber wenn du aus dem Augenwinkel etwas, das sich im Gras bewegt, wahrgenommen hast, dann war es eines von ihnen. Viele glauben nicht, dass es sie gibt und halten sie für Insekten, aber glaub mir, sie kribbeln und krabbeln überall um uns herum, auf ihrem Weg zwischen den zwei Welten."

Stundenlang hatten sie mit Alfreds Wasserfarben gemeinsam Bilder von Charkadio, der fremden Welt, gemalt. Dabei saßen sie vor seinem Haus auf einem im letzten Herbststurm umgestürzten Baum und Mia lauschte gebannt Alfreds Erzählungen: „Charkadio besteht aus achtzehn Städten und alle Bewohner leben friedlich miteinander. Es gibt keinen Streit und niemand wird geärgert oder ausgelacht."

Mia wusste alles über Charkadio. Von den goldfarbenen Meeren, die das Land umgeben, dem warmen Gefühl, das in jeder Stadt zu spüren ist, und den Kindern, denen jederzeit zugehört wird und die von den Alten um Rat gefragt werden – weil ihre Gedanken rein und grenzenlos sind und sie mit dem Herzen denken. Und Mia wusste von den zarten, feingeistigen und guten Wesen aus Charkadio, die immer wieder in unsere Welt kamen, um den Menschen Träume und Hoffnung zu schenken, ehe sie sich im Hass und Krieg verlören.

„Das ist sehr wichtig, Mia, nicht nur für uns Menschen. Es hält alles im Gleichgewicht. Denn wenn unsere Welt ausgelöscht wird, kann auch ihre Welt nicht länger bestehen", hatte Alfred ihr in einem ernsten Tonfall erklärt, sodass Mia eine Gänsehaut bekommen hatte. All das war ihres und Alfreds Geheimnis.

An einem Nachmittag im Spätsommer, als der alte Mann und das kleine Mädchen am See standen und der Symphonie der Zirpen lauschten, hatte Mia all ihren Mut zusammen genommen: „Alfred, nimmst du mich mal mit nach Charkadio? Ich will es so gerne sehen!"

Alfred hob verblüfft die Augenbrauen und antwortete:

„Ach, kleine Mia, ich selbst bin nie dort gewesen. Ich kann es nicht. Nur ganz wenige, auserwählte Erdenmenschen dürfen diesen Ort besuchen. Aber nur dann, wenn sie eingeladen werden."

„Woher weiß man denn, dass man eingeladen wurde, Alfred?", fragte das kleine Mädchen voller Aufregung und Neugierde.

„Sie erscheinen dir im Traum. Und am Tage flüstern sie es dir ins Ohr."

Mia lächelte zufrieden und ließ gedankenversunken einen handtellergroßen Stein ins Wasser plumpsen. Sie liebte den Anblick der Ringe, die ein Stein auf der Wasseroberfläche hinterließ, wenn er immer weiter hinab sank. Auch wenn er schon nicht mehr zu sehen war, erkennt man für eine gewisse Zeit, dass er gerade noch dagewesen war.

Ganz kribbelig hatte Mia auf ein Zeichen gewartet und dann war es endlich geschehen. Drei Nächte hintereinander träumte sie von der geheimnisvollen Welt. Hörte die leisen Flüsterstimmen der Wesen. Sie wusste, sie war willkommen in Charkadio. Und sie träumte von dem tiefen Loch im Wald, verdeckt vom Gehölz. Hier war sie schon einmal zum Spielen gewesen, aber Mama hatte ihr verboten, wieder dorthin zurückzukehren, aus Angst, sie würde hineinfallen und sich verletzen.

Die Wesen aber flüsterten ihr zu: „Mia, genau dort ist der Eingang zum Inneren der Erde. Du brauchst nur zu springen, dann bist du bei uns. Dann bist du in Charkadio."

Mama und Jonas werden Augen machen, wenn ich zurück bin und ihnen erzähle, was ich erlebt habe, dachte sich Mia. Und vielleicht, ja, vielleicht erlauben es die Wesen, dass ich beide auch einmal mitbringen darf.

Für einen ganz kurzen Moment glaubte sie, ihre Mutter gehört zu haben, die ihren Namen rief. Doch Mama ist ja schwimmen – und dann war auch wieder alles still.

Mia stieß sich mit ihren kleinen Füßen vom Boden ab und machte, mit geschlossenen Augen, einen Satz nach vorn.

Mia fiel und fiel, einen tiefen Fall, mit tausend schönen Bildern von Charkadio im Kopf.

Bis der Tod uns scheidet

Ich beobachtete mein neustes Opfer und ein diabolisches Lächeln umspielte meine Lippen, als ich mich mit energisch pochendem Herzen vom kühlen Holz der Beichtstühle abstieß, um mich aus der Dunkelheit zu lösen.

Die Kerzen, die in der Kirche standen, verteilten ein angenehm wärmendes Licht und liebkosten damit meine silbrig-blonden Haare, während ich mit wehendem Umhang langsam näher an ihn heran trat.

„Seit wann arbeitest du des Nachts?“, fragte ich ihn und stellte mich nun direkt hinter ihn.

Ein Zittern ließ Toms Körper erbeben und ein belustigtes, leises Lachen entwich meinem Mund.

„Angst?“, fragte ich weiter und strich ihm sanft mit meinen Fingern über den Nacken.

Tom zuckte zurück und polierte weiter die goldene Schale in seiner Hand.

„Ich bin hier, um den Tribut einzufordern, den du mir mit elf Jahren versprochen hast“, meinte ich und schlang meine Arme um ihn. Doch ich umarmte ihn nicht, wie man es erwarten würde. Ich begann, ihm langsam die festliche Robe des Priesters aufzuknöpfen.

Tom zuckte zusammen, als ich meine Hände untern den Stoff gleiten ließ, während meine rauen Lippen seinen Nacken liebkosten.

In diesem Moment ging die Tür auf und wir beide erstarrten augenblicklich.

„Pastor?“, fragte eine leise Stimme.

Tom sah auf: „Was gibt es denn?“

„Braucht ihr noch Hilfe?“, fragte ihn seine Assistentin.

„Nein, Nadine, Sie können gehen!“ Tom lächelte.

„Schönen Feierabend.“

„Ihnen auch und schöne Feiertage“, hörte man sie noch sagen und dann nur noch das Schlagen der Tür.

Nun waren wir wieder allein und ich ließ meine Hände weiter über seine muskulöse Brust wandern.

„Hast du geglaubt, die Weihung zum Priester würde den Pakt wirklich unwirksam machen?“, fragte ich ihn, während das Zittern seines Körpers langsam zunahm.

„Ich hatte gehofft, du würdest es vergessen“, meinte er und zuckte zusammen, als ich seine Brustwarzen zwischen meinen Daumen und Zeigefinger nahm und sie langsam massierte.

Tom versteifte sich und presste sich gegen den Altar, um Abstand zwischen uns zu bringen. „Bitte hör auf!“, meinte er bestimmt.

„Warum sollte ich?“, erwiderte ich und knabberte sachte an seinem Ohrläppchen.

In meinem Innern war pures Verlangen und ich wusste, dass ich nicht gerade der typische Teufel vom Dienst war, doch ich wollte diesen Mann. Seitdem wir damals den Pakt geschlossen hatten, damit seine Mutter, die sonst an Krebs gestorben wäre, leben konnte – und er war damals erst zehn gewesen, hatte ich davon geträumt, wie es wäre, mit einem Mann zu schlafen. Und nun sollte ich die Antwort auf meine Träume bekommen.

„Komm schon!“, flüsterte ich an sein Ohr und befreite seine breite Brust aus der geweihten Robe. „Du zierst dich wie eine Jungfer und selbst die zögern nicht lange, wenn einmal die Lust sie gepackt hat.“

Tom klammerte sich an den Altar und presste die Lippen aufeinander: „Ich bin keine Frau.“

„Dessen bin ich mir durchaus bewusst.“ Ich grinste und drehte ihn einfach um, sodass er mit seinem Rücken an den Altar gepresst wurde. „Dennoch zierst du dich wie eine.“

Als Tom erneut etwas sagen wollte, wurde es mir zu bunt und ich küsste ihn kommentarlos auf seine rosigen, wundervollen Lippen. In meinem Innern explodierte ein Schwarm Schmetterlinge und ich konnte nicht anders, als ihn noch enger an mich zu pressen. Doch seine Hände, die er auf meinen Brustkorb drückte, sorgten für einen gefährlich weiten Abstand zwischen uns. Seine Lippen presste er so kraftvoll aufeinander, dass meiner Zunge der Einlass verwehrt blieb.

Ich löste mich von ihm und sah ihm in die Augen, so dass Silbergrau auf Saphirblau traf: „Hab doch keine Angst. Ich tu dir nicht weh!“

Doch Tom sah mich immer noch aus diesen angstgeweiteten Augen an und ich war ziemlich überfordert mit der ganzen Situation. Noch nie hatte eines meiner Opfer sich mir verweigert oder Angst vor mir gehabt.

Also musste ich wohl den liebevollen Verführer benutzten, um diesen Willen vor mir zu brechen. Ich griff nach seinen Händen und nahm sie von meiner Brust, anschließend begann ich, langsam mein Hemd aufzuknöpfen. Ich trat ein paar Schritte zurück und nun konnte Tom die deutliche Ausbuchtung in meiner Lederhose erkennen. Ich leckte mir über die Lippen, während mein Hemd zu Boden fiel. Nun war der Blick auf meinen gemeißelten Bauch, an dem sich kein Gramm Fett befand, frei. Als ich mich wieder auf ihn zu bewegte – und dies tat ich ganz langsam, konnte man das Spiel meiner Muskeln gut beobachten.

Tom schluckte und befeuchtete automatisch seine Lippen, und er schien zu spüren, wie sich etwas in seiner Hose bemerkbar machte. Dieser Mann vor ihm ließ niemanden kalt, egal ob Mann oder Frau, jeder wollte ihn – selbst wenn es den Tod bedeutete. Er war Sex pur, in Flaschen, unverkorkt. Und obwohl er große Angst hatte, konnte er nicht anders, als sich dieser Sünde hingeben. Tom war schließlich, ob Priester oder nicht, auch nur ein Mann.

Wieder einmal war ich Sieger einer Schlacht, schoss es mir durch den Kopf und ich grinste teuflisch, als ich wieder vor ihm stand.

Seine Hände wanderten über meine Brust, dann zu meinem Rücken, anschließend über meinen Po und zum Schluss befreite er mich aus meinem ledernen Gefängnis.

Ich keuchte, als er seine Hand um ihn schloss, und ihn langsam zu massieren begann. Natürlich war ich auch ziemlich überrascht, dass er plötzlich die Oberhand gewann und ich an den Altar gepresst wurde. Das Einzige, was man außer unserem Keuchen hörte, war das leise Tropfen des Kerzenwachses auf den Fußboden und ich zählte ganze dreizehn Schläge.

Als er in mich drang, und wir nun eins wurden – auf eine mir nun vollkommen fremde Art und Weise, presste ich ihn an mich und gemeinsam gingen wir im Meer der Flammen unter, während ich, Lucius Abraxas, meine Unschuld auf ewig verlor.

Der Gartenzwerg

(Gute-Nacht-Geschichte)

Bitte, Oma, erzähl uns eine Geschichte, aber eine neue, echt wahre, die wir noch nicht kennen.

Meine Geschichten sind doch alle *echt wahr*, entgegnete ich mit einem Augenzwinkern.

Die Kinder lagen frisch gebadet in ihren Betten und sollten schlafen.

Gut, dachte ich, sollen sie ihre Geschichte haben.

Wie ihr wisst, habe ich den ganzen Nachmittag im Garten gearbeitet und dabei so einiges erlebt, sagte ich. Der Gartenzwerg, der mitten im Blumenbeet steht, meinte: gut, dass du kommst. Ich musste in den letzten Tagen sozusagen einen Krieg verhindern. Der Bärlauch hatte gegen die Maiglöckchen gekämpft und, schau es dir an – verloren. Du hattest ja viele Blätter abgezupft, weil man sie essen kann. Dafür war ich dir auch sehr dankbar, denn ich mag den Geruch nicht besonders, aber nun hängen die letzten Blättchen armselig herum und da sagst du immer: „Alles neu macht der Mai!“

Natürlich sind die Blüten des Bärlauchs auch wunderschön, wie kleine Sternchen. Doch machen wir uns nichts vor, die Maiglöckchen sind nun mal auf dem Vormarsch. Dabei sind sie giftig. Sag das den Kindern!

Und noch etwas, streckte doch gestern ein Regenwurm seinen Kopf vor mir aus der Erde. Ich erkannte ihn sofort. Es war der, der schon früher immer was zu meckern gehabt hatte, und richtig, die Erde sei zu trocken, ich solle mal Regen bestellen, meinte er.

Als ob das so einfach wäre.

Dann kamen einige Schnecken vorbei, nicht nur die, die ihr Zuhause immer mit sich herumschleppen. Sie beschwerten sich über deine schönen Tulpen. Die Blätter schmeckten ihnen nicht und an die Blüten kämen sie nicht heran. Sie hätten das Gefühl, es kämen schlechte Zeiten. Alle Welt würde Jagd auf sie machen. In keinem Garten wären sie mehr sicher.

Und noch etwas muss ich dir sagen: Dort auf der Wiese ist ein kleines Häufchen Erde. Dort streckte vor einigen Tagen ein Maulwurf vorwitzig seinen Kopf heraus. Hallo rief er, wo bin ich denn hier gelandet? Ist ja richtig trostlos hier. Gehört dir dieser Garten?

Nein sagte ich, er gehört nicht mir, doch ich hab hier die Aufsicht und muss darauf achten, dass alles seine Ordnung hat. Deshalb rate ich dir, schnellstens wieder dahin zu gehen, wo du herkommst.

Ja, ja, rief er, du brauchst nicht gleich so grantig zu werden. Ich bin zurzeit auf Brautschau, doch hier sind keine Mädels zu sehen, also geh ich lieber wieder zurück in Nachbars Garten.

Mach‘s gut, rief er noch, dann war er verschwunden.

Du kannst mir dankbar sein, glaub mir, eine Wiese mit vielen Maulwurfhügeln ist kein schöner Anblick.

Da hast du Recht, sagte ich zum Gartenzwerg, ich bin dir wirklich dankbar.

Da du gerade da bist, meinte der Gartenzwerg, muss ich dir noch etwas sagen. Die Brennnesseln auf meinem schönen Beet machen sich richtig mausig. Zieh dir Handschuhe an, wenn du dich an sie heran wagst. Man muss sie mit der Wurzel ausreißen, sonst sind sie ruck-zuck wieder da.

Und, sag mal, ich vermisse den Löwenzahn, wo ist er geblieben? Ich liebe seine gelben Blüten, und wenn sie verblüht sind und die Pusteblumen dann ihre lustigen Fallschirmchen durch die Luft schicken, freue ich mich immer. Doch nun finde ich sie nicht mehr.

Hör auf, sagte ich zum Gartenzwerg, ich werde über deine Beschwerden nachdenken, doch nun muss ich erst mal Pause machen, du weißt – mein Rücken!

Ja, ja, dein Rücken, aber schließlich bist du auch nicht mehr die Jüngste, entgegnete der Gartenzwerg.

Doch etwas muss ich dir unbedingt noch erzählen. Ich habe ein Gespräch belauscht. Die Kinder waren hier und sprachen über einen gewissen Hugo. Sein Anzug sei nicht mehr zeitgemäß, seine Zipfelmütze sei schmutzig und überall sei an ihm die Farbe abgeblättert. Sie wollen dich um Pinsel und Farbe bitten, um ihm ein neues Outfit zu verpassen. Weißt du, normalerweise bin ich ja nicht so schwer von Begriff, doch es hat etwas gedauert, bis ich gemerkt habe, dass sie von mir sprachen. Also, sag ihnen, ich hätte nichts dagegen, wenn sie mich verschönern wollen und der Name Hugo, ja der gefällt mir auch.

Nach einem Blick auf meine Lieblinge sah ich, dass der Gartenzwerg sich in den Sandmann verwandelt hatte und sie inzwischen im Reich der Träume gelandet waren. Vielleicht hatten sie sich dort schon mit Pinsel und Farbe bewaffnet und waren dem lieben Hugo zu Leibe gerückt.

Blaue Socken

„Blaue Socken? Seit wann, zur Hölle, stehst du auf blaue Socken?“

Wäre ich nicht so furchtbar sauer, wäre Hannos Gesicht einfach nur zum Lachen. Auf seiner Stirn hat sich diese tiefe Furche gebildet, die immer auftaucht, wenn er gerade gar nichts mehr versteht. Doch noch bevor er den Mund öffnen kann, um nachzufragen, was denn überhaupt los sei, habe ich die Socke vom Boden aufgehoben und halte sie ihm unter die Nase.

Er weicht einen Schritt zurück und schaut angewidert.

„Regst du dich neuerdings darüber auf, wenn ich nicht sofort meine Wäsche in den Korb werfe? Ich dachte, über dieses Stadium wären hinweg.“

Mit einem schrillen Lachen schleudere ich ihm die Socke ins Gesicht und verlasse das Schlafzimmer. In der Küche gieße ich mir eine Tasse Kaffee ein und schütte direkt einen großen Schluck Amaretto hinterher.

Mit lauten Schritten poltert Hanno hinterher in die Küche. „Kannst du mir bitte mal erklären, was dieses alberne Affentheater hier soll? Sonst regst du dich ja auch nicht auf, wenn meine Socken im Schlafzimmer liegen.“

Ich nehme einen tiefen Schluck und schaue ihm direkt ins Gesicht. „Das ist nicht deine Socke.“

Die tiefe Furche ist wieder da. „Wie bitte?“

„Das ist nicht deine Socke.“ Ich nehme noch einen Schluck.

„Kannst du mir dann mal erklären, was hier eigentlich los ist? Rastet du jetzt aus, weil du deine eigenen Socken rumliegen lässt?“

„Ich trage keine blauen Socken. Ich hasse blaue Socken.“

Blitzartig verschwindet die tiefe Furche, dafür werden die Augen immer größer und aus seinen Lippen verschwindet alle Farbe. Kraftlos lässt er sich auf den zweiten Küchenstuhl fallen.

„Das arme Mädchen, das nun im Herbst barfuß laufen muss.“

Hanno starrt immer noch mit großen Augen auf den Kühlschrank.

„Ich wollte nicht ...“, fängt er an, aber bricht direkt wieder ab.

Meine Tasse ist leer und ich stehe auf. Diesmal spare ich mir den Kaffee und trinke Amaretto pur. Nach zwei Schlucken wird mir schlecht. Viel zu süß.

„Seit wann?“

Hanno wird noch blasser. „Drei Wochen.“

Die Tasse fällt auf den Boden und zerbricht in klitzekleine Scherben. Der Amaretto wird furchtbar kleben auf den Fliesen.

„Warum?“

Hanno zuckt mit den Schultern.

Das hatte ich mir gedacht. Er hat keine Antworten. Langsam stehe ich auf und gehe ins Schlafzimmer. Aus dem Schrank hole ich meinen Koffer und packe.

Er steht in der Tür und schaut mir zu. „Du musst doch nicht gehen.“ Seine Stimme ist so leise, dass ich sie kaum höre. Er weiß selber, dass alles was er sagt, die Situation noch schlimmer macht.

Mit einem lauten Klicken schließe ich die Schnallen des Koffers.

„Es tut mir leid.“ Die Stimme ist noch leiser geworden.

Ich nehme meinen Koffer und verlasse die Wohnung. Der Himmel hat die gleiche Farbe wie die blaue Socke und ich habe die Farbe Blau noch nie so sehr gehasst.

Der Wind, der mich umgibt, ist warm, aber kräftig. Für einen Moment bleibe ich stehen und lasse ihn mein Haar zerzausen. Was mache ich eigentlich hier? Warum stehe ich hier mit einem Koffer in der Hand? Ich habe doch nichts getan!

Absichtlich lasse ich die Wohnungstür mit einem lauten Knallen zufallen. Hanno steht in der Küche und fegt die Scherben meiner Kaffeetasse zusammen.

„Es tut mir leid." Seine Stimme ist wieder lauter geworden. Er klingt viel zu normal.

„Was genau tut dir denn leid?" Ich will es von ihm hören. In allen Einzelheiten.

„Muss das denn wirklich sein?" Sein Gesicht schwankt zwischen gequält und genervt.

Ich nicke und lasse mich betont gelassen auf den Küchenstuhl sinken und schaue ihn fragend an.

Mit Schwung befördert Hanno die Scherben in den Mülleimer und setzt sich mir gegenüber.

„Ich habe Mist gebaut und ich entschuldige mich dafür. Reicht das denn nicht?"

„Nein."

Hannos Gesichtsausdruck wechselt jetzt definitiv zu genervt. Ich schaue ihn weiter einfach nur an.

„Verdammte Scheiße, Anna. Ja, ich habe mit einer anderen Frau geschlafen. Ich hab es nicht geplant und es tut mir leid. Bist du jetzt zufrieden?"

Ich nicke, stehe auf und gehe wieder ins Schlafzimmer. Als Hanno hinter mir das Zimmer betritt, habe ich den Koffer schon fertig gepackt und drücke ihn ihm in die Hand.

„Meld dich, wenn du rausgefunden hast, warum du auf einmal Frauen mit blauen Socken magst!", sage ich und schließe die Wohnungstür hinter ihm.

Verschollen

Henry Hacker riss seine Augen auf. Er wollte nichts, aber auch gar nichts verpassen. Nie zuvor hatte ihm Schnelligkeit so heftig zugesetzt. Er liebte schnelle Autos, Fastfood, einen schnellen Flirt und am meisten sein High-Speed-Netz. Jetzt war er zum ersten Mal mittendrin. Mit rasanter Geschwindigkeit raste er über die Datenbahn.

Ihm war speiübel. Ich muss kotzen, dachte Henry. Er unterdrückte den aufsteigenden Würgereiz. Das Tempo beschleunigte sich. Henry schleuderte von einer Seite zur anderen, wenn die LWL, auf der er voransauste, einen Knotenpunkt erreichte. Das grelle Licht blendete ihn. Beim nächsten Knotenpunkt nehme ich eine Abkürzung. Ich schaffe es, ich komme durch zum Schirm. Henry beeilte sich, denn trotz der Raserei blieb ihm wenig Zeit.

„ Ich schaffe es, ich werde sie stoppen", brüllte Henry in die Weite des unendlichen Netzes.

Was war das? Er konzentrierte sich auf die Abzweigung, als Herr Feuerwand ihn abrupt ausbremste: „Stopp! Hier geht es für Sie nicht weiter. Ich kann und werde es nicht zulassen, dass Sie alles durcheinander bringen."

Henry Hacker war wütend. Mit schneidendem Unterton in der Stimme entgegnete er: „Ich muss hier lang, es ist wichtig, sehr wichtig – für alle! Sie werden mich nicht aufhalten. Ich lasse mich nicht ausbremsen."

Henry zitterte vor Wut. Wenn ich den Umweg nehmen muss, verliere ich Zeit. Er riskierte einen neuen Versuch: „Also, was ist, komme ich durch oder nicht?"

Herr Feuerwand blieb standhaft. Henry dachte nach. Ich maskiere mich. Genau, das war die Lösung. Sekundenschnell wurde aus Henry Hacker-Henry Wurm. Seine Tarnung klappte.

An Herrn Feuerwand vorbei, nahm Henry Fahrt auf. Rechts und links der Strecke wurde er abgelenkt. Eine vollbusige Schönheit lockte mit ihren Reizen: „Hier entlang, starker Mann. Sag mir deinen Code und dann geht's zum Login."

„Ein anderes Mal gerne", rief Henry ihr zu. „Schade, ich habe es brandeilig. Rette die Welt."

Meine Finanzen zuerst, grinste er verschlagen.

Von allen Seiten schlugen Angebote auf Henry ein. Günstig und gut, schnell noch ein Schnäppchen – billiger.de, Amazon – andere kauften auch ... eBay: nur noch 2 Minuten.

Seine Freunde von Facebook winkten ihm zu. Mist, ich will nicht erkannt werden. Henry gab sich einen Ruck. Lass dich nicht kirre machen, beschwor er sich. Er tauchte aus der Flut von Informationen und Angeboten auf und raste weiter. Wenn ich rechtzeitig ankomme, mache ich das große Geld. Andere Länder retten, so ein Blödsinn. Bürgschaften übernehmen, alles Humbug. Henry Hacker, alias Henry Wurm, schnaubte verächtlich.

Trotz des gewaltigen Strudels in dem er seinem Ziel entgegen wirbelte, nahm er Viren wahr, die versuchten, ihn vom Weg abzubringen.

„Ich lasse mich von euch nicht infizieren. Träumt weiter!", rief er ihnen zu.

Etwas anderes irritierte ihn. Henry spürte, dass er beobachtet und verfolgt wurde. Wer wollte ihn nun noch aufhalten? Ein unangenehmer Sog im Nacken zog ihn zurück. Im gleichen Moment hörte er eine Stimme hinter sich. Henry stöhnte gequält auf. Das hatte er befürchtet.

Es war tatsächlich Avira mit ihrem Schirm: „Hallo, Henry Wurm – oder soll ich dich Hacker nennen? Ich verfolge dich schon eine ganze Weile, weil ich zu gerne wüsste, wohin Deine Reise geht."

„Woher weißt du, wer ich bin?" Henry schaute Avira fragend an.

„Deine IP-Adresse hat dich verraten. Sie macht dich einmalig."

„Ich bin einmalig." Henry grinste und staunte. Wow, was für eine Erscheinung. Er starrte Avira an. Sie ist beindruckend und unberechenbar. Henry, sei wachsam, ermahnte er sich. Sie kann gefährlich werden. Henry warf Avira einen einschmeichelnden Blick zu: „Wie geht‘s denn nun weiter? Lässt du mich durch?"

„Kommt darauf an."

„Worauf?" Henry tat ahnungslos.

„Ich dachte, Hacker sind intelligent, oder habe ich mich getäuscht?" Avira zog die Brauen hoch und sah Henry provozierend in die Augen. „Also, lass hören, was hast du vor?"

Henry atmete tief durch. Wollte Avira ihn festsetzen? „Ich will zum Rettungsschirm. Pleiten stoppen." Dass er das bereitgestellte Geld für sich abzweigen wollte, verschwieg er.

Avira durchschaute die schlechten Absichten. Sie mahnte Henry eindringlich: „ Henry Hacker, du musst dich entscheiden. Meine Macht kennst du. Es gibt zwei Möglichkeiten für dich."

„Welche?" Henry sah Avira gespannt an. Sie war gefährlich. Er konnte sie nicht täuschen.

Aviras kalte Stimme ließ Henry frösteln: „Ich muss dich vernichten. Das ist meine vorrangige Aufgabe. Ich kann und darf dich nicht weiterlassen." Henry dachte an sein Ende und überlegte, wie er es vermeiden konnte. „Du hast gesagt, es gibt zwei Möglichkeiten. Was ist die zweite, Avira?" Zitternd wartete er auf ihre Antwort.

Sie blickte ihm tief in die Augen: „Du kommst unter meinen Schirm, meinen Schutzschirm. Aus Henry Hacker-Wurm wird Henry User. Mit deiner Erfahrung wirst du mich unterstützen. Alle anderen Hacker, Würmer und Viren vernichten wir gemeinsam. Dann bist du vielleicht eines Tages frei."

Henry stimmte zu. Nichts anderes war möglich.

In der Presse und im Internet war wenig später zu lesen: „Zum ersten Mal User im Netz verschollen!"

Ente oder Wahrheit?

Über den Dächern

Sie hatte ihn vor einigen Wochen bei einem Richtfest kennengelernt, Christine war Dachdeckerin und Thomas Zimmermann. Sobald die Zimmerleute ihre Arbeit abgeschlossen hatten, war das Dach ihre Baustelle. Sie liebte die feierliche Zeremonie, die dieser Übergabe vorausging.

Der prächtig geschmückte Richtkranz schaukelte im Dachstuhl und diesmal hielt Thomas die Ansprache. Er schmückte seine Rede mit vergnüglichen Anekdoten, bevor er sich bei den anderen Handwerkern bedankte und zum Schluss Gottes Segen für das Haus erbat.

Danach hatte er seinen ganzen Mut zusammengenommen und sie angesprochen. In der Schar der meist männlichen Handwerker war Christine ihm schon mehrfach aufgefallen. Sie war eine zierliche Erscheinung, was auch die grobe Arbeitskleidung nicht verdecken konnte. Rote Locken umrahmten ein hübsches, schmales Gesicht. Sie lächelte meist – einzig ihre Augen verrieten eine tiefe Traurigkeit.

Sie hatten sich wiedergetroffen, ihre Leben voreinander ausgebreitet und zusammen geweint, gelacht. Wie sie, hatte auch er einen schweren Verlust erlitten und sie trösteten sich gegenseitig in ihrem Schmerz. Sie vertraute ihm und nach langer Zeit hatte sie sich wieder für eine enge Beziehung geöffnet. Die beiden waren ein Liebespaar geworden und inzwischen verbrachten sie fast ihre ganze gemeinsame Freizeit miteinander. Meist waren sie in seiner großzügigen, hellen Wohnung. In ihre kleine Wohnung zog es sie nur noch selten, die Trauer hing wie Spinnweben in allen Ecken und ihr wurde nie wirklich warm dort.

Heute Morgen hatten sie verschlafen und in der Eile hatte Christine zum ersten Mal seit Jahren vergessen, ihr Armband umzulegen, einen Talisman, den ihre Mutter für sie gemacht hatte, und den sie seit Jahren ständig trug.

Sie war die Erstgeborene, aber ihr zwei Jahre jüngerer Bruder Tobias war der Sonnenschein der Eltern gewesen. Er war es auch, der später den Familienbetrieb hätte übernehmen sollen. Sie hätte eifersüchtig auf ihn sein können, doch durch sein liebenswertes Wesen wurde er stattdessen ihr engster Vertrauter. Und dann war dieser schreckliche Unfall passiert und Tobias war mit fünfzehn Jahren viel zu jung aus dem Leben geschieden.

Danach war nichts mehr wie zuvor gewesen. Ihr Vater verbiss sich noch mehr in seine Arbeit und er ließ keinen Zweifel daran, dass er nun von ihr erwartete, dass sie für den Bruder einsprang. Trotz guter Noten war sie vom Gymnasium abgegangen und hatte eine Dachdeckerlehre begonnen. Anfangs war es schwer für sie gewesen, sie hatte mit ihrer Trauer zu kämpfen und war den rauen Umgangston und die zotigen Witze ihrer männlichen Kollegen nicht gewachsen. So hatte sie sich zunächst stumm und verschreckt in ihr Schneckenhaus verzogen. Aber die Ausbildung machte ihr Spaß und ein Teil ihrer früheren Lebensfreude kehrte zurück. Christine hatte sich durchgebissen, angefangen zu kontern, und die Hänseleien hatten aufgehört. Wegen ihrer ruhigen Art und ihrer Hilfsbereitschaft war sie inzwischen beliebt. Sie war ein echter Kumpel! Auch schätzen ihre Kollegen ihre schnelle Auffassungsgabe und ihre handwerkliche Geschicklichkeit. Sie war gut in ihrem Beruf – für eine Frau – wie ihr Vater immer wieder durchblicken ließ.

Ihre Mutter hatte den Bruder nie gehen lassen. Wochenlang betäubte sie ihren Schmerz mit Tabletten. Dann entdeckte sie ihre Spiritualität, konnte sie doch so mit ihrem toten Sohn weiterhin sprechen. Und sie besaß wirklich eine Gabe, sah Dinge voraus, die tatsächlich eintrafen. Manchmal war es richtig unheimlich. Ihr Vater nannte seine Frau eine alte Hexe, aber man tat gut daran, ihren Worten Gehör zu schenken.

Um ihre Tochter in luftiger Höhe vor einem Unfall zu schützen, hatte die Mutter für Christine ein Armband geknüpft, aus verschiedenen Bändern, verziert mit Perlen und kleinen Schellen, und mächtige Zauber hineingewoben.

Dies war ihr letzter Auftrag heute. Nach dem verheerenden Sturm hatte ihre Arbeit in den letzten Tagen hauptsächlich darin bestanden, Schäden auszubessern. Eine Aufgabe, die ihr bei weitem nicht so viel Spaß machte, wie ein Dach neu einzudecken, die sie aber trotzdem mit Sorgfalt und Geschick ausführte. Es fiel ein leichter Nieselregen und die Ziegel waren feucht. Sie hatte alle Löcher geflickt und das Dach war wieder dicht. Zufrieden kontrollierte sie noch einmal ihre Arbeit – da plötzlich rutschte sie ab. Ein Dachziegel war lose gewesen und hatte sich unter ihrem Gewicht gelöst. Sie fing sich wieder, aber ihr Herz pochte vernehmlich, ihre Knie waren weich. Das hätte auch schief gehen können! Dabei war sie geschickt wie eine Katze, noch nie war ihr ein solcher Fehltritt unterlaufen. Zwar hatte sie sich auf ihren Körper, auf ihre Reflexe verlassen können, aber morgen wollte sie auf jeden Fall wieder das Armband ihrer Mutter umlegen.

Nachdem sie den losen Ziegel wieder befestigt hatte, stieg sie Richtung Schornstein empor, daneben befand sich die Dachluke. Sie wollte runter von diesem Dach, zu Thomas, ihm von dem erlebten Schrecken erzählen, sich in die vertrauten Arme kuscheln, sich trösten, halten, beruhigen lassen.

Plötzlich flog hinter dem Schornstein ein schwarzer Vogel auf, der etwas Glänzendes im Schnabel trug – ihr Armband? Und er steuerte direkt auf ihr Gesicht zu. Erschrocken riss sie die Arme hoch. Durch die ruckartige Bewegung verlor sie das Gleichgewicht – und rutschte ab.

Arche Noah

Sonntagabend. Im Fernsehen lief der Wetterbericht. In den kommenden Tagen würde es regnen. Während seine Frau die Abendbrote schmierte, saß er auf der blaugrünen Rundcouch, seine Beine lagen auf dem Couchtisch. Diese Stellung war so bequem, dass er dabei oft einschlief. Doch nicht heute, denn heute kam sein Lieblingsfilm. Plötzlich klingelte das Telefon. Seine Frau konnte es in der Küche nicht hören, das wusste er. Daher blieb ihm nichts anderes übrig, als das Gespräch persönlich entgegen zu nehmen.

„Noah."

„Noah, ich bin es. Es ist wieder soweit. Bau mir eine Arche. Sie soll 300 Ellen lang, 50 Ellen breit und 30 Ellen hoch werden. Insgesamt soll sie genügend Platz für dich und deine Familie und zusätzlich für je ein Paar eines jeden Tieres bieten. Ich denke, 9.000 qm Fläche sollten ausreichen. In sechs Monaten werde ich eine erneute Sintflut über die Erde kommen lassen."

„Herr, heute ist Sonntag und in ein paar Minuten fängt mein Lieblingsfilm an. Das meinst du nicht ernst, oder?"

„Noah, die Welt ist schlecht. Jeder denkt nur an sich, jeder ist sich selbst der Nächste und du, Noah, du bist der Einzige, der sich auskennt, der weiß wie es ist, mit einer Arche zu überleben. Du musst mir gehorchen. Du musst die Arche bauen und überleben. Denn die Menschheit darf noch nicht aussterben, noch nicht, Noah. Wirst du mir helfen?"

„Ja, Herr, natürlich werde ich dir helfen, das weißt du doch. Gleich morgen früh werde ich meinen Jahresurlaub beantragen und werde die geeigneten Materialien bei *ebay* ersteigern. Danach gehe ich nach Frankreich, um den Kasten zu bauen."

Klack. Die Telefonleitung war unterbrochen. Noah starrte auf den Hörer, er konnte es nicht glauben. Sollte er wirklich wieder eine Arche bauen, Tiere versammeln und seine Familie retten?

Sechs Monate später. Sonntagabend. Noah war gerade mit dem Bau des Schiffes fertig geworden. Er stand allein am Dock und sah sich sein Werk an, als hinter ihm eine Gestalt auftauchte. Die große Frau trug ein Kleid aus weißem Satin. Sie klopfte Noah auf die Schulter.

„Noah, die Zeit ist um. Heute Abend beginnt die Sintflut. Bevor die Menschen erkennen was passiert, wird es zu spät sein. Aber Noah, was sehe ich da? Das ist keine Arche, Noah, das ist ein Luxusliner."

Noah zeigte mit dem Finger auf das Dock und weiter auf das Meer: „Und das ist keine Sintflut, Herr, das ist der Atlantik. Aber mal im Ernst, wie hätte ich das ganze Geld für eine Arche aufbringen sollen? Ich musste eine Titanic 2 bauen und die Kabinen vermieten, um das Geld für den Bau des Schiffes aufbringen zu können."

„Und Noah, wo sind die Tiere?"

„Ach, Herr, die hatten keine Lust. Die Katze weigerte sich mit einem Hund an Bord zu gehen, die Antilope quatscht mich von der Seite an und fragt: Noah weißt du, was Demokratie ist? – Klar, sag ich. Demokratie ist, wenn die Mehrheit entscheidet. Da blickt mich die Antilope ganz traurig an und sagt:

genau, wenn zwei Löwen, zwei Tiger und eine Antilope an einem Tisch sitzen und die Frage geklärt werden soll, was es heute zu fressen gibt ..."

Noah schluchzte. Sein Blick wanderte über den Boden. Er wagte nicht, ihr ins Gesicht zu sehen.

„Noah, wo ist deine Familie?"

„Herr, die wollen heute unbedingt das Fußballspiel MSV Duisburg gegen FC Schalke 04 sehen, keine Chance, Herr, heute ist echt ein schlechter Tag, wie wäre es mit morgen?"

„Noah"– ihre Stimme nahm einen so tiefen Ton an, das Noah erschauerte, „Morgen, Noah, morgen geht es nicht, da regnet es!"

„Herr, ich bin bereit. Wenn du es willst, werde ich heute Nacht starten. Um Platz zu gewinnen, habe ich nicht einmal die Motoren eingebaut. Du siehst, ich bin hier und sehe keinen Fußball, obwohl es heute um die Meisterschale geht."

„Noah, es reicht!"

Noah zog den Kopf ein und duckte sich vor dieser Frau, die vor ihm die Hände in die Hüften stemmte und ihn grimmig ansah. Ihren Zorn wollte er nicht heraufbeschwören. Er spürte, dies war nicht der Moment für Spielchen. Er kniete nieder, faltete die Hände und sah zu ihr auf. Mit zitternder Stimme rief er sie an: „Herr, mein Herr, befiehl, und ich folge dir!"

„Gut, Noah, verkürze den Stapellauf und lass deine Titanic 2 zur See. Es möge regnen."

Noah war inzwischen Monate auf See. Täglich schaltete er den Wetterbericht ein. Regen, Regen, Regen. Zum Glück hatte er eine Sattelitenschüssel installiert, bevor die Sintflut begonnen hatte. Damit empfing er *Antenne Duisburg*. Noah wusste nicht, ob er enttäuscht sein sollte. Seit drei Monaten irrte er auf See herum. Die Orientierung hatte er längst verloren. Er fragte sich zum wiederholten Male, wann die Sintflut der Menschheit den Rest geben würde. Seine Glieder schmerzten und er wünschte sich nichts sehnlicher als in seinem eigenen Bett zu schlafen.

Plötzlich erschütterte etwas das Schiff. Ein Ruck ging durch den Rumpf und riss Noah aus seinen Gedanken. Er eilte auf die Brücke und sah sich um. Er konnte kaum etwas erkennen und so kramte er sein Nachtsichtgerät heraus. Er suchte die Bugseite des Schiffes ab, als er Eisberge erblickte. Plötzliche Angst schnürte ihm die Kehle zu. Ein Sturm an Gedanken durchflutete sein Gehirn und das Adrenalin schoss durch seinen Körper, als ihm bewusst wurde, dass nicht die Menschheit, sondern *er* heute Nacht sterben würde.

Das Schicksal hatte erneut zugeschlagen. Ein weiterer Eisberg rammte die Titanic.

„Die erste Titanic ging unter, was passiert nun mit mir?" Panik überkam ihn, als ihm bewusst wurde, dass ihm niemand helfen konnte.

Noah würde nichts anderes übrig bleiben, als zuzusehen, wie die Titanic erneut versank. Und er mit ihr.

Noah brach der Schweiß aus. Er zitterte am ganzen Körper, als er sah, wie das Schiffsbug sich ins Wasser neigte. Er wankte, gleichzeitig griff er mit beiden Armen nach den Lehnen seines Sessels.

Er schlug die Hände zusammen, die Tränen schossen ihm in die Augen, als er schrie.

„Herr, was ist geschehen? Ich baute dieses Schiff, weil du es so wolltest. Herr, keiner hat mich begleitet, weder meine Familie noch irgendwelche Tiere, der Wetterbericht spricht zwar ständig von Regen, aber die Nachrichten werden weiter gesendet. Die Erde geht nicht unter, den Menschen geht es gut, nur mir nicht. Herr, ich habe Hunger und Durst. Mich friert und Lust auf meine Frau habe ich auch. Die Sehnsucht nach meinen Söhnen schmerzt und zu guter Letzt geht dieser Kahn unter."

„Okay, Noah", tönt eine Stimme aus den Wolken, „irgendetwas ist hier schief gegangen, ich weiß nur noch nicht genau, was. Lass es mich analysieren. Ich vermute, es liegt an diesem Windows-Programm. Sobald ich den Fehler korrigieren konnte, versuchen wir es erneut."

„Herr, du denkst daran, dass ich nicht schwimmen kann?"

„Noah, wer redet denn von dir?"

Das Fernsehbild zoomte auf die Totale und Celine Dions *„My Heart Will Go on"* begleitete mit ihrer Stimme den Abspann. Als der Nachrichtensprecher verkündete, dass es in den nächsten Tagen regnen werde, schüttelte Noahs Frau ihn an der Schulter.

„Komm, Noah, geh ins Bett. Du musst morgen früh raus!"

Autorinnen und Autoren
(alphabetisch nach Titel der Geschichte)

Der „Alias“-Name steht jeweils für den im Schreibforum gewählten Namen.

Am Tropf

Renate Grewe, alias „Renée“, malt, schreibt und gärtnert seit einigen Jahren in Niedersachsen.

Anna und Josi

Günter Detmer, alias „Güni“, 85 Jahre alt, Rentner und Hobbyautor.

Arche Noah

Claus Nahs, alias „claus.“ Das Schreiben zählt für mich mit zu den schönsten Nebensächlichkeiten der Welt.

Asche im Wind

Peter Rolauffs, alias „Peter“, 48 Jahre, Wisenschaftler, Hobbyautor aus Leidenschaft.

Augen-Blicke

Ruth Steiner, alias „Dragonqueen“

Bis der Tod uns scheidet

Tabea Eikmeyer, alias „Soukaina“, 26 Jahre, Debütroman: „Henry“ (in Arbeit)

Blaue Socken

Stephanie Hohls, 29 Jahre alt, verheiratet, 2 kleine Töchter, Lehrerin in Elternzeit und literaturverliebt.

Blaupause

Sigrid Kumpe-Rook. Es sind die Geschichten, die Menschen liefern, welche lohnen, geschrieben zu werden. Diverse Veröffentlichungen.

Byron

Arkadius Konrad, alias „Arek KaH”

Celebrazione

Markus Alferi, alias „Markus“, im echten Leben Förderberater und kreativer als unter Alias-Namen.

Chaos an der Notenlinie

Kay Kreidler, IT-Manager. Schreiben ist für mich eine willkomm-ene Abwechslung zur oft grauen Realität.

Charkadio

Theresa Johanna Droste, alias „Tea Supertramp“, Germanistin, Historikerin und Buchstabenmensch.

Das Dingelchen

Oliver Reinbach, alias „oliver.R“, 48, Katzenfreund und Hobbyautor. Schreibt unter Pseudonym derbe Kurzgeschichten.

Das magische Hotel

Heike Born, alias „Emmy Bo", Sachbearbeiterin und Hobbyschreiberin seit ein paar Jahren.

Dead end
(Auszug aus: „Even more than you do")

Elke Werner, alias „Windbraut", 54 Jahre, aus Bochum.

Der Gartenzwerg

Ingeborg Knies, alias „Inbo", Hobbyautorin, Hausfrau, Mutter und Großmutter, lebt mit ihrer Familie in Siegen.

Der Kürbis

Kai Braddick, alias „Excelsiori"

Der Psychologe

Jennifer Mürmann, alias „Jennifer", weitere Veröffentlichung: „Zwischenmenschliche Begegnungen" in der Anthologie „Schreibaffären."

Der Schatz

Nadine Kemlein-Schiller, alias „nadine", Marketing Kommunikationsfachfrau, Mutter zweier Kinder und Hobbyautorin.

Der schöne Hans

Dirk Mühlinghaus, alias „Dirk", *1973, mag Lustiges, Mystisches und Historisches.

Der Streuner

Heike Kellmann, alias „Calasa", lebt gern mehrere Leben, himmelhochjauchzend, manchmal auch verloren.

Der Wechsel

Stefan „isy" Isermann, der „Kaminkehrer", Wanderer durch Texte und durchs Leben seit 1969, Träumer seiner Lebensgeschichte in Textform.

Die feminine Seite des Todes

Birgit Nitschke-Petersohn, alias „BiggY", selbständig, Autorin und Bloggerin: *www.birgit-nitschkes.blogspot.de*

Die längste Brücke

Helga-Irene Oberscheven, alias „Helle", Lehrerin und Hobby-Autorin.

Die linke Socke

Charlotte Brinkmann aus Duisburg. Autorin der Romane: „Die Yak-Knochen-Mala" und „Die Buddha-Statue."

Die Tränen der Schneekönigin

Beate J. Buchta, alias „Ninsun", Hobbyautorin, lebt mit ihrer Familie zwischen Ruhrgebiet und Niederrhein.

Ein Akt der Schöpfung

Alisha Pilenko, geb. 1983 in Bochum, psychologische Psychotherapeutin in eigener Praxis, veröffentlichte Geschichten in versch. Anthologien.

Ein besonderer Tag in meinem Leben

Birgit Schumacher (69), alias „Schumi“

Ende einer Ehrenregatta

Christiane Lind, „Chris“, Leserin und Autorin, lebt mit Ehemann und 5 Katern in Kassel. *www.christianelind.de*

Entenbraten einmal anders

Jörg Krause, alias „carpetshark“, Diplomgeophysiker, SF-Fan und Hobbyautor.

Farbspiel

Sabrina Jevsovar, alias „Calistra“, Hobbyautorin, Rechtsfachwirtin, lebt mit ihrer Familie in Duisburg.

Formvollendet

Ute Zimmermann, „Scriberta“, tätig beim Jugendamt, Kinder- und Jugendbücher bei Rumler, sowie weitere Veröffentlichungen.

Frank

Martin Knackstedt, alias „Stan“, 48, Lehrer. Fängt immer mal wieder an und würde gerne einmal ein richtig gutes Hörspiel schreiben.

Freundschaft

Kim Höpfner, alias „kitoremi“, Studentin, nebenbei selbständig, Hobbyautorin, Papierbastlerin, lebt mit Mann und zwei Kindern in Nauen.

Gabriel

Simone Henke, „Sacajawea“, alleinerziehende Mutter, 3 Kinder; schreibe seit 3 Jahren einen Single-Blog auf Facebook, div. Veröffentlichungen.

Gefährliche Welt

Elisabeth Gerber, alias „tanner“, 65 Jahre alt, lebt in Essen, spielt Golf, liest viel und schreibt (Krimi-) Kurzgeschichten.

Grüne Welt

Sabine Weinbach, alias „Morgane“, Mann und drei Söhne.

Hans, der Stallknecht

Lykka Jacobsson, beruflich dreht alles sich um Kommunikation, privat um die 5-köpfige Familie. Inspiration: der weite Himmel Brandenburgs.

Hast du Töne

Klaus Olschewsky, alias „Klaus“ ;-) Baujahr 1955, verheirateter Rentner aus Duisburg, Autor, Maler, Komponist, Computergrafiken.

Heimsuchung

Margit Dorfmüller alias „Luna Löwenzahn“ (wer versteht schon „Waterlu“?), 61 Jahre, lebt mit WG in einer alten Villa im Bergischen.

Heute will sie noch nicht sterben

Marion Aßmann, 61 Jahre, drei Kinder und zwei Enkel. Lebt mit ihrem Mann in Ostwestfalen.

Ich heiße Hyun

Herman Willems, Niederländer, Rentner. Hat 2012 das kreative Schreiben entdeckt und ist sofort schreibsüchtig geworden.

Ich steig dir aufs Dach

Iris Karmann-Engels, alias „Löwenmäulchen", kreativ frickelnde Hobbyautorin aus Alpen.

Il Paradiso

Sabine Stöhler, alias „Penelope", lebt in Aachen.

In Freiheit geboren – Olympe de Gouges

Mari Sawada, alias „mari", Frauenmasseurin, Sexualcoach, Kursleiterin. Workshops in Kommunikation und Sexualität.

Jean Paul

Brunhilde Munyandekwe, alias „Tamara Wiegand", schreibt seit vier Jahren Thriller, Horror, Gay und mehr. Wohnt im Rheinland.

Jimmy lässt sich nicht auf den Arm nehmen!

Raphael Peyser-Fränzel, alias „Hirschgulasch", Philosophiestudent und Hobbyautor mit einem Hang zum Klamauk.

Jule zieht aufs Land

Susanne Fuss, alias „Susi", Betriebswirtin aus Aachen, hat sich schon immer gerne Geschichten ausgedacht. Hobbyautorin ist sie aber erst seit 2013.

Kati

Ulrike Engels-Koran, alias „Gertrud", 57 Jahre, lebe in Xanten. Seit ein paar Jahren halten die Schreibviren mich im Griff, es gibt kein Gegenmittel!

Leidenschaft

Carolin Werner, alias „Hibiskusrose", Jahrgang 1965, glücklich verheiratet, drei Söhne. Schreibt eigentlich immer schon.

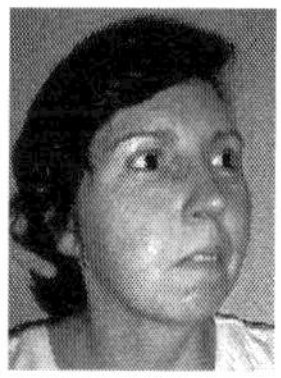

Meggy McRonald

Nicole Gabrys, alias „Nicki", 40 Jahre, aus Duisburg, alleinerziehende Mutter von zwei Kindern, Hobbyautorin.

Memoiren einer Fliege

Britta Odenthal, kunstschaffende Schreiberline aus Duisburg-Neudorf.

Mister Jaws

Achim Leidig, alias „Achim", Bankkaufmann, Informatiker, Papa, Hobbyautor.

Monsun

Kathrin Hallenbach, alias „Kestryl", 35 Jahre, Teamleitung im techn. Support, Hobbyautorin im Bereich Fantasy & Sci-Fi seit 2005

Murmel

Gisela Willger, alias Gisela."

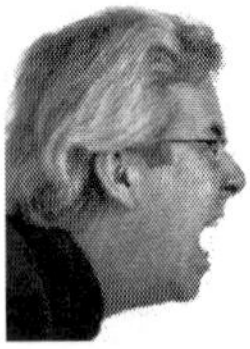

Nackt im Revier

Peter Wilmanns, alias „pue“, Musiker und Kabarettist, hier und da Kinder, Sternzeichen Nager.

Nicht nur in dieser Nacht

Jo Francis, schreibt am liebsten in Cafés. Veröffentlichungen in Zeitungen, Anthologien u. ihrem Blog: <u>*schreibhexe.blog.de*</u>

Niemals

Yvonne Stolze, alias „Red_Jellyfishy“
In Gütersloh geborene Biologin und passionierte Hobbyautorin.

Primzahlenketten

Elke Sophia Mazur, alias „Sophia“, Jg. 64, Magister in Mediaevistik und Geschichte, schreibt und lebt mit Traummann und zwei Hunden in Duisburg.

Prinzessin Liliane

„Urs“, bürgerlich Toni A. Rieger, aufgewachsen am Schwäbischen Meer, was seine ausufernden Sätze erklären könnte. Hat viel erlebt und zu berichten!

Quitt

Sabine von den Benken, alias „Paula.“

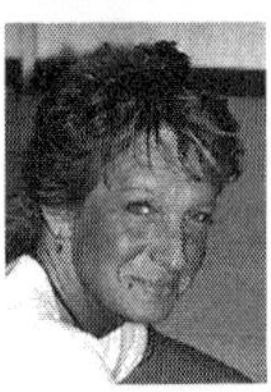

Rosa Salon

Alexandra Huß („Alex“), in den Schuhen eines Waisenkindes, auf der Suche nach ... Papier, Stift und dem richtigen Verlag für meine Projekte.

Rue de Paradis

Elisa Knoener, „Elisa“, aufgewachsen im Ruhrgebiet. Künstlerin und Pädagogin. Reisende und leidenschaftliche Autorin.

Sagenhafte Völker

Corinna Ziegler, alias „CorinnaSmiles“, 32, lebt in Essen, beschäftigt sich beruflich und privat mit (guter) Literatur.

Simone oder die Unmöglichkeit des Glücks

Verena Nagel, alias „siri“, schreibt seit 2005 vor allem Kurzgeschichten.

Sind Sie sicher?

Ute Bünk, alias „ubuenk“, kfm. Angestellte, selbständige Entspannungstrainerin und psychologische Beraterin.

Sternenmond

Scarlett Hermann-Schenk („Scarlett“), Theaterfrau, Familienmensch, ambitionierte Textstifterin, veröffentlichte Kurzgeschichten, eigene Theaterstücke.

Störgeräusche

Mona Goertz („MonaG“), manisch kreativ, buchverliebt, schreibbegeistert. Erste Kurzgeschichten 2013, seitdem süchtig. Lebt am Niederrhein.

Tarne bekommt einen Auftrag

Joachim Stengel, alias „Jet Rink“, 63 Jahre, Psychologe, Autor. Kreierte Privatdetektiv Robert Erich Tarne.

Über den Dächern

Angela Wolf, Mediengestalterin, Hobbyautorin.

Unerwartet Marseille

Uwe Heuser-Modersohn, alias „Helmut“, als Autor tätig seit 2012, bisher Kurzgeschichten und ein Toskana-Buch.

Urwaldfahrt

Andreas Holzhausen, alias „Andi“, Rentner, Jahrgang 1940, Autor mehrerer Sachbücher und Zeitschriftenartikel.

Verschachtelt

Elke Bockamp („Elke“), Frühereinmalschreibende, Lektorin, Verlegerin, Buchstabensuppenauslöfflerin, Jahrgang 1963.

Wäsche

Gisela Sprenger, 69 Jahre, aktiv im Landfrauenkreisverein Görlitz als Vorsitzende tätig, wohnhaft in einem Oberlausitzer Umgebindehaus.

Weihnachten 1966

Martin Höchst, alias „Martin“, Förderschullehrer, 50 Jahre, Vater einer Tochter (11 J.), lebt in Duisburg. Hobbyautor.

Wenn Venedig duftet

Amanda Mazzenti, alias: „silima“, schreibe Krimis und Kurzgeschichten.

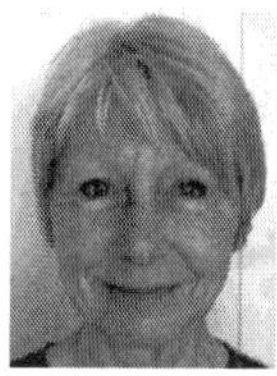

Wir kamen nur bis zum Parkplatz

Dorothee Schnitzler, alias „Zita“, Pensionärin, Hobbyautorin, Sprachen und Kunst.

Zerrissen das Meer

Elisa Knoener, „Elisa“, aufgewachsen im Ruhrgebiet. Künstlerin und Pädagogin. Reisende und leidenschaftliche Autorin.